HEINZ G. KONSALIK

Gelieb

Heinz G. Konsalik

GELIEBTE KORSARIN

Roman

BASTEI
LÜBBE

1. Auflage Mai 1978
2. Auflage Aug. 1978
3. Auflage Nov. 1978
4. Auflage März 1979
5. Auflage Juli 1979
6. Auflage Okt. 1979
7. Auflage Jan. 1980
8. Auflage Mai 1980
9. Auflage Juli 1980
10. Auflage Dez. 1980
11. Auflage Mai 1981
12. Auflage Sept. 1981
13. Auflage März 1982

Herausgeber: Gustav Lübbe Verlag GmbH, Bergisch Gladbach
Printed in Western Germany 1982
Einbandgestaltung: Manfred Peters
Gesamtherstellung: Ebner Ulm
ISBN 3-404-00818-9

Der Preis dieses Bandes versteht sich einschließlich
der gesetzlichen Mehrwertsteuer

I

Er saß auf einer von Korallenbänken gebildeten Plattform zwei Meter über dem Meeresspiegel und beobachtete seine Angeln. Um ihn herum schimmerte das türkisgrüne Wasser so klar, daß er den ungefähr 15 Meter tieferen sandigen Meeresboden erkennen konnte. Schwärme buntschillernder Fische, die um die Schwimmer seiner Angeln kreisten, tanzten einen Reigen.

Er hatte es sich bequem gemacht. Er trug nur eine knappe rote Badehose und einen an den Rändern zerzausten, breitkrempigen geflochtenen Strohhut, wie ihn die Eingeborenen in der Karibik als Sonnenschutz verwenden. Als einzigen Luxus hatte er sich ein flaches Kissen gegönnt, auf dem er saß.

Er hatte alle Mühe damit, daß die kleinen bunten Fische nicht anbissen; er klatschte ab und zu in die Hände oder warf Steinchen ins Wasser, um sie zu verjagen. Er wartete auf größere Fische, die der Blutgeruch seiner Köder – frisches Fleisch – anlocken würde: pfeilschnelle Barrakudas oder tückisch und mordlustig glotzende Haie.

Sie würden kommen, das wußte er. Dieses Spiel hatte er schon oft gespielt; es war ganz nach seinem Geschmack, mit einem dieser starken Fische zu kämpfen und dann Sieger zu bleiben.

Er angelte überhaupt gern, auch wenn er sich wenig aus Fischgerichten machte. Zwar lebte hier fast jeder von Fischen; das Meer und die Fruchtbarkeit der vielen hundert Atolle, die man hier Cays nannte, schenkten den Leuten das tägliche Brot . . . Aber meistens warf er die Fische, wenn er sie gefangen hatte, ins Meer zurück und rief dabei: »Dämlicher Kerl! Fällt auf solche Tricks herein! Wenn ich dich nun wirklich essen würde, na?!«

Nur die Haie tötete er. Bog sich eine seiner Angeln so stark durch, als würde sie wie ein Pfeilbogen gespannt, dann wurde sein Gesicht kantig und hart. Und der Kampf, der nun begann, war genauso gnadenlos und der

Tod des Hais genauso grausam wie die Absichten des großen Fischs, der angegriffen hatte.

Etwas seitlich, am flachen sandigen Ufer der Koralleninsel, dümpelte das kleine Beiboot. Es trug in Goldbuchstaben einen Namen: ANNETTE II. Die ANNETTE I, ein schönes weißes Motorboot, ankerte etwa zwei Seemeilen weiter an der Hauptinsel des unbewohnten Glover Reef. Die Luxusyacht ANNETTE I hatte einen Salon und gemütliche Kabinen, eine vollautomatische Küche, zwei Steuerstände, zwei Mannschaftskojen, ein großes, mit orangener Plane überdachtes Deck aus Mahagoniholzplanken, eine Bar und vor allem einen so starken Motor, daß man kein Meer zu scheuen brauchte und die ganze Welt vor einem lag.

Glover Reef war eine längliche Gruppe aus Koralleninseln, vielleicht 40 Stück, grüne Flecke in der See, winzige Paradiese mit schneeweißen Stränden und vom Wind gebogenen Palmen, mit bis ins Meer wachsenden Mangrovenwäldern und der unbeschreiblichen Schönheit einer Landschaft, die der Mensch noch nicht entdeckt und umfunktioniert hat zu Feriendörfern, Millionärsstränden, Hotelanlagen und Schlupfwinkeln amerikanischer Industrieller und ihrer Sekretärinnen.

Hier gab es noch ein Stückchen Welt, nicht einkalkuliert in die Prospekte von Touristenbüros und Reisemanagern, aber doch schon ein Geheimtip für die, die einmal – mehr durch Zufall – hier gewesen waren, etwa bei einem Rundflug von Belize aus. Außer ein paar Maya-Ruinen auf dem Festland des ehemaligen Britisch-Honduras, das jetzt Belize heißt, hatte man nur zu bieten: das zweitgrößte Wallriff der Erde, aus Korallen in Jahrmillionen gebildet – Great Barrier Reef of the Caribean. Nördlicher gab es einige Cays, wo schon Hotels standen, einfache Unterkünfte, die man »Lodges« nannte.

Etwa auf der Turneffe-Gruppe oder auf den Hicks Cays und San Pedro ankerten schon die Hochseeyachten der Amerikaner, für die es fast ein Sport war, die Karibik von

Insel zu Insel abzufahren. Auch ein paar mutige Touristen, die das Gefühl haben wollten, für ein paar Wochen Robinson zu spielen, waren hier gelandet.

Aber im Süden, am Glover Reef, die Weite des seine Farbe ständig wechselnden Yukatanmeers vor sich, das von Tiefblau bis Hellgrün schillern konnte und in der Abendsonne wie wogendes Gold glänzte . . . hier war man allein.

Allein mit seinen Angeln, den Haien und dem Glück, tatsächlich ein freier Mensch zu sein.

Der einsame Angler wußte, daß sein Schiff gut versorgt war. Sein Steuermann Juan Noales – klein, drahtig, listig wie ein Luchs, mit einem Gespür für Untiefen, das besser reagierte als jedes Echolot, ein Kerl, der die Karibik kannte, als wären alle Inseln Murmeln in seiner Hosentasche – und das waren Tausende –, würde jetzt im Maschinenraum herumlaufen und die Lager der Antriebswellen ölen.

»Ich fahre mit dem Kleinen«, hatte der Angler gesagt und damit das Beiboot gemeint, »hinüber zum Atoll und werde sehen, was ich fangen kann.«

Und Juan Noales hatte genickt, seinen Chef aus den Augenwinkeln gemustert und geantwortet: »Hai, Sir?«

»Ja.«

»Nehmen Sie den Stahlspeer mit, Sir.«

»Natürlich.«

»Und die Axt.«

»Auch die, Juan. Und das lange Messer, das Kurzgewehr mit Sprengmunition, eine Pistole . . . habe ich noch was vergessen?«

»Nein, Sir.« Juan Noales hatte zu dem äußersten Korallenriff hinübergeschaut, das den Abschluß des Glover Reef bildete. Ja, dachte er, dort wird es Haie geben. Da ist das Wasser nicht so seicht wie hier, da fängt die freie See an. Er weiß schon, wo man sie finden kann, die Räuber. Sein Haß ist grenzenlos . . .

»Seien Sie vorsichtig, Sir«, hatte Noales gesagt und

seine braunen Hände an den zerschlissenen Jeans gerieben. Er war, wie die meisten Kariben, ein Mischling. In ihm pulsierte spanisches und schwarzes Blut, gemischt mit indianischem Erbe, in das sich sogar ein Holländer eingeschlichen hatte.

»Mein Urgroßvater hieß Jan de Haarlog«, pflegte er stolz zu erzählen. »Der war Wiegemeister auf einer Kokosmilchfarm. Nach der Auszahlung des Wochenlohns nahm er meine Großmutter immer mit ins Bett. Die war damals noch Sklavin. Eine Halbnegerin . . .«

»Ich bin vorsichtig, Juan, das weißt du«, hatte der Chef geantwortet.

»Ja, aber nicht, wenn es um Haie geht.«

»Ich will noch mindestens vierzig Jahre leben, Juan!«

»Dann haben wir ja noch viel vor uns, Sir.«

»Das will ich hoffen.«

So war er abgefahren zu der Korallenbank, auf der er nun auf seinem Kissen saß und auf die Haie wartete.

Der blutige Köder schwimmt im Wasser, die schweren Angelstöcke sind in den Korallenrissen festgeklemmt. Er sieht ihn ja kommen, den Hai, das Wasser ist so klar, daß man glauben kann, der Meeresboden sei nur handflach unter der Meeresoberfläche.

Und wenn er kommt, der große mordgierige Fisch, sieht er ihn schon von weitem – zuerst als Schatten, aber dann in seiner ganzen herrlichen, kraftvollen schaurigen Schönheit.

Er hat sich darauf vorbereitet, atmet ruhig und blickt über die See, die heute grün schillert und mit dem wolkenlosen blauen Horizont zusammenstößt.

Fast eine halbe Stunde saß er so, über manches nachdenkend, was hinter ihm lag; zum Beispiel ein Leben, das jetzt 45 Jahre zählte. Begonnen hatte es in Deutschland, genauer, in Wuppertal; und hatte drei Höhepunkte gehabt: Die Erfindung eines Kunststoffes, der die Festigkeit von Chromstahlplatten hatte, aber nur ein Viertel davon wog – die Krönung seiner Forschungen als Diplomchemiker –; seine Hochzeit mit Lucia Hammerfeldt, die er auch heute noch die schönste Frau seines Lebens nannte; und – drittens – die Geburt seiner Tochter Annette. Alles andere war der Ablauf eines normalen Lebens, das zudem noch von Erfolg verwöhnt wurde, bis zu jenem Tag, an dem er zu Lucia sagte: »Dieses Jahr machen wir Urlaub auf Jamaika!«

Er hob leicht den Kopf, schob den ausgefransten Strohhut in den Nacken und beugte sich vor. Sein muskulöser Körper, bis in die kleinste Sehne durchtrainiert im täglichen Spiel mit dem Meer und den Winden, spannte sich.

Querab vom Köder, in der Nähe der Angel 3, jagte ein silberner Schatten durch das Meer. Er war noch zu weit weg, um ihn genau zu erkennen, aber der Mann wußte: Das war kein Barrakuda, das war ein Hai! Langsam streckte er die Hand zur Angel aus und umfaßte das glatte biegsame Holz.

Der Fisch kam nach einem Bogen zurück und umschwamm den Köder. Dann wendete er sich, schwamm direkt auf den Angler zu, blieb im Wasser stehen und blickte ihn durch das glasklare Meer böse und tückisch an. Kalte Mörderaugen.

Komm, dachte der Mann. Komm heran, du Bursche! Schnapp zu! Gutes, frisches blutiges Fleisch! Du zitterst ja vor Gier. Stürz dich auf das Fleisch, schling es hinunter . . . dann habe ich dich! Die Nylonschnur durchbeißt du nicht . . . und dann hole ich dich aus dem Wasser und spalte dir mit der Axt den Schädel. Verdammter, verfluchter Hai . . .

Nun tauchte der Fisch weg, schwamm einen eleganten Bogen, als sei er für ein Wasserballett trainiert, und kam zurück. Sein fürchterliches Maul mit den blitzenden dreieckigen Zähnen klappte auf, als er sich auf den Köder stürzte.

In diesem Augenblick, als der Mann mit beiden Händen die Angel umfaßte, sagte eine ruhige, aber sehr harte Stimme hinter ihm:

»Bleiben Sie so sitzen, Mister! Drehen Sie sich nicht um! Genau zwischen Ihre Schulterblätter zielt der Lauf einer Maschinenpistole. Wenn ich den Zeigefinger krumm mache, sind Sie ein Sieb. Was aber soll ich mit einem Sieb? Jetzt nehmen wir brav die Arme hoch und legen die Hände im Nacken zusammen. Die berühmte Haltung ... Sie kennen sie doch, Mister?«

Der Angler saß unbeweglich, beide Hände noch um den Angelstock, und stemmte sich gegen die Korallenbank. Der Hai hatte angebissen, der dreifache Haken hatte sich in seinem Gaumen festgekrallt, die Schnur spannte, die Angel bog sich ...

Der tödliche Kampf begann. Hai gegen Mensch. Gier gegen Haß.

»Mann, ich habe einen Hai an der Angel!« erklärte der Mann. »Und was für ein Exemplar!« Er sprach englisch wie der Unbekannte hinter ihm, jenes merkwürdige Englisch, das man in der ganzen Karibik spricht. Ein Gemisch aus Negerenglisch, indianischen Ausdrücken und mit spanisch-französischer Klangfarbe.

»Was ich mit Ihnen an der Angel habe, ist mir lieber, Mister! Tun Sie, was ich sage, und Sie leben weiter. Übrigens, was Ihr Schiffchen betrifft, die ›Annette I‹, da können Sie unbesorgt sein. Das haben wir schon besetzt. Ihr Steuermann ist ein kluger Bursche; er hat sich nicht gewehrt, sondern uns Whisky angeboten. Los! Nun nehmen Sie endlich die Arme hoch, Mister!«

Resignierend ließ der Mann die Angel los. Der große Hai riß sie mit einem Ruck aus der Verankerung der Korallen, schleuderte sie ins Meer und raste mit ihr davon. Seine Spur in dem klaren Wasser war noch lange zu sehen.

Der Angler stand auf, hob die Arme und kreuzte dann die Hände im Nacken. Zwei schnelle, große, und zu des Anglers Verblüffung weiße Hände tasteten ihn ab, nahmen ihm die Pistole aus dem Gürtel und schleuderten das Kurzgewehr mit der Sprengmunition außer Reichweite. Auch die Axt flog weg.

»Jetzt dürfen Sie mich ansehen, Mister«, sagte der Fremde.

Der Angler drehte sich um.

Hinter ihm stand ein Mann von fast zwei Metern, ein Fleischkoloß mit einem Schädel, der über und über mit roten Haaren bedeckt war. Zwischen diesem roten Haarwald waren nur grüne Augen, eine dicke Nase und ein breiter Mund zu erkennen. Der Mann trug eine Art Marineuniform; blaue Hose, ein weißes Hemd und weiße Schuhe. Auf dem Hemd prangten Schulterstücke mit drei goldenen Balken. Es war über der breiten Brust offen bis zum Gürtel, und auch hier quollen rote Haare wie üppiges Buschwerk heraus.

»O Gott, ein Ire!« sagte der Angler.

»Was heißt ›O Gott‹? He?«

»In der Karibik, in den Cays von Belize, ein Ire als Räuber . . . da darf man wohl noch ›O Gott!‹ sagen. So selbstverständlich ist das nicht.«

»Ich heiße McDonald, Jim McDonald. Steuermann.«

»Aha! Mit einer Maschinenpistole.«

»Das ist mein zweiter Beruf. – Amerikaner?«

»Wer? Ich?«

»Wer denn sonst? Der Hai etwa?«

»Über den Hai reden wir noch, Jim.«

»Steuermann!« brüllte McDonald. »Ich werde mit Steuermann angeredet! Darauf lege ich Wert.«

»Also gut, Steuermann!« Der Angler sah, die Hände noch immer hinter dem Nacken verschränkt, über das Meer. Der Hai mit der Angel war weg . . . Irgendwo würde er jetzt mit dem Holz und der Schnur kämpfen, die Angel zermalmen, die Schnur endlich doch durchbeißen . . . aber der Haken blieb in ihm. Verrecke, dachte der Angler grimmig. Verrecke, du Biest . . .

»Ich hätte den Hai gern rausgeholt und erschlagen«, sagte er und drehte sich wieder zu dem Iren um. »Ich war so mit dem Kerl beschäftigt; da habe ich Sie nicht kommen hören.«

Er blickte sich um. An der anderen Seite des Atolls schaukelte ein breites, flaches Boot mit Ausleger, wie man es sonst nur in der Südsee benutzt.

Ein kleines Segel hatte es lautlos an die Koralleninsel gebracht.

»Das ist meine Spezialität, Mister. Lautlos sind wir da, lautlos sind wir wieder weg! Und wenn man uns sieht, sind wir schneller als alle anderen.«

»Wir? Sie sind ein Team, Steuermann?«

»Engländer?«

»Ich? Nein.«

»Holländer!«

»Deutscher.«

»Habe ich mir doch gedacht, aber ich wollte nicht so dämlich sein, es auszusprechen. Ein Deutscher mit einem solchen Privatschiff in der Karibischen See . . . Und da wundern Sie sich über einen Iren, Mister? Der Name Annette . . .«

»Meine Tochter.«

»War aber nicht auf dem Kahn.«

»Sie ist zu Hause geblieben und wartet auf ihren Papi . . .«

»Und nun liegt es an dem lieben Papi, ob er auch wirklich nach Hause kommt!« sagte McDonald säuerlich. »Wenn Sie sich wehren . . .«

»Habe ich Ihnen Anlaß zu dieser Vermutung gegeben, Steuermann?«

Der Ire mustere den Angler. Nur einigen Bewegungen der Haarwälder konnte man entnehmen, daß er die Brauen zusammenzog.

»Sie nehmen das wohl als Witz, wie?« brummte er. »Los, kommen Sie mit!«

»Segeln Sie voraus?«

»Ich nehme Ihre Nußschale in Schlepp!« rief der Ire. »Sie selbst kommen zu mir an Bord.«

»Wie Sie wünschen, Steuermann. Darf ich die Hände allmählich herunternehmen?«

»Nein!«

Sie gingen hinunter zum Strand und stiegen in die ANNETTE II des Anglers. McDonald ließ den anderen rudern, um das Korallenriff herum zu seinem Auslegerboot.

»Mir ist ein Rätsel, was Sie von mir wollen«, sagte der Angler, als er den anderen Strand erreicht hatte. »Ich habe zwar ein schönes Schiff, aber Schmuck oder einen Tresor voller Dollars werden Sie vergeblich suchen.«

»Wer so ein Schiff besitzt, steht nicht mit dem Hut in der Hand an der Straßenecke.«

Damit setzte der Ire das kleine Segel, und sie legten von der Korallenbank ab.

Es blies nur ein schwacher Wind, der sie nur langsam vorwärtstrieb, aber sie hatten ja Zeit. Alles, was hier auf den einsamen Eilanden lebte, von keiner Uhr abhängig war und sich nur nach Sonne und Mond und der Bewegung des Meeres richtete, hatte Zeit . . .

Als sie das Atoll endlich umsegelt hatten, kam die Insel in ihr Blickfeld, in deren Bucht die ANNETTE I ankerte. Und der Angler erkannte, daß neben seiner Yacht ein anderes Schiff lag. Es war niedriger als das seinige, langgestreckt, mit einem pfeilförmigen Rumpf, mit imponierenden Aufbauten, in der Tonnage wohl größer als die ANNETTE I, schneeweiß lackiert . . . Ein Schiff, dem man zutraute, daß es sich bei voller Fahrt aus dem Wasser hob wie ein fliegender Fisch . . .

»Das ist kein Kahn, mit dem man nachts auf Fischfang fährt?« fragte der Angler.

Der Ire nickte und drehte geradewegs auf die beiden Schiffe zu.

»Das beste Boot, das ich je in der Hand hatte!« knurrte er. »Und was tun Sie, Mister?«

»Wie soll ich die Frage verstehen?«

»Wovon leben Sie, zum Teufel?«

»Von nichts.«

»Sie arbeiten gar nicht?«

»Kaum. Mal angeln, mal im Garten ein paar Bäume fällen, ab und zu Golf spielen – alles nur so zum Vergnügen.«

»Zum Satan! So reich sind Sie?«

»So arm, mein Lieber.« Der Angler machte eine weite Armbewegung. Als der Ire knurrte, legte er rasch die Hände wieder im Nacken zusammen. »Noch ist mir das alles hier rätselhaft, Steuermann. Aber wenn ihr das seid, was ich glaube, nämlich einer der neuen Piraten in der Karibik, die nach altem bewährtem Muster, wie früher die Korsaren, die Yachten amerikanischer Millionäre entern und sie ausrauben . . . dann, mein lieber Jim, habt ihr mit mir voll daneben gegriffen!«

»Abwarten!«

»Ich besitze keine Goldgaleone, wie sie Sir Walter Raleigh vor ein paar hundert Jahren in diesen Gewässern von den Spaniern raubte und dafür sogar von Ihrer Britischen Majestät geadelt wurde! Ich bin ein kleiner deutscher Chemieingenieur, der einmal eine Erfindung gemacht hat und nun davon lebt. Bescheiden, zufrieden, weit weg von allem Rummel, den man Zivilisation nennt!«

»Das erzählen Sie mal dem Chef . . .« McDonald musterte den Angler aus zusammengekniffenen Augen.

Sein Auslegerboot glitt jetzt in die halbrunde Bucht mit dem weißschimmernden Sandstrand. An der Reling der fremden Yacht, an deren Bug ALTUN HA stand, lehnten zwei Gestalten in blütenweißen Matrosenuniformen.

Auf dem großen Hinterdeck der ANNETTE I servierte Juan Noales gerade einen Fruchtcocktail in hohen schlanken Gläsern. In den weißen Korbsesseln, die dort unter dem Sonnensegel standen, räkelten sich zwei Männer, gleichfalls in weißen Uniformen. Der eine trug sogar goldene Schulterstücke wie Jim McDonald.

»Aha! Der Chef!« machte der Angler. »Und alle in weißen Uniformen! Ihr seid wohl ein Luxusunternehmen?«

»Niemand, der von uns gekapert wird, soll das Gefühl haben, wir seien gewöhnliche Banditen!« Jim, der rote

Riese, lachte grollend. »Die Damen bekommen beim Abschied sogar einen Handkuß.

»Wie tröstlich! Und die Herren?«

Sie trieben jetzt an der ALTUN HA vorbei und legten an der Mahagonitreppe der ANNETTE I an, die herunterhing. Der Angler musterte voller Staunen das fremde Schiff. Nicht nur die beiden seitlich der Aufbauten montierten schweren Maschinengewehre verblüfften ihn, sondern vor allem die auf dem Vorderdeck montierte, versenkbare 7,5 cm-Kanone. Ihr Rohr zeigte genau auf die ANNETTE I – bereit zum direkten Beschuß.

»Das ist ja ein tolles Ding!« rief der Angler. »Damit seid ihr unangreifbar. Dazu eure Schnelligkeit . . .«

»Wenn wir das Geschütz einklappen, ist das Deck glatt wie bei Ihnen. Keiner sieht uns an, womit wir unser Geld verdienen.«

»Dazu ein Schiffsname aus der Mayasprache – Altun Ha, die Flagge von Belize, eure schmucken Uniformen . . . Ein perfektes Unternehmen, Jim!«

». . . Steuermann!«

Der Angler setzte den linken Fuß auf die Treppe zu seiner Yacht und wollte den anderen Fuß nachziehen, als er ausrutschte. Es sah wenigstens so aus . . . Das Auslegerboot bekam jedenfalls einen kräftigen Stoß und trieb sofort ein paar Meter von der Holzleiter ab.

Jim fluchte dröhnend, der Angler kletterte die Holztreppe vollends hinauf und betrat sein Schiff. Die beiden Piraten hatten sich aus den Korbsesseln erhoben und grüßten militärisch. Einer von ihnen – wohl der Chef – war ein zartgliedriger, noch ziemlich junger Bursche, mittelgroß und mit sehr schlanker Taille. In seiner weißen Kapitänsuniform sah er aus wie ein Bild in einem Modemagazin für elegante Freizeitkleidung. Der andere Pirat war etwas größer, trug einen schwarzen Bart und – ein kleiner Schönheitsfehler – im Gürtel eine Pistole.

Das alles nahm der Angler nur wie einen Sekundenblitz wahr. Denn kaum hatte er das Deck betreten, so warf Juan

Noales sein Tablett mit den schmalen Gläsern dem Bärtigen an den Kopf, und der Angler stürzte sich mit einem Satz auf den Mann, der wohl der »Chef« war.

Die Überraschung gelang nur halb.

Während der Bärtige aufbrüllte und halb blind von dem in sein Gesicht geschütteten Fruchtcocktail nach der Pistole griff, reagierte der junge Piratenchef wie ein Tier, das immer auf der Lauer liegt. Er warf sich zur Seite, der Angler verfehlte ihn, streifte nur seine Schulter und krachte dann auf die Planken seiner Yacht.

Dafür hatte aber Juan plötzlich ein Messer in der Hand und warf es gekonnt, aus dem Handgelenk heraus, auf den Chef.

Auch dabei konnte sich der junge Bursche geschickt aus der Richtung werfen, aber das Messer war diesmal schneller als der Mann. Es traf die rechte Schulter, drang ein und blieb im Brustmuskel stecken. Ohne einen Laut riß der Bursche das Messer aus seinem Körper, aber bevor er es zurückwerfen konnte, hatte der Bärtige seine Pistole in der Hand und richtete sie auf Juan und den Angler.

»Alles hierher!« brüllte er dabei. »Der Chef ist verwundet! Die Idioten wehren sich!«

Es war wirklich idiotisch, sich zu wehren.

Jim schwang sich nun auch an Bord und kam gerade richtig, um seinen Chef aufzufangen, der zu schwanken begann. Er umfaßte ihn wie ein Kind, drückte ihn an sich und starrte den Angler und Juan Noales wild an.

»Ich bringe euch um«, sagte er dumpf. »Ich lasse euch kielholen, bis ihr ersoffen seid!«

Er schleifte den Kapitän, der in den Knien einknickte, zur Holztreppe und brüllte zur Piratenyacht hinüber, man solle ihm helfen.

»Rührt sie nicht an!« sagte der Kapitän noch, als man ihn vorsichtig die Treppe hinunterbrachte. »Ich will sie lebend!«

Die weiße Uniformjacke färbte sich an der rechten Schulter rot, der Blutfleck wurde rasch größer. Der junge

Pirat drückte die Hände gegen die Stichwunde und biß die Zähne zusammen.

»Beide hinüber zu mir! Nein! Der Deutsche allein!« Dann wurde er ohnmächtig, und seine Leute trugen ihn vorsichtig zur ALTUN HA und brachten ihn dort unter Deck.

»Wenn ihr beten könnt, dann tut's!« sagte der Bärtige. Er hielt noch immer mit der Pistole Juan und den Angler in Schach. »Ihr könnt euch kaum ausmalen, was euch bevorsteht!«

Einen kleinen Vorgeschmack bekamen sie, als Jim McDonald wieder an Deck der ANNETTE I erschien. Er ging auf Juan zu, versetzte ihm eine Ohrfeige, daß der kleine Steuermann quer über das Sonnendeck flog und gegen den Niedergang zum Salon prallte, wandte sich dann zu dem Angler um und sagte:

»Kommen Sie mit! Früher hätte man Sie zu Haifischfutter zerhackt.«

»Auch die Piraterie ist eben kultivierter geworden!« Der Angler lächelte sarkastisch. »Jim . . .«

». . . Steuermann!« brüllte McDonald zurück.

»Steuermann, ich wiederhole: Was ihr hier gemacht habt, war ein Irrtum. Ausgerechnet mich zu kapern! Entert ihr eigentlich alles, was euch vor den Bug kommt?«

»Nur Schiffe wie das Ihrige! Los, kommen Sie mit! Wer Sie auch sind, ein paar Dollar sind Sie immer wert! Wir haben noch nie ein Verlustgeschäft gemacht! Und wenn wir Ihr Schiff verkaufen . . .«

»Verkaufen? Und womit soll ich zurück?«

»Zurück?« Jim starrte den Angler völlig entgeistert an. »Mann, glauben Sie wirklich noch, es gäbe für Sie ein Zurück, nachdem ihr den Chef verwundet habt? Ich habe euch für stur, aber nicht für blöd gehalten . . .«

II

Die ALTUN HA war ein Piratenboot, wie man es sich perfekter nicht wünschen konnte. Auf einer der großen amerikanischen Werften, die sich auf ausgefallenen Luxus spezialisiert hatten, gebaut, war die ALTUN HA auf den ersten Blick nichts anderes als eine Luxusyacht mit Radar und Hochseefunk, Sonnendeck und einem Salon, der wohl größer, aber etwas niedriger war als der auf der ANNETTE I. Der Angler konnte gerade noch stehen mit einem Luftraum von etwa drei Zentimetern über seinem Kopf. Jim mußte seinen rothaarigen Schädel einziehen oder gebückt gehen.

Dafür war die Einrichtung bei weitem das eleganteste, was der Angler bisher auf Privatyachten gesehen hatte. Eine Einrichtung, vermutete der Angler, über der das Flair einer verwöhnten Frau schwebte. Man erkannte es an Kleinigkeiten: an Orchideen in einer Kristallvase zum Beispiel. Welcher Mann, vor allem welcher Piratenkapitän, stellt sich Orchideen auf den Tisch?

»Die Geschäfte gehen gut?« fragte der Angler. »Das Schiff ist fabelhaft. Nur die Kanone und die MGs stören mich.«

»Jeder Beruf hat sein Handwerkszeug.«

»Das stimmt.«

»Der Kapitän will mit Ihnen sprechen.«

»Da treffen sich unsere Wünsche.« Der Angler lächelte von neuem sarkastisch. »Wie stark ist denn Ihr Motor?«

»Das geht Sie einen feuchten Dreck an, Mister!«

Jim McDonald zeigte auf eine Tür im Hintergrund. Dort ging es wahrscheinlich zum Kommandantenraum. »Lassen Sie sich nur gesagt sein: Wir laufen allen Küstenwachbooten und selbst den Kanonenbooten der Marine davon! Lesen Sie keine Zeitungen?«

»Wenige. Mich interessiert nicht mehr, was Politiker sich gegenseitig vorlügen.«

»Und hören auch kein Radio?«

»Nur Musik. Vor allem Opern und Sinfoniekonzerte. Und den normalen Seefunk . . .«

»Du meine Güte! Dann haben Sie noch nie etwas vom ›Gespenst der Karibik‹ gehört?«

»Nein. Seid ihr das? Und ausgerechnet ihr müßt mich kapern? Es gibt wirklich Witze, die schon tragisch sind!«

Es stimmte. Hinter dem Salon, an einem Gang, lag backbords die Kapitänskajüte. Es war nicht die Kommandozentrale, sondern ein länglicher, ziemlich großer Schlafraum mit einem französischen Bett, Spiegelschränken und sogar Gardinen vor den beiden rechteckigen Bullaugen. Ein Hauch von einem herben Parfüm lag in der Luft.

Also doch eine Frau an Bord, dachte der Angler. Das durchbricht eigentlich die alte Piratentradition. Die Männer auf dem Schiff – die Weiber an Land, so war es überliefert. Eine Frau an Bord – nun, das hieß gleich den Teufel mitnehmen!

Der Kapitän saß auf dem Bett, im Rücken durch mehrere Kissen gestützt. Er hatte noch seine Uniformjacke an, nur wo das Messer im Brustmuskel gesteckt hatte, war die Körperseite unter der Jacke mit Zellstoff gepolstert. Und – merkwürdig! – der Kapitän hatte auch noch seine Mütze auf. Neben ihm auf dem Bett lagen einige Papiere. Der Angler erkannte, daß es sein Bordbuch und seine persönlichen Ausweise und Notizbücher waren.

McDonald gab dem Angler einen Stoß, daß er vor das Bett flog, brummte dann etwas Unverständliches und verließ die Kajüte. Der junge Piratenhäuptling griff nach dem Paß des Anglers und blickte hinein.

»Dr. Rainherr«, sagte er. Seine Stimme war ziemlich hell, für einen Mann geradezu knabenhaft, aber der metallische Unterton bewies doch Energie und Willenskraft. »Dr. Andreas Rainherr, geboren in Wuppertal. Fünfundvierzig Jahre alt. Beruf Chemiker.«

»Chemie-Ingenieur, Mister . . .«

»Tolkins . . .«

»Mr. Tolkins.«

»Sie wohnen auf Cayman Brac . . .«

»Ja.«

»Als Deutscher? Warum gerade auf den Caymans?«

»Warum wohnen Deutsche auf Grönland oder auf Feuerland? Die Geschmacksrichtungen sind eben verschieden.« Andreas Rainherr musterte den jungen Kapitän. Er sah blaß aus. Der Blutverlust mußte ihn sehr geschwächt haben.

Tolkins deutete den forschenden Blick anders. Er schüttelte den Kopf. »Es hat keinen Zweck, mich als Geisel zu nehmen. Draußen stehen meine Leute und würden zunächst Ihren Steuermann Juan umbringen. Wollen Sie das?«

Tolkins legte sich auf das Bett zurück.

»Ehe ich mich entscheide«, sagte er zögernd, »was mit Ihnen geschehen wird, wollte ich Sie etwas näher kennenlernen.«

»Das war ein guter Gedanke! Wir könnten beispielsweise ein Plauderstündchen über Ihre Piratenvorfahren halten. Die Karibik war einmal berühmt und berüchtigt als das am besten organisierte Seeräubergebiet der ganzen Welt. Nur im Gelben Meer, bei den chinesischen Piraten, gab es eine ernsthafte Konkurrenz. Ich nehme an, Sie wollen diese Tradition mit anderen Mitteln fortsetzen? Da Sie Belize als Sitz gewählt haben, scheint Ihr Vorbild der ehrenwerte Sir Walter Raleigh zu sein! Nach seinen Raubzügen suchte er immer Schutz hinter den Cays, dem Great Barrier Reef vor Belize. Ein teufliches Gebiet für jeden, der das Riff nicht genau kennt! Man schätzt, daß etwa dreihundert Schiffe dort verstreut auf dem Meeresboden liegen, alle Opfer der Riffe und der verrückten Winde. Millionen im Meeressand . . . Warum lockt Sie so etwas nicht? Warum überfallen Sie Lebende, wenn die Toten genug Reichtümer hinterlassen haben?«

Tolkins sah Dr. Rainherr stumm an. Seine schönen Lippen, die fast herzförmig waren, wölbten sich spöttisch nach vorn. »Sie reden gern, was?« fragte er dann.

»Ich dachte, ich sollte Sie unterhalten, Gespenst der Karibik . . .«

»Haben Sie keine Angst?«

»Nein. Was kann ich verlieren? Das Leben? Mein Gott, das Leben ist schön, ist herrlich, ein Abenteuer von Tag zu Tag, auch wenn es die wenigsten merken, man muß das Leben einfach lieben . . . Aber ich habe auch keine Angst, es zu verlieren. Einmal sind wir alle dran, auch Sie, Tolkins. Sie können allen Verfolgern mit Ihrem schnellen Schiff davonfahren . . . der letzten Stunde aber nicht! Das tröstet mich immer wieder, wenn ich höre, wie wichtig viele Menschen Dinge nehmen, und am Ende bleibt ihnen doch nur ein am Rücken offenes Totenhemd.«

»Sie waren der erste, der sich bei unserer Kaperung wehrte.«

»Sieh an! Und die anderen?«

»Wenn sie unsere Bewaffnung sahen, hoben sie die Arme. Sie gaben ihre Dollars und Brillanten, und wir verabschiedeten uns wie Geschäftsleute. Es ist erstaunlich, oft einfach verrückt, wieviel Geld diese Amerikaner auf ihre Yachten mitnehmen. Und der Schmuck ihrer Frauen! Total irrsinnig! Ich würde solche Werte nie mitnehmen auf ein Privatboot.«

»Sie denken ja auch nicht wie eine Frau, Tolkins. Ich kenne Frauen, die halten ihre Bikinis mit Brillantenschnallen zusammen.« Dr. Rainherr blickte auf die Zellstofflagen, die Tolkins' Brust bedeckten. Sie färbten sich rosa.

»Sie bluten noch immer. Haben Sie denn keinen an Bord, der Wunden fachgerecht behandeln kann?«

»Nein.«

»Also doch kein vollkommener Pirat!«

»Eine gute Bordapotheke haben wir, sie gehört zur Grundausstattung der Yacht. Aber wir haben sie nie gebraucht. Nur höchstens mal ein Pflaster oder ein paar Mullbinden. Es hat sich ja – wie gesagt – nie einer gewehrt!«

»Wo ist die Apotheke?«

»Im Nebenraum.«

»Wenn Ihre Helden mich dranlassen, könnte ich Ihnen vielleicht helfen.«

»Indem Sie mir die Namen vorlesen, die keiner aussprechen kann? Sie – ein Chemiker?«

»Was nicht in meinem Paß steht, Mr. Tolkins, ist: Vor meinem Chemiestudium habe ich sechs Semester Medizin studiert. Ein bißchen davon ist hängengeblieben. Auf Cayman Brac behandele ich die Landarbeiter und Fischer, und vor allem die Arbeiter in den Fabriken, die Schildkröten konservieren. Die beiden Ärzte auf Brac sind mir ewig dankbar . . . Es sind zwei fanatische Schachspieler, die nicht gestört werden wollen. Kann ich jetzt ungehindert an die Apotheke?«

»Ja.« Tolkins nickte. Er sah sehr elend und blaß aus. »Jim hält Wache am Aufstieg. Wir sind hier unten allein.«

Bis auf deine unsichtbare Lady, die hier an Bord ist, dachte Andreas Rainherr. Irgendwo in einer der anderen Kajüten sitzt sie und wartet ab, was mit mir geschieht. Eine Lady, die Orchideen liebt und ein herbes Parfüm benutzt. Ein Parfüm mit einem Hauch von Muskatduft. Muskat – das Gewürz der Karibischen See.

Rainherr verließ das Schlafzimmer, ging in die nächste Kajüte und fand dort eine Art Bibliothek vor. Englischer Stil, Mahagoniholz, Stühle mit Sitzen aus grünem Antikleder. Alles sehr gepflegt, sehr geschmackvoll und – sehr teuer. Ein Luxuspirat, dachte Andreas Rainherr weiter, eine ganz neue Variante innerhalb der Absonderlichkeiten, die man bisher von Korsaren kannte.

Der Apothekenschrank war in die Wand eingebaut. Rainherr fand alles, was er brauchte: Jod, reinen Alkohol, blutstillende Watte, Ampullen mit schmerzstillenden Mitteln, Injektionsspritzen – ja, sogar vier Flaschen mit einer blutersetzenden Glukosemischung fand er vor. Dazu das nötige Instrumentarium für eine Infusion.

Er prüfte das Verfalldatum auf den Flaschen und stellte

fest, daß sie noch ein Jahr lang voll brauchbar waren, und packte alles, was er benötigte, in eine Seidendecke, die über einem kleinen Tisch lag.

»Es tut mir leid«, sagte Rainherr, als er ins Schlafzimmer zurückkam, »ich mußte die Decke nehmen. Hätte ich ein Hemd angehabt, so würde ich mir davon nach alter Art ein Stück abgerissen haben, aber so . . .« Er zeigte an sich herunter. Er war noch immer in der knappen Badehose und sonst nackt. Sein zerfledderter alter Strohhut lag auf dem Deck seiner Yacht.

»Haben Sie was gefunden?« fragte Tolkins.

»Alles, was man braucht. Haben Sie Schmerzen?«

»Ja«, sagte Tolkins ehrlich. »Jetzt fangen sie an. Was muß ich einnehmen, oder was muß ich tun?«

»Vorläufig gar nichts. Ich übernehme jetzt Ihre Behandlung.« Er breitete alles auf dem Bett aus und begann, das Gestell für die Infusion – die Mediziner nennen es respektlos Galgen – zu montieren.

»Sie wollen mich tatsächlich behandeln?« fragte Tolkins. Seine Stimme war einen Ton dunkler geworden.

»Ja! Und ziehen Sie endlich die dämliche Uniform aus und machen Ihren Oberkörper frei, damit ich an die Wunde heran kann! Wir brauchen jetzt keine äußeren Zeichen Ihrer Chef- und Kapitänswürde mehr. Jetzt sind Sie Patient! Weg mit den Klamotten!«

»Gehen Sie raus, Dr. Rainherr!« antwortete Tolkins. Seine Stimme war noch dunkler geworden. Ein warmer Ton, eine Stimme in Moll, wie ein Bogenstrich über ein Cello, dachte Rainherr. »Ich mache das allein, wenn Sie mir alles erklären . . .«

»Allein? Eine Infusion anlegen? Injektionen? Die Wunde versorgen? Ich garantiere Ihnen, daß Juans Messer nicht antiseptisch war! Sie werden die schönste Blutvergiftung bekommen. Wissen Sie, was ein Wundstarrkrampf oder ein Wundbrand ist? Soll ich Ihnen das mal erklären . . .?«

»Gehen Sie endlich! Ich will's allein versuchen.«

»Sie Starrkopf!« Dr. Rainherr hatte das Gestell montiert, legte den Infusionsschlauch zurecht und schloß ihn an die Flasche an. »Soll ich Ihnen einen Spiegel bringen? Erbärmlich sehen Sie aus! Eigentlich müßte ich Sie verrekken lassen – Piratenschicksal!«

»Und warum tun Sie es nicht?«

»Weil ich ein dämlicher Hund bin, der an die Brüderlichkeit der Menschen glaubt. Sie wollten mich ausrauben, dafür wurden Sie angestochen. Ich helfe Ihnen zu überleben, dafür lassen Sie mich laufen. Einverstanden?«

»Und hetzen mir alle Küstenwachboote auf den Hals!«

»Sie sind doch schneller, Tolkins. Und Sie kennen doch hundert Schlupfwinkel, stimmt's?«

»Stimmt! Trotzdem – gehen Sie jetzt endlich raus!«

Andreas Rainherr trat an die Bettkante und beugte sich etwas vor. Es schien, als zucke Tolkins zusammen . . . jedenfalls weiteten sich seine Augen, und die dunkelbraunen, fast schwarzen Pupillen glänzten unnatürlich.

Und dann tat Tolkins etwas, was Rainherr am wenigsten erwartet hatte: Er verdeckte seinen Brustkorb mit beiden Händen.

»Tolkins, nun stellen Sie sich nicht so an!« sagte Rainherr ungehalten. »Draußen sind Sie der gefürchtete Pirat, der Schrecken der Karibik, gejagt von zwölf Staaten, wie mir Jim stolz erzählte, und hier im Bett benehmen Sie sich geradezu lächerlich! Übrigens: Fixen Sie etwa?«

»Was soll ich . . .?« fragte Tolkins mit gepreßter Stimme zurück.

»Fixen! Rauschgift!«

»Nein, warum?«

»Ihre großen, glänzenden Augen . . .«

»Sie sollen endlich verschwinden!« Tolkins fuhr hoch. Wie ein Hund, der wütend zupackt, fletschte er: »Raus!«

»Wollen Sie denn unbedingt verbluten?«

»Es ist mein Blut.«

»So etwas Dämliches!« Andreas Rainherr griff plötzlich zu. Er wollte die Hände des Kapitäns wegreißen, aber der krallte sich in den Zellstoff und die Uniformjacke fest. In letzter Not biß er Rainherr in den Arm.

»Das gibt es doch nicht!« sagte dieser und setzte sich erschöpft auf die Bettkante. »Sie wissen wirklich nicht, wie dreckig es Ihnen geht. Hoffen Sie nur nicht darauf, daß die Wunde bald verkrustet und von selbst heilt. Sie werden Fieber bekommen, dann eine Blutvergiftung! Es wird eitern . . . Juan gebraucht sein Messer doch für alles und hat's nicht vorher ausgekocht, bevor er es Ihnen in die Brust warf. Außerdem nehme ich an, daß die Lady noch lange etwas von Ihnen haben möchte . . .«

»Welche Lady?« fragte Tolkins tonlos.

»Spielen Sie nicht mit mir Verstecken! Hier an Bord befindet sich eine Lady.«

»Nein!«

»Im Salon stehen Orchideen in einer Kristallvase . . .«

»Ich liebe Orchideen.«

»Und in der Luft ist ein Duft von Parfüm.«

»Mein Rasierwasser . . .«

»Tolkins, ich bin ein alter Frauenkenner. Mit Fünfundvierzig schnuppere ich die Anwesenheit einer Frau mit dem Instinkt eines Tiers!«

»Tun Sie das?« Sein Kopf sank noch tiefer. Die Schwäche nahm zu. »Dr. Andreas Rainherr, der Frauen sammelt wie andere Menschen Briefmarken. Ihr ganzer Stolz, was?«

»Irrtum! Ich lebe auf Cayman Brac zurückgezogen und allein mit meiner Tochter Annette. Darüber müssen wir überhaupt noch reden . . . über Ihre Fehleinschätzung, die Sie sich beim Kapern meines Bootes geleistet haben. Ich bin nämlich kein Goldfisch. Mein Haus auf Cayman Brac ist ein schönes Haus, zugegeben. Meine Yacht – ein Hobby, das mein ganzes Geld verschlungen hat. Wovon ich lebe? Von Patent-Tantiemen, die man mir überweist. Ich habe einmal auf dem Kunststoffsektor eine Erfindung gemacht, seitdem faulenze ich nur noch. Ein sinnloses Leben, denken viele. Wenn ich Ihnen erzählen würde, wie ich dazu gekommen bin . . .«

»Sie werden es mir einmal erzählen, Dr. Rainherr.«

»Kaum, wenn Sie sich nicht umgehend behandeln lassen.«

»Was ist denn jetzt bei mir wichtig?«

»Die Auffüllung des Blutverlustes. Die Infusion.«

»Gut!« Tolkins streckte seinen linken Arm aus. »Fangen Sie an. Ich habe gute Venen. Sie brauchen nicht lange zu suchen.«

»Aber das ist doch Blödsinn, Tolkins. In die Vene tropfe ich Blutersatz hinein, und aus der Wunde läuft's wieder raus! Erst muß ich die Wunde versorgen, reinigen, nachsehen, wie tief sie ist. Ich muß erst wissen, ob das Schlüsselbein angekratzt ist, denn soviel ich mich erinnere, stak das Messer knapp unter dem Schlüsselbein. Dann Antibiotika-Infusionen – und das alles gleichzeitig mit dem Tropf, denn aus ihm kommt die Kraft in Ihren Körper zurück. Wenn sich der Stich entzündet, haben Sie noch fröhliche Tage und Nächte vor sich! Also los: Oberkörper frei!«

Dr. Rainherr steckte die Infusionsnadel an den Schlauch, legte die Schlauchklemme zur Regulierung der Tropfgeschwindigkeit an und zog eine Spritze mit Penicillin auf. Eine Mega-Ampulle.

Ein Antibiotikastoß.

Tolkins knirschte mit den Zähnen, die Schmerzen wurden stärker und breiteten sich über den ganzen Körper aus. In seinen Augen, groß, fast schwarz, sah man Panik.

»Warum mußten Sie sich auch wehren?« fragte er jetzt schwach. »Das Schiff war gekapert, Sie sind nur zwei Mann, wir aber haben Maschinengewehre und eine Kanone. Es war doch völliger Irrsinn von Ihnen!«

»Ich gebe nie ohne Gegenwehr auf, Tolkins. Wer mir ans Leder will, der muß das Gerben verstehen. Dazu ist mir mein Leder zu wertvoll! Und ziehe ich schon den kürzeren, dann muß ich wenigstens die Freude haben, daß einer mit mir gegangen ist, der auch nicht mehr zurückkommt!«

»Und das . . . bin ich . . .«

»Vielleicht, wenn Sie noch länger quatschen.«

»Wissen Sie, was mit Ihnen und Ihrem Steuermann geschieht, wenn ich sterbe?«

»Natürlich weiß ich das. Deshalb habe ich ja das größte Interesse daran, daß Sie weiterleben. Ich helfe Ihnen nicht nur aus biblischer Samaritersucht! Haifraß, meinte Ihr McDonald. Wenn Sie wüßten, wie ich Haie hasse!«

»Ich bin auch ein Hai.«

»Wenn man es poetisch sieht – von mir aus! Wenn es Sie stolz macht, nennen Sie sich ruhig so. In Wirklichkeit sind Sie ein mieser kleiner Räuber, der die Yachten amerikanischer oder sonstiger Millionäre überfällt, sie ausplündert und dann davonrennt in seinem superschnellen Schiff. Aber wir leben nicht mehr im sechzehnten Jahrhundert, wo Piraten zu Helden hochgejubelt und geadelt wurden! Sie adelt keiner, Tolkins. Sie bekommen sicherlich nur fünfzehn Jahre Zuchthaus.«

Dr. Rainherr betrachtete den hingestreckten Arm, den Ärmel der Uniformjacke hatte Tolkins hochgestreift. Ein verblüffend zarter Arm! Hände wie ein Knabe, aber die Finger waren länger als bei einem Kind. Gepflegte, spitz zugefeilte Nägel . . .

»Sie sind eitel, nicht wahr?« fragte Rainherr. »Sie sind ein Narziß . . . in sich selbst verliebt? Wie viele Menschen haben Sie schon umgebracht?«

»Keinen«, antworte Tolkins schwach. Die Schmerzen wurden immer stärker. Ihm war, als stünde sein Körper in Flammen.

»Und Ihre Mannschaft?«

»Auch keinen. Bestimmt! Keine Gewalt, keine Toten . . . das ist meine Grundregel.«

»Humane Piraterie . . . ein neuer Akzent! Der Robin Hood der Meere!«

Er band Tolkins' Arm ab, tastete nach der deutlich hervortretenden Vene und stach dann die Infusionsnadel schräg ein. Zur Kontrolle sog er etwas Blut an und steckte dann die gutsitzende Nadel in das Verbindungsstück zum Infusionsschlauch. Langsam rann die Glukoselösung in die Blutbahn.

»Das hätten wir«, sagte Rainherr zufrieden. »Das wird neue Kraft geben. Piratenkraft! Tolkins, ich muß Sie doch für das Zuchthaus erhalten. Und nun die Wunde . . .«

Dr. Rainherr beugte sich vor. Den Tropf in der Vene, den Körper von Schmerz durchschüttelt, war Tolkins zu schwach, um sich nun noch zu wehren. Er schloß die Augen, als Rainherr die Kapitänsjacke ganz von seinen Schultern streifte.

»Und die Mütze weg!« sagte der Doktor spöttisch. »Oder gehen Sie immer mit der Kapitänsmütze zu Bett, Tolkins?«

Er riß sie Tolkins vom Kopf – und dann fiel eine Flut langer schwarzer Haare über die Schultern des Verletzten, ein Vorhang aus mattglänzenden Strähnen, die bisher unter der Mütze hochgesteckt gewesen waren.

Sprachlos starrte Rainherr auf diesen völlig veränderten Kopf . . .

Der Kopf einer schönen Frau, zurückgelehnt in den Kissen, bleich im Gesicht, mit zusammengekniffenen Lippen, vibrierenden Nasenflügeln und zuckenden, festgeschlossenen Augenlidern.

Langsam sank die rechte Hand, die noch immer flach auf der Brust lag, zurück aufs Bett.

»Ich werde wahnsinnig!« brachte Rainherr stockend heraus.

Er sah wieder auf die spitz gefeilten Fingernägel, den schmalen Arm, die langen schwarzen Haare. Dann wanderte sein Blick weiter. Das Hemd unter dem Uniformrock war auf der linken Seite zerrissen, um dort den Zellstoff auf die Wunde legen zu können, aber rechts zeichnete sich jetzt deutlich die Rundung einer Frauenbrust ab.

»Machen Sie weiter«, sagte Tolkins. »Sonst brülle ich noch vor Schmerzen!«

Dr. Rainherr hob den Zellstoff ab. Die letzte, festge-

klebte Lage mußte er mit einem Ruck entfernen. Tolkins knirschte mit den Zähnen. Juans Messer war am Brustansatz eingedrungen. Die Wunde klaffte auseinander und blutete wieder stärker. Darunter, jetzt vom Blut in Streifen überzogen, wölbte sich eine feste, schöne Brust.

»Das Gespenst der Karibik . . .«, sagte Rainherr leise und tupfte das rinnende Blut von der Brust. »Eine Frau! Wer sind Sie?«

»Mary-Anne Tolkins . . .«

»Mary-Anne . . . Man riecht förmlich die Seeluft.«

»Ist die Verletzung schlimm?« Ihre Stimme war ganz klein geworden. »Werde ich am Leben bleiben, Dr. Rainherr?«

»Das werden Sie. Aber ich muß die Wunde nähen, und eine Narbe wird zurückbleiben, direkt am Brustansatz. Sie wird alle Männer magisch anziehen und geküßt werden wie eine Reliquie! Die Brustnarbe der Korsarin! Jeder Mann, der sie einmal küssen durfte, wird das als sein größtes Erlebnis betrachten.«

»O, ich möchte Sie töten . . . töten . . . töten . . .«, schluchzte sie leise. »Sie selbstherrlicher Kerl! Ich schwöre Ihnen, ich werde Sie töten . . .«

»Darum tue ich auch alles, damit Sie nur am Leben bleiben, Mary-Anne. Beißen Sie jetzt die Zähne zusammen. Bevor ich die Wunde nähe, muß ich sie erst säubern. Das wird verdammt weh tun – oder möchten Sie lieber eine Narkose? Ich habe im Apothekerschrank auch Äther gesehen. Aber ein echter Pirat erträgt so etwas breitbeinig und singt noch dabei von Jo, dem Einäugigen . . .«

»Ich hasse Sie!« stöhnte sie. »Ich hasse Sie wie nichts auf der Welt. Ich hasse Sie, wie Sie die Haie . . .«

»Das sollten Sie nicht sagen, Mary-Anne.«

Rainherr begann, die Wunde auszuwaschen. Sie biß die Zähne aufeinander. Das Zittern ihres Körpers ließ ihre schöne Brust leicht zucken.

»Bei solchem Haß gibt es kein Zurück mehr! Achtung – jetzt muß ich Jod nehmen. Das brennt höllisch . . .«

Sie nickte, dann stöhnte sie laut, als das Jod auf ihrem Fleisch brannte. Plötzlich krallte sie ihre freie rechte Hand in Rainherrs Haare.

»Ich möchte weiterleben, Andreas . . .«, stammelte sie. Ihre Stimme verlor in den Schmerzen jeglichen Klang. »Retten Sie mich! Bitte, Andreas . . .«

Aber sie war eine tapfere Frau. Dieser erste Ausbruch von Todesangst, wohl durch den zu furchtbaren Schmerz hervorgerufen, blieb auch ihr letzter.

Sie ließ Dr. Rainherrs Haare los, lehnte sich von neuem in die Kissen zurück und sagte mit zusammengepreßten Zähnen: »Verzeihen Sie!«

»Was, Mary-Anne?«

Er legte ein paar Lagen Mullkompressen auf die gereinigte Wunde und schielte dabei nach dem Tropf. Die Infusion lief gut.

»Verzeihen, daß Sie mich Andreas nannten? Das war doch – ganz lapidar ausgedrückt – einfach schön! Sie können das wunderbar sagen: Andreas . . .«

»Unsinn!« Sie bemühte sich, trotz der Schmerzen wütend zu sein und funkelte ihn an. Ihre schwarzbraunen Augen sollten Zornesblitze schleudern, aber auch sie waren – um mit Andreas Rainherr zu sprechen – einfach schön. »Machen Sie weiter!«

»Ich muß nochmal in der Bordapotheke nachsehen, ob Nahtmaterial da ist.«

»Bestimmt! Man hat mir gesagt, alles sei perfekt.«

»Das sagen die Verkäufer immer.«

Er richtete sich auf und putzte seine mit Blut verschmierten Finger an den Zellstofflagen ab. »Sie haben sich bisher nie um die Apotheke gekümmert?«

»Nein.«

»Haben Sie nie damit gerechnet, daß Ihre Piratenuntaten einmal danebengehen könnten?«

»Nie! Wo wir bisher auftauchten, war die Überraschung zu groß. Nur Sie haben sich gewehrt, wie ich schon bemerkte.«

»Wie viele Yachten haben Sie denn schon ausgeräubert?«

»Ich weiß es nicht mehr.«

»Alle Achtung!« Dr. Andreas Rainherr machte eine kleine spöttische Verbeugung. »Es gab schon mal ein paar berühmte Korsarinnen, die berüchtigste war eine Chinesin, – aber ich glaube, Sie holen Ihre Kolleginnen ein. Im Wert der Beute, meine ich. Die Piratinnen der früheren Jahrhunderte waren grausame Weiber. Grausamer als die Männer, gnadenloser. Sie ließen erschießen und köpfen, erdrosseln und vierteilen, aufhängen und ertränken – und das alles nicht auf normale Art, sondern immer gewürzt mit besonders phantasievollen Grausamkeiten. An erster Stelle – gewissermaßen als Ouvertüre – stand immer die Entmannung . . .«

»Das möchte ich mit Ihnen alles auf einmal tun«, sagte sie böse.

»Mary-Anne, Sie würden es bereuen! Jetzt hole ich – falls vorhanden, Nahtmaterial.«

Er ging hinaus und schloß leise hinter sich die Tür.

Am Ende des Aufgangs zum Deck stand oben die riesige Gestalt von Jim McDonald. Hinter ihm drängte sich das Gesicht des Bärtigen neugierig über seine Schulter.

»Wie geht es ihr?« rief Jim heiser. »Warum befiehlt sie nicht: Volle Kraft nach Hause?«

»Fragen Sie sie am besten selbst, Steuermann! Ihr Befinden? Ich hatte große Not, sie davon abzuhalten, zu verbluten. Ein außergewöhnlich halsstarriges Mädchen.«

»Aber jetzt ist alles okay, Mister?«

»Noch nicht. Ich muß nähen.«

»Ich bringe Ihren Steuermann um, Sir!« knurrte der Bärtige.

»Das steht Ihnen frei. Aber wenn Juan etwas passiert, ist auch eure schöne Lady auf dem Schleuderbrett! Nehmt zur Kenntnis, Jungs: Ich habe nichts zu verlieren! Mit mir habt ihr ausgerechnet den Falschen gekapert, an den Gedanken müßt ihr euch gewöhnen.«

Er wandte sich ab, ging in den Bibliotheksraum und suchte in dem Apothekenwandschrank nach Nahtmaterial.

Er fand einen Chromkasten mit verschiedenen Nadeln und Nadelhaltern, alle in sterilem Plastik, vakuumverschweißt. Und sogar ein Kasten mit Seide und Catgut lag in dem Fach »Chirurgie«.

Er nahm alles und kehrte ins Schlafzimmer zurück.

Mary-Anne Tolkins saß bleich, mit geschlossenen Lidern, in ihren Kissen, aber als die Tür aufging, öffnete sie die Augen wieder. Nur keine Schwäche zeigen!

»Haben Sie etwas gefunden, Dr. Rainherr?« fragte sie.

»Andreas klang viel netter!«

Er legte die Chromkästchen auf das Bett und setzte sich wieder auf die Bettkante.

»Der seltene Fall ist eingetreten, daß Sie nicht beschwindelt worden sind: die Apotheke ist komplett! Ich habe es erst jetzt bemerkt, es gibt sogar eine chirurgische Abteilung, eine für Allgemeinmedizin, eine HNO-Gruppe, man war sogar so gewissenhaft, auch an die Gynäkologie zu denken. Mary-Anne, Sie haben an Bord verschiedene Küretten und Geburtszangen. Sie können sich also eine Geburt auf dem Piratenschiff leisten – Sie sind für alles gerüstet!«

»Sie sind das größte Ekel von Mann, das ich je kennengelernt habe!« zischte sie. »Ein Kerl, der quatscht und quatscht und vielleicht auch noch glaubt, es sei geistreich, was er da von sich gibt.«

»Bestreiten Sie, daß es ungewöhnlich ist, auf einer Privatyacht Geburtszangen zu haben? Für mich ist das neu.«

»Und das Nahtmaterial?« schrie sie ihn plötzlich mit ihrer hellen Stimme an.

»Natürlich auch!« Er rückte nahe an sie heran, hob die Mullkompressen von der Wunde ab und bemerkte, daß die blutstillende Watte geholfen hatte. Dann reinigte er mit Alkohol noch einmal ihre schöne Brust und blinzelte dabei nach ihrem Gesicht.

Sie hatte die Augen wieder geschlossen, ihre Nasenflügel blähten sich auf, und die Mundwinkel vibrierten leicht. Auch eine Piratin bleibt immer eine Frau, dachte er. Oder wenigstens manchmal. Und wenn die Piratin eine leidenschaftliche Frau mit verdrängten, geknebelten Sehnsüchten ist, dann wird es besonders schwer, in bestimmten Augenblicken weiterhin ein Neutrum zu bleiben . . .

Er ließ sich Zeit mit der Säuberung der Brust, umkreiste sie mit seinem alkoholgetränkten Läppchen und gestand sich ein, daß er gern der erste Mann wäre, der die Narbe auf dieser Brust küssen durfte.

»Wann fangen Sie endlich an?« knirschte sie ungeduldig zwischen den Zähnen.

»Ich bin doch dabei . . .«

»Nennen Sie das nähen . . .?«

»Ich stamme noch aus der antiquierten medizinischen Schule, wo man uns lehrte, daß für eine Naht ein Operationsgebiet sauber zu sein hat. Moderne Lehrmeinungen sind da konträr . . . es soll Unfallchirurgen geben, die nicht einmal das Blut wegwischen, sondern sagen: Luft heilt am besten! Keine Verbände, Wunde nur mit Antibiotika übersprühen und dann abwarten. Andere wieder verkleben die Wunden oder setzen winzige Klammern. Ich bin nun einmal für absolute Sauberkeit!«

Er legte den Alkoholtupfer weg und klappte die Chromkästen mit dem Nahtmaterial auf.

»Sie reden und reden . . .«

»Aber jetzt ist Ihre Brust wirklich blank und keimfrei – in all ihrer Schönheit!«

»Ich möchte Ihnen ins Gesicht schlagen! Ja, das möchte ich jetzt!« sagte Mary-Anne mit dunkler Stimme.

»Sieh an, sieh an . . .« Dr. Rainherr hob mit einer Pinzette eine ganz dünne, gebogene Nadel hoch.

»Da haben wir ja sogar atraumatische Nadeln! Alle Achtung!«

»Was heißt das?«

»Mit den Dingern kann man so fein nähen, daß später als Narbe nur ein feiner Strich übrigbleibt. Ein weißer, kleiner schmaler Strich, kaum sichtbar ... Man müßte schon sehr nahe an Ihre Brust herankommen!«

Sie schlug nach ihm. Tatsächlich ... ihre freie rechte Hand holte blitzschnell aus, aber ebenso schnell reagierte Dr. Rainherr und hielt die Hand fest, bevor sie ihn treffen konnte.

»Sie Ekel!« schnaubte Mary-Anne. »Sie widerliches Ekel!«

»Ich weiß, Mary-Anne.«

Er hielt ihre Hand noch länger fest, zog sie an sich und küßte die Handfläche zart. Dann ließ er sie abrupt los und hielt seinen Kopf hin.

»Wenn's Ihnen soviel Spaß macht, schlagen Sie zu!«

Er fädelte den Nahtfaden ein und wartete, daß sie von neuem zu dem Schlag ausholte. Sie tat es nicht ... Ihre Hand sank zurück und ballte sich zur Faust.

»Soll ich nicht doch Äther nehmen?« fragte er leise. »Ein ganz klein wenig. Ein Räuschlein ...«

»Nähen Sie endlich, zum Teufel! Ich bin keine Memme.«

»Nein, ich weiß. Sie sind das Gespenst der Karibik, und als solches haben Sie natürlich mutig zu sein.« Er beugte sich wieder vor. »Mary-Anne, stützen Sie mit der rechten Hand Ihre Brust. Mein Gott, zucken Sie doch nicht wieder zusammen. Natürlich haben Sie eine herrliche feste Brust, die keine Stütze braucht – aber immerhin hat sie ein bestimmtes Gewicht, und das zieht die Wunde oberhalb, am Ansatz, auseinander. Die Naht soll doch möglichst unsichtbar werden ... es sei denn, Sie wären ein Narbentyp, dann hilft alles nichts.«

»Ich habe gutes Heilfleisch, wie man so sagt.« Sie legte ihre rechte Hand aber doch unter ihre linke Brust und hob sie etwas an.

Der erste Einstich war unangenehm, aber weniger schmerzhaft, als sie gedacht hatte. Die Schmerzen vorher, die ihren ganzen Körper ergriffen hatten, waren weit schlimmer gewesen. Sie legte den Kopf zurück in die Kissen, schloß die Augen und zählte die Einstiche.

Viermal glitt die Nadel durch ihren Brustansatz . . . Juans Klinge war breit gewesen, ein Messer, das er, wie Rainherr sagte, als Universalwerkzeug brauchte. Vier Einstiche . . . Sie rührte sich nicht, gab keinen Laut von sich, aber sie registrierte jede Berührung von Rainherrs Hand.

Es war, trotz aller Schmerzen, ein merkwürdiges, fast glückliches Gefühl, das sie jetzt durchrann. Sie spürte genau, wie seine Fingerspitzen über die Wunde tasteten, wie sie die Naht kontrollierten, wie sie von neuem über die Brust strichen . . . und endlich unter ihrer stützenden Hand liegenblieben.

»Rutschen Sie jetzt bitte nach vorn in eine mehr liegende Stellung«, sagte er. »Mein Gott, wie lange ist das her, daß ich so genäht habe? Ich möchte nämlich nicht, daß die Naht wieder aufreißt, wenn die Brust daran zieht. Ich möchte sie nämlich nicht verbinden . . .«

»Nicht?« fragte sie leise zurück.

»Nur eine sterile Mullkompresse darüber. Das bedeutet aber, daß Sie still liegen müssen. Und jetzt rutschen wir in die Waagerechte, große Korsarin.«

»Mistkerl!« sagte sie bitter.

»Ich weiß.«

Sie legte sich vorsichtig hin, ganz flach auf den Rücken, und war fast enttäuscht, als Dr. Rainherr seine Hand unter ihrer Brust wegnahm. Unter halbgeschlossenen Lidern beobachtete sie ihn, wie er die genähte Wunde mit Mull abdeckte und ein paar Streifen Heftpflaster darüberklebte.

»Sie werden gleich noch andere Ausdrücke aus Ihrer ordinären Kiste holen, wenn ich Ihnen eröffne, daß ich Sie jetzt ausziehe.«

»Ich schreie um Hilfe, wenn Sie damit anfangen«, sagte sie hart.

»Wollen Sie in dieser blödsinnigen Admiralsuniform im Bett liegenbleiben?«

»Ja!« Sie zog die Beine an, was ein Ausziehen der weißen Hose sehr erschwerte. »Ich ziehe mich allein aus.«

»Und die Wunde platzt wieder auf.«

»Dann warte ich, bis diese Gefahr nicht mehr besteht.«

»Das wäre der Zeitpunkt, wo Sie Ihre Hose wieder anziehen dürften! Mary-Anne, ich bin kein Wüstling, der über Sie herfällt, sobald Sie nackt vor ihm liegen. Und nackte Frauen habe ich genug gesehen . . . am Strand, im Wasser, unter Palmen, in Liegestühlen und auf Matratzen . . .«

»Und im Bett!«

»Das wollte ich diskreter mit Matratzen ausdrücken! Aber bitte, wenn es Ihnen direkter gefällt – auch im Bett!«

»Genauso sehen Sie aus!«

»Danke. Das war ein Kompliment. Und jetzt lassen Sie sich ausziehen.«

»Nein!«

»Soll ich Jim und Ihren Bärtigen rufen, damit die es tun?«

»Die würden das nie wagen.«

»Mary-Anne!« Er legte seine Hände auf ihre angezogenen Knie. Seine Berührung durchfuhr sie wie ein elektrischer Schlag, aber sie hatte sich so in der Gewalt, daß sie mit ihrer Rechten seine Hände wegschob. Gleich danach tat es ihr leid . . .

Leg sie wieder auf mich, deine Hand, dachte sie. Tu es doch, verdammt! Ich weiß, es ist verrückt . . . Aber deine Hände sind mehr wert als jedes Mittel gegen Schmerzen und gegen Angst . . .

»Ich gebe Ihnen jetzt noch eine Penicillin-Injektion . . . Dann sind Sie vollgepumpt mit Antibiotika. Wie steht's überhaupt mit Ihrem Herzen?«

Die Frage kam so plötzlich, daß sie zusammenzuckte und ihn entgeistert anstarrte. Langsam streckte sie die Beine wieder aus.

»Wieso?«

»Ich meine, Kreislauf und so. Nicht, ob Sie verliebt sind. Das interessiert mich überhaupt nicht.«

»Wirklich nicht?«

»Überhaupt nicht. Eine Frau wie Sie – auch wenn sie Korsarin ist und Millionärsyachten ausraubt – muß einen Geliebten haben, sonst wäre sie total anormal! Ihr Piratendasein ist schon absurd . . .«

»Warum soll eine Frau nicht einmal Seeräuber sein? Was ist denn so absonderlich daran?«

»Alle bisher in der Korsarengeschichte bekannten Piratinnen hatten irgendeinen seelischen Knacks. Ein Schockerlebnis, das sie nicht mehr abstreifen konnten, sondern es durch Grausamkeit, Gnadenlosigkeit und unbändigen Haß kompensieren mußten. Irgendein Ereignis hatte sie alle aus dem normalen Leben geworfen. Die Gier nach Geld und Reichtum war bei diesen Piratinnen übrigens nie der ausschlaggebende Moment – im Gegensatz zu ihren männlichen Kollegen, die nur an Gold und Edelsteine dachten. Nein, die Frauen in diesem Metier wurden aus Haß oder Rache der Schrecken der Meere!«

»Haben Sie etwa Piratologie studiert?« fragte sie spöttisch. Warum hältst du deine Hände zurück, dachte sie dabei. Warum faßt du mich nicht wieder an? Wie kann ich dich spüren . . .

»So ähnlich.« Andreas Rainherr packte die Instrumente zusammen und legte alles auf einen eingebauten Nachttisch neben das Bett.

»Ich habe ein Haus auf Cayman Brac, das wissen Sie ja. Und ich hatte in den ersten Monaten viel Zeit, mich mit meiner neuen Heimat, der Karibik, und ihrer Geschichte zu befassen. Und was wäre dieser wunderschöne Teil der Welt, der einen Menschen tatsächlich wie mit Zauberarmen umfassen und bestricken kann, ohne die Piraterie der vergangenen Jahrhunderte? Schauen Sie«, er redete sich in Begeisterung, »über dieses Meer segelten die spanischen Goldgaleonen, randvoll mit den Schätzen der unterworfenen Mayas und Azteken, Inkas und Tolteken. Und um diese Goldtransporte wehten die schwarzen Flaggen der Korsaren oder heulten die Taifune. Was den Piraten entkam, die Stürme überlebte oder nicht an den Klippen und Korallenriffen zerschellte, genügte noch immer, Spanien zum reichsten Land jener Zeit zu machen. Dann war ein paar Jahrhunderte lang Ruhe. Mittelamerika und der Norden Südamerikas waren ausgeplündert, es gab keine Schätze mehr. Die Piraten mußten – gewissermaßen – verhungern. Tja, und jetzt ist die neue Goldzeit wieder angebrochen! Es wimmelt geradezu von Privatyachten . . . von den Bahamas bis Trinidad, von Florida bis zu den großen Riffen vor Belize. Überall schwimmt das Geld herum . . . ein amerikanischer Geschäftsmann ohne eigene Yacht ist ein schlechter Geschäftsmann. Der Yacht-Boom steht in voller Blüte! Und siehe da – die Piraten tauchen wieder auf! Und mit ihnen eine besonders hübsche Frau . . . Mary-Anne, warum führen Sie dieses Leben?«

»Das geht Sie nichts an.«

»Stimmt! Ich bin ja Ihr gekaperter Gefangener.« Dr. Rainherr stand von dem Bett auf. »Die Wunde ist versorgt, es ist alles okay. Warten wir jetzt ab, wie Ihr schöner Körper reagiert.«

»Nichts ist okay!« sagte sie laut. Und dachte: bleib bitte, bleib doch!

Sie sah ihn mit ihren großen schwarzbraunen Augen an wie ein Tier, das man hinausjagt in eine fremde Welt. Erst jetzt nahm sie richtig wahr, daß er bis auf seine kleine rote Badehose nackt war. Ein großer, muskulöser Mann, durchtrainiert, mit weißen Fäden im braunen, gewellten Haar. An den dichten Schläfen waren es ein paar mehr weiße Fäden. Wenn er lachte, bildeten sich Fältchen in den Augenwinkeln und zwei starke Falten auf der Stirn. Sein Gesicht war wetterbraun – kein schönes Gesicht, nicht ein Beau, wie sie zu Hunderten gerade in der Karibik herumschippern, reiche Erben oder noch reichere Selfmademen, die sich jedes zweite Jahr mit Frischzellen ein wenig Jugend zurückholen, und wenn's auch nur die Illusion davon ist . . .

Nein, so war dieser Mann nicht. Er stand vor ihr in seiner knappen Badehose, die Arme in die Hüften gestemmt, und schaute auf sie hinunter, als sei er der siegreiche Pirat und nicht umgekehrt.

Ein Mann, den man ansehen mußte, und der bei jeder Frau eine heimliche wehe Traurigkeit hinterließ, wenn er ging. Ein Mann, an den man denken und über den man nachdenken mußte.

»Was ist nicht in Ordnung?« fragte Dr. Rainherr jetzt.

»Der Tropf . . .«

»Die Infusion läuft noch eine halbe Stunde. Dann komme ich wieder und setze eine neue Flasche an.«

»Sie kommen wieder? Wo wollen Sie denn hin?«

»Auf mein Schiff, wenn Sie erlauben. Ich möchte mich anziehen! Sie werden staunen, wie ich als Kapitän aussehe! Ich habe nämlich auch eine Uniform. Geflickte Jeans und ein Hemd, auf das ein smarter Fabrikant eine Palmeninsel gedruckt hat.«

»Sie ziehen sich an, aber mich wollten Sie ausziehen.«

»So ist das im Leben, Mary-Anne. Man findet selten Gleichgesinnte!«

»Ihren dämlichen Sarkasmus können Sie sich sparen! Ich friere.«

»Sehen Sie, es geht schon los! Sie frieren bei achtundzwanzig Grad Hitze. Mary-Anne, und wenn Sie brüllen: Ich ziehe Sie jetzt aus und lege Sie so hin, wie es sein muß.«

Er faßte an ihre Beine, und sie bewegte sich nicht. Er zog ihren linken Schuh, den rechten Schuh aus . . . weiße Lederschuhe mit gerippten Gummisohlen, die an Deck einen guten Stand gaben . . . Dann streifte er die weißen Socken ab und nahm ihren linken Fuß in beide Hände.

»Wer so süße, kleine Füße hat, sollte nicht seine Mitmenschen überfallen«, sagte er langsam.

»Sie sind ein Esel, Andreas.«

»Danke. Sie haben wieder einmal Andreas gesagt . . .«

Er beugte sich vor und löste den Gürtel an ihrer Uniformhose. Jetzt müßte sie zuschlagen, dachte er. Ich spüre es förmlich – sie spannt alle Muskeln an. Er bereitete sich darauf vor und beschloß, den Schlag nicht abzuwehren.

Der Reißverschluß. Er zog ihn herunter und wartete auf ihre zuschlagende Hand.

Aber Mary-Anne blieb unbeweglich liegen. Unter ihrer Brust sah er, wie sie die Bauchmuskulatur anspannte. Auch die Innenseiten ihrer Schenkel mußten jetzt hart wie Bretter sein.

Er packte ihre Hosenbeine und zog daran. Zu seiner Verwunderung wehrte sie sich nicht mehr. Sie trug nur einen schmalen, dünnen Slip unter der Hose. Zum erstenmal sah er ihren Körper vollständig . . . den Leib, die Hüften, die Schenkel, die schlanken Beine . . . die sonnenbraune Haut, von einem mattschimmernden Glanz überzogen, als sei sie aus Seide.

»Das genügt«, sagte er, und seine Stimme klang irgendwie belegt. Er breitete ein Laken und eine Wolldecke über den schönen Körper und kam sich dabei vor, als verhülle er eifersüchtig diese göttliche Figur, damit nur er sie sehen dürfte.

»Übrigens, das Frieren kommt vom Kreislauf. Sie haben einen starken Blutdruckabfall, kein Wunder bei dem Blutverlust. Aber das geht gleich vorbei.«

»Es ist schon besser«, sagte sie leise.

»In einer halben Stunde bin ich wieder da.«

Sie nickte. Er ging zur Tür und wollte hinausgehen, aber sie sprach ihn noch einmal an.

»Um es klarzustellen«, sagte sie, »Dr. Rainherr, ich habe keinen Geliebten!«

»Dieses Geständnis hätten Sie aber wirklich mit dem Namen Andreas verknüpfen können«, antwortete er und verließ die Kajüte.

III

An Deck der ALTUN HA wartete die gesamte Mannschaft auf Dr. Rainherr.

An der Spitze stand Jim McDonald, und sein roter Haarwald leuchtete in der Sonne, als habe man ihn in Farbe getaucht.

Andreas Rainherr zählte sieben Besatzungsmitglieder . . . sogar einen Maschinisten hielt sich Mary-Anne Tolkins. Die Geschäfte mußten gut gehen, Piraterie lohnte sich.

»Sie wird gleich schlafen«, sagte er, bevor McDonald etwas fragen konnte. »Die Wunde ist genäht, sie wird erträgliche Schmerzen haben und – wenn keine Komplikationen auftreten – in einer Woche wieder auf der Brücke stehen.«

»Das ist schön.« McDonald kam auf Dr. Rainherr zu und streckte ihm seine gewaltige Pranke entgegen. »Sie sind der einzige, der an Bord jetzt zu mir Jim sagen darf, ohne daß ich ihm das Nasenbein einschlage.«

»Danke, Jim.«

Sie drückten sich die Hand, und Rainherr stellte fest, daß man diese Herzlichkeit schon beinahe Quetschung nennen konnte.

»Hat der Käpten was gesagt?« fragte der Steuermann dann.

»Genug.«

»Ich meine, was uns angeht. Bleiben wir in den Cays, oder fahren wir zurück zum Heimathafen?«

»Darüber hat sie noch nicht nachgedacht.«

Dr. Rainherr blickte hinüber zu seinem Schiff. Dort hatte man Juan Noales in einen der Korbsessel unter dem Sonnendeck festgebunden, als sollte er mit dem Sitzmöbel verschickt werden.

»Das wird ein Problem, Leute.«

»Wieso?«

»Ihr habt eure Taktik geändert: Wie der Blitz kommen

und gehen! Nun habt ihr mein Schiff und uns am Hals.«

»Das Schiff ist doch kein Problem«, versetzte McDonald gemütlich. »Ein schönes Loch in den Bauch und gluckgluck – weg ist es!«

»Das möchte ich keinem raten, Jim. Da kann ich verdammt ungemütlich werden.«

»Ha! Sie allein gegen uns, Sir?«

»Vergessen Sie nicht, Jim: Ihr Käpten ist auf meine Hilfe angewiesen.«

»Das wird der Käpten auch allein entscheiden.«

»Also warten wir es ab. Darf ich auf mein Boot? Ich möchte mir gern etwas anziehen.«

»Okay.« Jim grinste breit. »Aber bemühen Sie sich nicht, Sir, um Hilfe zu rufen. Ihre Funkeinrichtung haben wir unbrauchbar gemacht.«

»Jim, Sie sind ein kluger, umsichtiger und tapferer Mensch . . . aber in diesem Fall ein Idiot. Ich habe nie daran gedacht, die Küstenwache zu alarmieren.«

Er lachte, als er McDonalds ratloses Gesicht sah, und stieg hinüber auf sein Schiff.

»Zerbrechen Sie sich mal den Kopf, Jim! Ich bleibe nämlich freiwillig bei euch!«

Zunächst band Dr. Rainherr Juan Noales los, der nicht verstehen konnte, weshalb sein Chef noch lebte und – gegen alle Regeln von Überfallenen – sogar fröhlich war.

»Sie haben die Funkstation zerstört, Chef!« berichtete er wütend. »Und im Maschinenraum haben sie die elektrische Steueranlage total zerschlagen! Wir sind manövrierunfähig!«

»Das ist schön, Juan«, sagte Dr. Rainherr gut gelaunt.

Noales starrte seinen Chef an, als hätte sich dieser zu einem irren Monstrum verändert.

»Schön?« stammelte Juan. »Wenn wir hier bewegungsunfähig austrocknen? Die lassen uns zurück, und wir werden zu Mumien!«

»Es wird sich alles einpendeln. Nur keine Angst, Juan. Und keine Hast!«

»Ich habe nie Angst gehabt, Chef . . .«

»Das weiß ich doch. Und für deinen Messerwurf baue ich dir auf Cayman Brac ein eigenes Haus . . .«

»Chef . . .«

»Ich ziehe mich an, und du gehst in die Kombüse und kochst.«

»Kochen?« Noales sah Rainherr ratlos an.

»Was denn?«

»Ein Festmahl! Deine Spezialität: Schweinegulasch mit grünem Pfeffer. Dazu stellst du Champagner kalt.«

»Champagner?«

»Das alles bringst du nach drüben an Bord, wenn die Sonne untergeht.«

»Ich verstehe überhaupt nichts mehr, Chef«, sagte Juan und gab dem Sessel, auf den man ihn festgebunden hatte, einen Tritt. »Das sind doch Gangster! Ich weiß auch, wer sie sind! In der ganzen Karibik sucht man sie. Ein von ihnen überfallener amerikanischer Millionär hat 500 000 Dollar Belohnung ausgesetzt! 500 000 Dollar, Chef! Die können wir uns jetzt verdienen.«

»Wenn wir Glück haben, Juan, gewinnen wir noch mehr.« Andreas Rainherr stieg hinunter zu seinen Kabinen. Juan folgte wie ein verstörter Hund.

»Wir müssen Glück haben, Junge! – Ist mein weißer Smoking in Ordnung?«

»Ihr – Ihr Smoking, Chef? Hier?«

»Ich glaube, ich werde ihn heute mit einer Freude tragen, wie ich sie bisher noch nicht empfunden habe. Begreifst du das?«

»Nein! Nichts, Chef.«

»Das ist gut. Ich begreife mich ja selbst nicht mehr . . .«

Pünktlich nach einer halben Stunde kletterte Rainherr wieder hinüber auf die ALTUN HA. Er trug seine geflickten alten Jeans und das fürchterlich kitschige Hemd mit der aufgedruckten Palmeninsel.

Auf der ANNETTE I bügelte unterdessen Juan Noales ein Smokinghemd und bürstete die schwarze Hose aus. Dann rannte er in die Kombüse und überwachte das Anbraten seines Gulaschs.

Jim saß unter dem Steuerstand im Schatten und rauchte eine Pfeife. Es sah aus, als dampfe ein roter Wald.

»Was Neues?« fragte Rainherr.

»Nichts. Wir machen uns Sorgen. Sie läßt nichts von sich hören. Ich habe einmal an die Tür geklopft, da hat sie gebrüllt: Laßt mich in Ruhe, ihr Idioten! Da wußten wir, ihr geht's besser. Aber trotzdem . . . keine Befehle, rein gar nichts. Diese Stille macht uns nervös.«

»Und das sagt ein Profi!« Rainherr lachte und klopfte Jim auf die Schulter. »Ich nehme an, daß wir hier noch einige Tage liegen werden.«

»Hier? In den Cays? Verrückt!«

»Urlaub machen, Jim. Schwimmen, Fische stechen, faulenzen . . . warum nicht?«

»Wir haben ein Unternehmen, Sir, das keinen Stillstand verträgt. Ist Ihnen das klar? Und wenn wir nicht pünktlich – wie geplant – zurückkehren, startet Fernando. Und dann gnade Ihnen Gott! Fernando macht Sie kalt.«

Dr. Rainherr zog die Augenbrauen zusammen. Ein neuer Name, ein männlicher sogar! Das störte ihn.

»Wer ist dieser Fernando?«

»Fernando Dalques. Hat sie nichts von ihm erzählt?«

»Nein!« Ein Kloß hing plötzlich zwischen Rainherrs Stimmbändern und der Zunge. Warum hat sie ihn verschwiegen?, dachte er. Ich habe keinen Geliebten, hat sie mir noch nachgerufen. Vor einer halben Stunde noch. Hatte sie gelogen?

»Wer ist dieser Dalques?«

»Ihr Partner, Sir.«

»Aha . . . Partner . . .« Der Kloß im Hals wurde dicker und behinderte sogar das Atmen.

Aber – warum soll es keinen Fernando in ihrem Leben geben, dachte er. Warum rege ich mich so auf, daß es ihn gibt? Dr. Andreas Rainherr, du bist doch nicht so ein Idiot, daß du glaubst, eine Frau wie Mary-Anne habe nur auf dich gewartet!

»Geschäftspartner, Sir . . .«, sagte Jim, als ahne er Rainherrs Gedanken. Dabei grinste er impertinent und blies aus seiner Pfeife Rauchwolken. Nach einer Weile fuhr er fort:

»Privat, wenn Sie wissen, was ich damit meine . . . Sir! Da ist nichts bekannt von unserem Käpten. Als sie uns anheuerte – das war vor vier Jahren genau, und das Schiff war damals halb so groß wie dieser neue Kahn –, da lautete ihre Begrüßungsrede: ›Ihr seht, daß ich ein Mädchen bin! Vergeßt es! Wer glaubt, mit einer Frau könne man anders umgehen als mit einem Mann, der irrt sich. Wer ist der Stärkste von euch?‹« Jim grinste wieder. »Oh, ich habe jedes Wort behalten, Sir. Das war ein Tag, den ich nie vergesse. Der stärkste Mann – das war natürlich ich. Und ich Irrer trete auch noch vor und sage: ›Hier!‹ Und was antwortet sie? ›Sehr gut. Dann komm her und versuche mich zu vergewaltigen!‹ – Ich glaub', ich höre nicht recht. Aber dann bin ich doch auf sie los, weil sie mich so anlächelte wie die Juana in der Bar von Kingston. Sir . . . ich lag plötzlich auf dem Rücken wie ein heruntergeschüttelter Maikäfer! Vier Tage lang war mein rechter Arm lahm, und meine rechte Schulter hatte einen Höcker. Das ging alles blitzschnell . . . ein Seitwärtswurf und dann ein Karateschlag, genau dosiert, sonst hätte sie mir das Schulterblatt zertrümmert. Und das mit ihren kleinen zarten Händen! Wir waren damals zu dritt . . . und später, bei jeder Neueinstellung, flog der Kamerad erst einmal durch die Luft. Das gehörte schon fast zum Anstellungskontrakt. Sir, wir haben alle eine verdammt gute Meinung von unserem Käpten . . .«

»Das war eine gute Rede, Jim.« Rainherr klopfte McDonald auf die breite Schulter. »Irgendwann trinken wir darauf eine Flasche Rum! Sie haben mir sehr geholfen!«

»Ich – Ihnen, Sir?«

McDonald blickte Rainherr verständnislos nach, als dieser die Treppe zu den Kajüten hinunterstieg. Dann stopfte er seine Pfeife neu, blies dichte Rauchwolken in den strahlenden Nachmittagshimmel und hing seinen Gedanken nach. Sie gipfelten in der Feststellung, daß zum erstenmal in seiner Piratenlaufbahn diese Kaperung ein Mißerfolg war.

»Scheiße!« sagte Jim laut. »Das wird der Käpten nicht verdauen . . .«

Andreas Rainherr hielt sich nicht damit auf, an die Schlafkajütentür zu klopfen und auf ein »Herein!« zu warten. Er trat einfach ein und sah Mary-Anne noch so daliegen, wie er sie verlassen hatte.

Der Tropf war beinahe leer; seine Wirkung zeigte sich schon. Mary-Annes Hautfarbe hatte wieder einen rosigeren Ton bekommen . . . das stumpfe Braun, das manchmal sogar gräulich gewirkt hatte, war verschwunden. Brav hielt sie den linken Arm noch ausgestreckt, in der rechten Hand hielt sie ein schmales Notizbuch und las darin, als Rainherr eintrat. Sie warf es zur Seite und sah ihn mit böse funkelnden Augen an. Er erkannte, daß es sein Notizbuch war, das sie wohl von seiner ANNETTE I mitgenommen hatte.

»Auch wenn Sie eine Hose und ein Hemd wie ein Gassenjunge tragen, sollten Sie sich nicht so schlecht benehmen! Man klopft an, bevor man bei einer Dame eintritt«, sagte sie laut. »Außerdem kommen Sie sehr spät. Eine halbe Stunde ist längst vorbei.«

»Sieben Minuten darüber, Lady.«

»Ich verlange absolute Pünktlichkeit.«

»Bei Ihrer Mannschaft – gewiß! Das ist vollkommen in Ordnung. Aber ich bin erstens Ihr Gefangener und zweitens Ihr Arzt und drittens . . . Ihr zukünftiges großes Problem. Das umschließt Sonderrechte. – Und wie ist das werte Befinden, Gespenst der Karibik?«

»Miserabel!« knirschte sie. Ihre Wut war nicht gespielt. »Ich glaube, ich bekomme Fieber.«

»Nicht bei diesem Penicillinstoß!« Er legte seine Hand auf ihre Stirn, die sich kühl, glatt und trocken anfühlte. Kein Hauch von Schweiß. »Wir wechseln jetzt das Infusionsfläschchen, am Abend werden wir brav essen und dann ein langes Schläfchen halten. Morgen sieht die Welt wieder rosiger aus . . .«

Dr. Rainherr kniff die Klemme am Infusionsschlauch zu und hakte die leere Flasche aus der Verbindung. »Die bunten Fischlein tanzen Ringelreihen im Wasser, in den Palmen, da säuselt der Wind . . .«

»Schweigen Sie endlich, oder ich werde Jim befehlen, Sie zu töten!« sagte Mary-Anne leise. »Der tut es sofort, verlassen Sie sich darauf!« Ihre rechte Hand ballte sich zur Faust. »Mit mir zu sprechen wie mit einer Verrückten . . .«

»Erst wechseln wir die Infusion, dann kann Jim immer noch kommen und mich umbringen. Ich stelle fest: Die Zufuhr neuer Flüssigkeit bekommt Ihnen ausgezeichnet. – Noch Schmerzen in der Wunde?«

»Ja!«

»Gelogen! Ich habe Ihnen ein Schmerzmittel injiziert, das bis morgen früh anhält.«

»Ich reagiere eben anders darauf.«

Er setzte die neue Infusionsflasche an und drehte die Schlauchklemme wieder auf.

»Wenn Sie diese Portion im Körper haben, Mary-Anne, werden Sie sich stark wie Penthesilea fühlen. Sie kennen diese Dame? Penthesilea war die sagenhafte Königin der Amazonen. Nach Homer, der ihre Geschichte beschrieb, bildhübsch, tapfer, mutig, unerschrocken, gefürchtet. Ihr Heer, die Amazonen, hatten als Frauen nur einen Schönheitsfehler: Sie ließen sich die rechte Brust amputieren, um den Bogen besser spannen und zielen zu können. Solche Mordsweiber waren das! Trotzdem reagierte Penthesilea ziemlich weiblich, als sie dem heldenhaften Achilles begegnete. Sie verliebte sich nämlich in ihn! Und das war ihr erster, gröbster, aber auch letzter Fehler, denn Achilles tötete sie.«

Rainherr kontrollierte die Infusion, die Glukoselösung tropfte ordnungsgemäß in die Vene.

»Was soll diese blödsinnige Rede, Herr Oberlehrer?« fragte Mary-Anne grob.

»Einiges beruhigt mich beim Vergleich mit Penthesilea: Sie haben sich erstens nicht in mich verliebt, und zweitens haben Sie noch beide Brüste . . .«

»Ich rufe nach Jim, wenn Sie nicht endlich mit dem Gequatsche aufhören!« zischte sie. Unter der Wolldecke bebte sie vor Zorn. Ihr Temperament war vulkanisch; in ihren Armen zu liegen, muß ein halbes Sterben sein, dachte Andreas. Sie wird sich wie ein Tier festkrallen und festbeißen . . .

Er nahm das Notizbuch, das sie bei seinem Eintreten weggelegt hatte, und blätterte darin.

»Interessante Lektüre?« fragte er.

»Ihr Tagebuch?«

»Ja.«

»Voller Frauennamen . . .«

»Ja, eine ganze Liste.«

»Das ist wohl Ihre einzige Beschäftigung?«

»So ziemlich.«

»Und was sagt Ihre Tochter dazu?«

»Sie kennt sie alle . . .«

»Als Vater scheinen Sie ein untaugliches Objekt zu sein! Wie alt ist denn Ihre Tochter?«

»Sechzehn . . .«

»Sechzehn Jahre – und wird mit einem widerlichen Harem konfrontiert!«

Sie sagte es, als spucke sie die Worte aus.

Er hatte das Tagebuch wieder auf das Bett zurückgelegt. Plötzlich nahm sie es mit der freien rechten Hand und schleuderte es gegen die Wand. »Beschmutzen Sie mein Bett nicht mit Ihren Weibern!« schrie sie dabei. »Billige kleine Nutten alles! Sie haben ja sogar hinter die Namen die Preise geschrieben!«

»Stimmt genau.« Dr. Rainherr setzte sich auf die Bettkante, aber so, daß Mary-Annes tatkräftige rechte Hand ihn nicht erreichen konnte. Sie trommelte jetzt mit den Fingern auf die Matratze.

»Nur möchte ich mir verbitten, daß Sie diese fleißigen Frauen so beleidigen . . .«

»Auch noch fleißig? Sie sind ja wohl der unmoralischste Kerl, der . . .« Ihre Stimme zerbrach an ihrer Wut.

»Und das sagt eine Piratin?«

»Gegen Sie bin ich ein Engel!«

»Zugegeben! Aussehen tun Sie wie ein Engel, das wird niemand bestreiten. Nur Ihr Broterwerb ist weniger engelhaft. Diese Frauen aber, die da in meinem Notizbuch stehen, verdienen ihr Geld ehrlich: Sie sind Arbeiterinnen in einer kleinen Fischfabrik, die mir gehört. Und die Zahlen hinter den Namen sind die Monatslöhne.«

»Ich denke, Sie haben kein Geld?«

»Die Fischfabrik ist eine Erbschaft. Mit dem vorigen Besitzer habe ich ein paarmal ein Glas getrunken, wir wurden Freunde, und als er plötzlich starb und sein Testament eröffnet wurde, hatte er mir die Fabrik vermacht! Mary-Anne, rechnen Sie nicht im stillen nach, wieviel Lösegeld ich wert bin! Nichts! Die Fabrik trägt sich gerade selbst, ich betreibe sie nur noch wegen der Arbeiterinnen, die sonst hungern müßten. Auch Cayman Brac ist eben nur ein kleiner Teil dieser Welt und behaftet mit allem Schönen und Schweren des irdischen Daseins.«

»Ich kenne die Caymans«, sagte Mary-Anne ruhiger. Rainherrs Erklärung hatte sie sichtlich beruhigt, ihr Blick wurde sanfter, ja, sie lächelte sogar, als er die Decke über ihrem Körper geradezog.

»Aber ich kenne Fernando Dalques nicht«, schoß er seinen lange aufgesparten Satz wie einen Pfeil ab.

»Ein schöner Mann! Stammt aus Guatemala! Fünf Jahre jünger als Sie . . .« Sie lächelte stärker, als sie bemerkte, wie sich seine Wangenmuskeln bewegten und anspannten. »Sie werden ihn kennenlernen!«

»Kaum«, sagte er hart.

»Ich habe mir gedacht, daß wir übermorgen zurück nach Belize fahren. Ihr Boot bleibt hier vertäut, es ist ja sowieso manövrierunfähig. In Belize werde ich dann entscheiden, was mit Ihnen geschehen soll. Vielleicht bringt Sie Fernando um. Er ist dazu ohne die geringste Reue fähig.«

»Sie vergessen meinen Steuermann, Mary-Anne.«

»Den nehmen wir auch mit.«

»Übernehmen Sie sich nicht, Penthesilea . . .«

»Ich möchte Sie anspucken!« schrie sie. »Wirklich, es gibt keinen widerlicheren Menschen als Sie! Müssen Sie denn noch immer hier herumstehen?«

Andreas Rainherr sah sich um.

»Eigentlich nicht. Die Infusion läuft gut, kein Fieber, dafür ein großes Mundwerk, keine Schmerzen, dafür böse Gedanken. Ja, Sie haben recht, ich bin wirklich unnötig. Bis später, Mary-Anne . . .«

Er ging zur Tür, aber ihre herrische Stimme – die Stimme, die man vom Bord ihres Schiffes her gewöhnt war – hielt ihn zurück. »Was heißt später?«

»Beim Abendrot komme ich zurück! A – bend – rot, wann – bist – du – tot . . . Das war ein ziemlich makabrer Abzählreim aus meiner Jugendzeit . . .«

»Gehen Sie endlich! Gehen Sie, zum Teufel! Mir wird übel, wenn ich Ihnen noch länger zuhören muß!«

Dr. Rainherr ging. Mary-Anne hörte ihn fröhlich pfeifen, als er die Treppe hinaufstieg.

An Deck hockte der Bärtige auf einer Taurolle und schnupperte zur ANNETTE I hinüber. Köstlicher Bratengeruch wehte von dort.

»Was gibt es bei euch?« fragte Rainherr im Vorbeigehen.

»Jim sagt, Gemüsesuppe aus der Dose.«

»Das harte Piratenleben! Wenn ihr euch mit Juan gut

stellt, könnt ihr in den nächsten Tagen besser essen als im Hotel ›Fort George‹ in Belize. Mein Steuermann ist in der Küche ein Genie! Sein Seehecht in Folie ist ein Gedicht. Aber, wie gesagt, ihr müßt euch wie Freunde benehmen.«

Er kletterte auf sein Schiff hinüber und stieg zur Kombüse hinab. Juan Noales war gerade dabei, einen Nachtisch zu zaubern: Halbgefrorenes aus Kokosmilch, Rum mit eingelegten Früchten.

»Der Champagner steht kalt, Chef«, sagte Juan und lachte. »Ich hatte schon viermal Besuch von drüben! Sie sind wie Bienen, die der Duft anlockt. Ich habe McDonald unseren Gulasch probieren lassen . . . das hätten Sie erleben sollen! Er grunzte wie ein Ferkel, aber dann lief er weg, als koche ich Gift!«

»Ich glaube, das wird ein voller Erfolg, Juan.«

Dr. Rainherr öffnete den Kühlschrank und betrachtete nachdenklich die Champagnerflaschen.

»Die Zeiten haben sich eben doch geändert, Juan. Auch die Piraten sind nicht mehr das, was sie früher waren . . .«

IV

Wer noch nie ein Abendrot über der Karibik erlebt hat, weiß nicht, daß eine solch unfaßbare Schönheit Herzschmerzen verursachen kann. Es ist, als ob der Himmel brenne, als ob die Unendlichkeit ein Feuermeer wäre . . . Das Wasser ist wie geschmolzenes Gold, zum Glühen gebracht durch die sterbende Sonne.

Diese ergreifende Schönheit ist nur kurz, sich ständig in den Farben verändernd, bis das Meer wieder violett und blau wird, dunkelgrün dann und schließlich am Ende blauschwarz . . . dann, wenn der Sternenhimmel glänzt und der Lichtstrahl des Mondes gleich einem silbernen Messer das Wasser zerteilt.

Juan Noales hatte im Salon serviert. Er brachte von der ANNETTE I alles mit: Geschirr, silberne Bestecke, Sektkelche – sogar die Tischdecke. Als Tischschmuck stand ein bizarres Gebilde aus grün-roten Korallen zwischen den beiden Gedecken.

Jim McDonald riß den Mund weit auf, als Andreas Rainherr im weißen Smoking an Bord der ALTUN HA erschien und Juan ihm folgte in der Uniform eines Butlers. Auch die übrigen Besatzungsmitglieder der Piratenyacht betrachteten sprachlos den Aufmarsch ihrer Gefangenen.

Während Juan noch den Tisch fertig deckte, betrat Rainherr wieder Mary-Annes Schlafkajüte. Sie starrte ihn ebenso ungläubig und fassungslos an wie Jim und die anderen Leute.

»Was ist denn mit Ihnen los?« fragte sie den Eintretenden.

Er beugte sich über ihren linken Arm, zog die Infusionsnadel mit einem Ruck aus der Vene und klebte ein Pflaster über den kleinen Einstich. Dann legte er die Hand auf ihre Stirn. Sie war noch kühl – kein Fieber! Dann zog er die Decke zurück und betrachtete den Wundverband. Er war trocken; die Nähte hatten also gehalten.

»Bekomme ich keine Antwort?« fragte Mary-Anne aggressiv.

»Sie waren ein braves Mädchen«, antwortete er. »Die Naht hält. Jetzt raus aus dem Bett, aber vorsichtig! Nicht mit Schwung.«

»Sind Sie vollkommen verrückt geworden?«

Sie richtete sich vorsichtig auf und schob die Beine über die Bettkante. So saß sie eine Weile da, mit bloßer Brust und nur mit dem schmalen Slip bekleidet. Plötzlich wurde ihr das bewußt und sie zog die Decke über ihren Schoß.

»Besitzen Sie noch etwas anderes zum Anziehen als Ihre Kapitänsuniform?« fragte Rainherr.

»Warum? Und was?«

»Nun, etwas Frauliches! Ein Kleid etwa. Vielleicht sogar ein Abendkleid?«

»Ich kapere Schiffe, aber tanze nicht mit den Beraubten!« sagte sie betont. »Ein Abendkleid!«

»Dann ziehen Sie bitte etwas an, das daran erinnert, daß Sie jung, schön und eine Frau sind. Im Salon wird gerade gedeckt . . . Ich hole Sie in zwanzig Minuten ab. Schaffen Sie es bis dahin mit dem Make-up . . .?«

»Ich bin schwer verletzt, Sie Mistkerl!« schrie sie.

»Der Stich ist nicht der Rede wert.«

»Sie haben selbst gesagt, daß ich in absoluter Lebensgefahr . . .« Sie stockte und starrte Dr. Rainherr mit zitternden Lippen an. »Alles nur Lüge?«

»Ein paar Stunden bester Pflege, wie ich sie Ihnen geboten habe, können Wunder wirken! Das Wunder ist eingetreten: Sie können sich anziehen und mit mir soupieren.«

»Ich spucke Ihnen jeden Bissen ins Gesicht!« sagte sie drohend. »Ich schwöre es Ihnen!«

»Eine neue Variante der Tischsitten, warum nicht?« Dr. Rainherr, in seinem gutsitzenden weißen Smoking zweifellos der Typ, der den Puls einer Frau schneller schlagen läßt, verbeugte sich leicht vor der beinahe nackten Mary-Anne. »In zwanzig Minuten also – schönes Gespenst der Karibik.«

»Nein!«

Er antwortete nicht und verließ die Schlafkajüte.

Im Salon war Juan Noales mit dem Tafelschmuck fertig und hatte als erstes den Champagner in einem eisgefüllten Kühler bereitgestellt. Er sah seinen Chef fragend an.

»In genau zwanzig Minuten servierst du die Suppe«, sagte Rainherr. »Wie ist hier an Bord die Kücheneinrichtung?«

»Primitiv, Sir. Für solch eine Luxusyacht! Kein Vergleich mit uns! Ich habe das Essen herübergebracht, um es hier warmzustellen und fertigzumachen. Jim steht vor den Töpfen und weint fast. Ich habe ihm versprochen, seine Gemüsesuppe etwas zu verfeinern. Das munterte ihn auf.«

»Also, Juan . . . in genau zwanzig Minuten!«

. Rainherr sah auf die Uhr, die im Salon hing. Er te sich in einen der Ledersessel, rauchte eine Zigarette d dachte an Mary-Anne. Was wird sie tun, fragte er sich. Kommt sie wirklich, oder läßt sie es auf eine Kraftprobe ankommen? Zieht sie ein Kleid an oder erscheint sie als Kapitän, jetzt gerade in Männerkleidung?

Zwei Minuten vor der angegebenen Zeit entkorkte er den Champagner und füllte die Kelche. Er stand mit dem Rücken zum Kabinengang, durch dessen Tür sie hereinkommen mußte.

Genau nach zwanzig Minuten hörte er hinter sich die Tür klappen. Er nahm beide Champagnergläser in die Hände und drehte sich langsam um.

Mary-Anne war da.

Sie trug das schwarze Haar lang über die Schulter fallend, hatte sich nur wenig geschminkt und ein hautenges silbergraues Kleid angezogen, das jede Linie ihres makellos schönen Körpers hervorhob. Der runde Halsausschnitt war gerade so tief, daß er die Wunde noch bedeckte.

Es war ein grandioser Auftritt, der Rainherr schneller atmen ließ. Er wollte ›phantastisch!‹ sagen, konnte es aber noch rasch genug hinunterschlucken. Es wäre völlig falsch gewesen.

Wortlos ging er auf die Dame zu und reichte ihr das Champagnerglas.

»Was ist das?« fragte sie. Ihre Stimme klang jetzt merkwürdig kindlich.

»Champagner. Amande Clos 1967!«

Sie nahm das Glas und ärgerte sich maßlos, daß ihre Hand etwas zitterte. »Der arme Mann», sagte sie, um sich selbst zu überwinden, »der mit Champagner durch die Karibik schippert! Im weißen Smoking! Sie sind doch ein guter Fang!«

»Wie man's nimmt, liebste Korsarin.« Er nickte ihr zu. »Erheben wir unsere Gläser und lassen Sie uns trinken auf Ihre glorreiche Idee, mich zu überfallen!«

»Ich trinke auf Ihr Ende! Ex!« schnaubte sie.

Sie stießen an, die Kelche klirrten fein, und Mary-Anne trank ihr Glas wirklich in einem Zug leer.

Lautlos betrat Juan in seiner Butleruniform den Salon und brachte das Tablett mit den Suppentassen. Mary-Anne starrte ihn an, als glaube sie noch an Geister.

»Was ist denn das?« fragte sie.

»Sie erkennen Juan nicht wieder? Den Messerwerfer? Oder meinten Sie die Suppe? Das ist Schildkrötensuppe, aus frischen Schildkröten bereitet, mit altem Sherry und einer Einlage, die sozusagen ›Geheimnis des Hauses‹ – pardon, ›des Schiffes‹ ist. Lassen Sie sich überraschen . . .«

»Und Sie sich auch!«

Sie setzte sich an den Tisch, Rainherr schob ihr den Stuhl zurecht und ging dann an seinen Platz. Juan füllte die Champagnerkelche nach.

»Ich habe über Funk durchgeben lassen, daß wir morgen früh auslaufen und gegen Mittag in Belize sind«, berichtete sie freundlich. »Fernando Dalques erwartet Sie mit Ungeduld . . .«

Sie beugte sich über die Schildkrötensuppe und schnupperte.

»Ihre Henkersmahlzeit, Andreas . . .«

Es wurde ein schöner Abend, wenn man unter diesen besonderen Umständen überhaupt von schön sprechen konnte. Eine wirkliche Spitzenleistung waren Juans Kochkünste, von denen die ganze Mannschaft der ALTUN HA profitierte, denn natürlich hatte Noales wesentlich mehr gekocht, als zwei Personen verzehren konnten.

So hockten bald im Mannschaftslogis die Piraten in bester Laune mit ihrem Gefangenen zusammen, schwatzten und erzählten Erlebnisse von ihren Kaperfahrten, gegen die ein wilder Piratenroman eine Lektüre für kleine Mädchen ist . . .

Champagner hatten sie zwar nicht, aber sie tranken Rotwein zu den köstlichen Gerichten, und später puren Rum, den McDonald persönlich auf Jamaika »eingekauft« hatte.

Mary-Anne aß wenig. Sie war durch den starken Blutverlust noch sehr geschwächt, die starken Antibiotika erfüllten sie mit bleierner Müdigkeit. Aber sie wollte es nicht zeigen. Sie hielt tapfer durch, auch wenn sie das Gefühl hatte, ihre Augenlider wären zentnerschwer. Sie prostete Andreas Rainherr zu und stellte plötzlich, als dieser aufsprang und die zweite Flasche Champagner im Kühler öffnete, ihr Glas auf den Tisch.

»Wissen Sie überhaupt, in welcher Gefahr Sie sich befinden?« fragte sie, und es schwang in ihrer Stille ein Unterton von Bedrückung mit.

»Ich weiß nur, daß ich mit einer wunderschönen Frau soupiere, und daß es bisher köstlicher geschmeckt hat als im besten Hotel von Acapulco.«

»Und diese wunderschöne Frau muß sich ernsthaft überlegen, was mit Ihnen geschehen soll, Andreas.«

»Ich hatte Ihnen ja freigestellt, mich nach dem Essen umbringen zu lassen, Mary-Anne!«

»Reden Sie nicht solch einen Unsinn!«

»Ich darf also weiterleben?«

»Das ist nicht allein meine Entscheidung.«

»Aha! Der böse Fernando Dalques . . .«

»An Bord und auf See bin ich der Kommandant. Aber an Land redet er mit.«

»Dann lassen Sie uns an Bord und auf See bleiben! Spielen wir so etwas wie den modernen Fliegenden Holländer . . .«

»Das geht nicht. Wenn ich morgen nicht in Belize einlaufe, alarmiert Fernando die Küstenwache.«

»Ausgerechnet die! Die Marinepolizei kommt den Piraten zu Hilfe!«

»In Belize bin ich eine angesehene Frau. Zusammen mit

Fernando Dalques führe ich ein gutgehendes Exportgeschäft.«

»Das heißt: Sie verkaufen völlig legal Ihren Raub?«

Dr. Rainherr goß die Gläser von neuem voll. Mary-Anne hatte immer mehr Mühe, ihre Lider offenzuhalten.

»Nein!« sagte sie grob. »Wir haben ein ehrliches Unternehmen!«

»Das läßt den Fisch aus der Pfanne springen!« Rainherr prostete ihr zu. »Sie überraschen mich von Minute zu Minute mehr.« Er sah sie nachdenklich an. »Wenn Sie müde sind, sagen Sie es ruhig. Ich trage Sie ins Bett!«

»Ich bin nicht müde!« fauchte Mary-Anne Tolkins.

»Nach meinen Erfahrungen müßten Sie so schlapp sein, daß Sie sich danach sehnen, lautlos unter den Tisch zu rutschen und dort sofort einzuschlafen! Aber nein – Sie sind munter wie eine Koralle im klaren Wässerchen.«

»Ja!« schrie sie.

»Schon verstanden.« Andreas trank sein Glas aus, Mary-Anne rührte ihres nicht mehr an. Sie fühlte ... noch ein Glas, und sie rollte wirklich unter den Tisch. Die Verbindung der Antibiotika mit dem Alkohol lag wie Blei in ihren Adern.

»Ich gebe zu, eine Dummheit gemacht zu haben«, sagte sie. »Ich hatte nie in den Cays gekapert, nie gewissermaßen vor der eigenen Haustür, sondern immer nur weit entfernt. Meistens in den Gebieten südlich der Bahamas, bei den Turks und Caicos-Inseln und um die ganze Gruppe der Jungfern- und der Leeward-Inseln herum.«

»Ein reiches Feld«, sagte Rainherr beeindruckt und lächelte dabei. »Genau dort treiben sich die lohnendsten Millionäre herum. Das hat bestimmt goldene Ernten gegeben, Mary-Anne.«

»Hat es, ja!« Ihre Stimme sollte hart und piratenhaft klingen, aber die Müdigkeit verschluckte jeden scharfen Ton. »Aber als ich Ihr Schiff sichtete, konnte ich nicht widerstehen. Ich muß verrückt gewesen sein, als ich den Befehl zum Kapern gab!«

»Sie sagten es bereits! Schicksal, Mary-Anne . . .«

»Nun hab' ich Sie am Hals!«

»Wirklich ein Problem. Aber Fernando wird es lösen.«

»Bestimmt.«

»Und . . . das macht Ihnen Sorge?«

»Dummheit!« Sie lehnte sich zurück und schloß nun doch die Augen. Welch wundervolles Gefühl, dachte sie dabei, keine Schmerzen haben und schlafen. Schlafen . . . und zu wissen, daß er da ist und auf mich aufpaßt, dieser verdammte, selbstsichere und arrogante Dr. Andreas Rainherr. Wann ist das jemals vorgekommen, daß ein Mann auf mich aufpaßt, ohne noch etwas anderes zu wollen?

»Ich habe mir gedacht, daß wir Ihre Yacht hier ankern lassen.«

»Einverstanden.«

»Und Ihr Juan bleibt an Bord.«

»Dazu kann ich ihn nicht zwingen.«

»Ein paar Tage nur. Wenn ich sehe, wie sich in Belize alles entwickelt, holen wir offiziell Ihr Schiff als havariert in den Hafen ein. Der Optik wegen müssen wir es dann leider äußerlich etwas beschädigen.«

»Ihnen zuliebe hacke ich Löcher in den Rumpf und nenne mein Boot ›Schweizer Käse‹!«

Mit einem Ruck sprang sie auf, warf den Stuhl um und blitzte ihn wütend an. »Mit Ihnen kann man nicht vernünftig reden!« schrie sie hell. »Jedes Wort ist vergeudet! Warum unterhalte ich mich mit Ihnen überhaupt über Ihr Schicksal?«

»Das wundert auch mich schon die ganze Zeit.« Dr. Rainherr goß sich Champagner ein. Er hatte jetzt wirklichen Durst. »Das widerspricht doch auch aller Piratensitte! Raus, Hals durchschneiden, erledigt! Ihre berühmten historischen Kollegen waren da rigoroser! Mary-Anne, prosit!«

»Ersticken Sie daran!« fauchte sie. »Morgen werden Sie froh sein, wenn man Ihnen Wasser über den Schädel schüttet. Fernando kennt alle Arten indianischer Quälereien.«

»Davon bin ich überzeugt. Aber noch ist heute, Mary-Anne, und ich bin ein Mensch, der mehr der Gegenwart lebt als der Zukunft. Und jegliche Vergangenheit lasse ich hinter mir, ohne mich noch einmal umzudrehen.«

Er kam um den Tisch und stützte sie. Ihre Schwäche nahm sichtbar zu, sie mußte sich an der Tischkante mit beiden Händen festklammern. Doch sie wollte ihre Schwäche um keinen Preis zugeben.

»Ich bringe Sie in die Koje«, sagte er.

»Ich kann allein gehen.«

»Und wenn's auf allen vieren ist! Mary-Anne, seien Sie doch nicht so störrisch!«

»Womöglich wollen Sie mich auch noch ausziehen . . .«

»Genau das! Aber explodieren Sie nicht gleich, Ihr Körper ist mir nicht unbekannt, und außerdem will ich mir die Wunde noch einmal ansehen. Kommen Sie . . .«

Sie biß die Zähne zusammen, hakte sich bei ihm ein und verließ den Salon. Nach den ersten zwei Schritten mußte sie sich eng an ihn lehnen, ihre Beine trugen sie einfach nicht mehr. Rainherr schleppte sie fast in die Schlafkajüte, hob sie dann hoch und legte sie vorsichtig auf das Bett.

»Der Reißverschluß ist hinten . . .«, murmelte sie.

»Ist mir bekannt. Sie sind nicht die erste Frau, die ich ausziehe!«

»Das glaube ich Ihnen blind und taub . . .«

Er zog sie aus. Unter dem Kleid trug sie nichts weiter als wieder nur ihren knappen Slip, ihre Brust brauchte keinen Halt. Aus halbgeschlossenen Augen beobachtete sie Rainherr, der den Verbandskasten vom Nachttisch heranzog und ihn aufklappte.

Die Beine hatte sie fest zusammengepreßt, nicht aus Angst, er könne die Situation ausnützen, sondern um das Beben der Innenseiten ihrer Schenkel abzuwürgen und ihm nicht zu zeigen.

Dr. Rainherr entfernte das Pflaster und die Mullstreifen. Er betrachtete die genähte Wunde. Sie sah gut aus. Keine alarmierenden Rötungen, keine Schwellungen, keinerlei Anzeichen einer Infektion. Ganz zart tippte er mit dem Zeigefinger auf die Naht, aber schon diese leichte Berührung durch seine Hand genügte, um über Mary-Annes Körper einen Schauer zu jagen. Ihre Zähne gruben sich in die Unterlippe, als er das Stethoskop nahm und sie abhorchte . . . die Lunge unter dem Einstich, ihr Herz. Er mußte dabei mit der Membrane um ihre Brüste tasten, und es kostete sie eine große Überwindung, nicht laut zu seufzen.

»Alles okay?« fragte sie heiser, als er sich endlich aufrichtete.

»Alles! Sie haben die Verwundung erstaunlich gut verdaut. Die alte Weisheit bewahrheitet sich von neuem: Raubkatzen sind zäh!«

»Und die andere Weisheit aber auch: Ochsen bleiben Ochsen!«

»Was bleibt ihnen anderes übrig?« Er packte den Verbandskasten weg und erhob sich vom Bett. »Soll ich bei Ihnen Wache halten?«

»Schlafen kann ich wohl noch allein!«

»Es war nur ein Angebot . . .«

»Wo schlafen Sie denn?«

»Doch bei mir an Bord. Keine Angst, ich reiße nicht aus. Wir frühstücken morgen bestimmt zusammen . . .«

Er deckte sie wieder zu wie ein Kind, beugte sich über sie und gab ihr einen Kuß auf die Stirn.

Auf die Stirn, du arroganter Affe, dachte sie. Ist mein Mund nicht ebenso nah? Er behandelt mich wie ein kleines Mädchen mit langen Zöpfen! Du bist widerlich, Andreas, widerlich . . .

»Gute Nacht«, sagte sie leise.

»Gute Nacht, Mary-Anne.«

Er ging zur Tür und drehte sich dort noch einmal um. »Sie sind die wunderbarste Korsarin in der gesamten Geschichte der Piraterie! Dieser Tag hat mein ganzes Leben verändert . . .«

Trotz ihrer Schwäche und Müdigkeit lag sie noch eine Zeitlang wach und lauschte auf die vielfältigen Geräusche an Bord.

Juan und die Mitglieder ihrer Mannschaft räumten im Salon die festliche Tafel ab, über Deck tappten viele Füße, einmal hörte sie auch Andreas Rainherr sprechen und Jim McDonald Antwort geben.

Dann zerflossen alle Geräusche, es wurde still an Bord. Das Meer klatschte träge an die Schiffswand und ließ es sanft schaukeln.

Setz dich in deinen Kahn, Andreas, in deinen kleinen Anglerkahn, und versuche, die nächsten bewohnten Cays zu erreichen. Du kannst es schaffen . . . die nächsten Hütten sind nur 17 Meilen entfernt. Am Südzipfel der Turneffegruppe gibt es sogar einige Lodges. Vielleicht weißt du es sogar . . .? Warum fliehst du nicht? Andreas, du kennst Fernando nicht! Für ihn ist deine ganze Erscheinung schon ein Trompetensignal zum Angriff! Gegen ihn hast du keine Chance! Nimm das kleine Boot, bitte . . . Sei weg, weit weg von hier, wenn morgen in der Frühe die Sonne scheint . . .

Aber gleichzeitig wünschte sich Mary-Anne, daß er bliebe und es auf eine Kraftprobe mit Fernando Dalques ankommen ließ. Bis wir in Belize sind, dachte sie, bin ich wieder stark genug. Nicht Fernando ist der Chef . . . ich bin es! Fernando ist mein Teilhaber, aber die Firma gehört mir!

Die Firma! Wie das klingt . . .

Sie rutschte aus dem Bett und ging vorsichtig zu den verhangenen Luken. Sie schlug eine der Gardinen zurück und hatte nun einen freien Blick hinüber zu Rainherrs Yacht. Dunkel dümpelte sie in der schwachen Dünung. Nicht einmal Positionslichter hatten sie, wie es Pflicht war, gesetzt. Wozu auch? Hier in den Cays, mitten zwischen den mörderischen Korallenriffen, fuhr niemand nachts umher.

Sie blieb wie angewurzelt an der Luke stehen, bis sie ihre Beine kaum noch spürte und nach hinten zurück auf das Bett fiel. Kaum lag sie, schlief sie schon – aber den letzten Gedanken nahm sie noch mit in die Traumwelt: Andreas, flüchte . . . Ich habe Angst um dich . . .

Es gab keine Diskussion darüber: Dr. Andreas Rainherr blieb selbstverständlich an Bord seiner Yacht, auch wenn Juan Noales von sich aus den gleichen Vorschlag machte wie Mary-Anne in ihren Wachträumen.

»Chef, wir haben das Beiboot, wir kommen damit leicht bis zu der Turneffegruppe. Es kommt ein guter Wind auf, wir setzen das kleine Focksegel . . . bis zum Morgengrauen sind wir an den Lodges.«

»Ich weiß es, Juan, aber wir bleiben!« antwortete Rainherr. Er saß noch eine Weile in seinem Salon, trank einen Whisky mit viel Eis und überdachte seine Zukunft, was er eigentlich nie mehr hatte tun wollen. Juan, mehr Vertrauter als bloßer Steuermann, saß ihm gegenüber und trank einen Fruchtsaft. Sein bedenkliches Gesicht war nicht zu übersehen.

»Die Kerle da drüben haben mir allerhand erzählt«, berichtete er. »So harmlos wie bei uns sind die sonst nicht! Die tragen bei ihren Kaperfahrten keine Handschuhe, Chef. Und dieser Fernando an Land muß ein besonderes Aas sein!«

»Darum möchte ich ihn gern kennenlernen, Juan.«

»Er ist uns überlegen, Chef.«

»Woher weißt du?«

»Wir kommen doch als Gefangene . . .«

»Mit der Pistole in der Hosentasche.«

»Sie werden uns vorher genau untersuchen. Und wenn wir uns noch einmal wehren, dann schießen sie uns mit ihrer Kanone auf Grund.«

»Wer sagt das?«

»McDonald.«

»Und du hast ihm trotzdem unser Souper zu essen gegeben, Juan?«

»Er ist auch ganz traurig über die Entwicklung. Er mag sie, Chef!«

»Wie ergreifend!«

»Aber Befehle muß er ausführen. Die Disziplin an Bord ist bei denen hart. Die Lady muß ein strenges Regiment führen.«

»Ja. Judo und Karate – ich weiß!«

»Und sie ist hübsch, Chef.«

Juan lächelte diskret.

»Das Kleid, das sie vorhin trug . . .«

»Hau dich in die Koje, Juan!« sagte Rainherr. »Dir wird nichts passieren. Du bleibst an Bord und wirst nach drei oder vier Tagen als Havarist offiziell abgeschleppt! Das ist alles schon besprochen.«

»Ich lasse Sie nicht allein, Chef! Das wissen Sie!«

Juan Noales stand auf.

Er war sehr ernst geworden.

»Ich habe Miss Annette versprechen müssen – ja, ich hab's auf die Bibel geschworen, daß ich Sie nie allein lassen werde.«

Annette! Sechzehn Jahre jung, blond wie die Mutter, noch ein wenig schlaksig in ihren ausgefransten Jeans und den Pullis oder T-Shirts, langbeinig, die Haare halblang und offen . . .

Und neben ihr immer Mr. Ben. So kannte man sie auf Cayman Brac; die »Goldhaarige«, wie die Eingeborenen sie blumig nannten. Und Mr. Ben war der beste Beschützer, den es gab. Solange er neben ihr ging, war sie vor allen Belästigungen sicher. Selbst hartgesottene Seeleute gingen Mr. Ben aus dem Weg . . .

Mr. Ben war ein deutscher Schäferhund.

Annette, seine Tochter. So, so, sie hatte Juan auf die Bibel schwören lassen. Das war typisch für sie. Jetzt kam Juan nicht nur mit seinem Gewissen in Konflikt, sondern auch noch mit Gott.

»Mir wird nichts passieren, Juan!« sagte Rainherr und trank seinen Whisky aus. Er winkte ab, als Juan erneut zur Flasche griff. »Du kannst beruhigt an Bord bleiben.«

»Sie glauben, weil die Lady – Sie liebt?«

»Was für einen Blödsinn redest du da!«

»Sie liebt Sie, Chef. Drüben an Bord sind die Männer alle ganz verstört! So haben sie ihren Käpten noch nie gesehen. Im Abendkleid! Und wenn Sie nicht in der Nähe sind, ist sie viermal so grob mit der Mannschaft wie früher! Den Bärtigen hat sie, kurz bevor das mit uns passierte, mit einem gemeinen Judotrick gegen das Ruderhaus gedonnert, daß es nur so krachte. Nur, weil er bemerkt hatte: ›Donnerwetter, das ist ja wirklich eine vollkommene Frau!‹«

Dr. Rainherr trat an das breite Salonfenster und blickte hinüber zu der Piratenyacht. Bis auf die Positionslichter war alles dunkel. Da war McDonald trotz Korsarendienst ein unbestechlicher Steuermann.

»Wir werden alles so machen, wie es die Piraten-Lady befiehlt«, sagte Rainherr langsam. »Das Leben hat gerade und krumme Straßen – wir sind zur Zeit auf einer verdammt krummen, Juan. Aber irgendwo kommt jede Straße an. Und darauf bin ich gewappnet.«

»Ich habe Angst um Sie, Chef.«

»Ich auch.« Dr. Rainherr trat vom Fenster zurück. »Aber anders als du . . .«

Bei Sonnenaufgang kamen zwei Männer der Piratenmannschaft an Bord der ANNETTE I.

Wenn sie geglaubt hatten, Schläfer zu überraschen, hatten sie sich getäuscht. Rainherr und Juan waren längst auf den Beinen und reisefertig. Sie hatten die Bestände an Eßwaren und Trinkbarem inspiziert und ausgerechnet, daß Juan allein es gut vier Wochen auf der ANNETTE I aushalten konnte, auch wenn man ihn nicht abschleppte, wie versprochen. In vier Wochen konnte Juan entweder mit dem Beiboot Hilfe geholt haben, oder er hatte sogar die Schäden im Maschinenraum selbst soweit repariert, daß er mit eigener Kraft auslaufen konnte.

»Dann komme ich nach Belize!« sagte er. »Chef, und dann räume ich aber auf, wenn die uns aufs Kreuz legen wollen. Diese ›Firma‹ wird Konkurs machen!«

Auf der ALTUN HA erwartete Mary-Anne ihren »Gefangenen«. Sie trug wieder die Kapitänsuniform, die Haare hochgebunden unter der weißen, mit Goldlitzen verzierten Kommandantenmütze, und sah wieder aus wie ein junger Bursche, der sein Leben zum Abenteuer gemacht hat.

Sie stand auf der Brücke neben dem Steuermann McDonald, die starken Motoren liefen im Leerlauf, der Radarbalken kreiste am Mast. Maschinengewehre und die Kanone waren unter Deck versteckt. Die Deckplanken blitzten vor Sauberkeit, und nur Eingeweihte wußten, was sich unter den wasserdichten Deckluken verbarg.

Mary-Anne winkte Rainherr, auf die Brücke zu kommen. Sie hielt ein Sprechfunk-Mikrofon in der Hand und legte jetzt die andere Hand darüber.

»Kommen Sie hierher, Andreas!« rief sie herrisch. »Ich habe Fernando im Kasten. Wollen Sie ihn begrüßen?«

»Wenn er Wert darauf legt.« Rainherr kletterte auf die Brücke und nickte McDonald zu.

Der Steuermann stand ziemlich sauertöpfisch am Ruder und begriff anscheinend nicht, warum die beiden Gekaperten nicht den Rat befolgt hatten, den er seinem Freund Juan gegeben hatte: in der Nacht abzuhauen nach den Turneffe-Islands. Was in den nächsten Tagen in Belize bei Fernando passieren würde, das ahnte er. Es waren keine guten Ahnungen . . .

»Weiß er von seinem Glück?«

»Ich habe es ihm gerade erzählt.« Mary-Anne hielt ihm das Mikrofon hin. »Fernando spricht ein schlechtes Englisch, wie alle Leute in Belize, aber Sie werden ihn schon verstehen.«

»Ich spreche auch spanisch, Lady.« Rainherr nahm das Mikrofon und pustete hinein. »War das klar, Don Fernando?« fragte er dann.

Sein Spanisch war in der Tat perfekt, sogar mit dem Dialektklang der Karibik.

»Ja!« ertönte Dalques' Stimme aus dem Lautsprecher. Mehr nicht. Aber dieses Ja war schon wie ein Faustschlag.

»Ich heiße Andreas Rainherr, bin von Ihrer charmanten Geschäftspartnerin infolge einer Vernunftsentgleisung gekapert worden und werde im Laufe des Tages bei Ihnen in Belize eintreffen. Noch ist es möglich: Mögen Sie Champagner? Soll ich welchen mitbringen? Ich frage nur, weil es viele Menschen gibt, die nach Champagner schrecklich rülpsen müssen . . .«

McDonald wurde fahl im Gesicht, und auch Mary-Anne mußte sich am Ruderstand festhalten. Andreas Rainherr sprach sein eigenes Todesurteil aus. So konnte man doch mit Fernando nicht reden!

Prompt ertönte aus dem Lautsprecher die Antwort: »Mary . . .«, rief Dalques hart. »Hast du einen Verrückten aufgegabelt? Wirf ihn über Bord! Er soll mit den Haien seinen Champagner trinken!«

»Haie sind Antialkoholiker! Wußten Sie das nicht, Don Fernando?«

»Warum leben Sie noch?« schrie Dalques jetzt.

»Es gehörte – habe ich mir sagen lassen – bisher zu Ihren Geschäftsprinzipien, nie Tote zu hinterlassen, sondern nur leere Taschen. Man ist hier an Bord nicht aufs Töten eingerichtet, trotz MGs und einer 7,5 cm-Kanone.«

»Wo ist Jim?«

»Hier!« brüllte McDonald. Seine Augen quollen vor, was in dem roten Haarwald wie eine Clownnummer aussah.

»Ist das so schwer, jemanden über Bord zu kippen?«

»In diesem Fall schon«, antwortete McDonald, während ihm Dr. Rainherr das Mikrofon hinhielt. »Sie kennen nicht die Situation an Bord, Don Fernando.«

»Mary, was ist bei euch los?«

Fernandos Stimme klang jetzt unruhig und hastiger. Er hatte begriffen, daß etwas nicht stimmte, daß etwas anders war als sonst. Er ahnte das Außergewöhnliche.

Dr. Rainherr hielt ihr wie ein Reporter das Mikrofon vor den herzförmigen Mund. »Wir laufen jetzt aus, Fernando!« sagte sie rauh. »Gegen Mittag sind wir im Hafen. Ich nehme den direkten Weg durch die Reefs.«

»Das ist zu gefährlich, Mary!« ließ sich Dalques hören.

»Trotzdem! Ich will, daß dieser Mensch endlich von Bord kommt! Ende.«

Sie wartete Fernandos weitere Fragen gar nicht mehr ab, sondern schaltete den Sender aus. Zwar blinkte unentwegt die kleine Ruflampe, ein Zeichen, daß Dalques immer wieder rief – aber Mary-Anne kümmerte sich nicht mehr darum.

»Schalte nicht ein!« befahl sie McDonald. »Und jetzt direkten Kurs. Volle Kraft!«

»Volle Kraft?«

»Was sonst?«

»Durch die Reefs?«

»Volle Kraft!«

McDonald nickte nur und blickte Rainherr wie hilfeflehend an. »Der Teufel segne das Boot und gebe ihm Flügel!«

Mit Echolot, Radar und dem neuen Sonargerät, das eigentlich nur Kriegsschiffe haben, rauschte die pfeilschnelle ALTUN HA durch die Cays nach Belize.

Beim Ablegen stand Juan an Deck der ANNETTE I und winkte ihnen mit seinem alten Strohhut nach.

Mary-Anne betrachtete Dr. Rainherr mißbilligend. Er trug wieder sein scheußliches, mit der Palmeninsel bedruckte Hemd, weiße, aber wenigstens saubere Jeans, derbe Schuhe und auf dem Kopf wieder seinen breitkrempigen, ausgefransten Strohhut. Einen Koffer oder

Seesack hatte er nicht mitgebracht, es war offensichtlich, daß dies seine einzige Kleidung war.

»Etwas Besseres hätten Sie nicht anziehen können?« fragte Mary-Anne giftig.

»Ich hielt es nicht für originell, im weißen Smoking zu sterben. In dieser alten Kluft fühle ich mich wohler, wenn Fernando mich umbringt.«

Mary-Anne biß die Zähne aufeinander und verließ die Brücke.

Rainherr folgte ihr in den Salon, wo für zwei Personen gedeckt war.

»Haben Sie schon gefrühstückt?« fragte sie.

»Nein. Wir hatten uns doch dazu verabredet, schönes Gespenst der Karibik!«

»Wenn Sie das noch einmal sagen, bekommen Sie einen Karateschlag, nach dem Sie keinen Frühstücksappetit mehr haben werden.«

»Ich bin ab sofort wieder das kleine brave Männchen.«

Er setzte sich an den Tisch. Der Bärtige erschien, servierte den Kaffee und blinzelte Rainherr mit Verschwörerblicken an.

»Wie geht es meiner Patientin – nicht der Korsarin?« fragte Dr. Rainherr dann.

»Gut! Die Wunde ist in Ordnung. Ich habe sie mir im Spiegel angesehen. Sie brauchen sich nicht mehr darum zu kümmern.«

»Schade. Die Umgebung besagter Wunde war einer ständigen Bewunderung wert . . .«

»Zucker?«

»Genau das ist es.«

»Wieviel Zucker in den Kaffee?« schrie Mary-Anne wütend.

»Zwei Stück, bitte. Aber keine Sahne.« Er setzte sich zurecht und überblickte den Tisch. Er war einfach gedeckt, aber er stellte wohl das Beste dar, was die ALTUN HA zu bieten hatte.

»Ein ausgesprochen bürgerliches Gefühl«, dozierte

Rainherr sarkastisch. »Morgenkaffee in der Familie! Mit Weißbrot, Butter, Marmelade, Honig und Dauerwurst. Ein gutes Frühstück hebt das Wohlbefinden für den ganzen Tag.«

»Warum sind Sie in der Nacht nicht geflohen?« fragte Mary-Anne plötzlich. Sie umklammerte ihre Kaffeetasse mit beiden Händen, als sei es so kalt, daß sie ihre Finger daran wärmen müsse.

»Aber wir waren doch zum Frühstück miteinander verabredet. Was ich verspreche, halte ich.«

»Es geht um Ihr Leben, begreifen Sie das noch immer nicht? Wir sind in eine Ausnahmesituation geraten. Zum erstenmal haben wir Gefangene gemacht. Zum erstenmal hat ein Fremder unser Schiff betreten. Zum erstenmal . . .«

». . . weiß jemand, daß die großen Piraten der heutigen Zeit von einer Frau angeführt werden!« vollendete Rainherr den Satz.

»Ja!«

»Das ist allerdings so gravierend, daß man dafür sterben muß! Mary-Anne, ich sehe das ein. Euch bleibt einfach nichts anderes übrig, wenn ihr euer Gewerbe fortführen wollt. Wer garantiert, daß ich nicht bei einer großzügigen Freilassung die Welt mit Interviews überschwemme, mit Artikeln unter der Schlagzeile: ›Meine Bekanntschaft mit einer Korsarin!‹ Ich könnte eine Menge Geld damit machen, vor allem in den USA und in Deutschland.«

»Sie sehen es also selbst«, sagte sie dumpf, »Ihre Lage ist aussichtslos.«

»Daran habe ich nie gezweifelt. Aber so, wie jeder Todeskandidat einen letzten Wunsch frei hat, so habe ich mir gewünscht, die letzten Stunden ausschließlich mit Ihnen zu verleben!«

»Und ich werde gar nicht gefragt?«

»Das tue ich hiermit. Wollen Sie mit mir . . .«

»Nein!« sagte sie laut. »Nein. Wenn Sie mit dem Frühstück fertig sind, werden Sie wie ein Gefangener behandelt.«

»In einer Dunkelzelle neben dem Maschinenraum . . .«

»Warten Sie es ab!«

Sie sprang auf, ohne etwas gegessen oder getrunken zu haben, und lief aus dem Salon.

In ihrer Schlafkoje schloß sie sich ein, warf sich aufs Bett und hämmerte mit den Fäusten auf die Matratze. »Du Scheusal!« schrie sie in die Kissen. »Du verdammtes Scheusal! Warum mußte ich dich kennenlernen? Ausgerechnet dich . . .«

Der Bärtige räumte ab und tat das bedächtig, sichtlich um Zeit zu gewinnen.

Die ALTUN HA schoß durch die karibische See, kreuz und quer in voller Fahrt durch die gefährlichen Riffe. McDonald war ein Könner als Steuermann, ein Genie am Ruder, aber selbst ihm sträubten sich die feuerroten Haare, wenn Echolot und Sonarpeilung die messerscharfen Korallenbänke meldeten . . . Knapp unter dem Rumpf, manchmal nur eine Handbreit von den beiden Schiffsschrauben entfernt . . . So raste die Yacht über das Flachwasser, sie schwebte fast über dem Meer. Hier lag eines der Geheimnisse, warum alle Küstenwachboote, alle Wasserpolizeistreifen und erst recht die Kriegsmarinefahrzeuge aller Länder rund um die Karibik so hilflos hin und her irrten, wenn ausgeraubte Millionärsyachten sie um Hilfe riefen. Das »Gespenst der Karibik« war einfach nicht zu fassen. Es verkroch sich in Untiefen, wo es unerreichbar war, und schlich sich dann nachts aus dem Sperrgürtel heraus.

»Wenn ich Ihnen einen Tip geben darf, Sir?« fragte der Bärtige, als er die letzte Gabel einzeln hinausgetragen hatte und es nichts mehr wegzuräumen gab.

»Wenn er etwas wert ist?«

»Vielleicht. In den Hafen von Belize müssen wir sehr langsam einfahren. Das wäre günstig, über Bord zu springen.«

»Sind Sie verrückt?«

»Nein. Sie!«

»Euer Fernando muß ja ein wahrer Teufel sein! Was ist denn los? Ich hatte bisher von Piraten eine ganz andere Meinung. Habt ihr alle euren Beruf verfehlt? Ihr benehmt euch wie Lehrer an einer Sonntagsschule . . .«

»Sie müssen es wissen, Sir«, brummte der Bärtige und ging endgültig aus dem Salon.

Für ihn war die Sache erledigt. Auf der Brücke stellte er sich neben McDonald und starrte ins Wasser.

»Nun?« fragte Jim. »Was sagt er?«

»Er bleibt.«

»Das ist der sturste Hund, dem ich jemals begegnet bin.«

»Er hat sich in den Käpten verliebt.«

»Wem erzählst du das? Und das ist das Schlimmste, was passieren konnte . . .«

V

Wer in den Hafen von Belize einfährt, soll nur nicht glauben, er käme in eine leidlich moderne Stadt mit einem Hauch entsprechenden Lebens. Der Staat Belize hieß früher Britisch-Honduras, und Belize City war mit 45 000 Einwohnern die Hauptstadt. 1964 wurde Belize selbständig und freies Mitglied des Commonwealth. Der Union Jack wurde eingeholt, und die britischen Beamten flogen – innerlich jubelnd – nach Old England zurück und überließen Belize einem ungewissen Schicksal. Von nun an ging an diesem herrlichen Fleckchen Erde so ziemlich alles vorbei, was Neuzeit heißt.

Vielleicht war es gut so, und die Leute von Belize lebten glücklicher als alle jene, die vom Tourismus überschwemmt wurden. Denen gehört ja ihr eigener Strand nicht mehr, denn Hotelpaläste wachsen allüberall in den

Himmel, und Jumbo-Jets spucken tagaus, tagein lärmende Urlauber aus. Und wie sehr könnte eine Fahrt auf dem Belizefluß in den dichten Urwald zum nervenkitzelnden Erlebnis für Touristen werden! Die Reste der grandiosen Mayastädte Altun Ha und Xunantunich sind bisher nur archäologischen Experten bekannt . . .

Wer hier lebt, ist zufrieden, daß er lebt – und mehr will auch keiner. So träumt Belize City in den Tag hinein, heute nicht einmal mehr Hauptstadt, nachdem 1961 eine gewaltige Flutwelle nach einem Taifun über ein Drittel der Stadt wegriß.

Das war selbst den ansonsten geduldigen Leuten von Belize zuviel, und sie bauten 80 km landeinwärts eine neue Hauptstadt, die sie Belmopan nannten und an der das Schönste ihr romantischer Name ist. Es wurde eine reine Beamtenstadt, ein Verwaltungskomplex, bewohnt von ganzen 4000 Menschen, die damit beschäftigt sind, in die Staatskasse von Belize durch den Export von Rohrzucker, Zitrusfrüchten und Mahagoniholz wenigstens etwas Geld zu bringen.

Dabei hätte dieses von der Welt vergessene Land alles, um eine Touristenattraktion erster Klasse zu werden, und es liegt wirklich nur an den Belizern selbst, daß vor allem deutsche Reiseunternehmen mit ihren unermüdlich in der Welt umherreisenden Spähern hier noch kein neues Paradies entdeckt haben, das man vermarkten kann.

Denn was die Natur Belize geschenkt hat, ist einfach grandios: Das zweitgrößte Korallenriff der Erde, kilometerlange, menschenleere, weiße, wirklich paradiesische Strände, das ganze Jahr über das idealste Badewetter, eine Wassertemperatur von 25 bis 28 Grad, die Cays und Reefs mit ihrem Fischreichtum, wo ein Angler gar nicht so schnell seine Köder an die Haken stecken kann, wie die Fische anbeißen . . . Dazu ein Himmel, der am Tag wie in der Nacht gleichermaßen zum Träumen verführt, wenn man unter Kokospalmen am Strand liegt und Wind, Meer und Himmel eine vollkommene Einheit bilden.

Zwischen den Korallenriffen liegen unzählige Schiffswracks: spanische Galeonen, britische Fregatten, Vollmaster und Karavellen, Galeeren und dreistöckige Linienschiffe . . . und alle voll von versunkenen Schätzen, in Taifunen gestrandet, von Piraten versenkt, durch Korallenriffe aufgeschlitzt . . . Ein Eldorado also für Taucher und Schatzsucher, wenn nicht die ewigen Wächter wären: Haie und Barrakudas.

Aber Belize will keine Touristenattraktion werden. Bis auf ein paar Hotels an der Festlandküste und auf den größeren Cays bleibt man unter sich. Wer nun durchaus in das Innere des Landes will, der nimmt eine alte Propellermaschine oder fährt auf Booten die Flüsse hinauf durch unwegsamsten Urwald, oder benutzt die wenigen Straßen, die eine seltene Eigenschaft haben: sie verschwinden nach einem starken Regenguß.

Wozu ein Land für die Fremden erschließen, wenn man selbst glücklich ist? Was ist Armut? Was ist Reichtum? Man kann sich sattessen – genügt das nicht? Wer paradiesisch lebt, muß auch paradiesisch denken . . .

Belize City, die ehemalige Hauptstadt, hat wieder 45 000 Einwohner, die meist in einfachen Holzhäusern leben. Diese stehen auf Pfählen, denn man weiß ja nicht, ob wieder einmal eine große Flut kommt. Jedes Jahr werden Taifune gemeldet . . . einmal kann auch einer von neuem auf Belize zudrehen und die Stadt wegspülen . . .

Ein paar feste Häuser aus Stein gibt es aber doch. Vor allem die Banken – wie könnte es anders sein? –, einige Handelskompanien, Verwaltungen und Privatbauten reich gewordener Bürger, Magazine und ein Stadion für Sport und Politik.

Und etwas außerhalb der Stadt, wo der Urwald noch nicht begonnen oder wo man ihn ausgerottet hat, liegen ein paar prachtvolle Villen, im englischen oder spanischen Kolonialstil erbaut, weiße Paläste mit riesigen Parkgärten. In Belize gibt es noch Gegenden, wo man sich dem erhabenen Gefühl hingeben kann, auf diesem Fleck Erde der einzige Mensch zu sein.

Fernando Dalques stand an der Hafenmole, als die ALTUN HA langsam durch das brackige Wasser furchte und am Liegeplatz III stoppte. Einer der Matrosen warf das Tau hinüber, ein Hafenarbeiter schlang es um den Polder und zurrte es fest. Dann stieß die Yacht, die Flanken geschützt durch eine Reihe weißer Sandsäcke, gegen die Kaimauer. McDonald hob grüßend die Hand, aber Dalques erwiderte den Gruß nicht.

»Der ist schon auf dem Sprung!« sagte der Bärtige zu Jim. »Ich bin immer froh, diese Visage nicht zu sehen. Mal wieder vier oder sechs Wochen auf See . . . das wäre etwas! Und dann die Taschen voller Dollars und hinein in die Puffs von Haiti!«

Die ALTUN HA hatte in einem Seitenbecken festgemacht.

Das normale Hafenleben spielte sich im Hauptbecken ab, wo die Frachter den kargen Export Belizes einluden und als Gegenleistung von Amerika und England Maschinen, Medikamente und Elektroartikel löschten. Sogar Autos und Lastwagen . . . Zeichen einer optimistischen Zukunft, in der auch Belizes Straßen einmal besser sein würden, kamen vereinzelt an.

Hier, am Liegeplatz III, war es still. Außer ein paar Arbeitern war nur Fernando Dalques am Kai – und er war nicht zu übersehen.

Mittelgroß, schlank, schwarzhaarig, mit einem flotten Menjoubärtchen über der Oberlippe, auf dem Kopf einen fast weißen Panamahut, an den Füßen zweifarbene Lederschuhe – braun und weiß.

Sein hellbeiger Anzug war beste Schneiderarbeit und bestimmt nicht in Belize angefertigt worden. So stand er, zweifellos eine elegante Erscheinung, an Land und wartete darauf, daß das Fallreep von der ALTUN HA herübergeschoben wurde.

Mary-Anne und Dr. Rainherr standen im Salon und betrachteten Fernando durch das Fenster.

»Das ist er!« sagte sie.

»Sie sehen, ich zittere vor Ehrfurcht.«

»Er ist ein Tier.«

»Aber ein nicht sehr großes . . .«

»Auch ein schwarzer Panther ist nur mittelgroß und trotzdem das mitleidloseste Tier, das wir kennen.«

»Ich habe schwarze Panther schon dressiert Männchen machen sehen!«

»Fernando dressiert man nicht.«

»Und trotzdem ist er Ihr Partner? Wie kommen Sie mit ihm aus?«

»Sehr gut. Er liebt mich.«

»Also doch!«

»Es ist einseitig, Andreas. Ich habe nicht gesagt, daß ich ihn liebe. Er hofft aber immer darauf, daß es noch geschieht.«

»Ein glücklicher Mann, der so etwas hoffen darf!«

»Gehen wir an Deck!« sagte sie grob. »Ihre dummen Sprüche ekeln mich an.«

»Ich soll mitkommen?« fragte Rainherr.

»Natürlich.«

»Ohne Fesseln? Seit wann liefern Piraten ihre Gefangenen unverschnürt ab?«

»Ich möchte Sie ohrfeigen!« sagte Mary-Anne wenig damenhaft. »Los! Gehen Sie voran!«

»Hurra! Das war wenigstens der richtige Ton! Treten wir also dem schwarzen Panther von Belize gegenüber!«

Fernando Dalques straffte sich, als Dr. Rainherr und Mary-Anne Tolkins an Deck erschienen und zum Fallreep gingen. Mit ausgebreiteten Armen ging Dalques Mary-Anne entgegen, umarmte sie und küßte sie auf beide Wangen.

»Ich bin immer glücklich, wenn du wieder an Land bist«, sagte er auf Spanisch. »Mein Herz erneuert sich immer wieder bei deinem Anblick.«

»Trotzdem könnten Sie den Hut abnehmen, wenn Sie eine Dame begrüßen«, sagte Dr. Rainherr mit Wonne.

Fernando ließ Mary-Anne los und drehte sich langsam zu Rainherr um. Es war wie eine Zeitlupenaufnahme, aber um so deutlicher wurde die Demonstration der Gefährlichkeit. Fernandos schwarze Augen glänzten, und die goldenen Punkte in den Pupillen waren von gnadenloser Kälte.

»Ich bedauere, daß Mary-Anne das Seegeschäft betreibt und ich die Firma an Land vertrete!« sagte er. Es klang nüchtern wie eine Erklärung zwischen zwei neuen Geschäftspartnern.

»Sie sollten die Rollen tauschen, Señor Dalques.«

»Man kann darüber reden.«

»Seeluft ist gesund. Ein Reizklima . . .«

»Wir werden bald Gelegenheit haben, dieses Reizklima zu überprüfen.«

Der erste Schlagabtausch.

Sie standen sich gegenüber, Rainherr fast zwei Köpfe größer als Dalques, breiter, stärker, durchtrainierter. Man hätte meinen können, daß er gegen Fernando die besseren Chancen hätte.

Aber auch eine Ratte ist viel kleiner als ein Mensch und wagt trotzdem, ihn anzugreifen.

Fernando Dalques schien einen großzügigen Tag zu haben. Er ließ Dr. Rainherr einfach stehen, als sei er eine der Kisten, die am Kai herumstanden, und wandte sich wieder Mary-Anne zu.

Jim McDonald und der Bärtige kamen von Bord und machten um die Gruppe, als sie mit den Schiffspapieren zur Hafenmeisterei gingen, einen Bogen.

Auch wenn Belize City von der übrigen Welt vergessen war – die von den Engländern übernommene Bürokratie funktionierte noch reibungslos, vor allem, was den Hafen betraf. Da die Yacht ALTUN HA ihrer Ausmaße wegen nicht mehr als Hobbyboot oder Ferienuntersatz galt, sondern schon als vollwertiges, beim Internationalen Lloyd registriertes Schiff, mußten Ankunft und Abfahrt beim Hafenmeister gemeldet werden. Man bekam dann einen

Stempel und war erst dann offiziell an Land.

Auch in Belize war ein amtlicher Stempel immer noch das Wichtigste, und das Wohlwollen eines Staatsbeamten garantierte ein ruhiges Leben. Man weiß aus alten Schriften, daß auch schon die Mayas und Inkas Beamte hatten, von den Azteken ist das gleiche überliefert, und im alten Ägypten herrschte eine ganze Beamtenhierarchie. Und was war mit Adam, dem ersten Menschen? Spaßvögel behaupten, er sei Beamter gewesen und habe das Paradies verwaltet.

»Ich habe zum erstenmal in all den Jahren eine Dummheit gemacht«, sagte Mary-Anne.

Vom Haupthafenbecken quietschte ein alter Kahn und lud Fässer mit Rohzuckermelasse in ein englisches Frachtschiff. Lastwagen karrten Mahagonibretter zum Hafen. Mit Sattelschleppern kamen Baumstämme an, die man aus den undurchdringlichen Urwäldern im Innern von Belize über die Flüsse mit großen Flößen herangebracht hatte: bestes Material, das man in Europa oder den USA zu Furnierhölzern verarbeiten würde.

Dieser Hafen war Belizes einziges Tor zur Welt, und hier konnte man auch den bescheidenen Reichtum des Landes besichtigen. Ein kleiner Flugplatz war völlig bedeutungslos, weil er für den internationalen Flugverkehr überhaupt nicht ausgebaut war. Wer im Flugzeug nach Belize reisen wollte, kam in Propellermaschinen von Guatemala oder von Mexiko aus, seltener von Kuba oder Jamaika. Ein Jet aus Florida mit besonders kurzer Lande- und Startmöglichkeit galt als kleine Sensation. Er landete monatlich einmal, damit sein Besitzer, ein gewisser Mr. David Sylverstone, Fernando Dalques die Hand drücken konnte. Sylverstone betrieb in Tampa ein Ex- und Importgeschäft für »Kunsthandwerk primitiver Völker und Häute tropischer Tiere«.

»Aus Dummheiten lernen wir«, sagte Fernando weise und legte den Arm um Mary-Annes Schultern.

Rainherr bemerkte das mit gerunzelter Stirn. Er konnte diese Demonstration verstehen: »Das ist mein Recht!«

»Jim hat mir über Funk alles berichtet. Ich halte es für einen Fehler, das Boot dieses Deutschen nicht sofort zu versenken!«

»Das hat einen Haken!« warf Rainherr ein.

»Habe ich mit Ihnen gesprochen?« bellte Fernando ihn sofort an. »Und vorweg eine Klarstellung: Wenn Sie irgendwo einen Polizisten sehen – da hinten stehen beispielsweise zwei – und die Absicht haben sollten, Lärm zu schlagen oder um Schutz zu ersuchen . . . das ist vergeblich!«

»Weil Sie alle gekauft haben. Das ist mir klar.«

»Ich unterstütze die Familien. Die Polizistengehälter sind miserabel.«

»Sie großzügiger Mensch! Ich möchte Sie gern einmal an meine Brust drücken! Man findet solche Wohltäter selten in unserer, ach so korrupten Welt! Ich bin gerührt, Don Fernando.«

»Ich habe den Eindruck, daß Sie die Lage, in der Sie sich befinden, völlig verkennen.«

»Durchaus nicht! Zum erstenmal stehe ich auf dem Boden von Belize und finde alles hier durchaus romantisch. Das große Riff kenne ich bereits, die Cays, die herrlichen Sandstrände und das klare, saubere Wasser. Eines der letzten glücklichen Länder, die sich vom internationalen Kapital isolieren.«

Fernando Dalques wandte sich kurz zu Mary-Anne. »Hast du da einen Verrückten mitgebracht?« fragte er unsicher.

»Er hat mir das Leben gerettet.«

»Nun, sagen wir, er hat Erste Hilfe geleistet. Wir werden die Wunde sofort von Dr. Ynares nachsehen lassen.« Dalques drehte sich zu Dr. Rainherr um und zeigte auf einen großen amerikanischen Luxuswagen, der im Schatten von zwei Lagerschuppen parkte.

»Gehen wir?«

»Aber gern. Ich hätte nichts dagegen, jetzt einen kühlen Trunk zu nehmen.«

»Gehen Sie voraus!«

»Bitte. Nehmen Sie an, ich laufe Ihnen zum Fluß davon, um auf einem Krokodil nach Guatemala zu reiten? Ich akzeptiere, daß ich ein gekaperter Gefangener bin. Sie werden schon sehen, was Sie sich damit eingehandelt haben!«

»Schweigen Sie, Andreas!« sagte Mary-Anne, diesmal auf englisch. »Warum wollen Sie ihn durchaus in Weißglut bringen?«

»Weil er genau der Typ ist, auf den ich fliege! Ich möchte ihn pausenlos sonstwohin treten!«

Rainherr ging voraus zu dem Wagen und strich mit der Hand über den silberglänzenden Lack. Fernando stieg ein und ließ durch einen Knopfdruck das Dach irgendwo in der langen Karosserie verschwinden. Rote Lederpolster leuchteten in der Sonne. Ein neuer Knopfdruck, und aus vier unsichtbar eingebauten Lautsprechern ertönte Tanzmusik.

»Seefahrt bringt etwas ein; der Wagen überzeugt mich!« sagte Rainherr. »Ich glaube, Don Fernando, Sie haben eine Marktlücke entdeckt! Es ist eigentlich rätselhaft, warum die Piraterie jahrhundertelang in Vergessenheit geraten ist.«

Er setzte sich auf die hintere Polsterbank, während Dalques und Mary-Anne vorn Platz nahmen.

»Die Antwort ist einfach.« Fernando fuhr an und verließ in schneller Fahrt das Hafengebiet. Den Motor hörte man kaum – zwölf Zylinder, die fast geräuschlos arbeiteten. »Noch nie seit Ende des Zweiten Weltkrieges wurde soviel Reichtum öffentlich zur Schau getragen und damit geprotzt wie heute. Es ist einfach unglaublich, was nord- und südamerikanische Millionäre auf ihren Yachten mitschleppen! Meine Kollegin hat einmal eine mexikanische Yacht gekapert, die drei Millionen Dollar Bargeld und für vier Millionen Schmuck an Bord hatte.«

»Davon läßt sich leben! Alle Achtung . . .« Rainherr beugte sich vor und streichelte ganz zart Mary-Annes Nacken. Sie hob die Schultern und biß die Zähne aufeinander. Ihr Gesicht – zum Glück blickte Dalques während der Fahrt nicht zur Seite – wurde angespannt, aber irgendwie von einer inneren Freude durchleuchtet. Erst als Rainherr seine Hand über ihre Schulter und ihren Rücken gleiten ließ, beugte sie sich so weit nach vorn, daß er sie nicht mehr erreichen konnte, ohne aufzufallen.

Von Belize City sah Dr. Rainherr wenig. Fernando umfuhr die Stadt auf einer ausgebauten und sogar geteerten Straße und erreichte das Villenviertel, das in der Nähe des Belizeflusses lag, dem Urwald abgerungen und in Parklandschaften verwandelt. Die langgestreckten weißen Bungalows verschwanden fast unter der Fülle von blühenden Sträuchern und Bäumen.

»Sie sind ein guter Mensch!« sagte Rainherr plötzlich laut.

Dalques zuckte zusammen. »Wie meinen Sie das?«

»Daß Sie den armen Polizistenfamilien solche Häuser bauen! Hier wohnen doch die Beamten, nicht wahr?«

Fernando schluckte diese neuerliche Provokation, bog in eine Seitenstraße ein und hielt vor einer Villa im spanischen Kolonialstil. Die äußere Pracht ließ schon darauf schließen, wie es innen aussehen mochte. Ein eingeborener Diener in weißer Livree, eine Mischung aus Neger, Spanier, Indianer und einem Tüpfelchen Chinese, stürzte aus dem Haus, als Dalques hupte. Er trug weiße Handschuhe und blieb unter dem säulengetragenen Portal stehen.

»Das ist der Mann, der Sie liquidieren wird«, sagte Fernando freundlich zu Rainherr, nachdem er gebremst hatte. »Pedro Luba ist Fachmann auf diesem Gebiet.«

»Früher trugen die Henker aber schwarze Handschuhe . . .«

»Er wird sie sicherlich Ihretwegen wechseln!«

Dalques half Mary-Anne aus dem Wagen und nickte dann Pedro Luba zu. Der trat an die zweite Tür, hinter der Rainherr saß.

»Mein Junge«, sagte Rainherr auf Deutsch, »du bist

zehn Zentimer zu weit entfernt. Du hast Mut, das muß man dir lassen, aber du bist ein Rindvieh, wenn du glaubst, ein bloßes Nicken deines Don Fernando jage mir Schauer über den Rücken.«

Pedro Luba blickte Rainherr verwundert an . . . Diese Sprache kannte er nicht. Aber er wußte, was er zu tun hatte, auch wenn es das erstemal war, daß ein ungebetener Gast im Haus erschien – dazu noch vom Chef persönlich hergebracht. Er riß den Wagenschlag auf, und genau in diesem Augenblick war er im Bereich von Rainherrs Armen.

Es vollzog sich alles blitzschnell.

Wie ein weißer Ball flog Pedro durch die Luft, über das Auto hinweg, und landete auf der anderen Seite klatschend auf dem Kiesweg. Er mußte unglücklich aufgekommen sein, denn er blieb wie gelähmt liegen – mit weit aufgerissenen Augen.

Mary-Anne stieß einen hellen Laut aus . . . man konnte darüber streiten, ob es Entsetzen oder Anerkennung war.

»Die weiße Livree muß leider gewaschen werden«, sagte Rainherr ruhig und stieg aus. »Na, so was, er rührt sich ja gar nicht mehr. Don Fernando, Sie sollten Ihren Dr. Ynares holen.«

Dalques hatte plötzlich ein Stilett in der Hand. Sein bisher leidlich schönes, sehr südländisches Gesicht bekam jetzt etwas Rattenartiges. Woher er das Stilett gezaubert hatte . . . Rainherr fand, daß es eine Meisterleistung war, aus dem Nichts so rasch zu reagieren.

»Nicht mit dem Messer!« schrie Mary-Anne. »Ich habe von Messern genug!«

»Das stimmt, Don Fernando«, sagte Rainherr zustimmend. »Miß Tolkins hat eine Klingenallergie bekommen. Ich nehme an, Sie beschäftigen auch einen Koch im Haus? Er soll in den nächsten Tagen nur Gerichte, die man ohne Messer essen kann, zubereiten.«

Rainherr ging an Mary-Anne vorbei zum Portal und blickte neugierig in die riesige Halle, die hinter der breiten, mit Gittern gesicherten Holztür lag. Die Tür war übersät mit kostbarem, indianischem Schnitzwerk. Dies allein war als Kunstschatz ein kleines Vermögen wert. Die gesamte Halle war eines Herrschers würdig.

Fernando Dalques kümmerte sich weder um Pedro Luba, der sich ächzend am Wagen hochzog, noch um das Auto selbst. Er stieß Dr. Rainherr zur Seite und betrat als erster das Haus.

»Ein ungehobelter Klotz!« sagte Rainherr auf Spanisch. »Man läßt eine Dame zuerst eintreten!« Er hielt Mary-Anne galant seinen Arm hin. »Darf ich, Lady!«

»Ich möchte Sie jetzt doch erstechen lassen«, zischte Mary-Anne, ohne den Arm zu beachten. »Gehen Sie weg, Sie überheblicher Affe!«

»Wohin denn? Sie haben mich hierher verschleppt, das war der zweite große Fehler. Sie hätten mich wirklich den Haien vorwerfen lassen sollen. Was ich hier kennenlerne, bestärkt mich nur in der Gewißheit, daß Sie ein ganz großes Luder sind. So schön Sie sind, Mary-Anne, so verdorben sind Sie auch!«

»Es wäre gut, wenn Sie das nie vergäßen!« erwiderte sie hart. »Los, gehen Sie ins Haus!«

Es gab einmal eine Zeit, da hatte Andreas Rainherr alle Menschen bewundert, die ein Haus besaßen. Er wünschte sich sehnlichst eine Villa, wie sie sein Direktor in den schönen Wäldern des Bergischen Landes besaß. Als er dann selbst durch seine Patente so viel Geld verdiente, daß er sich das alles leisten konnte, lernte er die Welt der Superreichen kennen.

In Florida, in Las Vegas, in New Jersey, in Hollywood und Los Angeles, in den kalifornischen Bergen, auf den Bahamas, Bermudas und den westindischen Inselgruppen lernte er Häuser kennen, die alle Maße sprengten. Häuser, in denen man nicht mehr wohnte, sondern residierte.

Was dieser Fernando Dalques – oder wer auch immer es gewesen sein mag – sich hier errichtet hatte, übertraf sicherlich manche Traumvilla in Beverly Hills. Nicht die Größe und der Prunk allein verwirrten, es war vor allem die Stilechtheit bis ins kleinste Detail.

Was bei amerikanischen Millionären leicht zum Superkitsch ausartete, war hier, am Rande des Urwaldes von Belize, zur Demonstration einer Synthese aus alter Mayakultur und spanischer Grandezza geworden, ohne aber je zu vergessen, daß man im 20. Jahrhundert lebte – mit allen Annehmlichkeiten einer mechanisierten Wohnlichkeit.

So ließ sich – zum Beispiel – das riesige Sprossenfenster zu Terrasse und Park geräuschlos in den Boden versenken, eine Klimaanlage sorgte für die richtigen Temperaturen der Räume, der riesige Swimming-pool konnte durch einen Knopfdruck mit einem ausfahrbaren Dach versehen werden, wobei die Seitenfenster gleichzeitig aus dem Boden nach oben fuhren und in kürzester Zeit eine geschlossene Schwimmhalle entstehen ließen. Es war etwas, was selbst Dr. Rainherr noch nicht gesehen hatte.

Dalques führte es vor . . . nicht, um zu imponieren, sondern weil es in Kürze regnen würde, wie er sagte. Von Guatemala herüber, über den Urwald, kamen dunkle Wolken gezogen.

»Setzen wir uns in den Orchideensalon«, sagte er und ging abermals voraus.

Sie gelangten in einen großen Raum, der – wie ein Gewächshaus – fast nur aus Glas bestand. In großen Tonkübeln, an langen, abgestorbenen Baumstämmen, wucherten die herrlichsten Orchideen, von der Decke mit aufgefangenem Regenwasser künstlich berieselt. Ein betäubender schwerer Duft lag in der Luft. Wenn man sagt, Orchideen seien der Inbegriff der Schönheit, aber sie dufteten nicht, so mußte Dalques hier Sorten züchten, deren Geruch – wie alles in diesem Haus der Superlative – alle Blumendüfte übertraf.

»Sie hatten Durst angemeldet?« wandte sich Dalques an Dr. Rainherr, als sie in bequemen Korbsesseln mit dicken Polstern saßen.

»In diesem herrlichen Zaubergarten sollte man . . .«

». . . Champagner trinken!« unterbrach ihn Mary-Anne. »Sie mit Ihrem Champagner!«

Fernando blickte von einem zum anderen, bis Rainherr endlich erklärte: »Wir haben nämlich auf der ›Altun Ha‹ Champagner getrunken, Miß Tolkins und ich. Als Feier auf ihre glimpfliche Verwundung.«

»Die Wunde!« Fernando sprang auf. »Ich rufe sofort Dr. Ynares.«

»Nicht für Mary-Anne . . . Ihr Pedro hat es nötiger. Bei Miß Tolkins wird nur eine schmale Narbe übrigbleiben, gleich oberhalb ihrer bezaubernden Brust.«

Wortlos verließ Fernando den Raum.

»Hoffentlich vergiftet er Sie jetzt!« sagte Mary-Anne wütend. »Wollen Sie ihm auch noch berichten, daß Sie mich nackt gesehen haben?«

»Wenn es ihn interessiert . . .«

Dr. Andreas Rainherr wurde weder vergiftet noch erstochen.

Es war verrückt. Dalques, Mary-Anne und Dr. Rainherr saßen wie gute Freunde zusammen, tranken Longdrinks, eisgekühlt, mit weißem Rum angereichert, und plauderten über die Probleme der weiten Welt und der Piraterie im besonderen. Fernando war ein Gauner, glatt wie eine Eisbahn.

»Es mag ja alles stimmen, was Sie sagen, Señor Rainherr«, meinte Dalques schließlich. »Ihr Kapital war Ihr Schiff, Sie haben auf Cayman Brac ein Haus, leben von einer Rente, die Ihnen eine Erfindung garantiert, und haben im übrigen keinerlei Anspruch ans Leben als den, in Ruhe Ihre Tage verbringen zu können.«

»Sie haben es genau erfaßt, Don Fernando«, antwortete Rainherr höflich.

»Aber jeder Mensch ist etwas wert. Auch Sie! Schätzen wir Sie niedrig ein: Fünfhunderttausend Dollar!«

Rainherr lachte. »Und wer soll die bezahlen?«

»Ihre Tochter.«

»Annette?« Rainherr wurde plötzlich ernst. »Lassen Sie das Mädchen aus Ihren Kalkulationen, Don Fernando!«

»Aha! Da sitzt Ihre verwundbare Stelle.«

»Zugegeben! Aber – sehen Sie, ich habe bisher immer, wo ich auch war, jeden Abend von meinem Boot aus mit Cayman Brac gesprochen. Ich hatte eine gute Funkanlage, und über eine Kurzwellenlänge war ich immer mit meiner Tochter in Verbindung. Das ist jetzt nicht mehr der Fall. Wie ich Annette kenne, hat sie längst die Polizei von Cayman alarmiert. In den beiden letzten Tagen war die Karibik glatt wie ein Bettuch . . . ich kann also nicht in einem Sturm umgekommen sein.«

»Cayman Brac ist weit weg.«

»So weit nun auch wieder nicht. Auf Grand Cayman sind zwei Schnellboote stationiert. Wenn die auslaufen . . .«

»Wer denkt an Belize?«

»Meine letzte Meldung war: Ich fische in den Cays. Im Süden des Glover Reef.« Rainherr lächelte mokant. »Der dritte Fehler, Mary-Anne: Wenn man mich sucht, wird man mein Schiff und Juan Noales finden. Zur Erklärung, Don Fernando: Der Genannte ist mein Steuermann!«

»Wie ist solch eine Verrücktheit möglich?« schrie Dalques und sprang auf. »Wo hast du dein Gehirn gelassen? Ich lasse sofort wieder auslaufen und dieses Boot versenken; ist das klar, Mary-Anne?«

»Du läßt auslaufen? Du?« Zum erstenmal sah Rainherr – und er sah es mit tiefer innerer Befriedigung –, wie das Verhältnis zwischen Mary-Anne und Don Fernando wirklich war.

Er war insgeheim entzückt.

Sie blieb im Sessel sitzen, aber sie stemmte die Füße gegen den Boden, und ihre großen schwarzen Augen verengten sich in jähem Zorn. Und das war neu an ihr . . . Bei allem Streit und allen Auseinandersetzungen mit ihr hatte Rainherr nie gesehen, daß sie die Augen zusammenkniff, als wolle sie auf jemanden zielen.

»Das Meer ist mein Gebiet! Ich allein bestimme über das Boot!«

»Er ist fünfhunderttausend Dollar wert! Seine Tochter wird sie zahlen!« schrie Fernando.

»Und dann?«

»Er weiß zuviel, er hat zuviel gesehen . . . was bleibt uns anderes übrig?«

Dalques lief nervös hin und her und blieb dann ruckartig vor Dr. Rainherr stehen. »Wir sind Geschäftsleute! Wir können uns keine Pannen leisten.«

»Das sehe ich ein.« Rainherr nickte zustimmend. »Obgleich Sie konkurrenzlos sind – Mary-Anne hat die Firma in eine prekäre Lage gebracht. Nur: Mein Tod nützt Ihnen gar nichts, und fünfhunderttausend Dollar bekommen Sie auch nicht von mir. Ich habe sie einfach nicht, und keine Bank auf den Cayman-Islands wird sie mir leihen, um mich aus den Händen von Piraten zu befreien. Es wäre für diese Bankiers kein gutes Geschäft. Ihr Verdienst ist die Steuerfreiheit auf Cayman, es sind die Schwarzgelder aus der ganzen Welt, mit denen diese Banken zinslos auf internationalen Märkten arbeiten. Aber Lösegeld für mich? Nie!«

»Sie sehen aber doch ein, daß Sie für unsere Firma eine akute Gefahr darstellen?«

»Das habe ich immer betont. Mit einer Einschränkung . . .«

»Und?«

»Mary-Anne! Ich habe versprochen, alles zu vergessen – Mary-Anne zuliebe!«

»Und wer garantiert mir das?«

»Meine Gegenwart. Ich hätte gestern nacht genügend Gelegenheit gehabt zu flüchten. Aber – wo bin ich? In Belize! Ein freiwilliger Gefangener. Und von dem wollen Sie fünfhunderttausend Dollar erpressen? Don Fernando, was ist das für ein Geschäftsgebaren? Auch wenn Sie ein Gauner sind, so rechne ich doch damit, daß in Ihnen der spanische Caballero überwiegt.«

»Er ist tatsächlich verrückt!« rief Fernando entgeistert. »Er kann doch nicht einfach am Leben bleiben!«

»Sie sollten sich endlich einigen.« Dr. Rainherr stand auf. »Ich gehe ein wenig im Park spazieren und sehe mir Ihre Pracht an. Wenn ich zurückkomme, erfahre ich hoffentlich endlich, ob Sie mich umbringen wollen. Man muß sich doch seelisch darauf einstellen . . .«

Er ließ den verblüfften Fernando stehen, verließ das Orchideenzimmer durch eine der großen Glastüren und spazierte hinüber zu dem mit Marmor eingefaßten Swimming-pool.

Dort blieb er sinnend stehen, als überlege er, ob er seine Kleidung ausziehen und in das klare Wasser springen solle.

»Er wird weiterleben!« sagte Mary-Anne fest.

»Das ist doch einfach unmöglich . . .«

»Wir hatten es uns zum Prinzip gemacht: Keine Toten! Davon gehe ich nicht ab!«

»Du liebst diesen verfluchten deutschen Helden, was?«

»Nein! Wir werden ihn auf die Probe stellen.«

»Und wie?«

»Er soll nachher Gelegenheit bekommen, über unser Funkgerät mit seiner Tochter Verbindung aufzunehmen. Ich bin gespannt, was er sagen wird.«

»Ich auch!« Fernando Dalques klopfte gegen den Gürtel seiner Hose, in dem das Stilett stak. »Ich werde nahe hinter ihm stehen.«

»Und ich hinter dir . . .« Sie blickte ihn wieder aus schmalen Augen an. »Was du geworden bist, hast du mir zu verdanken.«

»Und wer hat verhindert, daß du die schönste Hafenhure von Cartagena geworden wärst?«

»Wir haben uns nichts vorzuwerfen, Fernando!«

»Doch! Du hast diesen Rainherr angeschleppt! Wir haben ein Unternehmen, Mary-Anne, das uns zu Millionären gemacht hat und das reibungslos läuft . . . bis heute! Hast du den Verstand verloren?«

»Er hat mir das Leben gerettet, ich sagte es dir schon.«

»Und wird unsere Firma vernichten!«

»Er ist der einzige, der sich bei der Kaperung gewehrt hat! Verdammt, ich kann nicht töten . . . also blieb er am Leben! Also mußte ich ihn mitnehmen, um ihn unter Kontrolle zu haben.«

»Wie willst du den kontrollieren?« Fernando lachte fast hysterisch. »Er geht im Garten spazieren und stellt sich seelisch auf seinen Tod ein! Hat man so etwas schon gehört?«

Zufällig blickten beide hinaus zum Swimming-pool und erstarrten. Für Andreas Rainherr unsichtbar, schlich seitlich durch die Büsche Pedro Luba heran. Zwischen seinen Händen spannte sich ein dünnes Stahlseil.

Der blitzschnelle, lautlose Tod . . . modernisiert, verfeinert. Früher benutzten die Indianer dazu dünne Lianenstränge.

Es gibt Menschen, die einen ausgesprochenen Spürsinn für Gefahren besitzen.

Dafür gibt es keine Erklärung, ebensowenig wie man erklären kann, was vorgeht, wenn jemand in die Zukunft sehen kann oder die Gabe besitzt, vergangene Jahrhunderte vor sein inneres Auge zurückzuholen.

Es ist ein Gefühl, das keine bestimmte Gefahr signalisiert . . . es ist nichts als das drängende Spüren: Jetzt passiert etwas!

Andreas Rainherr gehörte zu den Menschen, die Gefahren erfühlen. Er war deshalb gestern auch so über sich selbst verblüfft gewesen, daß er dieses Gespür nicht hatte, als der Steuermann Jim sich von hinten angeschlichen hatte. Aber, so hatte er später überlegt, das war der Hai. Der Hai vor seiner Angel . . . Der tödliche Haß auf den Hai überdeckt bei mir alle anderen Gefühle, hatte er gedacht. Wenn ich einen Hai sehe, bin ich mit ihm allein auf der Welt . . .

Jetzt, im Park der Piraten, sah er keinen Hai im klaren Wasser des Swimming-pools, wohl aber Pedro Luba, der katzengleich von Busch zu Busch auf ihn zuschlich. Das dünne Drahtseil glitzerte in der Sonne. Das Spiegelbild vergrößerte sich rasch.

Noch zwei Meter, dachte Rainherr. Noch einen Meter. Er hebt die Hände mit dem Drahtseil . . . Jetzt muß er direkt hinter mir stehen.

Mit einem Satz warf er sich zur Seite und hieb gleichzeitig mit der Handkante zu. Er traf Pedros linken Arm mit voller Wucht, es knackte, als zerbräche trockenes Holz. Mit verzerrtem Gesicht sprang Luba trotzdem vorwärts . . . sein Tötungsinstinkt ließ ihn jeden Schmerz vergessen.

Rainherr schlug wieder zu. Er wollte Pedros Halsschlagader treffen, aber wie eine Katze drehte sich Luba im Sprung, und Andreas traf nur die Schulter . . . der Schlag holte Pedro aus der Luft zurück. Mit einer Schnelligkeit ohnegleichen warf Luba das dünne Drahtseil um Rainherrs Hals und zog ihn mit einem Ruck zu sich heran.

Es war Pedros letzte Verrichtung.

Ein Schuß ertönte von der Terrasse, und wie von einer Riesenfaust in den Rücken gestoßen, taumelte Luba nach vorn und sank dann vor Rainherr in die Knie. Aus seinem Mund brach ein Blutstrom, der sich über Rainherrs Hose ergoß. Dann rollte Luba über den Marmorrand des Schwimmbeckens und fiel in das klare Wasser. Eine rote Lache breitete sich um ihn aus.

Vom Haus liefen Mary-Anne und Fernando herbei. Sie war schneller als er, sie rannte mit langen Sätzen über den Rasen und schrie in einem fort einen Namen:

»Andreas! Andreas! Andreas!«

In der Hand hielt sie den Revolver. Erst am Schwimmbecken fiel er ihr aus der Hand und schlidderte über die Marmorplatten.

Mit einem letzten Aufschrei warf sie sich gegen Dr. Rainherr und umklammerte ihn.

»Ich habe getötet!« schrie sie und drückte ihr Gesicht an seine Brust. »Ich habe einen Menschen getötet! Zum erstenmal! Aber du lebst . . . du lebst . . . du lebst . . .«

Dann weinte sie hemmungslos und verkroch sich in seinen Armen.

Fernando Dalques hatte das Schwimmbecken erreicht und starrte auf den toten Pedro. »Jetzt muß man das Wasser erneuern«, sagte er ungerührt, »und die Kacheln gründlich abscheuern.«

Das war alles, was er dazu zu bemerken hatte. Dann wandte er sich an Dr. Rainherr: »Sie glauben mir ja doch nicht, wenn ich Ihnen versichere, daß Pedro hier nicht in meinem Auftrag gehandelt hat.«

»Es fällt mir schwer, ich gebe es zu.«

»Das war Pedros ganz private Rache.«

»Aber sie wäre Ihnen sehr gelegen gekommen.«

»Das ist etwas anderes.« Fernando hob den Revolver von den Marmorplatten auf und steckte ihn in den Gürtel.

Dr. Rainherr schüttelte den Kopf. »Warum schießen Sie nicht?«

»Ich könnte Mary-Anne treffen. Sie halten sie ja wie einen Schild vor sich. Außerdem sind wir uns einig geworden, zuerst Ihr Boot einzuholen und dann weiter zu verhandeln. Morgen früh holen wir Ihren Steuermann ab.«

»Das ist sehr nett.« Dr. Rainherr lächelte höflich. »Aber es wird immer komplizierter: noch ein Augenzeuge mehr! Es wäre einfacher, mich zu meinem Schiff zurückzubringen und mir zu helfen, daß wir es notdürftig wieder flottkriegen, damit ich darin die Caymans erreiche. Ich halte mein Versprechen, über alles zu schweigen.«

Mary-Anne hatte sich beruhigt. Den Blick vom Pool mit dem blutigen Wasser abgewandt, ging sie zum Haus zurück und zog Rainherr an der Hand mit sich. Erst auf der überdachten Terrasse fand sie die Sprache wieder, ließ sich in einen Sessel fallen und vermied es, in den Park zu blicken.

Dort waren jetzt zwei Gärtner aufgetaucht, ebenfalls

Eingeborene und wie die meisten Einwohner von Belize Mischlinge aus verschiedenen Völkern und Farben, zogen sich aus und sprangen nackt in den Swimming-pool, um den toten Luba herauszuholen. Sie legten ihn erst auf den Marmorrand, dann faßten sie ihn unter die Schultern und an den Beinen und trugen ihn fort.

»So, der Bann wäre nun gebrochen«, sagte Rainherr gemütlich. »Sie haben bewiesen, Mary-Anne, daß Sie hervorragend schießen können! Auf diese Entfernung ein solcher Blattschuß . . . Ich hätte es nicht besser gekonnt.«

»Sprechen Sie nicht weiter, bitte . . .«, stammelte sie und starrte ihn aus von Entsetzen geweiteten Augen an.

»Bei solch einer Begabung steht dem doch eigentlich nichts mehr im Wege, die Firma radikal auszubauen! Man könnte zum Beispiel bei Überfällen mit gezielten Kanonenschüssen . . .«

»Fernando, gib mir den Revolver wieder!« sagte Mary-Anne hart. »Ich kann den Kerl nicht mehr ertragen . . .« Sie sprang auf, bevor Fernando wirklich die Waffe aus dem Gürtel seiner Hose riß, und lief ins Innere des Hauses.

»Bisher hatte ich angenommen, Sie seien nichts weiter als frech«, sagte Dalques kopfschüttelnd. »Aber jetzt sehe ich, daß Sie tatsächlich ein Idiot sind. – Wollen Sie noch mit Ihrer Tochter sprechen?«

»Wie bitte?«

Rainherr war von dieser Frage so überrumpelt, daß er im Moment keine bessere Antwort wußte.

»Sie könnten mit ihr über unseren Hausfunk Verbindung aufnehmen.« Fernando lächelte von neuem säuerlich, was das Rattenhafte seines Gesichtsausdruckes noch verstärkte. »Wir verfügen über die neuesten technischen Errungenschaften. Wenn Sie mir folgen möchten . . .«

Sie gingen durch das weitläufige Haus, und erst jetzt erkannte Rainherr, daß der ganze Komplex sich in mehrere Abteilungen gliederte: in den eigentlichen Wohntrakt, der schon mehr einem altspanischen Schloß glich, einen langgestreckten Bürotrakt und in ein Haus mit Stallungen, Dienstbotenwohnungen und Garagen für die schweren Autos und Lastwagen.

»Sie staunen?« fragte Fernando leichthin.

»Allerdings. Ich wußte bis heute nicht, daß Piraterie eine solche Verwaltung benötigt. Das ist ja ein vollkommener Handelsbetrieb.«

»Sie haben es erkannt, Señor Rainherr. Wir betreiben den Export von Eingeborenenkunst und Tierhäuten, vor allem von Krokodilen und Riesenschlangen.«

»Das hat mir Mary-Anne schon gesagt. Ich hielt es für eine Tarnung, allenfalls für einen Nebenerwerb . . . Aber wie ich sehe, funktioniert der Export tatsächlich.«

»So gut, daß wir sogar einen Syndikus haben, einen Rechtsanwalt für die internationalen Beziehungen. Unsere Firma hat einen vorzüglichen Ruf, über Tampa in Florida, wo ein Mr. Sylverstone sitzt, beliefern wir die ganze Welt. Sie finden unser Krokoleder auch bei Ihnen in Deutschland. Die Lederindustrie in Offenbach und Pirmasens bezieht von uns.«

»Und warum dann noch die verdammte Piraterie?«

»Welche Frage! Gibt es bei Ihnen nicht auch genug Konzerne mit verschiedenen Tätigkeitsmerkmalen?«

»Das ist allerdings umwerfend einleuchtend!«

Dr. Rainherr nickte. Sie waren in einem großen Raum, der mit technischem Gerät vollgestopft war, angekommen. Eine Riesenfunkanlage nahm die halbe Stirnwand ein. Ein Fernschreiber tickte . . . Auf einem großen Bildschirm war ein Teil des Haupthafens von Belize zu sehen.

»Unsere Fernsehkontrolle des Hafens«, erklärte Fernando stolz. »Wir laden gerade Häute für Großbritannien. Zweimal im Jahr kommen die Burschen aus den Urwäldern und bringen uns ihre Beute. Sie wird dann in eigenen Gerbereien gegerbt und zugerichtet, praktisch verarbeitungsreif für die Lederindustrie.«

Dalques winkte. Die beiden Angestellten in sauberen weißen Kitteln verließen den Raum.

»Sie können sich vorstellen, daß wir hier in Belize ein sehr angesehener Betrieb sind und mit der Regierung in bestem Einvernehmen leben.«

»Und keiner ahnt, was ihr mit eurer ›Altun Ha‹ wirklich macht! Die Luxusyacht einer reichen Dame, die das Leben genießt . . .«

Dalques blieb dann vor der Funkanlage stehen und zeigte auf die Apparatur. »Sie wissen nun alles, Dr. Rainherr. Sie haben alles gesehen. Es gibt für Sie jetzt nur eine Alternative: Mitmachen oder sterben!«

Er trat zurück und lächelte wieder.

»Sie können sich mit Ihrer Tochter unterhalten, solange Sie Lust haben!«

VI

Nachdem Andreas Rainherr allein in dem Funkraum war, setzte er sich vor den wirklich modernen Sprechfunksender und zögerte.

Neben ihm wechselte ständig das Bild auf der Mattscheibe des Fernsehschirms . . . die automatischen Kameras im Hafen schwenkten hin und her und sendeten immer neue Einstellungen. Eine Zeitlang sah Rainherr Jim McDonald und den Bärtigen, die vor einer armseligen Kneipe am Kai saßen und irgendein scharfes Zeug tranken. Auf den Knien hatten sie zwei blutjunge hübsche Eingeborenenmädchen.

Wie überall in der Welt, dachte Rainherr, Häfen sind sich alle gleich. Und wo ein Hafen ist, da sind auch Huren. Er betrachtete belustigt auf dem Bildschirm den Steuermann, wie er gerade seinem Mädchen in die Bluse faßte und etwas Handfestes zu greifen bekam. Das Mädchen lachte. Die weißen Zähne in dem braungelben Gesicht leuchteten. Da nur das Bild übertragen wurde, aber kein Ton, konnte Rainherr nicht hören, was Jim grölte. Es mußten aber wenig stubenreine Bemerkungen sein, denn der bärtige Matrose verschluckte sich vor Lachen und krümmte sich hustend.

Annette, dachte Rainherr. Soll ich ihr die Wahrheit sagen? Soll ich sie handeln lassen: Polizei, Marinekorps von Grand Island, Schnellbootsuche in den Cays? Bis morgen früh, wenn die ALTUN HA auslaufen würde, um Juan und die ANNETTE I zu holen, konnten die Schnellboote längst bei den Glover Reefs sein. Vor dieser Überraschung konnte auch Mary-Annes Yacht nicht mehr entkommen, die weitreichenden Raketenwerfer der Schnellboote würden ganze Arbeit leisten und die ALTUN HA zerfetzen.

In einem Nebenraum warteten Mary-Anne und Fernando vor einem anderen, kleineren Bildschirm, der von einer im Funkraum versteckten Kamera gespeist wurde. Mikrofone und gute Lautsprecher gaben jedes Geräusch weiter.

Sie sahen, wie Rainherr zögerte und dann langsam nach dem Kopfhörer griff. Er wußte nicht, daß ein eingebauter Verstärker sein Gespräch in den Nebenraum übertrug.

»Warum zögert er?« frage Mary-Anne leise, obwohl die beiden hier keiner belauschen konnte.

»Er will uns eine Falle stellen und weiß noch nicht, wie«, antwortete Fernando. »Aha! Jetzt stellt er die Kurzwellenlänge ein.«

Im Lautsprecher ertönte das typische, widerlich hohe Geräusch der Kopplungen, ein Pfeifen, das oftmals wie ein greller Schrei klang. Dann hatte Rainherr seine Wellenlänge gefunden und war verblüfft, wie klar und greifbar nahe er seinen Lockruf hörte. Er hatte sich schon vorher beim Abtasten des Äthers gewundert . . . ein paarmal kreuzte er die Signale von Kriegsschiffen und Polizeifunkbooten. Über diese modernste Funkanlage war das »Gespenst der Karibik« über jede Bewegung des Gegners bestens informiert.

Andreas Rainherr schaute auf die Uhr. Es war nicht die

Zeit, zu der er sich sonst daheim meldete, aber wenn Annette in Sorge war, hielt sie sich bestimmt in der Nähe des Funkgerätes auf.

Da . . . ein Knacken, ein schrilles Pfeifen, als Rainherr die genaue Wellenlänge einstellte. Dann brach der Ton ab, und eine Mädchenstimme klang klar in Rainherrs Kopfhörer und nebenan aus dem Lautsprecher:

»Hier AR I. AR I. Vati, bist du es? Vati . . .«

»Ich bin es, mein Schatz.« Rainherr atmete tief auf. »Wie geht es dir?«

»Mein Gott, wie geht es dir? Warum meldest du dich nicht? Seit neunzehn Stunden sitze ich hier . . . Vati, wo bist du? Bis zum Abend hätte ich noch gewartet, dann hätte ich Alarm gegeben.«

»Prost!« sagte im Nebenraum Fernando. »Das wäre knapp geworden mit dem Einholen seiner Yacht!«

»Vati . . . ist irgend etwas nicht in Ordnung? Bist du noch in den Cays?«

»Ja, mein Kleines. Irgend etwas an der Funkanlage war ausgefallen, aber Juan hat es wieder repariert. Du hörst ja, es ist alles in Ordnung. Ich angele hier. Zwischen den Korallenriffen wimmelt es von Fischen.«

»Und wann kommst du wieder nach Haus, Vati?«

»Bald . . .«

»Das ist ein Irrtum«, knurrte Fernando Dalques.

»Du kannst noch keinen Tag nennen, Vati?«

»Noch nicht.«

Dr. Rainherr räusperte sich. Er hatte diesmal wieder das Gefühl, daß er – obwohl er allein in dem großen Raum war – nicht allein war. Sie hören mit, dachte er. Wenn sie es nicht täten, wären sie Dilettanten. »Ich habe hier einen Hai gesichtet, Kleines«, sagte er betont. »Ein Mordsvieh! Auf den warte ich, den muß ich kriegen!«

»Vati, paß auf dich auf. Es hat genügt, daß . . .«

Annette verschluckte den Rest des Satzes, man brauchte nicht immer davon zu sprechen. Diese Stunde war Vater und Tochter sowieso immer gegenwärtig . . .

»Laß ihn schwimmen, wenn er zu groß für dich allein ist. Bitte, Vati . . .«

»Dieser Hai glaubt groß und stark zu sein – aber ich schaffe ihn! Er ist jetzt ganz in der Nähe . . .«

»Du siehst ihn, Vati?«

»Er sieht mich! Er will so klug sein und ist doch so ein Rindvieh!«

»Merkst du es? Er spricht von dir«, sagte nebenan Mary-Anne zu Fernando. »Er weiß genau, daß wir zuhören.«

»Hab keine Angst, Kleines«, sagte Andreas jetzt mit einer so zärtlichen Stimme, wie sie Mary-Anne sich für sich wünschte. »Mir passiert nichts. Die Wettermeldungen sind gut, die See ist glatt. Was hast du angestellt, mein Kleines?«

»Ich habe nur auf dich gewartet, Vati.«

»Und sonst? Was Neues?«

»In der Konservenfabrik hat man noch zehn Frauen eingestellt. Die Aufträge kamen gut herein.«

»Das ist eine gute Nachricht. Annette, Liebling, ich rufe morgen wieder an. Keine Sorgen! Mir geht es gut, besser als je zuvor . . . Tschüß!«

»Tschüß, Vati . . .«

Rainherr stellte das Funkgerät ab und streifte den Kopfhörer herunter. Auf dem Bildschirm war McDonald mit seiner kleinen Hafenhure verschwunden. Über der »Bar« gab es vier winzige Zimmer mit zugezogenen Vorhängen.

»Er hat eine Konservenfabrik!« knirschte Fernando bitter. »Der Bursche kostet jetzt eine Million Dollar!« Er sah Mary-Anne schief an. »Wußtest du das?«

»Ja.« Sie lehnte sich gegen die Wand und blickte an Fernando vorbei. Ihr Blick schien ins Unendliche zu gehen. »Er fühlt sich wohler als je zuvor . . . Er ist glücklich . . .«, sagte sie leise.

»Du hast von der Konservenfabrik gewußt?« brüllte er. »Und erzählst mir, er sei bettelarm?«

»Wenn du ihn anrührst, schieße ich noch einmal!« sagte

Mary-Anne ganz ruhig. »Ich habe erlebt, wie einfach es ist, ihn zu beschützen!«

Sie blickte den sprachlosen Fernando fast verträumt an und nickte mehrmals. »Ja, so ist das nun, Fernando. Wer ihn anrührt, überlebt es nicht. Ich glaube fast, das wird mir sogar Gott verzeihen . . .«

»Also Kampf zwischen uns . . .« Seine Stimme klang rauh. »Nach all den Jahren des gemeinsamen Erfolges . . .«

»Wenn du ihn willst . . .«

»Und wegen eines Mannes!«

»Wegen eines Mannes!« Sie atmete tief auf. »Das verstehst du nicht?«

»Nein. Seit sechs Jahren bemühe ich mich darum, bei dir . . .«

»Vielleicht ist es das, Fernando. Er bemüht sich gar nicht darum. Ich muß mich selbst darum bemühen.«

»Das Spinnenweibchen, das ihr Opfer aussaugt . . .«

Sie hob die Schultern. »Ich wußte, daß dir kein besserer Vergleich einfallen würde.«

Dann schob sie ihn einfach zur Seite und verließ den Raum.

Fernando Dalques riß an seinem Menjou-Bärtchen, strich sich ein paarmal nervös durch die schwarzen Locken und begab sich dann in den Nebenraum.

Dr. Rainherr stand am Fenster und blickte auf eine Art Frachthof, wo zwei große Trucks beladen wurden. Gabelstapler karrten aus einem Lagerhaus Kisten heran. Sie waren mit Empfangsorten bemalt, rund um die Erde, sogar SYDNEY stand auf einem Kistendeckel.

»Gibt es denn so viele primitive Künstler in Belize?« fragte er, als er Fernando eintreten hörte. Er drehte sich dabei nicht um.

»Das ist Whiskey. Bourbon-Whiskey nach amerikanischer Art. Kein Whisky! Wir können ihn zum halben Preis liefern.«

»Und die Einfuhrzölle der einzelnen Länder?«

Fernando lächelte mitleidig. »Die Ware wird auf hoher See umgeladen. Was dann mit ihr passiert, interessiert uns nicht mehr.«

»Also eine schwimmende Schnapsgroßhandlung! Junge, Sie haben Ideen . . .« Dr. Rainherr trat vom Fenster zurück. »Na, hat Ihnen meine Unterhaltung mit meiner Tochter gefallen?«

»Sehr.« Fernando verzog sein Gesicht. Der Kerl ist nicht zu fassen! »Warum haben Sie gelogen?«

»Habe ich das? Ich fühle mich wirklich wohl! Und was den Hai betrifft . . .«

»Ich kriege Sie, Señor«, sagte Fernando böse. »Auch wenn Mary-Anne plötzlich die Amme spielt. Ein weggejagter Hai kommt immer wieder, bis er zuschnappen kann.«

»Was wird aus Pedro Luba?«

»Pedro Luba?« Fernando sah Rainherr erstaunt an. »Wer ist das? Haben Sie einen Pedro Luba kennengelernt? Etwa ein Kollege von Ihnen?«

»Ach so! In Belize gibt es keine Einwohnermeldeämter . . .«

»Wer will die Menschen im Dschungel und Urwald erfassen, Doktor? Hier kommt ein Mensch, und da geht ein Mensch. Hat es einen Sinn, danach zu fragen?«

Andreas Rainherr nickte stumm. Er hatte verstanden. Wenn es für ihn ein Überleben gab, lag es ganz in Mary-Annes Hand. Von Fernando Dalques war nichts als die Vernichtung zu erwarten.

Aber zunächst war alles wie im Märchen: Dr. Rainherr bekam in dem weißen Kolonialpalast eine Zimmerflucht zugewiesen – mit eigener Terrasse und einem eigenen kleinen Swimming-pool.

Ein Neger mit der Figur eines Schwergewichtsboxers – er war tatsächlich Boxmeister aller Klassen von Belize gewesen und hatte den Ring nur verlassen, weil ihm ein tüchtiger Manager fehlte – wurde Rainherr als Diener zugewiesen.

Gegen Abend erschien Fernando Dalques, um zu fragen, ob sein Gast mit allem zufrieden sei. »Ich habe gute Nachricht«, sagte er dann, »wir haben uns auf Cayman Brac erkundigt: Sie sind glatte zwei Millionen wert!«

»Und das nennen Sie eine gute Nachricht?«

»Wenn Ihre Tochter diese Summe auf eine noch abzusprechende Art überweist, sind Sie ein freier Mann, Doktor!«

»Sie lügen, Fernando! Ich weiß zuviel.«

»Und Sie werden schweigen, weil Sie Mary-Anne lieben. Diese zwei Millionen . . . das ist mein Geschäft!«

»Weiß Mary-Anne davon?«

»Selbstverständlich.«

»Und sie macht mit . . .?«

»Ihr Geschäftsbereich ist das Meer. Jetzt sind Sie an Land, Doktor. Und dafür bin ich zuständig!«

»Wo ist sie jetzt?«

»In ihrem Büro.«

»Sie hat wirklich ein Büro?« rief Rainherr entgeistert. »Und verwaltet ihre Piraterie wie eine Handelsfirma? Wenn man eines Tages alle Unterlagen findet . . .«

»Wer soll sie finden? Die Justiz von Belize etwa?«

Dalques lachte böse. »Erst müßte eine begründete Anzeige eingehen, und dann würde noch niemand hier glauben, daß Miß Tolkins eine Piratin ist. Kommen Sie mit, sehen Sie sich den Betrieb an.«

Es war faszinierend.

Der Handel mit Häuten und primitiver Eingeborenenkunst war ein normales Geschäft . . . Was aber mit dem geraubten Schmuck und den sonstigen Wertgegenständen, mit Gemälden, Teppichen und den vielen anderen Beutestücken, die von den Millionärsyachten stammten, geschah, das war ein Hehlerbetrieb internationalen Ausmaßes.

Auch den »Syndikus«, einen Dr. Ernano Casillas, lernte

Rainherr kennen. Der ehemalige Rechtsanwalt, ein soignierter weißhaariger Herr mit guten spanischen Manieren, begrüßte Dr. Rainherr etwas zurückhaltend.

Er war bereits darüber informiert, daß Miß Tolkins einen Gast mitgebracht hatte, der sich als eine alles in die Luft sprengende Bombe entwickeln konnte. Der Fehler, den Mary-Anne begangen hatte, war nach Ansicht Dr. Casillas' nicht wieder zu reparieren, es sei denn, man erfahre in Kürze, daß dieser Dr. Rainherr bei einem Ausflug auf dem Belizefluß einem bedauerlichen Unfall zum Opfer gefallen sei. Es gab rabiate alte Krokodile, die schon öfters leichte Boote einfach umgeworfen hatten. Von den Insassen hatte sich niemand mehr ans Flußufer retten können, sie konnten nur noch als nicht sehr menschenähnliche Leichen geborgen werden.

Mary-Anne stand in ihrem Büro vor einer großen Wandkarte der karibischen See, hielt einige Telexblätter in der Hand und steckte mit rotköpfigen Nadeln Markierungen ab.

Andreas Rainherr las die Namen der Inseln: St. Barthélemy, Anguilla, Nevis, St. Kitts und Ginger Island. An anderen Orten steckten bereits grüne Nadeln.

Mary-Anne winkte Rainherr fröhlich zu, als sie gerade eine rote Nadel auf Nevis steckte, und faltete dann die Telexmeldungen zusammen.

»Unsere Außenstelle hat neue Informationen«, erklärte Dalques. »Die roten Nadeln markieren die Liegestellen von amerikanischen Yachten, die länger als eine Woche bleiben wollen . . . Die grünen Nadeln bezeichnen britische und andere Nationalitäten, die in diesem Seegebiet kreuzen, ihre Standorte wohl wechseln, aber doch in der Gegend bleiben. Vielleicht ist auch ein Deutscher dabei – wer weiß?«

»Neue Opfer . . .«

»Sagen wir – Kunden!« ergänzte Dalques ironisch. »Wir holen morgen früh Ihr Schiff nach Belize, vervollständigen die Ausrüstung der ›Altun Ha‹ und laufen in der Nacht noch aus nach den Britischen Jungfern-Inseln.«

»Ist das wahr, Mary-Anne?« fragte Rainherr mit belegter Stimme.

»Ja. Ein Unternehmen wie das unsrige ist konjunkturabhängig.« Sie zeigte auf die neuen Nadelköpfe. »Hier sammeln sich selten große Yachten an. Luis meldet, daß zwei Schiffe dabei sind mit einer ganzen Millionärsgesellschaft aus Florida. Wie Christbäume mit Schmuck behangen!«

»Wer ist Luis?«

»Unser Außenstellen-Büroleiter«, erklärte Dalques und grinste. »Nun fragen Sie nicht noch: Wo ist diese Außenstelle? Das erfahren Sie nie! Luis hat die wichtigste Funktion von allen unseren Angestellten: Über seinen Fernschreiber kommen die Tips! Man kann sich auf sie verlassen. Außerdem leitet er die Versorgungsbasis, wenn Mary-Anne oft wochenlang unterwegs ist.«

»Imponierend!«

Andreas Rainherr trat an die große Wandkarte der Karibik. Sie war ein kartographisches Meisterwerk. Jede Tiefe oder Untiefe war verzeichnet, jede Inselbucht und jede Landzunge, vor allem jeder mögliche Schlupfwinkel, wo sich die pfeilschnelle ALTUN HA vor Verfolgern verstekken konnte. Meistens waren es stille Gewässer zwischen Riffen, wo kein normales Schiff hinkam.

Für Mary-Annes Yacht gab es keine Probleme – sie hatte ihr Schiff einmal den »Fliegenden Fisch« genannt.

»Generalstabsmäßig!« sagte Rainherr bewundernd.

»Die Grundlage unserer Erfolge, Andreas.«

»So handelsmäßig das alles aufgezogen ist . . . es bleibt doch immer eines: Raub! Juristisch sogar Überfall, zum Teil mit schwerer Körperverletzung. – Ist das so richtig formuliert, Dr. Casillas?«

Der »Syndikus« blickte zunächst ratsuchend von Dalques zu Mary-Anne, denn solche Bewertungen des Unternehmens waren ihm fremd. Dann sagte er stockend:

»Juristisch gesehen haben Sie recht.«

»Ein perfektioniertes Gangsterstück!«

»So sehen Sie es, Andreas.«

Mary-Anne trat von der Karte zurück und brachte die Telexblätter zu einer Papierzerkleinerungsmaschine. Sie steckte sie hinein.

Als dünne Streifen fielen sie in einen Plastiksack, für immer unleserlich.

»Was wir tun, ist nur eine Umschichtung von zuviel Vermögen. Wir schöpfen sozusagen Überschüsse ab. Wer von mir gekapert wird, kann den Verlust leicht verschmerzen.«

»Ist Mary-Anne nicht fabelhaft?« fragte Fernando begeistert. »Das ist die Philosophie der Zukunft!«

»Natürlich kann man auch die Probleme der Piraterie philosophisch-sozialistisch sehen.«

Andreas Rainherr setzte sich in den Sessel hinter dem Schreibtisch, der eigentlich Mary-Anne als Chefin zustand.

»Dann müßte aber der Erlös, wenn wir ihn mal so nennen wollen, unter das arme Volk verteilt werden. Ich fragte ja schon einmal, ob Sie der ›Robin Hood der Meere‹ sind? Nein! Sie sind es nicht! Der ›abgeschöpfte‹ Reichtum wird bei Ihnen wiederum zum alleinigen Reichtum. Redet nur nicht so herum, ihr beiden, wie Politiker im Wahljahr! Ihr seid ganz schlicht Banditen, weiter nichts! Freibeuter – und ganz modern mit Funk, Telex und Sonarpeilung!«

»Sie sind wirklich ein Problem«, sagte Dr. Casillas sehr ernst.

»Auch für Sie, Doktor?«

»Als Jurist sehe ich noch viel klarer, welch ungeheurer Irrsinn es war, Sie nicht nur zu überfallen – vor der Haustür gewissermaßen –, sondern Sie auch noch leben zu lassen und mit hierherzuschleppen!«

»Zum Teufel! Ja, ich weiß es!« schrie Mary-Anne. »Ich habe es eingesehen. Aber ich kann es nicht mehr ändern.«

»Auf keinen Fall, wenn Sie ab morgen die roten Nadelpunkte abfahren und neue Schiffe kapern.«

»Soll ich in ein Kloster eintreten?« rief Mary-Anne spöttisch. »Ich habe – wie Sie! – eine Firma, eine Verantwortung. Auch von uns leben vierunddreißig Familien. Sie wären auf einen Schlag arbeitslos, die Ärmsten der Armen in einem solchen Land wie Belize. Als ich anfing, hatte ich nicht viel in der Tasche. Aber damit habe ich mein Geschäft aufgebaut!«

»Und Sie, Don Fernando?«

»Ich hatte etwas mehr Startkapital. Ich war immerhin ein erfolgreicher Taschendieb . . .«

Fernando Dalques grinste breit. Je mehr Dr. Rainherr erfuhr, um so klarer wurde ihm, daß er verschwinden würde. Es gibt so etwas wie zwingende Notwendigkeiten . . .

»Ihre Offenheit stimmt mich nachdenklich«, sagte Rainherr denn auch. »Hat man endlich über mich entschieden?«

»Sie werden leider zu denen gehören, die in der Karibik verschollen sind.«

»Aha!«

»Man wird das hinnehmen. Nicht nur im Bermudadreieck verschwinden Flugzeuge und Schiffe – auch in der karibischen See gibt es solche Phänomene.« Dr. Casillas hatte es nun übernommen, die Zukunft Dr. Rainherrs darzulegen. »Es ist der eleganteste Weg. Töten dürfen wir Sie nicht, also bleibt nur das Verschollenenschicksal. Sie werden noch einen letzten Funkspruch an Ihre Tochter absetzen, in dem Sie ihr mitteilen, daß Sie auf der Rückfahrt zu den Caymans sind . . . und dann verschwinden Sie spurlos im Meer. Glaubhafter geht es kaum.«

»Aus Ihrer Sicht, Dr. Casillas.«

Dr. Rainherr drehte sich zu Mary-Anne um, die bewegungslos vor der Landkarte stand und bisher in das Gespräch nicht eingegriffen hatte. Er sah ihrem Gesicht die Ratlosigkeit an.

»Ich denke an meine Tochter Annette . . . Haben Sie eigentlich Kinder, Doktor?«

»Sechs«, erwiderte Casillas stolz. »Vier Jungens, zwei Mädchen.«

»Wie wäre denen wohl zumute, wenn man ihnen mitteilte, daß ihr Vater auf See verschollen ist . . .?«

»So können Sie nicht argumentieren!« rief Dr. Casillas. »Sie sind ein Beutestück, über das wir frei verfügen können!«

»Bitte!« Dr. Rainherr machte eine weite Handbewegung. »Dann tun Sie es, meine Herren. Ich kenne die Pläne der Piratenlady nicht.«

Er stand auf und blickte an sich herunter. Seine Hosenbeine waren noch rot von Lubas Blut.

»Darf ich darum bitten, daß man mir andere Kleidungsstücke besorgt? Ich bin zwar nicht zimperlich, aber fremdes Blut auf meiner Hose stört mich.«

»Wir werden Ihnen eine Hose Ihres Boys geben, bis Ihr Schiff eingeholt ist«, sagte Dalques.

»Mein schwarzer Meisterboxer?«

»Wir konnten im Augenblick nichts Besseres auftreiben . . .«

»Ich kann natürlich auch in der Badehose herumlaufen. Schließlich hat mich die liebe Korsarin ja auch so kennengelernt!«

»Macht mit ihm, was ihr wollt!« rief Mary-Anne wütend. Sie ging an Rainherr vorbei und warf beim Gehen ihr langes schwarzes Haar über ihr Gesicht. »Ich will ihn nicht mehr sehen . . .«

»Das war deutlich!« Dr. Casillas wartete ab, bis die Tür hinter ihr zugefallen war. »Wenn das so ist, warum hat sie Ihnen denn das Leben gerettet und Pedro erschossen?«

»Eine gute Frage, Doktor!«

Auch Dr. Rainherr starrte auf die zugefallene Tür. »Frauen und Katzen haben eines gemeinsam: sie sind unberechenbar . . .«

Drei Tage blieb Andreas Rainherr in seinem feudalen Gefängnis. Er konnte sich frei bewegen, schwamm oft in seinem kleinen Pool, wurde von dem ausgedienten Negerboxer rührend bedient und durfte sogar die in Belize erscheinende Zeitung lesen. Er erfuhr zu seinem Erstaunen, daß selbst in dieser weltvergessenen Gegend parteipolitische Streitereien das tägliche Leben beherrschten.

Dabei waren die Leute von Belize von Natur aus freundliche Menschen. Menschen, denen die Sonne das Gemüt vergoldet hat, wie überall in der Karibik die Lebensfreude zunächst das Wichtigste ist: Singen, Tanzen und Lieben stehen obenan, dann kommt der Rum und später erst das, was man mit dem Begriff Arbeit umschreibt.

Seitdem die Touristen die karibische See als befahrbares Paradies entdeckt haben, ist die Fremdenindustrie ein wichtiger Berufszweig. Ob in Grenada oder St. Lucia, in Jamaika oder Aruba, St. Croix oder Guadeloupe, Martinique oder Antigua – wer kann die herrlichen Inseln alle aufzählen? –, überall wachsen die Hotelpaläste in den blauen Himmel, tummeln sich die Badenden im türkisgrünen Wasser, vor Haien geschützt durch bis auf den Meeresboden reichende dicke Stahlnetze. Überall ist bei Einbruch der Dunkelheit die laue Nachtluft erfüllt vom Klang der Combos und Tanzkapellen, und überall wiegen sich Paare engumschlungen um die von innen beleuchteten Schwimmbecken, eingehüllt in den süßen Duft der Hibiskusblüten.

Eine neue Welt der Sinne, die man mit harten Dollars oder DM bezahlen muß, ist hier entstanden, ein neuer Goldfluß in die karibische See – gewissermaßen eine späte Wiedergutmachung für den Raub, der Jahrhunderte vorher diese Völker zu den ärmsten der Welt machte.

Dies alles ist zwar in Belize noch Zukunft . . .

Noch träumt es geruhsam dahin, und wer in Belize City im Hotel »Fort George« wohnt, ist wirklich ein Individualist. Auch andere kleine Hotels bei den ausgegrabenen Mayastädten, den Badestränden von San Pedro und auf den Cays beginnen Touristen, vor allem Amerikaner, anzulocken. Es sind verstreute Plätze, wo Geselligkeit allein aus dem Trinken von Rum oder Planteur besteht, wo begeisterte Sportangler die Fische aus dem Meer holen wie im alten Europa die Bauern die Kartoffeln vom Feld, wo mutige Sporttaucher zu den versunkenen Galeonen hinabgleiten, um Münzen oder mit Muscheln überwachsene Kanonenrohre an Land zu bringen, und wo vor allem alternde Millionäre sich mit blutjungen Mädchen beschäftigen – voll der seligen Illusion, die Jugend kehre zurück, auch wenn sie eine Menge Dollars kostet.

Das alles ist auf Belize und seinen Inseln ein normaler Tagesablauf, ohne Hektik, die hier keiner will, ohne Überanstrengung, die man als Gift betrachtet . . . Man lebt mit seinem sonnigen Gemüt in den Tag hinein und bedauert höchstens die Kameraden von Jamaika, die zwar viel Geld verdienen, aber dafür auch Tag und Nacht für die Fremden bereitstehen müssen.

Auch Dr. Rainherr ließ man zunächst in Ruhe. Weder Fernando noch Dr. Casillas bekam er zu Gesicht – nach ihnen sehnte er sich auch nicht. Was ihn aber beunruhigte, war, daß Mary-Anne sich nie mehr blicken ließ.

War sie wirklich mit ihrer Piratenyacht wieder unterwegs zu den karibischen Inseln, um Millionäre auszurauben? Setzte sie ihr Leben fort?

Warum auch nicht, dachte Rainherr. Bist du alter Esel so eingebildet zu glauben, deine Gegenwart allein könne eine Frau wie Mary-Anne beeinflussen, ihr Millionengeschäft aufzugeben?

Am dritten Tag erhielt er Besuch.

Sein Steuermann Juan Noales kam ins Zimmer und wäre seinem Chef vor Freude fast um den Hals gefallen. Er sah gut aus, war unverletzt, trug seine weiße Stewarduniform . . . man hatte ihn also gut behandelt.

»Dem Schiff geht es gut«, berichtete er, als er mit Rainherr zusammensaß, während der Negerboxer auf der Terrasse mit einem Unterwasserstaubsauger den Swimming-pool reinigte. »Ich habe die Maschine wieder so flott bekommen, daß wir auslaufen könnten. Sogar die Funkanlage funktioniert wieder. Ich habe Röhren und Schaltkreise aus den zwei Walkie-Talkies ausgebaut und versucht, sie in die Sendeanlage einzubauen. Es hat geklappt! Die Verständigung ist zwar etwas leiser, aber verständlich.«

»Du hast Annette angerufen?« fragte Rainherr.

»Ja, Chef. Sofort, als es klappte. Miß Annette war sehr tapfer . . .«

»Du lieber Himmel! Hast du ihr etwa alles erzählt?«

»Natürlich.«

»Und wie hat sie reagiert?«

»Miß Annette antwortete, daß sie mit Ihnen bereits gesprochen habe. Vater hat mich zwar belogen, sagte sie, aber er wird schon wissen, warum.«

»Fabelhaft! Ein tolles Mädchen!« sagte Rainherr stolz. »Sie alarmiert nicht die Polizei oder die Marine?«

»Nein, noch nicht.«

»Was heißt das?«

»Sie wartet auf weitere Nachrichten.«

»Hast du ihr erzählt, daß der Kommandeur der Piraten eine Frau ist?«

»Nein, Chef.« Juan grinste breit. »Ich wußte, daß Ihnen das nicht recht wäre.«

»Juan, du bekommst von mir auf Cayman Brac ein besonders schönes Haus gebaut!«

»Danke, Sir.« Er trank den Rumpunsch, den Rainherr gebraut hatte, und betrachtete den Meisterboxer, der das Schwimmbecken reinigte. »Ich bin schon zwei Tage im Haus und habe keine Ruhe gegeben, bis man mich zu Ihnen führte, Chef.«

»Hast du irgendwann Miß Tolkins gesehen?«

»Nein.«

»McDonald?«

»Er holte mich ab, nahm mich in Schlepp, und seitdem bin ich im Haus.«

»Weißt du, ob die ›Altun Ha‹ wieder ausgelaufen ist?«
»Nein. Aber wir können auslaufen, Chef. Ich habe mir die ganze Umgebung angesehen, ich konnte ja frei umherlaufen. Sie denken ja immer noch, unsere ›Annette I‹ sei ein Wrack. Wenn wir dieses schwarze Riesenbaby schlafen legen, brauchen wir nur über die Mauer zu springen, dann kommen wir zu den Garagen. Dort stehen immer zwei fahrbereite Jeeps. In zwanzig Minuten sind wir im Hafen. Ich habe im Schiff alles so hinterlassen, daß wir sofort anwerfen und ablegen können!«
»Sie holen uns mit ihrer schnellen Yacht ein und schießen uns mit ihrer Bordkanone zusammen. Diesmal tun sie es bestimmt.«
»Nicht, wenn Miß Tolkins wieder das Kommando hat. Und Jim? Der schießt auch nicht. Er habe es satt, hat er zu mir gesagt. Er will ein ehrlicher Seemann werden. Er hat außerdem genug verdient, um sich einen eigenen Kahn auf Abzahlung zu kaufen und saubere Ladung zu schippern!«
Juan trank den Punsch aus und nickte zu dem schwarzen Diener hin.
»Chef, wir haben die große Chance! Dieser Rechtsanwalt ist nach Mexiko geflogen. Fernando Dalques ist in der Hauptstadt Belmopan, um einige neueingestellte Beamte zu bestechen . . . Chef, wir können weg!«
»Und wo ist Miß Tolkins?«
»Keine Ahnung, Sir. Sie war nicht zu sehen.«
»Das ist es!«
Rainherr ging unruhig in dem großen sonnendurchfluteten Raum hin und her. Vom nahen Urwald ertönte vielhundertfaches Vogelgezwitscher und das Kreischen von Halbaffen, die den ganzen Wald warnten, wenn ein Boot über den Belizefluß tuckerte oder Eingeborenenkähne lautlos von Paddlern über das Wasser getrieben wurden.
»Ich mache mir Sorgen, Juan.«
»Miß Annette auch, Sir.«
Juan verfolgte mit den Blicken seinen unruhigen Chef.

Er verstand ihn gut: Liebe ist stärker als jede Stahlfessel. Aber hier war doch kalte Vernunft wichtiger.

»Auf normale Art kommen wir hier nie mehr nach Cayman Brac, Chef!«

»Das stimmt . . .«

»Und Miß Annette?«

»Du hast recht, Juan. Ich habe drei Tage Zeit gehabt, über alles nachzudenken. Kennst du Pygmalion?«

»Nein, Chef.«

»Aber – ›My fair Lady‹ kennst du?«

»Ja, Chef. Das Blumenmädchen, aus dem ein Professor eine vollendete Dame machen will.«

»Dem ist's gelungen, Juan. Anderen gelingt es nie. Ich glaube, ich eigne mich nicht zu einem Professor Higgins.«

»Und Miß Tolkins handelt auch nicht mit Blumen, Sir.«

»Du bist ein kluges Kerlchen, Juan! Begraben wir also den Pygmalion-Komplex. – Wo stehen die Jeeps?«

»Gleich hinter der Mauer, Chef!« Juan rieb sich die Hände. »Wie legen wir den schwarzen Riesen auf den Rücken?« Noales hob sein rechtes Bein. »Ich habe in meinem hohlen Stiefelabsatz eine kleine Pistole, Sir . . . Eine Drehung am Absatz . . .«

»Keine Toten, Juan! Dein Messerwurf hat uns gerade genug Komplikationen eingebracht. Es muß ein Schlag sein, mit dem ein Boxer nicht rechnet – und den er überlebt.«

»Handkante in den Nacken . . .«

»Genickbruch, Juan!«

»Man muß ihn eben etwas abbremsen.«

Rainherr seufzte leise.

Wo steckt Mary-Anne, dachte er. Warum ist sie drei Tage lang nicht gekommen? Erst wirft sie sich an mich und weint und schreit: Du lebst, du lebst, du lebst . . . Und dann sagt sie kalt: Macht mit ihm, was ihr wollt. Und sie meinte es ernst . . . sonst wäre sie doch längst zu mir gekommen . . .

»Johnny!« rief Rainherr.

Der schwarze Riese drehte sich um und ließ die Stange fallen, an der ein Saugschlauch befestigt war. »Sir?«

»Im Kühlschrank ist kein Eis mehr.«

»Ich hole einen Kübel aus der Küche, Sir . . .«

Ahnungslos kam er von der Terrasse ins Haus und ging an Dr. Rainherr vorbei. Er war so groß, daß Rainherr sich auf die Zehenspitzen stellen mußte, um genau Johnnys Nacken zu treffen.

Der blitzschnelle Schlag, im letzten Moment etwas abgebremst, saß genau.

Mit erstaunten Augen schwankte der Riese, knickte dann in die Knie ein, schüttelte den Schädel, als ihm Juan noch verzweiflungsvoll zwei gutplacierte Kinnhaken gab, die aber sonst keine Wirkung zeigten . . . Dann sank Johnny ächzend auf die Dielen und blieb ganz still liegen.

»Whisky her!« rief Rainherr. »Schnell, seine Reflexe reagieren noch.«

Juan riß die beinahe volle Flasche aus der Hausbar und setzte sie Johnny an den Mund. Es war wirklich nur ein Schluckreflex; der schwarze Riese trank ohne Unterbrechung die Flasche leer und fiel danach vollends in Betäubung. Juan gab ihm zum Abschluß noch einen Schlag genau auf die Kinnspitze.

»Jetzt los, Chef!« rief er und rannte zur Mauer. »Es sind gut drei Meter! Sie müssen mit den Beinen federnd aufkommen!«

»Juan, du Esel, ich bin doch alter Fallschirmspringer. Ich kenne etwas vom Aufprall . . .«

Sie rannten auf die Terrasse, wo die Mauer nur zwei Meter hoch war, schwangen sich über die Mauerkrone und sprangen dann in die Tiefe.

Unter ihnen, vielleicht vier Meter seitlich, parkte ein alter Jeep.

Sie kamen gut unten an, rannten zu dem Geländewagen und profitierten von der Nachlässigkeit des Fahrers, der den Zündschlüssel im Schloß gelassen hatte.

Mit aufheulendem Motor rasten sie dann die befestigte

Straße hinunter, die einzige, die aus diesem Urwaldrandgebiet zur Stadt und zum Hafen von Belize City führte.

»Das wäre gelungen!« schrie Juan gegen den Motorenlärm an. »Chef, wenn wir den Hafen erreichen, haben wir gewonnen!«

Die Straße zog sich etwas länger hin, als Rainherr im Gedächtnis hatte. Das Villenviertel lag doch weiter ab von der Stadt, als er in Erinnerung hatte. Es lag an einem Teil des Flusses mit Buchten und Sandbänken, wo die Boote der Reichen ankerten. Es waren sehr flach gebaute Yachten mit wenig Tiefgang, regelrechte Rutscher, mit denen man den Belizefluß hinauffahren konnte, tief hinein in die Urwälder und zu den Mayabergen.

Nach einer langgestreckten Kurve lag plötzlich die Stadt auf Pfählen vor ihnen. Sie sahen das Meer, die Hafenanlagen, sie konnten die alten Kräne und die Lagerhäuser erkennen, den Badestrand endlich mit den wenigen Hotels. Im zweiten Becken, zu dem sie abbogen, herrschte Stille wie an einem Feiertag. Nur zwei Schiffe lagen dort nebeneinander, ohne ein Zeichen von Leben an Bord.

»Die ›Annette eins‹!« schrie Juan begeistert.

»Und die ›Altun Ha!‹ ergänzte Rainherr und nahm das Gas weg. »Sie ist nicht ausgelaufen.«

Sie ließen den Jeep an der letzten Lagerhalle stehen und hetzten zu den Schiffen. Von beiden waren die Fallreeps ausgefahren, aber nichts rührte sich auf Mary-Annes Schiff, als Rainherr und Juan über die Mole klapperten und die ANNETTE I erreichten.

Bevor Juan auf ihr Schiff klettern konnte, hielt ihn Rainherr an der Hose fest. »Die ›Altun Ha‹ ist ohne Besatzung, Juan!«

»Hier klaut niemand was . . .«

»Könntest du die Yacht fahren, Juan?«

»Ich fahre jedes Boot, Chef . . .« Er starrte Dr. Rainherr an und schluckte plötzlich, als habe er einen Kloß im Hals. »Sie wollen mit dem Piratenschiff fort, Chef?«

»Damit würde uns keiner einholen . . .«

»Aber . . . Santa Maria, wenn sie uns doch erwischen?«

»Dann müßten sie nach Cayman Brac kommen – und das wagen sie nie!«

»Chef, ich habe ein dummes Gefühl.«

»Ich nicht! Und darauf verlasse ich mich! Los, Juan, rüber auf den Luxusliner!«

»Und unser Boot, Chef?«

»Ist das etwa kein guter Tausch?«

»Mit versenkbarer Kanone und zwei Maschinengewehren?«

»Die werfen wir mitten in die karibische See! Los! Hinauf!«

Sie rannten über die Gangway der ALTUN HA und huschten dort auf Zehenspitzen über Deck. Während Juan die Brücke enterte und kopfschüttelnd feststellte, daß alle Schlüssel in der Zündanlage steckten, blickte Rainherr in den Salon, in die Küche und in das Logis von Jim McDonald.

Leer. Alles leer!

Das schönste und schnellste Schiff der Karibik war in ihrer Hand.

Rainherr kam an Deck zurück und blickte hinauf zu Juan im Steuerstand. »Alles klar bei dir?« rief er.

»Alles, Chef! So was von Sorglosigkeit mußte ja direkt bestraft werden!«

Andreas Rainherr löste die Trossen und Leinen, die starken Motoren sprangen an, und langsam fuhr die ALTUN HA weg von der Mole in das freie Hafenwasser. Sie drehte fast auf der Stelle und nahm dann Kurs auf die Ausfahrt von Becken II.

Am Sprechfunkgerät neben Juan zuckte das Ruflämpchen auf. Die Hafenmeisterei! Juan nahm das Mikrofon in die Hand.

»Was ist?« fragte er nachlässig.

»Das fragen wir euch! Ohne Meldung einfach ablegen! Sind das Manieren?«

»Wird hiermit nachgeholt. Wir fahren nur in die Cays zum Fischen. Wer will einen Schwertfisch haben, um sich am Hintern zu kratzen?«

»Ihr könnt uns kreuzweise . . .«

»Bei der Rückkehr, mein Junge! Wird vorgemerkt!«

Juan hängte ein. In der Hafenmeisterei lachten sie und dachten an nichts Böses.

Mit halber Fahrt erreichten sie das offene Wasser und gingen dann rasch auf volle Fahrt. Es war, als höbe sich die Yacht aus dem Wasser und schwebe schwerelos dahin . . .

Belize lag hinter ihnen, eine Stadt wie aus einem vergilbten Bilderbuch.

»Verzeihung, Mary-Anne . . .« Andreas hatte laut gedacht. Er lehnte an der Reling und blickte zurück auf die rasch kleiner werdende Küste.

Juan hatte die Sonarpeilung angestellt, denn hier begann die See bereits, tückisch zu werden. Die Ausläufer des großen Barriere-Riffs wuchsen wie Spieße aus der Tiefe des Meeres.

Man konnte es verstehen, dachte Rainherr, daß die Spanier in den vergangenen Jahrhunderten diese Küste haßten und mieden. Hier hatten die »Sea-Dogs« gelauert, jene Piraten, die den teuflischen Meeresboden wie ihre Hosentasche kannten. Und hatten sie die spanischen Goldschiffe angegriffen, geplündert oder versenkt, dann flüchteten sie zwischen diese Cays und waren in Sicherheit.

Juan war ein fabelhafter Steuermann, der beste, wie Rainherr behauptete, was niemand außer McDonald bestritt, der sich selbst für unschlagbar hielt.

»Ich nehme direkten Kurs auf Cayman-Islands, Sir!« schrie Juan von der Brücke. »Die Kraftstofftanks sind randvoll.«

»Sie wollten ja auch wieder auf Arbeit fahren«, sagte Rainherr, aber Juan konnte das nicht hören. Das Meer rauschte um sie herum, die starken Motoren brummten herrlich, eine Wolke von weißem Gischt schäumte hinter den Schrauben hoch und verdeckte die Sicht.

Dr. Rainherr bummelte gemütlich durch das schöne Schiff. Er sah auch in die Achterkajüten, die einen eigenen Abgang hatten und wo die Mannschaft mit Ausnahme von Jim McDonald wohnte, der auf dem Vorschiff seine Koje hatte.

Alles war aufgeräumt, alles war sauber. Eine fast militärische Ordnung herrschte allüberall.

Nun war die Küste von Belize nur noch ein heller Streifen am Horizont. Dafür fuhren sie jetzt mitten in den Korallenriffen; Juan mußte die Fahrt drosseln und sich durch die Fahrrinnen tasten. Kleine und größere Inseln tauchten auf, mit Palmen und Mangroven bewachsen, mit Hibiskuswäldern und wilden Bananen, Riesenfarnen und Zukkerrohrpflanzen, die sich selbst ausgesät hatten.

Nach drei Stunden kamen sie an einem bewohnten größeren Cay vorbei. Eingeborene Fischer hatten an langen Schnüren ihren Fang aufgefädelt und trockneten ihre Fische. Frauen wuschen am Korallenufer Wäsche und versuchten, mit runden Palmknüppeln den Schmutz aus dem Stoff zu schlagen. Eine Schar von braunen nackten Kindern tobte schreiend im seichten Wasser, wohin sich kein Hai verirrte. Einige Boote, Einbäume mit kleinen geflochtenen Segeln pendelten zwischen den bewohnten Cays hin und her.

Die Eingeborenen waren – wie alle Menschen hier – höflich und freundlich: Kinder der Sonne! Sie winkten der weißen Yacht zu.

»Dieses Great Barrier Reef of the Caribean ist und bleibt ein Teufelsgebiet!« sagte Juan am Steuer, beobachtete das glasklare Wasser und lauschte auf die Sonarsignale. »Ich bete drei Mariahilfs und stifte auf Cayman Brac eine dicke Kerze, wenn wir hier ohne Schramme durchkommen. Das gefährlichste Gebiet liegt noch vor uns!« Er tippte auf die Seekarte neben dem Steuerstand, wo der Kartentisch ausgeklappt war. »Die Northern Cays. Das ist ein Irrgarten! Da muß man praktisch über die Korallen reiten ... Aber wir kommen durch, Chef!«

»Dann bete vier Mariahilfs, Juan!« Rainherr blickte über die phantastische Landschaft von Meer und Korallenfelsen hin. Türkisgrün war die See und weißgolden die Strände ...

»Daß es solche Wunder auf der Erde gibt«, sagte er leise. »Hier möchte man unsterblich sein.«

Später, als sie die bewohnten Inseln passiert hatten und in freieres Wasser kamen – freieres Wasser, das hieß, daß die Durchfahrten zwischen den Riffen etwas breiter geworden waren, doch so etwas wie Wasserstraßen, sich um Klippen windend, ein Slalomlauf für Boote immer noch –, inspizierte Rainherr die Bewaffnung der ALTUN HA.

Er klappte die Luken hoch und sah etwas tiefer, auf einer stählernen Plattform montiert, das 7,5-cm-Geschütz. Irgendwo da unten befand sich der Schalterstand, mit dem man die Kanone auf einem Fahrstuhl an Deck fahren lassen konnte.

Als sich Rainherr, auf dem Bauch liegend, etwas tiefer in die Luke beugte, erkannte er, daß eine Rückwand der »Geschützkammer« einem Weinkeller glich, wo in gemauerten Röhren die Flaschen reiften. Nur waren es hier keine Weinflaschen mit alten Jahrgängen, hier blitzten in Stahlröhren lagernde Granaten.

Rainherr richtete sich wieder auf und ging zu Juan auf den Steuerstand.

»Das ist ein regelrechtes kleines Kriegsschiff«, sagte Andreas Rainherr. »Mit den beiden schweren Maschinengewehren und diesem Geschütz können sich die Piraten ein Seegefecht leisten, vor allem auch, weil sie mutiger als die amtlichen Patrouillenboote sein werden. Ich war zwar nie bei der Marine, aber soviel sehe ich: Dieses Schiff kann man in Minutenschnelle klar zum Gefecht machen. Man ist sogar auf Schnellfeuer eingerichtet!«

Er lehnte sich gegen die Wand des Ruderstandes und blickte über die Hunderte von kleinen Atollen. »Und so etwas hat eine Frau ausgeknobelt und befehligt es sogar!«

»Allerdings . . . eine wunderschöne Frau, Chef!« antwortete Juan und lavierte die Yacht weiterhin über gefährliche Untiefen und Riffe.

»Ich begreife das einfach nicht! Wer so ein Boot unter sich hat, wer eine solch perfekte Piraterie betreibt, kann das doch nur mit Grausamkeit und Härte. Die Geschichte der Freibeuter beweist es: die schwarze Flagge mit dem Totenkopf war ihr Symbol. Wo sie auftauchte, war der Tod. Aber Mary-Anne kann nicht töten, kann kein Blut sehen, läßt uns leben, und als sie mir sogar das Leben rettete und diesen Pedro erschießen mußte, war es, als stürze für sie eine Welt zusammen! Ich begreife das einfach nicht.«

»Aber sie hat Erfolg, Chef.«

»Sie ist überhaupt nicht der Typ einer Verbrecherin.«

»Sie betrachtet sich ja auch nicht als eine solche.«

Und dann sagte Juan Noales aus seinem angeborenen Instinkt heraus etwas, worüber sich Rainherr schon lange Gedanken gemacht hatte:

»Ich glaube, Chef, da steckt etwas anderes dahinter! Ich weiß nicht, wie ich's ausdrücken soll . . . etwas Seelisches. Miß Tolkins muß irgendeinen schweren inneren Knacks bekommen haben . . . früher einmal. Sie ist jedenfalls nicht so, wie sie sich gibt.«

»Juan, du bist ein kluges Bürschchen.«

Dr. Rainherr griff nach dem Sprechfunkgerät und stellte auf der Funkanlage, die besser war als die seine auf der ANNETTE I, die Wellenlänge von Cayman Brac ein.

Annette war sofort zur Stelle. Sie schien auf den Anruf gewartet zu haben.

»Vati, wo bist du?« rief sie. Aus ihrer Stimme, so weit weg sie auch war, hörte man ihre große Sorge heraus.

»Mir geht es gut, Kleines«, rief Rainherr zurück.

»Wirklich?«

»Keine Sorge, mein Mädchen. Hörst du das Motorengebrumm und das Meer an der Bordwand? Wir fahren durch die wunderbaren Cays, Richtung Heimat!«

»Du kommst zurück, Vati?«

Das war wie ein heller Aufschrei. Rainherr blickte kurz zu Juan hinüber, der breit lächelte.

»Gesund und munter, Kleines. Und wenn ich wieder bei dir bin, dann schlafe ich erst einmal zwei Tage an einem Stück – und dann fahren wir gemeinsam zu den Britischen und Niederländischen Jungfern-Inseln.«

»Die kenne ich noch nicht, Vati!«

»Siehst du, ich auch nicht. Bis bald, mein Kleines.«

»Ruf heute noch wieder an, Vati . . .«

»Mach ich, mein Liebling.«

Er schaltete die Funkanlage auf den Seefunk um und hörte die einzelnen Wettermeldungen. Dann versuchte er den großen Trick der ALTUN HA und hängte sich in den Polizeifunkverkehr und in den Marinefunk hinein. Er brachte nichts Aufregendes. Das »Gespenst der Karibik« war ja nicht im Einsatz . . .

Andreas Rainherr schaltete alles aus und hob plötzlich den Kopf. Er schnupperte in die Luft und stieß Juan an.

»Riechst du etwas?« fragte er.

»Doch. Aber ich dachte, ich hätte mich geirrt, Chef.« Juans Nase bewegte sich wie ein Rüssel. »Schweinebraten mit Paprika schätze ich, Sir . . .«

»Das ist doch irre! Wo kommt denn der Geruch her?«

»Wir sind mitten in den einsamsten Cays, Chef. Da kann er nicht herkommen.«

»Juan!«

»Chef?«

»Sag die Wahrheit: Hast du heimlich McDonald mitgenommen?«

»Ich schwöre, Sir: Nein!«

Dr. Rainherr holte aus der Schublade unter dem Kartentisch eine Pistole heraus, lud sie durch und rannte dann von der Brücke. Er stürzte den Abgang zum Salon herunter und blieb an der Schwelle des luxuriösen Raumes wie angewurzelt stehen.

Ein Tisch war für zwei Personen gedeckt. In einem silbernen dreiarmigen Kerzenleuchter brannten drei lange violette Kerzen. Kristallgläser funkelten. Eine Flasche echter Bordeaux stand bereits entkorkt neben dem Leuchter. Die Tür zur Küche war offen – und am Herd stand, eine Schütze umgebunden, Mary-Anne Tolkins.

Als sei es das Selbstverständlichste von der Welt, nickte sie Rainherr zu und zeigte mit einem Kochlöffel in den Salon.

»Setzen Sie sich schon, Andreas, das Essen ist in fünf Minuten fertig. Ich dicke gerade nur noch die Sauce an . . . Mögen Sie sie sehr scharf?«

»Mary-Anne . . .«, sagte Rainherr ganz leise. »Sie verfluchtes, Sie herrliches Biest . . .«

»Dachten Sie wirklich, ich ließe Sie allein wegfahren?«

Sie kam in den Salon, den gelben Plastikkochlöffel, mit dem sie die Paprikasauce umgerührt hatte, in der Hand. Sie stand vor Andreas Rainherr. Ihr Haar fiel aufgelöst über ihre Schultern. Das Kleid unter der Schürze war weit ausgeschnitten; das Pflaster, das die Wundnaht verdeckte, lag frei.

»Das könnte Ihnen so passen: Heimlich abhauen und Ihre Patientin allein lassen! Ist das ärztliche Ethik?«

»Mary-Anne . . .«, sagte Rainherr gerührt. »Mein Gott, ich liebe Sie!«

Er riß sie an sich, küßte sie, und sie wehrte sich nicht.

Sie erwiderte den Kuß und öffnete leicht ihre Lippen. Nur den gelben Kochlöffel mußte sie weit weghalten, denn von ihm tropften Saucenreste . . .

»Wenn die Sauce anbrennt, bist du allein schuld«, sagte sie, als beide nach diesem langen Kuß Atem holen mußten. »Bis jetzt ist alles so gut gelungen. Du wirst staunen, was für eine gute Köchin ich bin – wenn ich will! Aber heute will ich ja . . .«

Es wurde ein Essen, bei dem Mary-Anne und Andreas, trotz der köstlichen Zubereitung der Speisen, kaum etwas aßen oder tranken. Beide würgten einige Bissen hinunter und blickten sich dann eine Weile schweigend an. Auf ihren Lippen spürten beide noch den Kuß des anderen, aber nach dem ersten Rausch der Überraschung, der gleichzeitig ein Geständnis gewesen war, griff eine geradezu beängstigende Nüchternheit um sich.

Die Realitäten begannen die Illusionen zu überdecken. Man kann eben nicht einfach weglaufen, man kann nicht wie ein verliebtes junges Ding die Dinge treiben lassen und hoffen, daß schon alles gutgehe, wenn man Mary-Anne Tolkins heißt und eine von 14 Staaten gesuchte Piratin ist.

»Was soll werden?« fragte Andreas Rainherr zuerst.

»Ja, was soll werden?« Sie blickte ihn aus weiten schwarzen Augen an wie ein Kind, das man entführt hat und das die Welt der Erwachsenen nicht versteht.

»Das ›Gespenst der Karibik‹ muß sich doch etwas dabei gedacht haben . . .«

»Wenn du das noch einmal sagst, zerkratze ich dir das Gesicht!« fauchte sie, aber es klang sehr deprimiert. »Ich hatte doch keine Ahnung, daß du flüchten würdest . . .«

»Ach!« Nun war es an Dr. Rainherr, verblüfft zu sein. »Und ich habe gedacht . . .«

»Du hast angenommen, ich hätte das alles inszeniert?«

»Ja.«

»Irrtum! Ich hatte Streit mit Fernando und bin deshalb auf mein Schiff gezogen, um nicht mehr mit ihm diskutieren zu müssen. Plötzlich sehe ich dich und Juan am Schuppen und auf unser Schiff zurennen. Dann habt ihr abgelegt . . .«

»Und warum hast du nicht sofort, als du uns kommen sahst, die Notsirene in Tätigkeit gesetzt? Warum hast du dich versteckt, gar nichts getan und erst auf See etwas angefangen, was eine Korsarin deines Kalibers sonst nie tut: Du hast für uns gekocht, als seist du eine einfache Schiffersfrau.«

»Das war ein neuer Fehler . . .«

»Mir ist es rätselhaft, wie man mit so vielen Fehlern eine

so erfolgreiche Freibeuterin werden konnte.«

»Früher war das anders. Da passierte mir das nie.«

»Was heißt früher?«

»Bevor ich dich Ekel kennenlernte.«

»Das war eine Liebeserklärung, Mary.«

»Fernando wollte dich töten lassen. Deshalb bin ich auf das Schiff gegangen.«

»Um einfach nichts damit zu tun zu haben? Ein kleines Vögelchen Strauß, das den Kopf in den Sand steckt.«

»Nein! Ich habe Fernando gesagt, wenn er dich umbringt, könnte er bis in den letzten Winkel der Erde flüchten . . . ich würde ihn aufstöbern und ihn dann den Leuten überlassen, die für Geld alles tun! Das versteht er. Er ist vor Wut in die Hauptstadt gefahren. Vielleicht will er sich auf dem Indianermarkt Verstärkung engagieren. In den Wäldern leben Männer genug, die dir für zweihundert Belizedollar die Haut vom Leibe ziehen.«

»Das stelle ich mir recht ungemütlich vor«, sagte Rainherr sarkastisch. »Und wo steckt deine Mannschaft mit Jim an der Spitze? Noch immer in den Bordells von Belize City?«

»Die Mannschaft sollte heute abend an Bord kommen.« Mary-Anne trank einen Schluck Rotwein. Die Hand, die das Glas hielt, zitterte leicht dabei. »Mit Munition und Waffen . . .«

»Die ihr außerdem noch schmuggelt. Das ist Fernandos Geschäftsbereich. Ich weiß.«

»Und nun ist das Schiff weg . . .«

»Das ist richtig.«

»McDonald wird Alarm schlagen, Fernando wird Alarm schlagen, weil du geflohen bist; Casillas wird alle Hände voll zu tun haben, auf der einen Seite die Polizei zur Suche auszuschicken, andererseits aber zu verhindern, daß man mein Schiff untersucht . . .«

». . . und die Maschinengewehre, die Kanone, die Granaten findet. Mary-Anne, du hast die Dinge total durcheinandergebracht.«

»Du! Nur du!« schrie sie und sprang auf.
»Wer hat mich gekapert?«
»Immer die alte Leier . . .«
»Aber doch eine einprägsame Melodie: Aus einem Menschenraub wird Liebe . . . Das klingt nach himmlischer Musik . . .«
»Es kann unsere Todesmelodie werden, Andres . . .«
»Andres hat mich noch niemand genannt . . .«
»Dann ist es gut, daß ich die erste bin.«
Sie sah ihn wütend an. Wenn sie erregt war, überstieg ihre Schönheit alles Vorstellbare.
»Wie haben dich denn die anderen Frauen genannt?«
»Welche Frauen?«
»Die du alle gehabt hast . . .«
»Himmel! Die Palette reicht vom einfachsten Schatz bis zum brennenden Stern!«
»Blöd!«
»Wieso blöd?«
»Brennender Stern . . .«
»Das war eine zierliche, süße, milchkaffeebraune Indianerin in Yukatan . . .«
»Und wie hast du sie genannt?«
»Samtpfötchen . . .«
»So idiotisch kann auch nur ein Mann im reiferen Alter sein!«
»Danke.«
Andreas Rainherr stand ebenfalls auf. »Kann ich jetzt Juan sein Essen auf die Brücke bringen?«.
»Das fragst du mich?«
»Du bist der Kommandant!«
»So? Plötzlich?«
»Ist das deine Yacht oder nicht? Ich habe nie die Absicht gehabt, deine Kompetenzen zu beschneiden.«
»Aber klauen wolltest du mein Schiff . . .«
»Ich wollte nur mein Leben retten. Genau das, was auch du im Sinn hattest. Nur sind wir zwei verschiedene Wege gegangen und haben uns dann zwangsläufig doch

getroffen. Mary-Anne, wir können unserm Schicksal nicht davonlaufen!«

»Welchem Schicksal?«

»Wir lieben uns . . .«

»Nur, weil ich dir erlaubt habe, mich zu küssen und dir nicht dabei ein Messer in den Rücken gestoßen habe?«

»Du hattest doch den gelben Kochlöffel in der Hand«, entgegnete Rainherr sanft. »Ein Kochlöffel mit Saucenresten eignet sich weniger zum Mordwerkzeug.«

»Aber um dir in dein arrogantes Gesicht zu schlagen!« schrie sie. »Nimm das Essen für Juan und verschwinde! Und rühre mich nie wieder an!«

»Ich will versuchen, das durchzuhalten.«

Rainherr stellte Braten, Kartoffeln, Salat und Sauce und eine dicke Gurke auf ein Tablett und legte ein Besteck dazu.

Auf der Treppe zum Deck blieb er stehen und blickte sich um. Mary-Anne stand noch hinter ihrem Sessel und hielt die Lehne umklammert. Ihre wilde Schönheit ergriff Rainherr tief. Sie ist wirklich einmalig, dachte er. Die Welt ist voll schöner Frauen, gerade hier in der Karibik. Wohin man auch blickt – der Puls muß einem Mann höher schlagen!

Aber eine Frau wie Mary-Anne gibt es nur einmal. Eine Piratin! Wie sagen die alten Orchideensammler? Die schönsten Blumen blühen in den Sümpfen . . .

»Man wird uns suchen?« fragte Rainherr und ging mit seinem Tablett noch einmal ein Stück zurück.

»Selbstverständlich! Fernando läßt das nicht auf sich sitzen. Was du anscheinend noch nicht weißt: Wegen der schlechten Straßen und der Urwaldflüsse ist eines der wichtigsten Verkehrsmittel von Belize das Flugzeug. Es gibt eine Reihe von ein- und zweimotorigen Lufttaxis. Hubschrauber gibt es auch. Fernando kann ein ganzes Suchgeschwader einsetzen!«

»Dann wollen wir die wenigen Stunden, die uns noch bleiben, genießen!«

Dr. Rainherr ging an Deck, kletterte ins Ruderhaus und stellte das Essen auf den Kartentisch neben Juan Noales.

»Ich löse dich ab«, sagte er. »Der Braten ist vorzüglich.«

Juan grinste und begann zu essen. Aber schon nach dem ersten Bissen stellte er fest: »Fehlt ein Hauch Salbei! Rosmarin ist auch nicht drin. Die Paprikasauce ist zu scharf ...«

»Geh runter und sag es ihr! Aber ich bezweifle, daß sie jetzt in der Stimmung ist, Gespräche über die Kochkunst zu führen.«

»Miß Tolkins ist also an Bord?«

»Spiel nicht den Ahnungslosen, du verfluchter Gauner.«

Rainherr beobachtete die Sonarsignale, denn sie kamen erneut in ein Cay-Gebiet mit Untiefen. Das Meer wurde so flach, daß man die Korallenbänke zum Greifen nahe im blaugrünen Wasser schimmern sah. Schwärme von buntschillernden Fischen umwimmelten das Boot ... Es war, als habe der Schöpfer der Welt einen Riesensack mit Gold und Edelsteinen aller Farben ausgeschüttet.

»Seit wann weißt du, daß Miß Tolkins an Bord ist?«

»Ich habe gerochen, daß jemand Gemüse kochte. Viel früher, ehe Sie den Bratenduft rochen. Ich habe nun mal eine feine Nase, Chef. Jim konnte es nicht sein ... der wäre an Deck gekommen.«

»Was Miß Tolkins auch tut! Hier ist sie ...«

Mary-Anne kam an Deck. Sie hatte sich schnell umgezogen und erschien nun in einem goldfarbenen, einteiligen Badeanzug, der wie eine zweite schimmernde Haut ihren Körper umschloß. Das aufgelöste Haar umwehte sie wie ein langer, im Seewind zerfetzter Schleier.

Juan seufzte leise und aß dann weiter. Dr. Rainherr, am Steuerrad, blickte ihn an.

»Ist das Essen so schlecht?« fragte er ironisch. »Du seufzt ja herzerweichend!«

»Ich bin nicht nur Steuermann und Koch – sondern auch Mann! Man kann Ihnen wirklich nur gratulieren,

Chef.« Juan zerschnitt die Essiggurke. Er sah zu, wie Mary-Anne am Steuerstand vorbei zum Vorschiff ging und sich dort auf eine weiße Frotteematratze in die Sonne legte. Ein traumhafter Körper in Gold und Schwarz . . .

»Ich wäre glücklich, Chef, auch einer Miß Rainherr zu dienen!«

»Du spinnst, Juan!«

Rainherr lenkte das Boot sicher durch die unter der Wasseroberfläche ragenden Klippen. »Wenn wir uns gegenüberstehen«, fuhr er fort, »könnten wir uns zerfleischen.«

»Das ist die höchste Form der Liebe, Sir.«

»Juan, der Philosoph! Und was wird Annette sagen?«

»Sie wird dagegen sein.«

»Das ist sicher.« Rainherrs Gesicht wurde ungewöhnlich hart und kantig. »Sie kann ihre Mutter nicht vergessen. Ich konnte es auch nicht . . .«

»Aber jetzt, Chef?«

»Halt den Mund!«

»Tote sollten die Lebenden nicht verdrängen, Sir.«

»Du fliegst von der Brücke, wenn du weiterhin Weisheiten versprühst. Was dich Narren verrückt macht, diese Sonnenanbeterin auf dem Vorschiff, ist eine Piratin! Nach dem Gesetz eine Verbrecherin! Und wir werden in kürzester Zeit noch in verdammt heiße Situationen kommen!«

»Auf offener See rennen wir allen weg, Chef.«

»Aber nicht vor einem Flugzeug oder einem Hubschrauber!« Rainherr trat vom Ruder zurück. »Fertig mit Essen? Übernimm du wieder, Juan.«

»Ja, Sir. Aber ab morgen koche ich wieder.«

»Wenn es für uns noch ein Morgen gibt . . .«

Er stieg die Leiter hinunter auf Deck und ging zu Mary-Anne. Sie blinzelte ihm zu, aber änderte ihre Lage nicht. Die Träger des Badeanzuges hatte sie abgestreift . . . ihre schöne Brust lag fast bloß.

»Du wirst dir einen Sonnenbrand holen«, sagte Andreas und hockte sich neben sie.

»Du hast gesagt, daß die Luft am besten heile. Ich pflege meine Wunde. Außerdem bin ich die Sonne gewöhnt. Ich bin in ihr aufgewachsen.« Sie schob die Hände unter den Nacken und blickte über die See.

»Wohin fahren wir?« fragte Sie.

»Nach Cayman Brac . . .«

»Nein.«

»Wieso nicht?«

»Ich möchte, daß du nach San Pedro fährst, zu der Ambergris Cay. Im ›Ambergris Lodge‹ kann man gut wohnen. Es ist der einzige Flecken von Belize, wo es schon fast mondän zugeht. Ein schöner Hafen, viele Luxusyachten aus Amerika, Sporttaucher, im Hotel eine Bar und Tanz, ein kleiner Golfplatz, Tennisplätze . . .«

»Das lockt dich? Genau das ist es, vor dem ich fliehe!«

»Ab und zu liebe ich geselliges Leben. Und außerdem wird Fernando überall suchen, nur nicht auf Ambergris Cay. Daß wir am Strand von San Pedro liegen könnten, das traut er uns nicht zu.«

»Das ist ein Argument. Also gut, werden wir mondän-gesellig! Drehen wir ab nach San Pedro.«

»Außerdem ist dort die Grenze nach Yukatan ganz nahe. Du könntest ›Samtpfötchen‹ besuchen, deine süße zärtliche Indianerin!«

»Das wäre eine Idee.« Er beugte sich über sie und küßte sie.

Daß Juan zusah, störte ihn nicht. Wenn zwei Menschen sich küssen, muß das ja nicht immer versteckt geschehen.

»Du bist eine Frau, an der ein labiler Mann zerbrechen könnte«, sagte Andreas später.

»Ich würde mir nie einen labilen Mann aussuchen.«

»Was hat du getan, bevor du Korsarin wurdest?«

»Muß das sein?« Sie schloß die Augen. Ihr Gesicht war weich und glatt wie auf einem altspanischen Gemälde. »Was ist heute für ein Tag?«

Rainherr blickte auf seine Kalenderarmbanduhr. »Der dreiundzwanzigste Mai.«

»Beginnen wir unser Leben mit diesem Tag, Andres. Mit dem dreiundzwanzigsten Mai!«

Sie hielt seine Hand fest, mit der er ihren Leib streichelte.

»Wollen wir? Es gibt keine Vergangenheit – wir fangen heute an. Auch bei dir! Es soll keine Fragen geben . . .«

»Das geht nicht, Mary-Anne.«

»Warum?«

»Wegen Annette.«

»Ach ja. Deine Tochter . . .«

»Ich kann nicht sagen, du seist vom Himmel gefallen, auch wenn du so aussiehst.«

Er dachte daran, daß Juan mit dem reparierten Funkgerät längst an Annette gefunkt hatte, daß sie von Piraten überfallen worden waren und daß eine recht merkwürdige Gefangenschaft begonnen hatte.

»Du mußt sie kennenlernen.«

»Muß ich?«

»Ja. Weil ich nach Cayman Brac zurückkehre. Ich habe dort Verpflichtungen, mein Haus, meine Leute . . . Cayman Brac ist meine neue Heimat.«

»Das alles ist aber nicht möglich«, sagte sie leise. Sie sah ihn an, und dieser Blick zerstörte in ihm einen Teil seines Willens.

Ich bin ein harter Bursche, verdammt ja, dachte er. Bisher habe ich das Leben in die Hand genommen und nach meinem Willen geformt. Aber diese Frau zerstört alles mit einem einzigen Blick . . . Ich habe kein Herz mehr in der Brust, sondern eine flammende Kugel. Alles in mir brennt . . .

»Warum ist das nicht möglich?« fragte er zögernd.

»Du hast mein Schiff gekapert, aber leider mit dem Kommandanten an Bord. Nun bist du ein Pirat wie ich geworden . . .«

»Das war reiner Selbsterhaltungstrieb!«

»Wer fragt danach?« Sie lächelte schwach. Ihre herzförmigen roten Lippen brachen auf wie eine Rosenblüte, die den Tau spürt. Fasziniert beobachtete er sie.

»Wir werden ein freies herrliches Leben führen, Andres. Die Meere des Südens werden uns gehören! Der Himmel, die See, das Boot und wir . . . Das genügt doch zum Paradies! Und ab und zu ein Mensch, der zuviel Geld hat und es uns gibt.«

»Du bist verrückt, Mary-Anne«, sagte Rainherr leise. »Wir zwei . . . als Piraten?«

»Anders können wir nie zusammenbleiben . . .«

»Du hast etwas vergessen, Mary. Dein neues Leben beginnt heute, am dreiundzwanzigsten Mai.«

»Wie schön wäre es, Märchen zu erleben . . .«

Sie setzte sich und schob die Träger ihres Badeanzuges wieder über die Schultern. Der Fahrtwind zerzauste ihr Haar und wehte es über Rainherrs Kopf.

»Es wird nie möglich sein, daß du mich Annette zeigst.«

»Warum denn nicht?«

Es ist erstaunlich, dachte er, wie fein und logisch das Gefühl einer Frau sein kann. Sie kennt Annette nicht, aber sie weiß genau, wie sie reagieren würde, wenn sie sich gegenüberstünden. Es würde sein, als wenn sich zwei schwarze Panther im Dschungel begegnen und dieselbe Beute jagen . . .

Sie stand auf, eine goldschimmernde Venus, und ging hinüber zur Brücke. Juan blickte sie erstaunt an, als sie über die Leiter ins Ruderhaus kletterte.

»Ich übernehme das Boot wieder«, sagte sie kurz.

Juan schüttelte den Kopf. »Dazu habe ich keinen Befehl.«

»Ich befehle es! Das Boot gehört mir! Oder wollen Sie über Bord fliegen, Juan?«

»Dazu gehören zwei, Miß Tolkins.«

»Sie beherrscht Judo wie ein Meister vom Schwarzen Gürtel!« rief Rainherr hinauf. »Laß dich nicht mit ihr in Diskussionen ein, Juan. Im Notfall wendet sie sogar Karate an. Übergib das Ruder!«

Noales trat zurück und gab die Steuerung der Yacht

frei. Mit einem Schwung warf Mary-Anne das Tablett mit den geleerten Schüsseln und Tellern, das auf dem Kartentisch stand, aus dem Fenster ins Meer und studierte die bisher zurückgelegte Strecke, die Rainherr gewissenhaft auf der Seekarte eingezeichnet hatte. Dann stellte sie das Radargerät ein und schob die Unterlippe vor.

»Juan, berechnen Sie den Kurs nach San Pedro auf dem Ambergris Cay. Den direkten Weg!«

»Wieder mitten durch das Labyrinth?« fragte Juan erschrocken. »Ich habe die Nase voll von der bisherigen Fahrt.«

»Jetzt stehe ich am Ruder!« sagte Mary-Anne laut. »Wenn Sie Angst haben, Juan . . . dritte Tür links unten ist die Toilette!«

Mißmutig kletterte Juan an Deck unf stellte sich neben Dr. Rainherr.

Sie lehnten über die Stahlreling und beobachteten mit einem kribbeligen Gefühl im Magen, wie die ALTUN HA inmitten der Riffe drehte und durch schmalste Wasserkanäle zwischen unbewohnten Koralleninseln fuhr.

»Sie hat tatsächlich den Teufel im Leib!« sagte Juan dumpf.

»Und vor zwei Minuten hast du noch Hymnen gesungen.«

»Dabei bleibe ich. Das ist genau die Frau, die zu Ihnen paßt, Chef.«

Mit einer Geschwindigkeit, die an Wahnsinn grenzte, schoß die Yacht durch das Great Barrier Reef.

Rainherr blickte in das grünschimmernde Wasser. Sein Gesicht war hart, die Lippen fest aufeinandergebissen. Neben ihnen, auf der Steuerbordseite in gleicher Höhe, begleiteten sie zwei Haie.

Es sah wie ein Spiel aus, wenn ihre torpedoähnlichen Körper elegant auf- und niederschnellten und ihre dreiekkigen Rückenflossen das Meer durchschnitten.

VII

Es ist nicht schwer zu erraten, welchen Vorrat an Flüchen Fernando Dalques losließ, als er aus Belmopan zurückkam und sein Haus in heller Aufregung vorfand.

Der schwarze Diener und Meisterboxer lag auf einem riesigen Holzbett, das man eigens für ihn angefertigt hatte, schlief und stank entsetzlich nach Whisky.

Dr. Ynares, der rasch herbeizitierte Hausarzt Fernandos, ein alter zerknitterter Mann von 70 Jahren, der in den letzten Jahren mehr nach eigenen Intentionen als nach ärztlichem Wissen behandelte und der mit uralter Indianermedizin erstaunlich mehr Erfolge aufzuweisen hatte als mit der modernen Pharmazie, saß an dem Holzbett und versuchte vergeblich, Dr. Casillas klarzumachen, daß Johnny nicht vernehmungsfähig sei.

»Was ist los?« brüllte Fernando, als er ins Zimmer stürzte. »Dieser schwarze Hurenbastard! Wie ist es möglich, daß ein Bulle von Mann wie er von einem . . .«

»Brüllen Sie nicht so, Fernando!« versetzte Dr. Ynares ruhig. Als Arzt in Belize nimmt man jede, auch die ausgefallenste Situation gelassen hin. »Was wollen Sie dagegen tun, wenn Ihnen jemand unverhofft mit einem Handkantenschlag ins Genick hämmert? Und wenn man Ihnen dann – halb gelähmt – eine volle Flasche Whisky eintrichtert? Erschwerend kommt hinzu, daß es auch noch Ihr heimlich gebrannter Whiskey ist, dieses Sauzeug, das nach drei Gläsern eigentlich die Magenwände durchfressen müßte! Sie können Johnny keinen Vorwurf machen. Er wird so tapfer sein, das alles zu überleben.«

»Aber Rainherr ist weg!« schrie Dalques.

»Und wie!« Dr. Casillas hatte die andere Nachricht noch in der Hinterhand, wie ein Berufsspieler das As. »Dr. Rainherr und sein Steuermann Juan Noales sind mit der ›Altun Ha‹ auf großer Fahrt!«

»Man sollte die Sonne mit Mist verdunkeln«, schrie

Fernando außer sich.

Dr. Ynares sah ihn bewundernd an. »Das war ein herrlicher Satz!« sagte er. »Direkt poetisch.«

»Seit wann wissen Sie, Casillas, daß sie mit dem Boot unterwegs sind?«

»Seit einer halben Stunde. McDonald rief vom Hafen an. Jetzt ist er dabei, Rainherrs Yacht fahrtüchtig zu machen. Er will hinterher.«

»Das schafft er nie!«

»Wenn es überhaupt einer kann, dann nur Jim. Die ganze Mannschaft hat er aus den Puffs zusammengetrommelt. Sie arbeiten wie die Irren.«

»Und Mary-Anne?«

Dr. Casillas zögerte ein wenig mit der Antwort, aber er konnte Fernando die ganze Wahrheit nicht ersparen. »Sie ist bei Rainherr auf dem Boot!«

»Was?« schrie Fernando noch lauter. »Sie ist . . .«

»Man sollte die Sonne . . .«, fuhr Dr. Ynares fort. »Und den Mond und die Sterne dazu . . .«

»Ich alarmiere sofort die Polizei und die Küstenwache. Ich lasse die Hubschrauber der Navy aufsteigen! Ich werde selbst mit einer Zweimotorigen die Cays absuchen. Mir entkommen sie nicht!«

»An all das habe ich bereits gedacht, Fernando.«

Dr. Casillas sah die Lage als Jurist etwas anders. »Wir können keine staatliche Hilfe in Anspruch nehmen.«

»Und warum nicht?« bellte Dalques. Er war so aufgeregt, daß er nach diesen Worten husten mußte.

»Wegen der Kanone an Bord.«

»Sie haben recht, Casillas.« Fernando Dalques hatte sich ausgehustet und dadurch anscheinend einen klareren Kopf bekommen. »Ich chartere eine Maschine und suche allein.«

»Es ist möglich, daß sich Miß Tolkins in einem Zustand . . . nun, sagen wir . . . sexueller Euphorie befindet«, meinte Dr. Ynares. »Bitte, brüllen Sie nicht gleich wieder los, Fernando. Ich habe als Arzt die wunderlichsten Dinge erlebt. Ist Mary-Anne eine Frau oder nicht? Ist dieser Rainherr ein Mannsbild oder nicht? Wenn zwei so vollkommene Vertreter ihres Geschlechts aufeinanderprallen, dann ist es, als wenn ein Taifun das Meer aufpeitschte. Da brechen alle Dämme.«

»Ich rechne sogar damit, daß, wenn Sie wirklich ihre Yacht aus der Luft entdecken und hinuntergehen, sich Miß Tolkins nicht scheuen wird, Sie mit einem der MGs abzuschießen!«

»Nie! Sie kann nicht töten!«

»Siehe Pedro Luba . . .«

»Das war . . . Notwehr!«

»Für wen? Für Dr. Rainherr! Wenn Sie am Himmel erscheinen, Fernando, wird das MG-Feuer auch Notwehr sein.«

»Ganz gleich! Ich versuche es.«

Fernando Dalques raste zum Telefon und wählte die Nummer einer Flugzeugchartergesellschaft in Belize City.

»Wenn ich hoch genug bleibe«, rief er, »ich will wissen, was sie vorhaben, wohin sie fahren! Wo sie anlegen werden . . . Ich werde schon eine Möglichkeit ausmachen, wo ich sie greifen kann.«

Es war nicht möglich, dem Rasenden diesen Plan auszureden. Er bestellte bei der Chartergesellschaft eine zweimotorige Chessna mit Schwimmern statt Fahrwerk, um überall mit dem Flugzeug wassern zu können. Denn so gut kannte Fernando seine Partnerin, um zu wissen, daß sie auf dem Wasser bleiben würde. Nur hier hielt sie sich für unangreifbar und sicher.

Er glaubte, Mary-Anne so gut zu kennen, der Arme. Aber Frauen ändern sich oft grundlegend, wenn sie lieben. Das kalkulierte Fernando nicht mit ein.

Vom Hafen rief McDonald an. Er war sehr aufgeregt.

»Das ist vielleicht ein Ding, Chef!« rief er ins Telefon. »Dieser Juan hat das Boot in der kurzen Zeit doch tatsächlich seetüchtig bekommen! Es fehlt nur noch ein Aggregat für die zweite Maschine, dann können wir auslaufen.«

»Einbaudauer?«

»Zwei Stunden, Chef!«

»Wir bleiben auf Funkverbindung, Jim! Ich fliege mit einer Chessna die Cays ab. Und wenn ich die ›Altun Ha‹ habe, rufe ich dich, und du kommst sofort hin. Über die weiteren Aktionen alles per Funk!«

»Okay, Chef.«

»Wohin, denkst du, sind sie gefahren?«

»Ich tippe auf Cayman-Islands, Sir. Dann sind sie aus den Cays längst heraus und schwimmen auf der offenen See.«

»Ich habe ein Wasserflugzeug.«

»Das ist gut, Sir. Ich glaube, sie haben keine Chancen . . .«

»Gar keine, Jim!«

Dr. Ynares, der sich noch immer um den stöhnenden Johnny bemühte und auf die Wirkung seiner Injektion wartete, hatte es zusammen mit Dr. Casillas aufgegeben, Dalques an dem Flug zu hindern.

Die einfachste Methode, Johnny den Magen auszupumpen, war leider fehlgeschlagen. Es war einfach unmöglich, dem Kerl einen Schlauch bis in den Magen zu schieben. Weiter als bis in die Mundhöhle drang der Doktor mit seinem Gummischlauch nicht vor, dann spuckte Johnny so gewaltig den Fremdkörper aus, daß es Ynares nach dem dritten Versuch aufgab. »Für mein geringes Honorar«, sagte der Arzt, »brauche ich mich nicht noch anspucken zu lassen. Jetzt kriegt der Kerl eine Spritze, die ihm alles öffnet!«

Und darauf wartete Dr. Ynares jetzt.

Plötzlich entstand im Nebenraum eine Unruhe. Der Funker der »Export- und Import-Gesellschaft für Häute und Kunsthandwerk« stand in der Tür.

»Ich habe die ›Altun Ha‹ im Kasten!« rief er aufgeregt. »Ich habe sie! Miß Tolkins meldet sich. Sie möchte Sie sprechen, Don Fernando . . .«

Dalques drehte sich wie ein Parterreakrobat um seine

eigene Achse und raste in den Nebenraum. Der Funker hatte bereits den Verstärker angestellt und das Gespräch über Lautsprecher geschaltet.

»Raus!« brüllte Fernando.

Der Funker zog den Kopf ein und schloß die schalldichte Tür hinter sich. Fernando war allein mit Mary-Annes Stimme.

Sie klang klar durch den Raum. Da auch das Gegensprechgerät eingeschaltet war, stand einer Unterhaltung nichts im Wege.

»Wo bist du?« fragte Fernando heiser.

»Auf meinem Schiff.«

»Das weiß ich! Welche Position?«

»Das geht dich nichts an.«

»Bist du verrückt geworden, Mary-Anne?«

»Ja!«

»Rainherr . . .«

»Ich liebe ihn. Genügt dir das? Ich liebe ihn!«

»Vorerst . . .« Fernando knirschte mit den Zähnen. Was sollte er zuerst sagen? »Und dafür opferst du unsere Firma?«

»Ich überlasse dir den ganzen Laden an Land, Fernando.«

»Wie großzügig! Du weißt genau, daß er nur zehn Prozent unseres Umsatzes bringt! Der Hauptjob ist und bleibt das Abkassieren . . .«

»Das machen wir jetzt allein.«

»Wir?« Dalques schluckte. Seine Luftröhre hatte sich plötzlich verengt. »Sag das nochmal!«

»Wir! Andres, Juan und ich.«

»Das ist eine Lüge! Rainherr würde so etwas nie tun! Ein Mann wie er . . . und ein Pirat der Karibik!«

Fernando ließ sich in einen Sessel fallen und starrte die Wand mit den vielen rundfunktechnischen Einrichtungen an. Die Verständigung war so gut, als wenn Mary-Anne ihm gegenübersitzen würde. Wie das alles funktionierte, war für ihn immer ein Rätsel geblieben. Auch dieses Fernsehen . . . Töne und Bilder fliegen unsichtbar durch die Lüfte . . . Wer kann das begreifen, auch wenn man es ihm noch so simpel mit Strahlen und Frequenzen erklärt? Es bleibt etwas Wunderbares.

»Wo ihr auch seid . . . ich finde euch!« sagte jetzt Dalques verbissen.

»Das glaube ich nicht«, kam die Antwort prompt aus dem Äther.

»Ich habe . . .«, er wurde wieder wacher, »eine zweimotorige Chessna gemietet.«

»Möchtest du gern abgeschossen werden?«

Genau das, was Dr. Casillas vorausgesagt hatte! Fernando wußte ja, daß sie mit dem MG und sogar mit dem 7,5-cm-Geschütz umgehen konnte. Sie war eben die ungewöhnlichste Frau, die er sich auf dieser Welt vorstellen konnte.

»Gut. Dann mache ich es anders.«

Er streckte die Beine weit aus. Aber wie? Er sehnte sich nach einem Rumpunsch mit Ingwer. Ein höllisches Getränk, das ihn bisher immer zu großen Leistungen angeregt hatte.

»Ich werde euch aus sicherer Höhe orten und dann die Marine auf euch hetzen. Ich weiß, ihr seid auf freier See in Richtung Cayman-Islands . . . Da könnt ihr nicht mehr weglaufen, wenn man euch einkreist! Mary-Anne, gib es auf!«

Ein leises, glucksendes Lachen kam aus der Apparatur.

»Ich denke nicht daran!« Ihre Stimme klang keineswegs erregt oder etwa ängstlich. »Du weißt, Fernando, daß du mit im Boot sitzt, auch wenn du jetzt an Land bist.«

»Du hast keine Beweise . . .«

»Dann blick mal in den Panzerschrank, Fernando.«

Dalques zog die Beine an und sank in dem Sessel zusammen. Er brauchte nicht aufzustehen und in seinem Büro den Tresor zu öffnen . . . wenn Mary-Anne so etwas sagte, konnte man es glauben. Er würde später Zeit genug haben, die leeren Fächer anzustarren, in denen alle Unterlagen versteckt waren.

Die mit Akribie geführte Buchhaltung der Piratin Tolkins und ihres Partners Fernando Dalques:

Die Listen der Beuten; die Namen der Hehler und Aufkäufer, an der Spitze Mr. David Sylverstone in Tampa/Florida; der erzielte Umsatz; die »Zweigstelle«, in der als »Büroleiter« Luis de Vegas saß, ein ehemaliger Banjosträfling, der natürlich ganz anders hieß. Ein Mann, den er – Dalques – vermittelt hatte.

Alles war jetzt in ihrer Hand . . . Der beste Schutz gegen alle Verfolgungen, in der Tat!

»Du verdammtes, raffiniertes, ausgekochtes Aas!« sagte Fernando laut. »Bis heute habe ich nie begriffen, warum du das alles gesammelt hast.«

»Danke.« Er hörte wieder ihr helles Lachen. »Wer mit einem Gauner deines Ausmaßes zusammenarbeitet, muß sich absichern. Übrigens: In Richtung Cayman-Islands suchst du vergebens. Ich bin auf dem Weg zu meiner Jugend.«

»Du fährst nach Kolumbien? Du willst in Cartagena anlegen?«

»Ja. Ich nehme an, daß du dich dort nicht blicken lassen kannst. Ich möchte Rainherr nichts verschweigen . . .«

»Der wird sich wundern! Haha!« Dalques lachte rauh.

»Wann bin ich geboren worden?« fragte sie.

Fernando starrte auf den Lautsprecher. »Du? Am siebzehnten Oktober . . .«, antwortete er erstaunt.

»Irrtum! Am dreiundzwanzigsten Mai! Das ist es, was alles ändert und alles auslöscht!«

»Du bist doch total verrückt geworden, Mary!« schrie Dalques. »Was bedeutet denn dieser Blödsinn?«

»Mein Glück! Mein unfaßbares, unendliches Glück . . . unendlich wie das Meer und der Himmel darüber!«

Die Stimme wurde weicher. Dalques reckte den Hals vor.

»Fernando, ich bitte dich . . . Hörst du? Ich bitte dich . . . laß uns in Ruhe! Das ist alles, was ich dir zu sagen habe . . .«

Es knackte laut. Die Verbindung war unterbrochen.

Fernando Dalques sprang auf und ballte die Fäuste. »Mary!« schrie er. »Mary! Laß dich doch überzeugen! Hör zu! Für diesen Rainherr bist du doch nur ein Abenteuer! Er ist doch viel zu stinknormal für dich! Ein Mann wie er kann doch keine Piratin an sich binden! Sieh doch die Unmöglichkeit ein! Gut, du liebst ihn, und er liebt dich . . . Aber wie lange hält das? So lange, wie ihr im Bett noch Spaß miteinander habt . . . Aber dann? Dann wird alles aus sein. Ein Mann wie dieser Rainherr kann doch keine Piratin mit nach Haus bringen! Sei doch nicht so blöd, Mary-Anne. Willst du für die paar Tage oder Wochen alles opfern, was wir in Jahren aufgebaut haben? Mary . . . sag doch etwas . . .«

Aber sie schwieg.

Was Dalques in seiner Verzweiflung hinausschrie, hallte nur gegen die Wände des Funkraums.

Mary-Anne Tolkins war für ihn unerreichbar geworden.

Irgendwo da draußen in der Karibischen See fuhr sie ihrer großen Illusion entgegen.

Fernando Dalques kehrte mit hängendem Kopf in den Nebenraum zurück. Dort stank es bestialisch . . .

Dr. Ynares' Injektion hatte endlich gewirkt . . . der schwarze Johnny entleerte sich. Dr. Casillas war weit bis an das aufgerissene Fenster zum Garten zurückgewichen.

Auch Fernando prallte entsetzt zurück, als er ins Zimmer trat.

»Wie kann ein Mensch so stinken!« keuchte er und eilte zu dem Arzt ans Fenster.

»Wenn ich Sie innerlich säubern würde, Don Fernando, würden wohl die Vögel von den Bäumen fallen!« sagte Dr. Ynares ruhig. »An Alkoholvergiftung wird Johnny jedenfalls nicht mehr eingehen.«

»Wir müssen umdisponieren, Casillas«, sagte Dalques und steckte dabei den Kopf aus dem Fenster. »Miß Tolkins ist verrückt geworden, hat alle Unterlagen aus dem Tresor an Bord, will diesen Rainherr ins Land ihrer Jugend mitnehmen, ist neuerdings am dreiundzwanzigsten Mai geboren . . .«

»Das ist heute, Don Fernando!«

»Eben deshalb! Das neue Leben!« Dalques lachte rauh und kurz. »Sie will mit Rainherr und Juan der neue Schrecken der Karibik werden und uns um Millionen bringen . . .«

»Und dieser Deutsche macht das mit?« fragte Casillas ungläubig. »Das hätte ich ihm nie zugetraut. Das paßt gar nicht zu ihm!«

»Ein paar Frauenschenkel sind wirksamer als jede Hirnoperation!« rief Dr. Ynares dazwischen.

»Er sagt es!« Dalques stieß die Fäuste gegeneinander. »Casillas, wie ist das aus juristischer Sicht? Wir haben auf den Banken zwei Firmenkonten. Eines auf meinen, eins auf Miß Tolkins' Namen. Wem fallen die Konten zu?«

»Laut dem vorliegenden Gesellschaftervertrag dem Überlebenden.«

»Ist das ganz sicher?«

»Hundertprozentig . . .«

»Dann ist es sicher, daß in den nächsten Tagen die ›Altun Ha‹ versenkt werden wird.«

»Von wem?«

»Von mir!«

Dalques wischte sich das schwitzende Gesicht ab. Draußen war es heiß. Der Urwald dampfte nach dem täglichen, kurzen, aber massiven Regen.

»Ich werde in die Chessna drei selbstlenkende Luft-Wasser-Raketen mitnehmen. Wir haben davon gerade 100 Stück an Nikaragua geliefert.« Er trat vom Fenster zurück und ertrug den Gestank im Vorgefühl des Triumphs.

»Señores . . . es wird keine Überlebenden geben und kein Piratenboot mehr! In einer Stunde starte ich.«

Um die gleiche Stunde, in der Fernando mit drei Selbstlenkraketen an Bord die Chessna vom Hafenbecken III aus startete und in den wolkenlosen Himmel aufstieg, hatten Rainherr und Mary-Anne die Hicks Cays passiert und befanden sich nun in freierem Wasser auf der Fahrt nach Ambergris.

Juan stand wieder am Ruder, nachdem Rainherr den Kurs berechnet hatte.

Mary-Anne hatte darüber gelacht.

»Diese Strecke fahre ich mit verbundenen Augen!« sagte sie.

Von ihrem Gespräch mit Fernando hatte Rainherr nichts mitbekommen. Er stand bei Juan auf der Brücke, während Mary-Anne, wie sie sagte, für den Tee sorgen sollte.

Fernando Dalques flog zunächst die Cays und Reefs ab, die vor Belize lagen, von der dunklen Ahnung getrieben, Mary-Anne könnte ihn belogen haben, um ihn in die Irre zu führen.

Aber so oft er eine weiße Motoryacht entdeckte und tiefer ging, es war immer die falsche. Amerikanischen Touristenschiffen oder Ausflugsbooten der noch kargen Fremdenindustrie Belizes begegnete er, die sich darauf spezialisiert hatten, die Besucher – meistens Amerikaner, Engländer und Deutsche – zu den Inselgruppen zu bringen, wo die Leute alles sehen konnten, was sie suchten und wofür sie auch bezahlt hatten: phantastische Korallengärten, Schwärme von buntschillernden Fischen, windschiefe Kokospalmen, schneeweiße Strände, durch das Wasser schießende Barrakudas . . . und Haie.

Ein paar Fischer hatten sich schon auf Haifischjagd spezialisiert, nur für Touristen: Man holte die Mörderfische mit dicken Angeln heraus und harpunisierte sie vorsichtshalber, bevor man sie an Bord holte. Dort wurden dann die obligaten Fotos gemacht . . . allein oder in Gruppen: Friedrich Lehmann in der Karibik mit einem eigenhändig erlegten Hai! Ein Kegelklub als Sieger über den Räuber der Karibik!

Fernando fluchte jedesmal, ging höher und suchte weiter.

Dann drehte er ab und flog zurück, Richtung Kolumbien. Nach seinen Berechnungen konnte die ALTUN HA noch nicht weit sein, höchstens im Golf von Honduras, in der Nähe der Islas de la Bahia.

Er konnte nicht wissen, daß er gerade auf Sichtweite von der ALTUN HA abgedreht hatte. Ein paar Flugminuten weiter, und er hätte seine Raketen abschießen können . . .

Er hatte nur den einen Gedanken: Ein Kampf ohne Gnade!

Jim McDonald hatte tatsächlich nur zwei Stunden gebraucht, um das neue Aggregat einzubauen und damit den zweiten Motor der ANNETTE I betriebsfähig zu machen.

Er ließ die beiden Motoren probeweise anspringen und fuhr einige Runden im Hafenbecken.

Rainherrs Yacht war zwar in der Ausstattung mit der ALTUN HA ohne weiteres vergleichbar – was die Salons und vor allem die Küche betraf, lag sie sogar noch eine Klasse höher –, aber sie war ihr in Schnelligkeit und Wendigkeit unterlegen, wie es bisher jedes Boot gewesen war. Sogar die sogenannten Schnellboote der Marine, auf die man so stolz war, fielen ab, wenn die ALTUN HA äußerste Kraft entfaltete und über die See flog.

Das einzige, was ihr gefährlich werden konnte, waren die amerikanischen Tragflügelboote der US-Navy in Florida . . .

Aber in dieses Gebiet war man wohlweislich nie eingedrungen, um dort Yachten zu kapern.

Und als ein solches Tragflügelboot der Küstenwache

auf den Bahamas stationiert wurde, hatte man die Inselgruppe sofort aufgegeben und nur noch die südlichen Ausläufer, die Turks- und Caicos-Islands, »besucht«. Aber auch das nur »im Notfall«, wenn Luis de Vegas keine lohnendere Objekte bei den Jungfern-Inseln oder den Kleinen Antillen meldete.

»Ein lahmer Kahn!« brummte McDonald deshalb auch, als sie wieder am Kai anlegten. »Aber immerhin, wir haben etwas Schwimmbares unter uns.«

Die Ausrüstung der ANNETTE I war rasch beendet. In den Lagerhäusern lag ja genug Material herum, das als Kunstgegenstände deklariert und von den Zollbeamten, die eine offene Hand immer bereithielten, auch schon plombiert worden war. Womit alle weiteren Kontrollen ausgeschaltet wurden!

Ein amtliches Siegel ist tabu . . . das ist überall so auf der Welt.

Dr. Casillas überwachte persönlich die Auswahl der Ladung . . . Er strich auf Listen ab und kontrollierte peinlich genau. Da hieß es beispielsweise: 200 Schnitzereien der Mapra-Indianer (Masken, Tanzfiguren, Götterbilder). Die Kiste enthielt aber Maschinenpistolen einschließlich gefüllter Ersatzmagazine. Oder: 100 Schildkrötenpanzer, Größe III. – Wirklicher Inhalt: Handgranaten, ein kleiner Minenwerfer. Die Geschoßminen dazu lagen in einer anderen Kiste, auf der in großen schwarzen Buchstaben stand: Schlangenhäute und Krokodilrücken, Größe I. Das waren große, lange Brocken . . . oder 50 Werferminen.

»Das genügt!« rief McDonald, der das Kommando übernommen hatte. »Wenn der Chef drei Luft-Wasser-Raketen durch den Himmel schaukelt, brauchen wir das alles nicht mehr. Wir wollen ja keine Seeschlacht führen . . .«

»Bei Miß Tolkins ist alles möglich«, antwortete Dr. Casillas ahnungsvoll. »Oder glaubst du, Jim, sie ergibt sich ohne Gegenwehr?«

»Bei Raketen aus der Luft?«

»Und dieser Dr. Rainherr ist auch noch da.«

»Sie haben doch keine Chance . . .«

»Wenn Fernando sie allein auf See erwischt! Sind sie aber so raffiniert und fahren im Windschatten von Frachtern auf internationalen Wasserstraßen, kann Dalques gar nichts machen! Er kann doch nicht einen Angriff auf einen Frachterzug fliegen! Wir leben doch nicht im Krieg.«

»O verflucht, daran habe ich nicht gedacht!« McDonald zerwühlte seinen roten Haarwald. »Hat der Chef auch daran gedacht?«

»Nein! Ich habe es ihm vor zehn Minuten per Funk gesagt.«

»Und was hat er geantwortet?«

»Wenn ich sie erst ausgemacht habe, habe ich Zeit. Einmal werden sie allein sein. Sie können sich nicht hundert Jahre hinter andere Schiffe kleben!«

»Verdammt! Muß der eine Sauwut haben!« meinte Jim dumpf. »Da geht es nicht nur um Geld.«

»Nein. Er hat Miß Tolkins immer haben wollen, aber sie hat um sich gebissen, wenn er nur davon anfing. Und plötzlich kommt so ein Dr. Rainherr, und Mary-Anne benimmt sich so dämlich wie ein Schulmädchen!«

Dr. Casillas steckte die Listen ein und schob seinen Strohhut tiefer in die Stirn. Die Nachmittagssonne brannte noch einmal mit aller Kraft, bis sie rotgolden werden und im Meer versinken würde.

»Was war Miß Tolkins für eine herrliche, tollkühne Piratin! Sie hat nie verloren . . .« Ein Seufzer Casillas' begleitete diese Worte.

»Nie!« beteuerte McDonald stolz.

»Und auf einmal kapituliert sie vor diesem Deutschen! Es ist schon etwas dran, daß man diese Kerle nirgendwo mag! Überall bringen sie Unruhe, wo sie auch nur auftauchen!«

»Wir laufen gleich aus.« Jim McDonald betrat die Gangway und gab Dr. Casillas die Hand. »Also Richtung Kolumbien? Verrückt!«

»Don Fernando sucht an der Küste von Honduras und bis zu den Bahias. Weiter können sie noch nicht sein.«

»Auf der Handelsstraße also . . .«, sagte Jim sauer. »Wie angenommen.«

»Um so besser für dich, Jim. Kleben sie hinter einem Frachter, können sie ihre Schnelligkeit nicht ausnutzen. Dann kannst du gut an sie herankommen.«

»Ich werde mein Bestes tun, Sir!«

McDonald grüßte militärisch, was bei seinem roten Haarwald einigermaßen komisch aussah, und ging an Bord. Ein Matrose machte die Leinen los, und die ANNETTE I glitt langsam aus dem Hafen von Belize City. Sie fuhr hinter den Reefs und Cays brav die Küste entlang in Richtung Honduras.

McDonald ließ zum Abschied dreimal die Flagge tippen und gab ein kurzes Sirenensignal ab. Erst als er die Küste von Belize nicht mehr sehen konnte, ließ er die Maschinen stoppen und befahl die gesamte Besatzung in den Luxussalon Dr. Rainherrs.

Hier lümmelten sich nun die Piraten in den Sesseln, sie alle jedoch – wie auch Jim McDonald – in tadellos sauberen weißen Marineuniformen, so wie es Miß Tolkins eingeführt hatte. Korsaren mit dem Image von Seekadetten.

Das war ein Trick, auf den bisher alle Gekaperten hereingefallen waren. Sie glaubten alle an ein Militärschiff, bis man ihnen die Brieftaschen, den Schmuck abnahm und das Öffnen der Tresore und Safes verlangte. Eine amerikanische Zeitung hatte das einmal »Die perfekteste und eleganteste Seeräuberei aller Zeiten« genannt.

»Jungs . . .«, sagte McDonald, während er am unteren Ruderstand war und sich die feuerroten Haare kratzte. »Wir alle kennen unsern Auftrag. Wir sollen unser schönes Schiff versenken und unseren Käpten dazu! Dafür soll jeder von uns zehntausend Dollar extra erhalten.« Er hob die Stimme und stemmte die riesigen Arme in die Seiten. »Wer also bereit ist, unser schönes Boot auf Grund zu schicken und unsern Käpten zu töten und dafür zehntausend Dollar extra zu kassieren, der soll aufstehn!«

Die Männer der ALTUN HA sahen sich kurz an und rechneten blitzschnell. 10 000 Dollar sind eine Menge Geld, aber durchaus unangenehm wäre es auch, über Bord geworfen zu werden, hinein in die Hairudel, die gerade hier auf dem Schiffahrtsweg der Spur der Frachter folgten, weil es dort eine Menge Abfälle gab.

Es stand also keiner auf, sondern alle blickten McDonald treuherzig an. Was kommt nun, Steuermann? wollten sie fragen. Sollen wir uns etwa selbständig machen, mit diesem armseligen Bummelkahn?

»Jungs«, begann Jim von neuem. »Ich sehe, daß ihr die Lage überblickt. Wir alle können zehntausend Dollar gebrauchen, aber wer bringt es übers Herz, unsern Käpten umzubringen? Wer könnte auf ihn schießen oder eine Mine loslassen?«

»In der Luft kreist aber Don Fernando mit seinen Raketen!« gab der Bärtige zu bedenken.

»Das weiß ich!« schrie Jim. »Und deshalb habe ich beschlossen, mit unserm Käpten in Verbindung zu treten und zu hören, was sie zu befehlen hat. Hier auf See ist nun einmal sie unser Chef!« McDonald zog hörbar Luft ein. »Ich wollte euch das nur sagen, damit ich später nicht gezwungen bin, um mich zu schlagen. Ich werde versuchen, unser schönes Boot zu erreichen.«

Er drehte sich um, ging zu dem Funkgerät und stellte die Wellenlänge der ALTUN HA ein. Die Matrosen saßen wie Puppen in den Sesseln und starrten auf die Signalgeber an der Schalttafel. Die Spannung war so ungeheuer stark, daß alle zusammenzuckten, als der Bärtige plötzlich laut niesen mußte.

»Verzeihung!« sagte er artig. »Es hat in der Nase gekitzelt.«

»Idiot!« McDonald hatte die Frequenz gefunden. Er umklammerte das Handmikrofon und hatte den Lautsprecher angestellt. »HA I kommen!« rief er, »HA I kommen! Hier McDonald. HA I kommen! HA I . . .«

Der Lautsprecher schwieg. Die Spannung wurde so unerträglich, daß sich einige Matrosen mit zitternden Händen Zigaretten ansteckten.

Auf der ALTUN HA, wo Juan Noales am Ruder stand und auf Ambergris Cay zuhielt, flammte am Schaltbrett das rote Signallämpchen auf. Jemand rief sie an. Das konnte gefährlich werden. Juan schaltete in den Salon, wo Mary-Anne und Andreas Rainherr sich verbissen und stumm gegenübersaßen, zwischen sich die Teegedecke. Sie hatten sich wieder über das alte Thema »Zukunft« gestritten.

»Begreife es doch, Andres . . .«, hatte sie gesagt. »Es gibt kein Zurück mehr für mich. Ich bin eine kriminelle Person . . .«

»Du bist ein Schaf!« hatte er geantwortet.

»Ich habe vier Jahre lang die karibische See unsicher gemacht . . .«

»Wer weiß das denn?«

»Du und ich!«

»Na also.«

»Und meine Mannschaft, Fernando, Casillas, Luis de Vegas – eine ganze Menge Menschen.«

»Um ihre Freiheit zu behalten, werden alle für eine blütenreine Weste sorgen.«

»Aber du! Du wirst immer, wenn du mich anschaust, im stillen denken: Sie war eine Piratin!«

»Wenn ich dich anschaue, werde ich immer denken: So eine Frau wird es nie wieder geben . . .«

»Das stimmt! Aber im negativen Sinn . . .«

In diese Stimmung hinein kam die Meldung von der Brücke: »Miß Tolkins, wir werden per Funk gerufen.«

Mary-Anne blickte Dr. Rainherr fast triumphierend an. »Da hörst du es. Nur meine Leute kennen die Frequenz.«

»Melde dich nicht«, sagte Rainherr eindringlich. »Du bist einfach nicht mehr da.«

»Juan, ich übernehme hier unten!« rief sie zur Brücke hinauf. »Wir bleiben auf Kurs.«

»Okay, Miß Tolkins.«

Sie stand auf, ging zu dem unteren Funkgerät und drückte einige Hebel. Plötzlich war McDonalds Stimme im Raum – dunkel und laut.

»HA I kommen! HA I kommen! Kommen! HA I . . .«

»Was ist los, Jim?« fragte Mary-Anne ruhig.

Aus dem Lautsprecher ertönte ein Jubelschrei.

»Jungs! Wir haben sie!« Für eine Weile knallte es nur im Lautsprecher.

Die Mannschaft klatschte Beifall.

Dann wieder Jims Stimme: »Käpten, wir sind es. Wir sind auf See. Kurs entlang der Küste von Honduras zu den Bahia Islands. Wo stecken Sie?«

»Das möchtest du wohl gern wissen, Jim, was?« fragte Mary-Anne spöttisch.

»Ja, Käpten.«

»Auf welchem Boot fahrt ihr denn?«

»Auf der ›Annette‹ des Doktors.«

»Mein Schiff!« rief Rainherr. »Jim, du Saukerl . . .«

»Guten Tag, Doktor!« McDonalds Stimme hatte fast einen Klang von Rührung. »Wie gut, daß Sie bei dem Käpten sind. Wer steht am Ruder? Juan? Sehr gut! Ich habe Ihren lahmen Kahn wieder hingekriegt. Neues Aggregat, neue Funkeinbauten und volle Ausrüstung an Bord! Das Schiff liegt gut, auch bei Rauhwasser, aber für unsern Beruf viel zu träge!«

»Was willst du, Jim?« fragte Mary-Anne Tolkins. »Ihr könnt suchen, soviel ihr wollt – ihr werdet uns nicht finden!«

»Don Fernando ist in der Luft mit einer zweimotorigen See-Chessna.«

»Das weiß ich.«

»Aber was Sie nicht wissen, Käpten: Er hat drei Luft-Wasser-Raketen an Bord. Selbstlenkend! Damit erwischt er Sie überall . . .«

»Das stimmt«, sagte Dr. Rainherr leise. »Aber, eine Frage, Jim: Warum erzählst du uns das alles?«

»Wir möchten zu Ihnen stoßen, Sir! Die ganze Mannschaft ist sich einig. Wir lassen nicht zu, daß unser schönes Boot vernichtet und unser Käpten auf Grund geschickt wird. Wir haben abgestimmt, jeder von uns verzichtet auf die zehntausend Dollar Prämie! Stimmt das, Jungs?«

Ein donnerndes »Ja, Käpten!« hallte aus dem Lautsprecher.

Mary-Anne hatte sich zu Rainherr umgedreht.

Ihre Augen glänzten, als halte sie mühsam die Tränen zurück.

»Das sind meine Jungens«, sagte sie gerührt. »Und die soll ich einfach wegjagen?«

»Es kann alles ein übler Trick sein«, flüsterte Rainherr. »Laß sie weiter in der entgegengesetzten Richtung suchen.«

»Hör zu, Jim!« rief Mary-Anne. »Das ist jetzt ein Befehl! Ihr kreuzt weiter in der Nähe der Bahia Islands und wartet neue Order ab. Und wenn es sechs Wochen oder ein halbes Jahr dauert . . . ihr könnt euch auf Bahia versorgen.«

»Käpten, wir möchten aber doch zu Ihnen!« antwortete McDonald verzweifelt. »Was sollen wir um die Bahias kreisen? Außerdem bleibt Don Fernando bestimmt kein halbes Jahr in der Luft! Er kann Sie in der nächsten Minute gesichtet haben! Wenn Sie in unsrer Nähe sind, Käpten, laufen Sie zu uns. Bitte . . .«

McDonald gab die genaue Position der ANNETTE I durch. Sie war weit weg von der ALTUN HA.

»Jim, du hörst wieder von uns«, sagte Mary-Anne. »Und wenn Fernando dich anpeilt, richte ihm aus: Ich werde die Luftwaffe von Honduras informieren, daß ein privates Seeflugzeug, Typ Chessna, mit drei Raketen an Bord auf Mordkurs fliegt. Fernando kann es dann meinethalben auf einen Luftkampf ankommen lassen. Uns sieht er nie!«

Sie stellte den Sender ab und setzte sich auf einen Lederhocker neben das Funkgerät.

»Zufrieden, Herr Dr. Rainherr?«

»Du rufst jetzt das Luftkommando von Honduras an?«

»Ja.«

»Sie werden ihn abschießen.«

»Ja, er hat es verdient. Er will dich doch töten! Dich und mich! Drei Selbstlenkraketen! Es ist aussichtslos, ihm davonzulaufen, wenn er uns entdecken sollte. Sieh mich nicht so an, Andres: Wenn wir überleben wollen, müssen wir ihn beseitigen.«

Sie ließ den Kopf sinken und schlug beide Hände vor das Gesicht.

»Und das alles nur, weil ich dich gekapert habe und du dich gewehrt hast. Warum konntest du nicht so reagieren wie alle anderen, die wir kaperten? Du allein bist an allem schuld . . .«

So entzückend weibliche Logik ist, es ist schwer, sie zu verstehen, dachte Andreas Rainherr.

VIII

Fernando Dalques fluchte in sämtlichen Ausdrücken seiner kolumbianischen Zeit in den Slums. Die Treibstoffanzeiger pendelten auf »Reserve«. Er mußte an Land zurück und suchte sich den Flugplatz von La Ceiba auf Honduras aus, um dort aufzutanken.

Er gab also über Funk seine Ankunft bekannt, bat um Landeerlaubnis, erhielt sie und drehte über Bahia ab.

In den Buchten sah er viele Yachten liegen, auch im seichten Wasser der Korallenriffe . . . Er ging noch einmal tiefer, überflog die Inselchen mit ihren Stränden und erkannte kein Schiff, das der ALTUN HA ähnlich sah. Dann mußte er schnell zurück, um mit dem letzten Tropfen Benzin in La Ceiba zu landen.

Das Auftanken vollzog sich schnell. Er wasserte in der Bucht, ein Tankschiff legte längsseits an, der Schlauch wurde hinübergehievt, und während das Flugbenzin in die Tanks lief, versuchte Dalques, mit seinem Funkgerät die ALTUN HA zu erreichen.

Aber auf dem Schiff antwortete niemand.

Nach öfterem Rufen stellte er das Gerät ab und lachte bitter. Sie entkommt mir nicht, dachte er. Sie kann sich nicht einfach davonschleichen in ein bürgerliches Leben. Welch eine Idee! Aus der Gosse von Cartagena an die Seite eines deutschen Erfinders! Wo ist nur ihre Intelligenz geblieben? Ihr nüchterner Blick? Ihre von uns allen bewunderte Art, Dinge mit überdeutlicher Realität zu sehen? Und vor allem . . . ihr Geschäftssinn?

Was hatte sie vor ein paar Jahren gesagt, als sie in Belize, hinter dem großen Riff, das Versteck fand, von dem aus sie beide die große Karriere als Piraten aufbauten?

»Ich habe lange genug angefaulten Fisch gegessen«, hatte sie gesagt, »jetzt will ich wissen, wie Austern und Kaviar schmecken! Und ich will auf keiner zerrissenen Kapockmatratze mehr schlafen, sondern in einem vergoldeten Bett!«

Das hatte sie alles erreicht. In der Villa am Belizefluß stand das Bett mit einem Tüllhimmel darüber . . . nur Austern hatte sie einmal gegessen und sich gewundert, daß die Reichen dieser Welt so verrückt auf dieses »schlabbrige Zeugs« waren . . .

Sie war schon eine besondere Frau, diese Mary-Anne . . . eine menschliche Schlange, die sich ständig häutete und in immer neuem Glanz erschien.

Jetzt kommt also die gutbürgerliche Phase, dachte Fernando. Und die ist gefährlich . . . denn zum erstenmal in ihrem Leben scheint sie sich wirklich verliebt zu haben. Das ist keine Häutung, die bisher noch auf ihrer bunten Palette fehlte. Man kann ihr vieles nachsagen . . . nur nicht Affären mit Männern.

Dr. Casillas hatte sogar einmal behauptet, sie sei nur körperlich eine Frau, aber in ihren Gefühlen ein völliges Neutrum. Irgendein Hormon müsse ihr fehlen.

Und dann kaperte sie diesen Dr. Rainherr, und das fehlende Hormon explodierte in ihr wie ein Vulkan!

Das Auftanken war beendet. Dalques zahlte mit amerikanischen Dollars, wartete, bis das Tankschiff weit genug weggefahren war, und glitt dann auf den Schwimmern seiner Chessna aus der Bucht hinaus aufs Meer, um dort zu starten.

Er war gerade in der Luft, im sanften Aufstieg, als auf der Militärflugbasis von Honduras, auf dem Flughafen von La Lima, ein anonymer Funkspruch eintraf.

Ein Oberst Benito Marcos, der die Basis kommandierte, starrte entgeistert das Stück Papier an, auf das der Funker die Durchsage geschrieben hatte.

»Im Hoheitsgebiet von Honduras, im Umkreis der Islas de la Bahia, befindet sich eine zweimotorige Seechessna in der Luft, registriert und unter der Staatshoheit von Belize. An Bord der Chessna befinden sich drei Luft-Wasser-Selbstlenkraketen, mit denen ein Privatboot versenkt werden soll. Der Pilot ist zu allem entschlossen, er befindet sich anscheinend in einem Zustand von Wahnsinn. – Achtung für Honduras! Nach der uns bekannten Raketenabschußvorrichtung können diese Raketen auch im Luftkampf eingesetzt werden. Sie arbeiten nach dem Magnetfunksystem und steuern auf Funkbefehle jedes Ziel an. Ende.«

»Das ist ungeheuerlich!« sagte Oberst Marcos und ließ sich sofort mit dem Kriegsministerium verbinden. Gleichzeitig löste er Alarmstufe I aus. Sechs Abfangjäger der Luftwaffe von Honduras rollten auf die Startbahn.

»Woher kommt der Funkspruch?«

»Ohne Angabe, Herr Oberst!« sagte der Funker. »Er war einfach da! Rückfragen wurden nicht beantwortet. Der Sender schaltete nach der Durchgabe ab.«

»Und wenn das ein ganz übler Scherz ist?«

Die Verbindung zum Kriegsministerium war hergestellt.

Oberst Marcos gab den Funkspruch durch und meldete, daß sechs Jäger startbereit seien.

Im Kriegsministerium von Tegucigalpa war man sehr vorsichtig. »Lassen Sie die Staffel aufsteigen, aber noch keine Aktionen! Wir werden in Belize nachfragen, ob es dort überhaupt so ein Flugzeug gibt. Wenn Ihre Leute die Chessna tatsächlich gestellt haben, sollen sie so lange im Begleitflug bleiben, bis neue Befehle eintreffen.«

Nun erwachte auch die kleine Regierungshauptstadt Belmopan in Belize aus ihrem gemütlichen Trott. Für ein paar Augenblicke war so etwas wie Weltpolitik in den Amtsstuben zu verspüren . . . aber dann brach die Spannung rasch zusammen.

Die Regierung von Belize meldete, daß nach den vorliegenden Registrierungen viele Wasserflugzeuge bekannt seien, davon 25 regierungseigene, die anderen seien Privatmaschinen von Chartergesellschaften, die vorwiegend im Touristenverkehr eingesetzt würden. Daß eines dieser Flugzeuge Selbstlenkraketen an Bord haben könnte, hielt man schlicht für ein Märchen.

»So etwas gibt es nicht!« drahtete man aus Belize lakonisch. »Sie sind einem Scherz aufgesessen.«

In Honduras nahm man diese Auskunft mit Zufriedenheit zur Kenntnis. Oberst Marcos auf der Militärflugbasis von La Lima schickte zwar seine sechs Abfangjäger in die Luft, aber ohne Angriffsbefehl. Eine plötzliche Übung! Ziel: eine zweimotorige Schwimmchessna mit dem Hoheitszeichen von Belize . . .

So hatte Fernando Dalques noch einmal Glück.

Da es inzwischen dunkelte, flog er nach Belize zurück und landete im Hafenbecken III von Belize City mit Scheinwerferlicht. Hinter dem sich auflösenden blutroten Himmel erschien rasch das tiefe Nachtblau mit dem herrlichsten Sternenhimmel.

Dr. Casillas erwartete Dalques am Hafen in dem großen

amerikanischen Wagen. Mißmutig ließ sich Fernando in die Lederpolster fallen.

»Nichts!« sagte er einsilbig.

»Die berühmte Nadel im Heuhaufen.«

»Ihre dämlichen Sprüche können Sie sich sparen, Casillas! Was meldet McDonald?«

»Nichts . . .«

»Was heißt das?«

»Das gleiche, was Ihr Nichts bedeutet. Er ist ausgelaufen und meldet sich nicht mehr.«

»Keine Positionsangabe?«

»Bis zur Stunde nicht. Ich halte das für klug.«

»Inwiefern?«

»Wenn Mary-Anne den Funkverkehr abhört, weiß sie genau, wo McDonald liegt.«

»Das stimmt.«

Fernando blickte eine Minute schweigend in den wundervoll klaren Sternenhimmel.

»Fahren Sie los, Casillas. Morgen früh, beim Morgengrauen, steige ich wieder auf.«

»Und wenn Sie in einer völlig falschen Richtung suchen, Don Fernando? Wenn die beiden doch auf dem Weg zu den Cayman Islands sind?«

»Das habe ich mich auch schon gefragt.«

Dalques nahm eine Pappschachtel aus dem Handschuhfach und holte eine lange dünne Zigarre heraus. Er steckte sie umständlich an und blies den Rauch mit gespitzten Lippen gegen das Autodach.

»In ihrem Zustand wäre sie auch dazu fähig. Ich werde morgen die Maschine bis zum letzten Tropfen Sprit volltanken und zu den Caymans fliegen.«

»Da sind Sie aber in der schlechteren Position, Don Fernando. Das kann für Sie schief ausgehen. Auf Grand Cayman ist eine britische Flugbasis.«

»Ich muß sie vorher kriegen. Auf offener See, mitten im Yukatanmeer. Auch wenn sie Tag und Nacht fahren . . . sie müssen in der Weite der See sein . . .«

Dalques zog zufrieden an seiner Zigarre. »Casillas, das war mal eine gute Idee von Ihnen.«

Sie standen alle drei auf der Brücke, als sie sich der Küste von Ambergris Cay näherten. Die weißen Hotels am Palmenstrand von San Pedro wurden gerade von der untergehenden Sonne vergoldet.

Boote der Chartergesellschaften kehrten aus den Haigebieten zurück; zwischen den Korallengärten tuckerten noch die kleineren Boote mit den gläsernen Böden herum, durch die man von seinem Sitz aus den faszinierenden Blick auf den Meeresboden werfen konnte. Von hier aus sah man die bizarren Korallenwälder, die bunten Fischschwärme und die Überreste versunkener Schiffe, die man der Touristen wegen aus dem Sandboden ausgegraben und wie Kulissen hergerichtet hatte. Seht, so war es damals . . .

Goldschiffe, Seeräuber, Stürme, die große Fregatten zerfetzten . . . da unten liegen sie. Jahrhunderte werden wach gegen ein paar Dollar Eintritt . . .

»Wir werden im ›Ambergris Lodge‹ wohnen«, sagte Mary-Anne. »Die Zimmer sind schon bestellt.«

»War das nicht unvorsichtig?« meinte Andreas.

»Die Reservierung lautet auf den Namen Tabora.«

»Und wenn sie einen Paß sehen wollen?«

»Dann werden sie einen bekommen.«

»Interessant! Du hast wohl auch ein ganzes Paßarchiv an Bord? Auch Piratenbeute? Wie heiße ich denn?«

»Ebenfalls Tabora.« Sie lächelte ihn etwas spöttisch an. »Verzeih, daß du im Paß älter bist. Du bist mein Vater . . .«

»Ich werde es mit Würde tragen, Töchterchen. – Und Juan?«

»Mein Bruder Bernardo.«

»Ein ausgeprägter Familiensinn! Gibt es noch mehr Taboras?«

Mary-Anne zögerte ein wenig. Dann antwortete sie:

»Ja. Noch eine Schwester, zwei Brüder, eine Mutter . . .«

»Das muß ja ein Familienausflug gewesen sein. Und ausgerechnet diese ganzen Taboras wurden gekapert!«

»Ich werde es dir später erklären«, sagte Mary-Anne verschlossen.

»Und die Fotos in den Pässen? Sehen die anderen Taboras aus wie ich und Juan? Welch ein Zufall!«

»Es genügt mein Paß – du wirst es sehen.«

Sie fuhren mit halber Kraft in den kleinen Hafen von San Pedro ein und ankerten in der Privatbucht des Hotels. Da die ALTUN HA flach gebaut war, konnte sie bis nahe an den Sandstrand heranfahren. Das hoteleigene Fährboot, das sonst von den Privatyachten die Gäste an Land holte, konnte am Steg bleiben. Mit dem Ruderboot der ALTUN HA waren es nur noch zehn Meter bis zum schneeweißen Strand.

Die Sonnenschirme aus Palmstroh raschelten im Wind, die Liegestühle waren schon zusammengeklappt, und die langen, weißen hölzernen Liegen wurden gerade zusammengeschoben. Schwarze Boys stapelten unter einem Dach die bunten Auflagen.

Etwas vom Strand entfernt hatte der Strandclub für den Abend geöffnet. Bunte Laternen schaukelten, eine hohe Palmengruppe war von Scheinwerfern angestrahlt, um einen künstlichen See standen Tische und Stühle. Über eine Brücke gelangte man auf eine Tanzinsel mitten im See.

Noch waren erst wenige Gäste da, die Musiker einer Combo stimmten ihre Instrumente und kontrollierten durch Husten und Pfeiftöne die Lautsprecher und Mikrofone.

Im Speisesaal des Hotels, unter strahlenden Lüstern, bedienten Kellner in weißen Dinnerjacketts. Sie sahen wesentlich vornehmer aus als die Gäste einer amerikanischen Reisegesellschaft in ihren oftmals abenteuerlich bunten Anzügen und geschmacklosen Kleidern.

Am Hotelempfang in der großen, durch Klimaanlage gekühlten Halle begrüßte die Ankommenden der Geschäftsführer und bestätigte, daß die Zimmer bereit wären. Zum Meer hinaus, mit Balkon, eigenen Liegestühlen und ausfahrbaren Markisen – wie gewünscht!

Mary-Anne nickte mit jener freundlichen Arroganz, die jedem Hotelmanager in die Knie fährt. Sie legte ihren Paß auf die Rezeptionstheke – einen kolumbianischen Paß, wie Rainherr feststellte.

»Wenn Sie uns eintragen wollen«, sagte sie knapp. »Das ist mein Vater, dieses mein Bruder . . .«

»Aber Señorita!« Der Geschäftsführer schob den Paß ungesehen zurück. »Sie sind in San Pedro und nicht in Sankt Petersburg!«

»Es heißt heute Leningrad«, berichtigte Rainherr in der gleichen herablassenden Art, wie Mary-Anne gesprochen hatte. »Das letztemal bekam ich meinen Paß erst zu meiner Abreise wieder . . . nach sechs Tagen!«

»Unerhört!«

Der Geschäftsführer lief voraus zum Lift. Gäste, die schon in Leningrad gewesen waren, hatte er noch nicht gehabt. Dabei sollte die Sache mit Petersburg doch nur ein witziges Wortspiel sein.

»Darf ich vorausgehen?«

»Bitte.«

Sie bekamen im ersten Stockwerk drei Zimmer zum Meer . . . im spanischen Stil eingerichtet – mit einem Hauch Großbritannien. Die Stiche der Segelschiffe in den Mahagonirahmen an den Wänden waren Überbleibsel aus der Britenzeit.

Dann waren sie allein und trafen sich auf den Balkonen, die durch halbhohe Balustraden voneinander getrennt waren.

»Wie heißt du?« fragte Dr. Rainherr Juan.

»Bernardo Tabora.«

»Gut, Juan! Und ich, geliebte Korsarin?«

»César Tabora.«

»Ausgerechnet César! Warum das?«

»Weil mein Vater so hieß. Ich kann es nicht ändern.«

»Gibt es hoffentlich keinen Brutus in eurer Familie?«

»Warum Brutus?«

»So hieß der gute Freund, der Cäsar ermordete.«

»Er hieß Vargas!« sagte Mary-Anne hart.

»Da muß man sofort die Geschichtsbücher revidieren!«

Mary-Anne gab keine Antwort. Sie ging in ihr Zimmer zurück und warf die Balkontür zu.

Juan hob die Schultern. »Was soll ich machen, Chef? Ich kann mich in diesen vornehmen Kreisen nicht bewegen.«

»Versuche es, Juan!«

Dr. Rainherr lächelte und zeigte auf die Tanzfläche in dem künstlichen See. Die ersten Paare tanzten bereits Samba. An einigen Tischen saßen ein paar nicht mehr ganz junge Amerikanerinnen allein und warteten auf flirtbereite Eingeborene. Das Hotel bemühte sich immer um Nachwuchs in dieser Sparte.

»Da unten hast du Chancen genug, mein Junge. Versuche es! Die späten Mädchen sind dankbar für jeden Griff. Viel Spaß!«

»Ohne Geld, Chef?«

»Komm gleich in die Halle. Ich pumpe unsere Piratin an!«

Eine Stunde später war alles anders.

Sie hatten ein leichtes Dinner gegessen; Juan hatte genug Dollars, um einer wasserstoffblonden Touristin in den tiefen Ausschnitt ihres Cocktailkleides blicken zu können und war damit bis zum nächsten Morgen angenehm beschäftigt.

Mary-Anne und Andreas gingen am Strand spazieren, bis die laute Combomusik und der gesellschaftliche Trubel hinter ihnen lagen. Um sie war die Sternenhelle der Tropennacht, zu ihren Füßen rauschte das Meer an den Strand und zerfloß. Ein leichter Wind murmelte in den großen Palmblättern; ihre Schritte knirschten ganz zart im feinkörnigen weißen Sand.

Bei einem an Land gezogenen, alten, längst verrotteten Fischerkahn, der tagsüber gern als Fotomotiv benutzt wurde, blieben sie stehen.

»Hier?« fragte Mary-Anne leise, setzte sich auf den Rand des alten Kahns und scharrte mit den Schuhen im Sand. In langen, weichen gleichförmigen Wellen rollte das Meer heran.

Andreas Rainherr nickte und lehnte sich neben sie an den Kahn.

»Warum sagst du nicht: Sieh an, auch Piratinnen können romantisch sein?« fragte sie.

»Ich möchte nicht wieder Streit mit dir haben. Immer, wenn wir uns länger als zehn Minuten unterhalten, wetzen wir die Messer.«

»Dir gefällt es hier nicht?«

»Hier schon. Dort drüben nicht – ich hasse diese vermarkteten Paradiese. Auf Zivilisation getrimmte Schönheit wird für teures Geld verkauft.«

»Du würdest lieber ein Robinson sein?«

»Ich bin einer! Auf Cayman Brac liegt mein Haus weit weg von jeglichem Rummel. Dort kann ich nackt herumlaufen, ohne daß hundert Nachbarn am Zaun hängen und zusehen.«

»Läufst du gern nackt herum?«

»Manchmal schon.«

»Wann?«

»Wenn ich mir sage: Junge, diese Welt ist so schön wie am letzten Schöpfungstag!« Er lächelte versonnen. »Und so etwas sagt nun ein Mann von fünfundvierzig Jahren! Einer, der auf die Fünfzig zumarschiert.«

»Ich finde das schön, Andres.«

Sie knöpfte ihr Kleid auf, ließ es von der Schulter gleiten und setzte sich dann nackt wieder auf den Rand des Kahns. Ihr Körper schimmerte im Licht der Sterne und im Widerschein der weißen Brandung. Über der linken Brust klebte noch immer das Pflaster über Rainherrs Naht.

»Der Wind ist sehr warm . . .«, sagte sie. Ihr langes

Haar wehte um ihre Schultern. »Spürst du ihn?«

»Ein wenig, ja.«

Er streifte sein Hemd über den Kopf, löste den Gürtel, zog seine Hose aus und warf alles in den Kahn. Nackt wie sie stellte er sich in den Wind und breitete die Arme aus. Die Muskeln seines Körpers traten hervor und vollführten ihr Spiel, wie er sich drehte und dehnte.

Sie sah ihm zu, mit leicht geneigtem Kopf, und lächelte, als er zu ihr kam.

»Ich muß mit dir sprechen«, sagte sie.

»Bitte, nur das nicht! Es ist alles so friedlich, so wundervoll, so . . . gesegnet! Warum sollen wir jetzt wieder Krach miteinander kriegen?«

»Ich weiß, daß du mich gleich küssen wirst«, sagte sie. »Ich weiß, daß du mich gleich in die Arme nimmst und wir in den Sand sinken und uns endlich, endlich lieben werden. Und ich will es ja auch, ich sehne mich danach, meine Nerven würden zerreißen, wenn es jetzt nicht geschähe! Andres . . .«

Sie stieß ihn mit beiden Händen weg, als er nach ihr griff und sie an sich ziehen wollte. Ihr schimmernder Körper schien nun eine einzige gespannte Sehne zu sein.

»Sag jetzt nicht, daß du mich liebst . . .«

»Mein Gott, ich kann doch nichts anderes sagen! Ich habe noch nie eine Frau so geliebt wie dich! Es ist schon unvorstellbar für mich, ohne dich zu sein . . .«

»Ohne zu wissen, wer ich bin?«

»Du bist am dreiundzwanzigsten Mai geboren . . .«

»Die große romantische Lüge, die alles zudecken sollte! Kann man damit leben?«

»Wir können es, Mary-Anne. Wir ja! Es gibt keine zweite Liebe wie diese zwischen uns . . .«

Sie lächelte traurig und zog die schlanken Beine an.

Wie eine dem Meer entstiegene, zierliche, zerbrechliche Nymphe hockte sie auf dem Kahnrand – den Sternenschimmer auf ihrer Nacktheit.

»Mary-Anne . . .«, wiederholte sie, und ihre Stimme

hatte jetzt einen beinahe kindlichen Klang. »Damit fängt es schon an, Andres. Ich bin nicht Mary-Anne. Ich bin Joanna Tabora aus Santa Anna, einem winzigen Dorf in den Bergen von Cordoba in Kolumbien. Ich bin von meiner Familie die letzte . . . Vater, Mutter, die Brüder, die Schwestern – alle wurden getötet, ausgerottet, ermordet . . . weil man auf unserem Land Öl entdeckte . . .«

Andreas Rainherr schwieg. Was sollte er noch sagen nach diesem schrecklichen Geständnis?

Er kam sich dumm, lächerlich und unmöglich vor in seiner Nacktheit. Die Romantik der nächtlichen Unendlichkeit von Himmel, Sternen und Meer wurde zu einer bedrohlichen Dumpfheit.

Er drehte sich etwas weg von Mary-Anne, stellte sich an die Bordwand des verrotteten Kahns und beobachtete stumm den weißen Gischt der Brandung, der draußen an den Korallenbänken hochgeschleudert wurde.

Sie legte mit beiden Händen ihre im Wind wehenden langen Haare wie einen schwarzen Schleier um ihren Körper. Es war, als überzöge ihren herrlichen Körper ein Frösteln.

»Du sagst gar nichts, Andres?« fragte sie leise.

»Da kann man nichts mehr sagen.«

Er grub die Finger in den fauligen Bootsrand.

»Warum erzählst du mir das gerade jetzt . . : hier . . . zu dieser Stunde, in der wir wissen, daß wir zusammengehören!«

»Es ist alles so verrückt«, sagte sie. »Du hast dich in eine Piratin verliebt, ohne zu wissen, wer sie ist . . . Ich habe mich in einen Mann verliebt, der über fünfzehn Jahre älter ist als ich, den ich überfallen habe, um ihn auszurauben. Allein das ist schon irrsinnig!«

»Ich liebe dich aber . . . und nicht das, was du bist oder warst oder getan hast. Wir wollten diese Vergangenheit auslöschen.«

»Das war eine zu leichte Theorie, Andres. In Wirklichkeit weißt du genau wie ich, daß man Vergangenheit nie ausradieren kann – weil wir nämlich alle Produkte der Summe unserer Vergangenheit sind.»

Sie ließ sich nach hinten in das Boot gleiten, auf dem es keinen Sitz mehr gab. Sie legte sich auf den Boden des Kahns und kreuzte die Arme hinter ihrem Nacken. Ihr glatter Körper glänzte matt im diffusen Nachtlicht.

Rainherr zögerte . . . dann schwang er sich ebenfalls über den Bootsrand und legte sich neben Mary-Anne auf den Boden. Es war ein wenig eng so nebeneinander, sie mußten Körper an Körper liegen, Wärme an Wärme, und sie spürten beide ihre Sehnsucht in jeder Pore. Jede Berührung löste ein schmerzhaftes, schnelleres Klopfen ihrer Herzen aus, und schließlich tasteten sie mit den Händen über den Körper des anderen . . .

»Danke», sagte sie plötzlich.

Er hob leicht den Kopf und blickte in ihr glücklich-gelöstes Gesicht.

»Wozu dieser Dank?«

»Daß du mich jetzt nicht nimmst. Jeder Mann hätte das getan.«

»Ich auch . . .«, brachte er heiser hervor.

»Und warum fällst du nicht über mich her?«

»Genau wegen dieses Wortes. Weil du es jetzt als einen Überfall betrachten würdest, als eine gewollte Vergewaltigung, die uns wohl beide glücklich macht – aber im Hintergrund immer die Gewalt erkennen läßt.«

»Ich liebe dich dafür . . .«, sagte Mary-Anne leise. »Oh, wie liebe ich dich! – Soll ich erzählen?«

»Bitte . . .«

»Ich habe noch nie zu einem Mann gesagt: Ich liebe dich!«

»Dann hast du es anders ausgedrückt.«

»Ich habe einen Mann, wenn es einen gab, erduldet und ihn dann mit der Peitsche aus meinem Zimmer gejagt. Mit einer echten Peitsche aus Lederschnüren. Und keiner hat sich gewehrt. Das war in Cartagena.«

»In Spanien?«

»Nein, in Kolumbien. Eine Hafenstadt mit Flugplatz. Dort trifft man Matrosen aus aller Welt, die meistens auf abenteuerlichen Schiffen, regelrechten Seelenverkäufern, anheuern. Auch Soldaten und Marine, und vor allem einen Haufen gescheiterter Existenzen, die aus dem Hinterland, dem Hochland von Bolivar und Cordoba an die Küste ziehen, um dort ihre Beute zu verjubeln. Ein paar Goldnuggets, einige billige Saphire, Orchideensamen, Raubtierfelle, indianische Schrumpfköpfe – es gibt nichts, womit in Cartagena nicht gehandelt würde. Und sie alle kamen zu mir, legten mir die Edelsteine auf den Tisch oder das Fell eines Jaguars, und sagten: ›Na, Puppe, zier dich nicht. Bluse nach oben und Jeans runter . . . du bist's wert!‹«

»Muß das alles sein?« fragte Rainherr gequält.

»Ja, es muß.«

Sie beugte sich über ihn und küßte seine Brust. Dann ließ sie den Kopf auf ihr liegen und deckte ihre Haare wieder wie ein faseriges Tuch über ihn. Ihre rechte Hand lag ruhig, wie schützend, zwischen seinen Schenkeln. Er rührte sich nicht . . . Das Gefühl, das ihn durchzog, wollte er für immer in sich einbrennen, es bewahren, um es nie mehr zu vergessen.

»Wie kann man sonst erklären, daß ein Mädchen wie ich eine Piratin wird?« Sie schabte mit ihren kleinen spitzen Zähnen über seine Haut, dann sprach sie weiter.

»Ich wollte nie wieder einen Mann lieben, ich wollte überhaupt keinen Mann lieben! Ein Mann war für mich ein Objekt, das man ausrauben darf, ja, ausrauben muß!« Sie holte tief Atem. Er spürte, wie sich ihre Brüste bei dem Atemzug spannten und hart gegen ihn drückten.

»Es war vor elf Jahren», begann sie plötzlich mit harter veränderter Stimme. »Ich war damals eben achtzehn Jahre alt geworden, und gewissermaßen als Geburtstagsgeschenk entdeckte mein Vater auf unserem Grundstück . . . Öl!«

IX

Der Bauer und unabhängige Grundbesitzer César Tabora war ein massiger Mann, den man in Santa Anna, dem kleinen Dorf im Cordoba-Gebirge in der Nähe des Flusses San Jorge, nur in langen Schaftstiefeln kannte. Er trug außerdem ein bis zum Gürtel offenes, von seiner Frau Carmencita aus eigener Schafwolle gewebtes Hemd und manchmal, an kühleren Regentagen, einen langen bunten Streifenponcho und einen breitkrempigen Strohhut, um den ein Band mit indianischen Mustern geschlungen war.

Nicht, daß César Tabora Indianerblut in seinen Adern hätte . . . er war ein spanischer Nachkömmling der Konquistadoren, allerdings nicht aus der Feudalschicht, sondern ein echter Bauer. Sein Vorfahre, der mit den großen bewaffneten Seglern und mit dem Segen der Spanisch-Katholischen Majestäten nach Kolumbien kam, war – so konnte er es in der Familienbibel handschriftlich niedergelegt lesen – ein Soldat gewesen.

Ein kräftiger Kerl mit Brustpanzer und Helm, Hellebarde und Feuersteinschloß-Muskete, der es in Kolumbien bis zum Unterführer gebracht hatte. Die Majestäten in Madrid belohnten ihn dafür mit einem schönen Landstück, das er sich aussuchen durfte. Land gab es ja genug, unbewohntes Land . . . Denn daß Indianer darauf wohnten, störte keinen, denn ein Indianer war in spanischen Augen kein Mensch.

Césars Vorfahre wählte ein Gebiet in den Cordobabergen in der Nähe des San Jorge-Flusses, nicht, weil es besonders fruchtbar war, sondern weil ihm und seiner aus Spanien herübergeholten Frau Juanita die Bergluft so gut bekam.

Er gründete mit seiner Familie das Dorf Santa Anna, und sie bauten dort Tabak und Kaffee, Bananen und Ananas, Süßkartoffeln und Zuckerrohr, Kakao und Mais an. Sie rodeten die Urwälder, leiteten das Wasser der Sumpfgebiete zu neuen Feldern ab, legten Kanäle an . . . und rotteten die Indianer aus, wo sie ihnen im Wege standen.

Für die damaligen Begriffe waren es fleißige Christen – und das waren sie auch, wenn man einmal von der Behandlung der Urbevölkerung absieht.

So wurden Santa Anna und vor allem die Besitzungen der Taboras im Lauf der Jahrhunderte reiche Flecken in Kolumbien.

César Tabora, der letzte aus der Generation von Pionieren, bewohnte ein schönes Haus, liebte seine Carmencita innig, hatte fünf gutgeratene Kinder – zwei Töchter und drei Söhne, die, wie der Vater, nur für das Land lebten – und entdeckte durch Zufall eines schönen Tages in einem Gebirgstal, das zu seinem Besitz gehörte, eine Höhle.

In den Aufzeichnungen des alten Vorfahren las man nichts von dieser Höhle, sie mußte vor Hunderten von Jahren wohl von den Indianern in den Berg getrieben worden sein.

Aus dieser Höhle hämmerte eines Tages César Tabora mit einem einfachen Hammer und einem Meißel ein paar Steinbrocken und trug sie ins Sonnenlicht. Sein Sohn Bernardo, der ihn begleitete, erkannte es zuerst.

»Maria, du Barmherzige!« rief er begeistert. »Vater, wir haben auf unserem Grund eine Smaragdgrube! Vater! Smaragde! Wir werden die reichste Familie von Kolumbien sein!«

César tar das einzig Richtige: Er schickte seinen Fund zur Analyse in die Hauptstadt Bogotá. Das heißt, er, sein Sohn Bernardo und seine Tochter Juanna begleiteten den Fund und warteten in einem Zimmer des Staatlichen Edelsteininstitutes, bis der Geologe mit dem Gutachten kam.

»Es sind Smaragde«, sagte der Mann im weißen Laborkittel, »aber nicht von hervorragender Qualität. Zuviel Einschlüsse und zu wolkig. Aber immerhin . . . zerteilt und als Miniware geschliffen auf dem Markt, können sie etwas bringen. Gratuliere . . .«

Es stellte sich heraus, daß der gute Mann in Bogotá, der

Geologe des Staatlichen Institutes, gelogen hatte.

Denn wenn die Smaragde wirklich in der unteren Qualitätsstufe lagen, hätte es sich nicht gelohnt, daß drei Wochen später in zwei Hubschraubern drei Geologen, Geophysiker und Chemiker in Santa Anna landeten und César Tabora in seinem Haus in den Bergen aufsuchten.

César, immer ein höflicher Mensch, bewirtete seine ungeladenen Gäste. Er gab ein kleines Sommerfest, bei dem seine indianischen Landarbeiter alte Volkstänze vorführten, und kam dann bei einer guten Zigarre und einem starken Maisschnaps zur Sache »Die Smaragde sind also doch mehr wert, Señores«, sagte er. »Ihr Aufmarsch beweist es. Was wollen Sie?«

»Wir möchten in Ihrer Grube Probeschürfungen machen, Don César«, sagte einer der Herren, der sich als Diplomgeologe vorgestellt hatte. »Nur aus wissenschaftlichem Interesse! Einerseits vom Geologischen, andererseits vom Geschichtlichen her, denn wenn es sich um eine alte Indianerhöhle handelt, so wäre das völkerkundlich von größtem Interesse.«

»Für mich nicht!« hatte César geantwortet. »Weder geologisch noch völkerkundlich. Mich interessiert allein das Kapital, das da im Felsen steckt. Nur das Kapital. Und das hole ich aus dem Berg heraus! Es ist mein Land.«

Niemand bestritt das.

Als man nach fünf Tagen Verhandlungen, gutem Essen, Besichtigung des urbar gemachten Landes der Taboras – unter Aussparung der Smaragdmine – und nach heimlichen Vermessungen, die weder César noch seine Söhne bemerkt hatten, wieder mit den beiden Hubschraubern abflog, hatten die Geologen etwas in den Aktenkoffern, was das Leben der Taboras grundlegend und endgültig verändern sollte.

In dem Geologischen Forschungszentrum von Bogotá stellte man nämlich anhand der Proben aus den Erdformationen und nach Vermessungen der Nachbargebiete fest, daß die Smaragdmine in einem der abgelegenen Felsentäler durchaus nicht das Wertvollste war, was die Taboras besaßen.

Wenn alle Berechnungen stimmten, saß diese Familie auf einem riesigen Ölsee, etwa 750 Meter unter der Erdoberfläche. Ein bis dahin völlig unbekanntes Ölgebiet mit schätzungsweise etlichen Millionen Tonnen Rohöl, erfahrungsgemäß bleihaltiger als das arabische Öl, aber trotzdem für das Land Kolumbien und für die Taboras eine Quelle noch nicht errechenbaren, unschätzbaren Reichtums.

Was damals zur Zeit der Spanischen Katholischen Majestäten der alte Krieger als Geschenk bekommen hatte, erwies sich jetzt, Jahrhunderte später, als Milliardenbesitz.

Smaragde und Rohöl in der Hand einer Familie . . . der Taboras.

Es ließ sich nicht vermeiden: Die Regierung schickte einen Bohrtrupp, um Probebohrungen zu machen.

César Tabora weigerte sich, pochte auf sein Recht als freier Mensch und Landbesitzer, sperrte das Gebiet ab – es war auch noch ausgerechnet seine beste Kaffeeplantage, wo man bohren wollte – und bewaffnete sich und seine Söhne. Er gab sogar seinen Indianerarbeitern Waffen und rüstete seine Frau Carmencita und seine Töchter Juanna und Reja mit automatischen Feuerwaffen aus.

Er ließ das Gebiet durch Patrouillen absichern und verkünden, daß ohne Anruf geschossen würde, wenn jemand durch oder über den Drahtzaun kommen würde. Wenn schon hier gebohrt würde, dann wäre das allein die Sache der Familie Tabora.

Sollte man, so meinte César, fündig werden, so könne man immer noch verhandeln. Schließlich gäbe es genau umrissene Gesetze über Erdölfunde in Kolumbien und über die Verteilung der Erträge zwischen Bodenbesitzern und Staat. Da Kolumbien zu den Ölländern gehöre und eine der Hauptexporteinnahmen das Erdöl sei, hätte man ja genug Beispiele, denen man sich angleichen könne.

César Tabora war ein kluger, war ein harter Mann – das wußte ganz Santa Anna, und jetzt wußte es auch Bogotá. Außerdem war das Gesetz auf seiner Seite.

Was sich nicht vermeiden ließ, war natürlich die Nachricht vom plötzlichen, sagenhaften Reichtum der Familie im ganzen Land. Smaragde und Öl, und alles auf einem Stück Land, das war schon ein Gottessegen.

Presse, Rundfunk und Fernsehen fielen per Flugzeug in das Hochland von Cordoba ein oder quälten sich über die engen, löchrigen Bergstraßen nach dem Dorf Santa Anna, das plötzlich in aller Munde war.

Vergeblich!

César Tabora, durch die heimlichen Bohrungen in einer Stimmung, als habe man ihn kastriert, ließ alle Reporter von seinem Land vertreiben, gab keine Interviews, ließ sich nicht fotografieren, sondern empfing nur die Vertreter der Regierung und der Staatlichen Ölmonopolgesellschaft, um Vorbesprechungen zu führen.

Bevor diese Herren das Haus betreten durften, wurden sie von den drei Söhnen Tabora erst genau durchsucht. Sie mußten sich im Bad ausziehen und bekamen ihre Kleidung nach genauer Kontrolle zurück . . . eine entwürdigende Prozedur, die aber sehr wirkungsvoll war. Keiner der Herren konnte mit Tricks aufwarten, und so wurden es – ein Novum – grundehrliche Verhandlungen.

César Tabora einigte sich mit der Regierung.

Die Probebohrungen sollten unter seiner Aufsicht erfolgen, bei Fündigkeit veranschlagte man einen guten Preis pro Barrel geförderten Öls. Bald hieß es überall, wenn die Ölmagnaten Getty oder Gulbenkian sich in ein paar Jahren neben Tabora stellen würden, wären sie Zwerge gegen ihn.

Denn keiner von ihnen hatte auch noch eine Smaragdmine, aus der leuchtend grüne, reine Steine gebrochen wurden, deren Farbe man auf der Edelsteinbörse als »Farbe Nr. 2« bezeichnete – also ein Smaragdgrün von seltener Schönheit.

Vier Tage vor Joannas 18. Geburtstag schoß aus dem Bohrloch im Kaffeefeld zuerst Gas, dann dreckiger Schlamm und darauf das »Schwarze Gold«: Erdöl!

Die Familie Tabora konnte sich darauf rüsten, eine der reichsten Familien unserer Erde zu werden.

Joannas Geburtstag wurde zu einer Feier, wie sie ganz Cordoba noch nicht gesehen hatte. Eingedenk seiner andalusischen Vorfahren ließ César für seine Tochter Reiterspiele in historischen Uniformen veranstalten. Am Abend ließ er einige Ölfässer, die das erste Öl aus seinem Bohrloch enthielten, als Freudenfeuer aufflammen! Es stank bestialisch, aber für alle in Santa Anna war es Blütenduft. Hier wurden Milliarden begrüßt . . .

Genau 23 Tage nach Joannas Geburtstag und dem Freudenfest der Taboras hielt vor dem Haus ein mit Staub überzogener, schwarzer, riesig langer Cadillac. Er kam nicht aus Bogotá, sondern trug ein US-Nummernschild, Houston/Texas.

In einem eleganten, mausgrauen Maßanzug stieg ein Herr aus, einen weißen Strohhut auf dem Kopf, und bat darum, mit César Tabora sprechen zu dürfen. Es war vormittags gegen 11 Uhr, und wer bei den Taboras arbeiten konnte, war draußen auf dem Land. Denn, ob kommender Reichtum oder nicht, die Arbeit ging weiter.

Im Haus befanden sich nur Doña Carmencita, die Señoritas Joanna und Reja, der älteste Sohn Bernardo, eine Köchin, ein Boy – ein Indianerabkömmling mit einem Schuß Negerblut – und Don César selbst.

Er saß in seinem Büro und studierte die Analysen aus Bogotá über sein Öl. Es hatte sich erstaunlicherweise als bleifreier erwiesen, als man angenommen hatte. Auch der Schwefelgehalt hielt sich in Grenzen . . . Taboras Erdöl lag nur zwei Qualitätsstufen unter dem Öl aus Saudi-Arabien! Wer hätte das gedacht . . .

Aber in Texas, in Houston, war es wohl bekannt geworden.

Der elegante Herr im Maßanzug und mit dem Cadillac gab an der Tür seine Karte ab. Sehr vornehm – goldgerändert.

Raimondo Vargas.

Nichts weiter. Mehr war auch nicht nötig, denn bis heute weiß niemand, wer dieser Raimondo Vargas war. Der tolle Wagen will nicht viel besagen, man kann sich so etwas leihen.

Wie alle Besucher durchlief auch Vargas die Kontrolle von Taboras Sohn Bernardo. Er bestand sie und saß dann dem bulligen César in dessen Büro gegenüber. Der Alte stauchte die Analysenblätter zusammen und legte sie in einen Schnellhefter. Er konnte sich nicht denken, was ein Mann, der Raimondo Vargas hieß, aus Texas stammte und goldgeränderte Visitenkarten verteilte, von ihm wollte.

Vargas stellte seine Aktentasche auf seine Knie, öffnete sie und nahm einen Aktenordner heraus.

Er schob diesen zwischen César und sich und legte dann beide Hände auf den Deckel.

Mit Kennerblick stellte César fest, daß Vargas an beiden Händen, und zwar an vier Fingern, dicke Ringe trug. Brillanten und einen sehr schönen, wasserklaren Saphir.

»Springen wir gleich mitten hinein ins Geschäft!« sagte Vargas flott.

Er sprach ein sehr gutes Spanisch mit dem singenden Unterton der Italiener.

»Geschäft?« fragte César zurück. »Ich habe kein Geschäft mit Ihnen.«

»Noch nicht, gewiß. – Ich stamme aus Sizilien.«

»Das ist Ihre Sache.«

»Und nun komme ich aus Texas.«

»Es gibt viele Menschen mit traurigen Schicksalen . . .«, sagte César ein wenig spöttisch. Der Mann ist ein Verrückter, dachte er. Wie konnte ihn Bernardo zu mir vorlassen?

»Ich komme im Auftrag einer der größten Gesellschaften der Welt, die ein reges Interesse an Ihrem Ölvorkommen und Ihren Smaragden hat.«

»Gestorben!« Tabora winkte ab. »Die Reisespesen hätten Sie sich sparen können.«

»Bitte, sprechen Sie das Wort ›gestorben‹ nicht so leichtfertig aus, Don César«, sagte Raimondo Vargas. »Meine Firma bietet Ihnen für Ihre Anteile eine Abstandssumme von einhundert Millionen Dollar.«

»Das ist doch wohl ein schlechter Witz!«

»In drei Raten. Die erste bei Vertragsunterzeichnung, die zweite bei Beginn der vollen Förderung, die dritte ein Jahr danach.«

»Total verrückt.«

»Das sagte ich auch, als man die hundert Millionen ansetzte.« Vargas lächelte freundlich. »Ich hätte fünfzig Millionen für ausreichend gehalten.«

»Stehen Sie auf, nehmen Sie Ihren Aktendeckel, pakken Sie ihn in Ihre Tasche und marschieren Sie hinaus!« sagte César kalt. »Mein Sohn kann Ihnen eine gute Psychiatrische Klinik in Bogotá nennen. Ich glaube, Sie haben sie nötig.«

Raimondo Vargas tat, wie ihm César befohlen hatte.

Er erhob sich, nahm seinen Aktenordner vom Tisch, steckte ihn aber nicht in seine Tasche, sondern klappte den Deckel auf.

Eine Pistole mit Schalldämpfer lag darin, und ehe César Tabora Alarm schlagen konnte, starrte er schon in die tödliche Schußöffnung. Sie zielte genau zwischen seine Augen.

»Meine Organisation«, sagte Raimondo Vargas, immer noch sehr freundlich, »unternimmt keine geschäftlichen Transaktionen, ohne sich vorher genau über den Partner zu erkundigen. Man muß ja schließlich wissen, ob man es mit einer integren Person zu tun hat. Sie gehören zu den Partnern, Don César, die uns am liebsten sind. Ehrlich, gerade heraus, mutig, risikofreundlich . . . und in geordneten Familienverhältnissen lebend. Darf ich rekapitulieren? Sie haben keinen Bruder, keine Schwester, überhaupt keine auswärtigen Anverwandten. Ihre hiesige Familie besteht aus Ihrer Frau Gemahlin, aus drei Söhnen, von denen Bernardo im Haus ist, und zwei Töchtern mit Namen Joanna und Reja. – Habe ich jemand vergessen?«

»Nein!« knirschte Tabora. »Doch ja, mich!«

»Sie haben Humor, Don César. Die Rechtslage – wir halten viel von juristisch einwandfreier Abwicklung – ist so, daß bei Ihrem Hinscheiden Ihre Frau und die fünf Kinder erben. Und je mehr sich diese Familie verringert, um so mehr erben die Übrigbleibenden. Bliebe nun – rein theoretisch – keiner übrig, wäre also überhaupt kein Erbe mehr vorhanden, verfiele alles dem Staat. Wäre das nicht ein Jammer?«

Vargas krümmte den Finger, als César eine Bewegung machte.

»Ganz ruhig, Don César. Keinen Laut, keine Bewegung.«

Er schob das Aktenstück wieder über den Tisch. »Sie haben noch gute Augen. Bitte, lesen Sie, was da liegt. Na? Ein Paß auf den Namen Amerigo Tabora. Ihr Bruder aus Panama . . .«

»Ich habe keinen Bruder . . .«, keuchte Tabora.

»Aber doch ja! Hier ist ja sein Paß! Kein gefälschter, ein vollgültiger echter Paß. Ausgestellt vom Paßamt in Panama.«

»Mit Ihrem Bild, Vargas!«

»Genau. Ich bin offiziell Ihr Bruder und der Alleinerbe. Sie sehen, die Welt ist voller Kuriositäten, Überraschungen und Unmöglichkeiten, die möglich gemacht werden können. Eine der größten Überraschungen aber, die ein Mensch erleben kann, ist sein plötzlicher Tod. Buenos dias, Don César.«

Die Pistole mit dem Schalldämpfer gab einen leisen, puffenden Laut von sich, ein kleines »plopp«.

César Tabora spürte nur einen heftigen Stoß gegen

seine Stirn . . . als er hinter dem Schreibtisch umfiel, war er bereits tot. Das Loch saß genau zwischen seinen Augen.

Raimondo Vargas packte den Aktenordner in seine Aktentasche, verschloß sie ohne Eile, nahm seine Visitenkarte vom Tisch, steckte den Paß auf den Namen Amerigo Tabora in die Innentasche seines grauen Maßanzugs und verließ Césars Arbeitszimmer.

Die Pistole mit dem Schalldämpfer behielt er in der rechten Hand.

In der Halle des Hauses traf er auf Bernardo, den ältesten Sohn der Familie. Wortlos hob Vargas die Waffe und drückte ab. Bernardo griff sich leise aufstöhnend ans Herz und sank auf die Marmorfliesen.

Auch er spürte den Sturz schon nicht mehr. Wenn Vargas schoß, handelte es sich um Tode in Bruchteilen von Sekunden. Daher wohl auch die golden umränderten Visitenkarten – auf seinem Gebiet war er König.

In großer Ruhe durchstreifte Vargas dann das Haus.

Er erschoß den indianischen Boy beim Blumengießen im gläseren Wintergarten, die Köchin Dominga am Herd, als sie Bratensauce anrührte, die jüngere Tochter – Reja – am Flügel, als sie gerade eine Sonate von Mozart übte und mit dem Fis nicht zurechtkam, und zuletzt die Frau des Hauses, Doña Carmencita, die in ihrem Salon saß und an einer herrlichen Filetdecke stickte.

Nach dieser schnellen Arbeit erlaubte sich Vargas an der Hausbar einen Drink aus Orangensaft, Rum und einem Spritzer Angostura bitter, der ihn sehr aufmunterte.

Dann setzte er sich in seinen Cadillac und fuhr hinaus auf die Felder der Taboras.

Seine Organisation hatte gute Arbeit geleistet. Er kannte von Fotografien die ganze Familie Tabora und hatte sich die einzelnen Gesichter genau eingeprägt.

So traf er den zweiten Sohn, Giulmielmo, im Maissilo und gab ihm einen Genickschuß, so vollendet, daß dieser gar nicht merkte, daß er starb . . .

Den dritten Sohn, Pietrino, traf er in der Bananenplantage, unterhielt sich mit ihm über Schädlingsbekämpfung und drückte die Pistole ab, als Pietrino unwirsch sagte, er habe anderes zu tun, als dummes Zeug zu reden. Wie sein Vater erhielt er ein Loch zwischen den Augen.

Und immer wieder machte der Schalldämpfer nur plopp. Keiner hörte etwas.

Jetzt fehlte nur noch die 18-jährige Tochter Joanna.

Im Haus war sie nicht gewesen. Auf den Feldern war sie auch nicht. Die indianischen Arbeiter, die Vargas fragte, hatten sie seit dem Morgen nicht mehr gesehen. Weggefahren war sie aber auch nicht . . . Ihr Jeep, den sie immer benutzte, stand vor der Tür des Hauses. Das hatte Vargas gesehen.

Raimondo Vargas kam in Zeitnot und begann zu schwitzen. Bisher war alles so glatt verlaufen, wie es die Organisation geplant hatte. Nach Joannas Tod sollte dann später – vielleicht nach sechs Wochen, in denen man offiziell Erben suchte – der Bruder Amerigo Tabora aus Panama auftauchen und die Hinterlassenschaft übernehmen.

Wo aber – zum Satan – steckte diese Joanna?

Noch einmal durchsuchte Vargas das ganze Haus, in dem jetzt nur Tote herumlagen, vom Keller bis unters Dach. Joanna blieb verschwunden.

Fluchend rannte Vargas umher. Es durfte keinen Überlebenden der Familie Tabora geben. Nicht nur der ganze Plan wäre zusammengefallen, sondern Raimondo Vargas hätte dann seine gut funktionierende Pistole gegen sich selbst richten können. Mangelnde Perfektion ist bei größeren Unternehmen immer ein Liquidierungsgrund.

So vollkommen die Vorbereitungen der »Gesellschaft« gewesen waren, eines hatte man versäumt: einen genauen Grundriß des Hauses der Taboras! Zwar hatte man die Bauakten fotokopiert, aber im Laufe der letzten Jahre hatte die Familie umgebaut, und diese Umbauten standen nicht in den Akten.

So gab es zum Beispiel einen neuen Abwässerkanal, den César hatte bauen lassen, nachdem sich herausgestellt hatte, daß nach gewaltigen Tropenregen manchmal die Keller unter Wasser standen, weil es einfach nicht ablaufen konnte.

Dieser neue Kanal nun leitete das Regenwasser in eine tiefgelegene Schlucht, wo es einen Bach auffüllte.

Hier, in diesem trockenen Schacht, hockte Joanna Tabora und wartete.

Während Vargas oben ihre Mutter Carmencita erschoß, hatte sie die tote Köchin gefunden, dann in der Halle den gleichfalls toten Bernardo und hatte daraus gefolgert, daß jemand unterwegs war, sie alle auszurotten.

Alarm schlagen? Das wäre jetzt sinnlos gewesen; es war ja niemand in der Nähe, der helfen konnte.

So flüchtete Joanna in den Abflußschacht, kroch in ihm ein ganzes Stück weiter, und, als sie merkte, daß ihr niemand folgte, robbte sie weiter bis zum Ausgang, bis zu dem Felsvorsprung, aus dem die Betonröhre heraustrat und bei Hochwasser die Wassermassen in den Bach, zwei Meter darunter, ausspuckte.

Hier blieb sie bis in die Nacht.

Von Santa Anna aus hatte man längst Alarm gegeben, denn Arbeiter hatten den erschossenen Pietrino in den Bananen gefunden, den anderen Bruder im Maissilo, und als man die Morde dem alten Don César melden wollte, betrat man das entsetzliche Totenhaus.

Wieder landeten Hubschrauber in Santa Anna, diesmal die Polizei aus Monteria. Das Ergebnis der Untersuchungen war erschütternd: Die ganze Familie Tabora war ausgelöscht worden. Zwar fand man die Tochter Joanna noch nicht, aber es war so gut wie sicher, daß der oder die Mörder gründlich gearbeitet hatten.

Die Arbeiter, die Don César sehr verehrt hatten, kamen gleich mit einem Motiv: Es waren staatliche Mörder! Der Staat wollte sich die Ölvorkommen und die Smaragdmine auf diese Weise aneignen.

Revolutionsparolen wurden laut, die Polizisten wurden bedroht, die Arbeiter rotteten sich zusammen. Als man den Cadillac verlassen auf der Straße nach Bogotá fand, war allen die Sachlage klar: Hier sollte ein organisierter Mord verschleiert werden! Der Staat wollte die Gewinne von dem Öl allein kassieren!

Raimondo Vargas befand sich in großer Not. Er mußte Joanna finden.

Und Joanna ahnte in ihrem Abflußrohr, daß der unbekannte Mörder, von dem sie nur wußte – Bernardo hatte es ihr gesagt, als er beim Vater war –, daß er Vargas hieß, sie jetzt jagte wie das seltenste Wild der Erde.

Ebenso klar war ihr aber auch, daß die Polizei sie nicht würde schützen können. Wer wußte denn, wer den Mörder bezahlte?

Wie die Revolutionäre dachte auch in diesen Stunden Joanna Tabora: Dahinter steckt der Staat. Um Milliarden nicht zu zahlen, ist das Auslöschen einer Familie beinahme verständlich.

Sie dachte auch noch nach Tagen und Wochen so, weil weder die Polizei noch eingesetzte Militäreinheiten sich sonderlich Mühe gaben, nach dem Mörder zu fahnden. Man hatte seinen Wagen – aber ohne Fingerabdrücke. Der Wagen war zugelassen in Houston/Texas, also drüben in den USA!

Wie und wo sollte man da suchen?

Und trotzdem! Das war kein Gangster, der reihum geschossen hatte in der Hoffnung, im Haus der Taboras genug Geld zu finden. Warum hätte er sonst die Söhne im Maissilo und in der Bananenplantage ermordet? Dafür fand man keine Erklärung.

Aber Joanna wußte: Wenn sie jetzt auftauchen und sich als einzige Überlebende des Massakers melden würde, dann hatte sie die Chance, höchstens 24 Stunden zu überleben! Wer im Haus und auf den Feldern die gesamte Familie Tabora bis auf sie ausgelöscht hatte, der verfolgte größere Ziele als einen normalen Raub!

Zunächst blieb Joanna zwei Tage und zwei Nächte lang in der Betonröhre über dem Felsenfluß. Dann kroch sie vorsichtig zurück ins Haus, das von außen versiegelt war, nachdem man die Toten weggeschafft hatte, öffnete das ihr bekannte Geheimfach ihres Vaters im Schreibtisch, holte dort den Tresorschlüssel heraus und räumte den Tresor leer. Es war nicht viel . . . 35 000 kolumbianische Pesos.

Don César hatte nie viel davon gehalten, Bargeld im Haus zu haben – trotz Tresor. Er bezahlte lieber bargeldlos mit Scheck. Nur an den Wochenenden kam Geld ins Haus, um die Arbeiter zu entlohnen . . . und dann stand auch immer ein Polizist mit einer Maschinenpistole im Lohnbüro.

Noch einmal wartete Joanna zwei Tage und zwei Nächte in der Röhre, bis sie in der Felsschlucht hinunter in den Fluß sprang und dann auf abenteuerlichen Bergpfaden in die kleine Stadt Caucassia kam.

Hier, an der Straße von Cartagena, einem der wenigen Highways von Kolumbien zu den Häfen an der karibischen Küste, nahm sie ein Lastwagen mit, der Reis an die Küste brachte.

Der Fahrer, ein Mestize, wollte kein Geld dafür. Er verlangte als Lohn für seine Gefälligkeit lediglich, daß er Joanna an die Brüste fassen durfte. »Vielleicht gefällt es uns, und wir machen mehr!« sagte er grinsend. »Wir können jederzeit in den Wald abbiegen, meine Süße.«

Es war das erstemal, daß sich Joanna von einem Mann berühren ließ. Der Lastwagenfahrer durfte ihre Brüste betasten, als er ihr aber unter den Rock greifen wollte, schlug sie ihn mit ihrer kleinen Faust auf die Nase.

»Schon gut«, knurrte der Mestize. »Du bist mir sowieso zu dünn! Ich habe gern was in der Hand. Bei dir reicht's gerade für die Fingerspitzen. Und das andere? Süße, ich würde dich glatt auseinandersprengen! Sei friedlich, Kleine. Ich liefere dich in Cartagena ab . . . aber wenn du denkst, du könntest da das große Glück machen, mußt du noch zehn Pfund zunehmen. Im Hafenpuff will der Seemann Fleisch sehen – und kein Gerippe!«

In Cartagena fand Joanna Tabora Unterkunft bei einer Señora Palmar.

Madame Palmar unterhielt kein Bordell. Sie war vielmehr Besitzerin, Designerin und Stecherin eines Tätowierungssalons. Voller Stolz nannte sie sich »Künstlerin«, denn neben den schablonisierten Tätowierungen entwarf sie individuelle Hautverzierungen.

Es gab keinen Tätowierungswunsch, den Señora Palmar nicht erfüllte. Nur ausgesprochene Obszönitäten lehnte sie ab – nicht, weil sie obszön waren, sondern weil man sie nie mehr entfernen konnte. Und ein weißbärtiger Seemann mit so einer Schweinerei auf der Brust oder den Armen wirkt lächerlich, wenn er nicht mehr halten kann, was er da tätowiert vorzeigt.

Joanna bekam bei Madame Palmar ein Zimmerchen unter dem Dach des »Salons«. Es war reiner Zufall, denn Joanna war vor dem Schaufenster der Madame stehengeblieben und hatte die Werbefotos betrachtet, als Señora Palmar aus dem Laden kam und sie ansprach.

»Auch ein Bildchen, Señorita?« fragte sie freundlich. »Auf die linke Hinterbacke ein Täubchen und unterm Nabel einen Kolibri mit extra langem Schwänzchen . . . Das ist beliebt bei allen Kerlen! Kommen Sie herein! Als Tätowierte können Sie immer den doppelten Preis nehmen!«

Joanna wurde nicht tätowiert, aber Madame Palmar vermietete ihr aus Mitleid das Kämmerchen unterm Dach.

»Und womit willst du dich ernähren?« fragte sie später. »Ich meine, wenn die fünfunddreißigtausend weg sind? Soll ich dir das Tätowieren beibringen? Ich könnte eine Assistentin gebrauchen. Und du lernst dabei die Kerle kennen, bis es dir schlecht wird! Die meisten glauben, weil ihnen eine Frau die Haut ritzt, könnten sie alles auf den Tisch legen, was sie haben! Da habe ich immer eine kleine elektrische Nadel bereit. Zisch! geht das. Und die Kerle tanzen durchs Zimmer wie die Mayakrieger!«

Joanna blieb keine Wahl.

Sie bezog das winzige Zimmer, in dem ein Bett, ein Schrank und ein Stuhl standen; sie sah Señora Palmar beim Tätowieren zu und lernte es dann selbst, übte an weniger auffälligen Bildern, bis auch sie die Fertigkeit hatte, größere Hautgemälde auszuführen.

Es war übrigens erstaunlich, wie viele Männer und vor allem junge Frauen sich durch Tätowierungen für immer ihren Körper verändern ließen. Wurde ein Kunde bei Joanna handgreiflich, so kam Madame mit ihrer besonderen Elektronadel . . .

Eines Tages kamen zwei Männer in den »Salon« und wurden, da Madame gerade mit künstlerischen Ausführungen einer eigenen Kreation auf dem Bauch eines Vollmatrosen beschäftigt war, an Joanna weitergereicht.

Der eine war ein zwar vornehm aussehender, aber windiger Bursche mit Menjoubärtchen und bekannte ohne Zögern, daß er von Taschendiebstählen lebe und nichts anderes wünsche, als auf dem linken Unterarm die Tätowierung des griechischen Gottes Hermes.

»Hermes, meine Schöne«, erklärte er Joanna, »war nicht nur der Gott des Handels, sondern auch der der Diebe! Ich bin abergläubisch. Ich glaube daran, daß mir der Flügelstab des Hermes auf dem Arm unschlagbare Fähigkeiten verleiht, in die Taschen meiner Mitmenschen zu greifen!«

Später, als Joanna das leichte Gebilde in seine Haut einritzte, stellte er sich beiläufig vor: Fernando Dalques . . .

Fernando war mit der Arbeit sehr zufrieden, versprach, wiederzukommen und lud Joanna zu einem Fischessen ein. »Wie heißen Sie, schöne Señorita?« fragte er.

Und zum erstenmal, aus einem Impuls heraus, nannte Joanna einen Namen, den sie nie zuvor gehört hatte und der ihr nur so einfiel: Mary-Anne Tolkins.

»Amerikanerin?« staunte Dalques und freute sich über seinen Hermes-Flügelstab.

»Aus Kalifornien. Nahe der Grenze zu Mexiko.«

»Daher Ihr gutes Spanisch! Ich komme bestimmt wieder und hole Sie zum Fischessen ab.«

In der nächsten Tätowierkabine hockte ein Riese auf dem Stuhl. Er hatte den Oberkörper schon freigemacht und grinste Joanna breit an. Alles an ihm war rot: das Haar, der Bart, die Brust- und Rückenhaare, die Haut, die Haare auf den Armen, die wie Schiffsmasten aussahen . . . kurz, ein Monstrum von Mann, überzogen von roter Wolle.

»Ich heiße Jim McDonald!« sagte der Riese artig. »Zweiter Steuermann auf der ›Stavanger‹. Das ist ein Norweger. Aber ich bin Ire. Habe das Patent für große Fahrt! Und das will ich nicht nur schriftlich in meinen Papieren haben, sondern jeder soll's sehen. Miß, tätowieren Sie mir auf den Rücken ein Stück Meer, in dem die Sonne untergeht! Können Sie das?«

»Ja«, antwortete Joanna. »Ich entwerfe es selbst.«

Es wurde ein schönes Bild. Madame Palmar kam herüber und bewunderte es. Sie lobte die Stimmung von Blau und Orange, vor allem, weil es von einem feuerroten Teppich – Jims Rückenhaaren – umgeben war. Dort, wo das Meerbild tätowiert worden war, hatte Joanna die Haare wegrasieren müssen.

McDonald drehte sich vor dem Spiegel, brüllte vor Freude über das gelungene Werk und versprach etwas, was er dann auch in seinem späteren Leben nie gebrochen hat:

»Miß! Wenn Sie mich brauchen, ganz gleich, wofür, und ich bin in der Nähe: Rufen Sie mich! Ich tue alles für Sie!«

Nach einem halben Jahr sagte Señora Palmar zu Joanna: »Mein Kleines, ich bekomme Gicht in die Finger. Ich spüre es. Die Gelenke brennen und knacken manchmal, und das Fingerspitzengefühl läßt nach. Wenn ich mal nicht mehr kann . . . willst du den Laden haben? Ich überlasse ihn dir gegen eine Rente für mich. Als Künstlerin kann ich ja weiter tätig sein und neue Bilder für dich entwerfen . . .«

»Ich weiß es nicht«, sagte Joanna nachdenklich.

»Was möchtest du denn dann, Mädchen?«

»Einen Paß auf den Namen Mary-Anne Tolkins.«

»Warum denn das?«

»Ich habe im Leben noch einiges vor. Und dazu brauche ich diesen Paß. Kannst du so etwas beschaffen?«

»Señora Palmar kann alles! Aber so ein Ding, wenn es wirklich echt sein soll, kostet seine tausend Dollar!«

»Ich habe sie gespart.«

Zehn Tage später kam Madame Palmar von Freunden, wie sie sagte, zurück und warf Joanna einen amerikanischen Paß auf den Tisch. Mit ihrem Foto, mit echten Stempeln – alles einwandfrei!

Mary-Anne Tolkins war geboren.

X

Sie lagen noch immer nebeneinander in dem alten verrotteten Fischerkahn und genossen das Glück, ihre Körper zu spüren.

Mary-Annes Kopf lag noch immer auf seiner Brust, und ihre Brüste drückten sich in seine Seite. Ab und zu zuckte ein Frösteln durch ihren Leib . . .

Dann schob sie ein Bein über seine ausgestreckten Beine, ihre Hand über seinen Schenkeln rutschte zwischen sie, als könnten die Innenseiten sie wärmen. Er legte seinen Arm um ihren Rücken, breitete ihre langen schwarzen Haare über sie und atmete den Duft ihrer Nähe ein.

Hinter dem Palmenwald des Hotels war jetzt der Mond voll hervorgetreten und schickte Silberstreifen über das sich träge bewegende Meer innerhalb der Riffe. Außerhalb, wo sich die Wellen brachen, schäumte die See, als koche Silber aus einem Kessel.

Es war eine Nacht, die – wenn man sie malen würde – Kitsch genannt werden würde. Warum eigentlich? Warum will der Mensch seine Welt durchaus nüchterner sehen, als die Natur selbst sie ihm täglich immer wieder anders vormalt? Kann der Mensch nicht ertragen, daß die Natur schöner ist, als er sie begreifen kann?

»Mary-Anne Tolkins«, sagte Andreas Rainherr zärtlich. »Mit dem Paß kam die Piratin . . .«

»Nein!«

Ihre Stimme klang nicht mehr weich. Sie küßte ihn auf den Mund, legte ihren Kopf dann wieder seitlich auf seine Brust und starrte in den Mondschein und in den ungeheuer weiten Sternenhimmel.

»Drei Jahre blieb ich in Madame Palmars Salon. Ich verdiente gut . . . wir teilten uns die Einnahmen. Dann trat etwas ein, was mich völlig veränderte.«

»Ein Mann«, sagte er. »Du hast dich in einen Mann verliebt?«

»Nein!«

Sie hob den Kopf. Ihre Augen waren von einer glänzenden Schwärze.

»Ich begegnete dem Mörder meiner Familie: Raimondo Vargas!«

Es war eine dumme, um genau zu sein, eine lebensgefährliche Situation, in der sich Vargas befand, als auch nach einer Woche die letzte Überlebende der Taboras, die ältere Tochter Joanna, noch nicht gefunden worden war.

Zwar stellten Polizei und Militär die Suche nach dem Mörder bald ein. Die untersuchenden Beamten stellten die logische Folgerung auf, daß der unbekannte grausame Mörder, der lautlose Tod, wie ihn die indianischen Landarbeiter bald nannten, auch die Tochter Joanna umgebracht und irgendwo in den Bergen, in einer Höhle oder Schlucht, verscharrt hatte. Nur ein Zufall würde eines Tages die Gebeine zutage fördern, und dann würde man es genau wissen und würde die Akten über den Fall Tabora endgültig schließen können.

Die Staatsanwaltschaft in Monteria stellte die aktiven Ermittlungen ein und legte die Akte Tabora als »in einem Fall noch nicht geklärt« in ein Seitenfach des Aktenschrankes. Man war allerdings insgeheim der festen Ansicht, daß das Verschwinden Joanna Taboras auch nie geklärt werden würde.

In Kolumbien waren schon so viele Menschen verschwunden . . . in den Sümpfen, an der Küste, in den Savannen, im unzugänglichen Hochland, in den Urwäldern, in den Quellgebieten des Orinoko, in Landstrichen, die man nur vom Flugzeug aus kannte und wo bis heute noch kein Europäer die undurchdringliche Grüne Hölle erobert hatte. Einmal zwar würde das der Fall sein, Geologentrupps arbeiteten sich langsam in die feuchtheißen Zonen vor, wo sie auf Indianerstämme stießen, die noch im Zustand der frühen Steinzeit lebten.

Es gab noch genug ungelöste Geheimnisse auf dieser Welt . . . Da war das Verschwinden einer achtzehnjährigen Bauerntochter kaum von Bedeutung.

Aber für Raimondo Vargas ging es ums Überleben!

Seine »Gesellschaft« verlangte einen abschließenden Bericht, um das »Erbe« anzutreten. Die Urkunden und der Paß waren vorbereitet: Als Amerigo Tabora, jüngster Bruder von César Tabora, stand Raimondo Vargas an der Schwelle zu einem enormen Reichtum. Wenn er auch nur ein Strohmann war und die Milliarden aus den Ölquellen der »Gesellschaft« zuflossen – wobei das Smaragdgeschäft eine gute Nebeneinnahme von einigen Millionen sein würde –, so hatte man doch Vargas, seiner Leistung wegen, am Geschäft mit 3 % beteiligt.

Drei Prozent – das ist nicht die Welt, aber wenn unter der Erde der Taboras wirklich einige Millionen Tonnen Rohöl lagerten und man von jedem Dollar 3 Cent erhielte, dann würde sich das auch zu Millionen summieren!

Vargas rechnete sich das noch einmal durch, wurde bei

den Zahlen schwindelig und entschloß sich, einen Seiltanz ohne Netz zu wagen.

Er meldete nach Houston in Texas: »Alles okay! Wir können Tante Anna einen Blumenstrauß schicken. Sie ist wieder gesund.«

Für die Zentrale hieß das, daß ein Geschäft seltener Größenordnung abgewickelt sei.

Von da an hielt man still und »beobachtete den Markt«. Vargas mietete sich unter einem anderen Namen ein Zimmer in der Hauptstadt Bogotá und wartete.

Der behördliche Weg nahm seinen Verlauf.

So glücklich einige staatliche Stellen insgeheim darüber waren, daß es keine Taboras mehr gab und die Ölfelder samt der Smaragdmine dem Staat von Kolumbien zufielen . . . die Form mußte gewahrt werden.

Im regierungsamtlichen Anzeiger und in den größten Zeitungen des Landes erfolgte ein Aufruf, daß sich jeder melden möge, der mit Don César Tabora oder seiner Frau Carmencita, geborene Laconda, verwandt sei und Erbansprüche anzumelden habe.

In verdächtiger Hast meldeten sich 3 Männer und 2 Frauen.

Sie wurden in Bogotá von der Geheimpolizei verhört, was allein schon genügte, daß zwei Männer und eine Frau vorzeitig zugaben, gelogen zu haben. Jedoch ein Mann und eine Frau blieben so lange bei ihrer Behauptung, mit César Tabora verwandt zu sein, bis man ihnen nachweisen konnte, daß sie zwar Tabora hießen, aber nicht aus Andalusien stammten, sondern den Namen Tabora – rein zufällig, wie das Leben so spielt! – aus einer Liste ausgesucht und angenommen hatten. Sie, das heißt ihre Eltern, waren aus Polen eingewandert, und eine kolumbianische Zunge konnte doch den Namen Koszceszwiszce nie und nimmer aussprechen.

Die Genannten wurden verprügelt und wegen Täuschung der Behörden eingesperrt . . . und damit war der letzte Zweifel beseitigt, daß César noch Verwandte hatte.

Sechs Wochen danach fuhr Raimondo Vargas bei der Generalstaatsanwaltschaft in Bogotá in einem neuen Chrysler aus Texas vor und legte Paß sowie weitere amtliche Papiere und Urkunden, von Notaren mit Stempeln bescheinigt, auf den Tisch.

Er habe in Houston durch Zufall aus einer älteren Zeitung erfahren, daß sein geliebter älterer Bruder César einem ungeheuerlichen Mordanschlag zum Opfer gefallen sei und mit ihm die ganze, so heiß geliebte Familie Tabora.

»Ich bin der letzte Tabora!« sagte Vargas mit dunkler Stimme. »Sein Bruder Amerigo.« Dann weinte er herzergreifend und war kaum mehr zu beruhigen.

»Die ganze Familie!« schluchzte er immer wieder.

Dann fuhr er vom Stuhl hoch und blickte wild, ja, fast irre um sich: »Wo sind die Mörder?« brüllte er. »Warum habt ihr sie noch nicht? Was ist das für eine Polizei? Ich ziehe den Mördern die Haut in Streifen vom Körper, wenn ich sie finde!«

In Bogotá konnte man diesen herben Schmerz verstehen. Daß von eben diesen Mördern keine Spur vorhanden war, erkannte man als beschämend an und sprach lieber nicht darüber.

Auf jeden Fall aber dauerte es nochmals sechs Wochen, bis man Amerigo Tabora durch zehn verschiedene Ministerien und Amtssitze gejagt hatte – von der Generalstaatsanwaltschaft zum Innenministerium, von da zum Wirtschaftsministerium, von der Abteilung Erdöl bis zur Kriminalpolizei, vom Geheimdienst bis zu einer gründlichen amtsärztlichen Untersuchung und Kontrolle.

Es gab keinen Zweifel: Die Papiere waren echt.

Drei Notare und ein Pfarrer in Las Vegas bestätigten nach Einsicht in Kirchenbücher und Geburtsregister, daß Césars Vater Antonio Tabora bei einem Besuch in den USA in Las Vegas mit dem Revuemädchen Lilly ein Kind gezeugt und es auch als sein leibliches anerkannt habe.

Von dieser Anerkennung und heimlichen Adoption

hatte man in Santa Anna in den Bergen von Cordoba offiziell nie etwas erfahren, weil der flotte Antonio eine Heidenangst vor seiner Frau Ephtemia hatte.

Nun kam alles heraus, mit vielen imponierenden Siegeln bestätigt. Und was ein amtliches Siegel ist, das wird auch in Kolumbien nicht angezweifelt.

Zähneknirschend erkannte man also Amerigo Tabora als Alleinerben an und setzte in zähen Verhandlungen durch, daß man mit ihm den gleichen Vertrag schließen konnte wie mit dem ermordeten César Tabora.

Für die im Hintergrund gebliebene »Gesellschaft« war somit das große Geschäft perfekt geworden. Und für Raimondo Vargas begann mit seinen drei Prozent das Leben eines Playboys . . .

Er kaufte sich eine Motoryacht, mietete eine Villa an der karibischen Küste und leistete sich Geliebte, die er wochenweise wechselte. Als Statthalter der »Gesellschaft« lebte er wie ein König.

Nur ein Druck blieb ihm immer im Nacken: Was passiert, wenn Joanna Tabora doch noch auftaucht? So schnell ist keine Pistole mit Schalldämpfer, wie sie der Presse die Wahrheit erzählen könnte . . .

Aber Joanna schwieg.

Im »Salon» von Señora Palmar las sie keine Tageszeitungen, sondern lernte erst einmal gründlich tätowieren. Am Abend war sie meist zu müde, um noch Radio zu hören, oder sie ging ins Kino, um sich abzulenken von den Erlebnissen in den Bergen und dem Anblick der täglich unterschiedlichen nackten Männerkörper, die auf ihrem Tätowiertisch lagen.

So las oder hörte sie auch nichts von dem Aufruf nach Überlebenden der Familie Tabora, und Madame Palmar schon gar nicht, denn bereits morgens begann ihre »Aufmunterung« mit viel Rum und wenig Tee und endete abends mit einem Rumpunsch, der jeden Seemann umgeworfen hätte.

»Künstlerinnen wie ich . . .«, pflegte sie zu Joanna zu

sagen, »die Gemälde für die diversen Körperteile der Männer entwerfen, benötigen viel innere Kraft. Und die gibt mir der Rum! Kennst du Balzac? Nein? Ein französischer Romanschreiber. Der konnte erst einen Satz schreiben nach dreißig Cognacs . . . sagt man! Für mich ist eben ein Männerhintern erst dann ein künstlerisches Objekt, wenn der Rum meinem Blut das nötige Feuer liefert . . .«

Nur so war es möglich, daß die Einspruchsfrist verstrich und Amerigo Tabora alias Raimondo Vargas, der Mörder, das große Erbe antreten konnte.

Mary-Anne Tolkins – und bei diesem Namen wollen wir jetzt bleiben, denn Joanna Tabora existierte nicht mehr – war gerade 22 Jahre alt geworden, als das Schicksal dreimal zuschlug.

Nicht hintereinander, wie es normal gewesen wäre, sondern zur gleichen Zeit. Ein Blitzschlag von dreifacher Stärke – wenn man so will.

Amerigo Tabora kam auf seinen Lustfahrten mit seinen Gespielinnen – er hatte immer drei an Bord seiner Luxusyacht, um als guter Gastgeber für seine männlichen Gäste genügend Abwechslung zu haben – auch in den Hafen von Cartagena.

Er kam nicht, weil der Umschlaghafen für Exportgüter so interessant war, im Gegenteil, er war völlig reizlos, sondern weil er an einer Schiffsschraube eine Reparatur ausführen lassen mußte.

Die Werkstatt rechnete mit drei Tagen. Das hieß also: drei Tage Landgang für die Matrosen und drei Tage Bars für Amerigo und seine Gäste!

Und es hieß auch drei Tage Ruhe für die Mädchen an Bord, die sich endlich ausschlafen konnten, denn Taboras Gäste würden in den Bordells von Cartagena aufräumen.

Auf Amerigos Schiff gab es einen Leichtmatrosen mit Namen José. Ein junges Kerlchen, mit einem noch glatten Körper, was zu ständigen Reibereien an Bord mit seinen Kameraden Anlaß gab. Diese harten Burschen nannten ihn eine weiche Banane, andere zweifelten daran, ob er überhaupt ein Mann sei, auch wenn er im gemeinsamen Duschraum alle Attribute dafür vorweisen konnte.

José, dieser Hänseleien leid, erkundigte sich im Hafen von Cartagena und landete dann im »Salon« der Madame Palmar.

Die Señora – es war Nachmittag – schlief oben in ihrem Zimmer einen mächtigen Rausch aus, denn sie hatte am Vormittag einem schwedischen Steuermann ein neues Kunstwerk auf die Brust tätowiert, das ihr selbst so gut gefiel, daß sie nur den halben Preis dafür verlangte. Wen wundert es, daß Rum, künstlerische Tätigkeit und erotische Akrobatik eine Frau im reifen Alter von Señora Palmar in tiefen Schlaf fallen ließen?

So geriet der junge schüchterne José an Mary-Anne. Er suchte in den Schablonenzeichnungen einen harmlosen Anker mit Schlange aus und hielt seinen rechten Unterarm hin.

»Es tut nicht weh«, sagte Mary-Anne zu ihm. »Du merkst gar nichts davon. Nur ein Kribbeln. Wir machen das mit den modernsten elektrischen Nadeln und bei örtlicher Betäubung. – Auf welchem Schiff bist du?«

»Auf der ›Lutezia‹.«

»Und wem gehört das?«

»Einem stinkreichen Kerl. Amerigo Tabora . . .«

Mary-Anne starrte auf die Tätowiernadel, die leise zwischen ihren Fingern summte. Plötzlich spürte sie jeden Stromstoß in dem verchromten Handgriff.

»Tabora . . .?« fragte sie langsam. »Amerigo?«

»Sie kennen ihn, Señorita?«

»Nie gehört.«

»Macht in Öl und Smaragden. Er kann gar nicht soviel ausgeben, wie er täglich verdient. Irgendwo in den Bergen sprudelt sein Öl aus der Erde . . .«

»Irgendwo in den Bergen . . .«, wiederholte Mary-Anne leise. »Das ist ja toll. Gib den Arm her, José . . . es tut nicht weh. Bestimmt nicht! Es gibt Dinge, die viel mehr weh tun . . .«

Sie setzte die Nadel an, um die Umrisse des Ankers in die junge Haut zu ritzen. »Wo liegt denn das Schiff?«

»Im Dock zwei. An der Schraube ist was. Wir bleiben drei Tage hier.«

»Drei Tage. Und Don Amerigo?«

Es fiel ihr unendlich schwer, Don zu dem Mörder ihrer Familie zu sagen.

»Wird wohl von Bar zu Bar ziehen! Was soll er denn auch anders tun?« Der Junge lachte verschämt. »Wenn er nicht gerade bei einem Mädchen liegt, säuft er oder hört Schallplatten und Tonbänder. Er hört besonders gern amerikanische Musik aus Musicals.«

José sah zu, wie die elektrische Nadel sich mit dem Farbstoff in seine Haut fraß. Der Anker wurde blau, die Schlange, die sich darum wand, grün.

»Das wird aber schön, Señorita«, sagte er. »Sie können das gut.«

Am gleichen Abend erschienen in Madame Palmars Salon noch zwei alte Kunden, und damit hatte das Schicksal auf einmal dreifach zugeschlagen: Fernando Dalques machte seine Aufwartung, um Mary-Anne wieder einmal zum Fischessen einzuladen.

Er war sehr erfolgreich gewesen und hatte einem amerikanischen Touristen eine Geldbörse mit 1245 Dollar aus der Hosentasche gezogen und sofort in kolumbianische Währung umgewechselt. Für eine kurze Zeit war er nun reich und konnte es sich leisten, seine stille Liebe Mary-Anne einzuladen.

Fast unmittelbar nach Dalques erschien auch Jim McDonald im »Salon«, um Mary-Anne die Hand zu drükken und ihr zu erzählen, daß der ›Sonnenuntergang im Meer‹ auf seinem Rücken in der ganzen Welt Bewunderung erregt hatte.

»Die Weiber sind verrückt danach!« brüllte er mit seinem dröhnenden Baß. »Ihre Chefin hatte recht! Wenn ich meinen hinteren Sonnenuntergang zeige, gehen vorn die Röcke von allein hoch!«

Mary-Anne blickte ihre beiden Besucher still und nachdenklich an. Sie saßen nebeneinander . . . ein roter Riese mit einem Urwald im Gesicht, und ein mittelgroßer, schlanker eleganter Mann, der alles sein konnte . . . vom Gigolo bis zum Subdirektor einer Privatbank.

Die beiden Männer beäugten sich gegenseitig voller Mißtrauen, denn jeder war offensichtlich in Mary-Anne verliebt und wünschte den anderen zur Hölle.

»Ihr seid doch meine Freunde«, sagte Mary-Anne plötzlich.

Jim und Fernando zuckten zusammen und riefen im Chor: »Das weißt du doch, Mary-Anne!«

»Meine besten Freunde . . .«

»Immer!« brüllte Jim zuerst.

»Mein Herz liegt dir zu Füßen!« fügte Fernando poetisch-spanisch hinzu.

»Dieses winzige Mäuseherz!« schrie McDonald übermütig. »Für dich steht ein Mann bereit, Darling, der vier Zentner heben kann und dabei noch den River-Kwai-Marsch pfeift!«

»Ich brauche von euch weder Herz noch Kraft – sondern nur euren Mut!«

»Ist vorhanden in jeder Form!« grölte Jim.

»Was darf es sein, Mary-Anne?« fragte Fernando galant.

»Im Dock zwei liegt ein Schiff, die ‹Lutezia‹. Es wird eine Reparatur an der Schiffsschraube ausgeführt. Das Schiff gehört einem gewissen Don Amerigo Tabora . . .«

Sie sprach den Namen aus und wunderte sich, daß ihre Stimme dabei nicht zerbrach.

Die beiden sahen sich kurz an und blinzelten sich zu. Was soll das? Was haben wir mit Schiffsschrauben zu tun?

»Soll ich die Schraube klauen?« fragte Dalques endlich, als Mary-Anne nicht weitersprach.

»Das Schiff bleibt drei Tage im Dock . . .«, fuhr Mary-Anne langsam fort. Sie blickte dabei hinaus auf die Straße, die hinunter zum Hafen führte. Eine Querstraße, eng und laut. Kneipe stand an Kneipe, Bordell an Bordell . . .

Wir könnten eine der reichsten Familien Südamerikas sein, dachte sie, und glücklich! Ein einziger Mann hat das alles ausgelöscht. Wenn ich jetzt zur Polizei gehe, nach vier Jahren . . . man würde mich auslachen! Und bevor ich die Beweise bringen kann, wird Raimondo Vargas auch mich getötet haben.

»Drei Tage liegt es hier . . .«, wiederholte sie so ruhig, daß sie Angst vor ihrer eigenen Stimme und vor ihrer inneren Kälte bekam.

»Ich möchte, daß Amerigo Tabora nach diesen drei Tagen sein Schiff nicht mehr betritt.« Sie blickte Dalques und McDonald voll an und bemerkte ihr unverhohlenes Staunen. »Ich möchte, daß Amerigo Tabora in diesen drei Tagen getötet wird.«

»Weiter nichts?« fragte endlich Jim rauh und wühlte in seinem roten Haarwald.

»Das ist alles?« fragte auch Fernando, ein wenig säuerlich.

»Ja, das ist alles!« antwortete Mary-Anne.

»Und warum?«

»Das kann ich euch nicht so einfach erklären . . .«

»Hat er dir die Unschuld geraubt?« schrie Jim.

»Mehr als das, Jim . . .« Sie lächelte schwach.

»Nun, ich bin kein Mörder«, sagte Fernando Dalques rauh. »Ich greife wohl in Taschen und Röcke, aber direkt töten . . .«

»Und ich habe bisher nur Fische geschlachtet, Schafe, Schweine . . . kurz, eben Tiere.«

»Dieser Mann ist weniger als ein Tier. Was macht ihr mit einer Wanze?«

»Ich zerdrücke sie!« rief McDonald und lachte.

»Dann tue jetzt dasselbe. Amerigo Tabora ist nicht einmal eine Wanze.« Sie stand auf und ging zur Tür. Die beiden starrten ihr nach. »Überlegt es euch! Ich bin ein Freund, das kann jeder sagen, das ist unverbindlich.«

Beim Hinausgehen drehte sie sich noch einmal um.

»Und ihr belastet euer Gewissen nicht, ein Mörder zu sein! Es ist kein Mord, und ihr seid keine Mörder! Ihr vollzieht nur eine vergessene Gerechtigkeit. Das ist alles . . .«

Die Tür klappte zu.

Fernando Dalques und Jim McDonald saßen allein im Wartezimmer des »Salons«. Sie stierten auf den Linoleumfußboden, atmeten ein wenig lauter als sonst und bedachten ihre Lage.

»Dock zwei . . .«, sagte Fernando endlich.

»Amerigo Tabora heißt er.« Jim faltete die riesigen Hände. »Ich tue es nicht. Nein, so etwas tue ich nicht.«

»Ich auch nicht. Ich bin ein ehrbarer Taschendieb!« sagte Fernando. »Töten ist eine Spezialität für sich. Gehen wir.«

»Ja, gehen wir.« McDonald stampfte zur Tür. »Ich will mich an solche Sachen gar nicht erst gewöhnen . . .«

Zwei Tage später fand man den Millionär Tabora in der Gosse einer verrufenen Hafengasse. Morgens, gegen vier Uhr, entdeckten ihn zwei Huren, die von Privatkundschaft zurückkamen. Wie ein getöteter, streunender, räudiger Hund lag Raimondo Vargas im Dreck.

Die Polizei und der Polizeiarzt stellten fest, daß man Don Amerigo ganz einfach den Schädel eingeschlagen hatte. Die Schädeldecke war so eingedrückt, und der Schlag war so stark gewesen, daß Amerigos Gehirn voller Knochensplitter steckte. Von seinem Ableben hatte er kaum etwas gespürt . . . ein Knall im Gehirn und dann ewige Nacht.

Der Fundort war auch der Tatort, denn in der Gosse hatten sich Blut und herausgetretene Hirnmasse angesammelt.

Die Sensation war naturgemäß groß, nicht nur in Cartagena, sondern in ganz Kolumbien. Am meisten aber in Texas, genauer in Houston, denn da Amerigo als Alleinerbe des Riesenvermögens galt und die »Gesellschaft«

unbekannt im Hintergrund kassierte, war auf einmal alles wieder zur freien Verfügung des Staates Kolumbien . . . die Ölquellen und die Smaragdmine.

Denn nun gab es endgültig keine Erben mehr – die Taboras waren ausgelöscht.

Wohl erkannte man später an, daß eine Finanzgruppe in Texas mit Amerigo Tabora einen Vertrag hatte, aber das ganz große Geschäft machte allein der kolumbianische Staat. Die Texaner rangierten nur am Rande mit 10 %.

Es hatte auch keinen Zweck, daß die »Gesellschaft« in Houston für die Aufklärung des Mordes an Amerigo Tabora, lies Raimondo Vargas, 10 Millionen Dollar aussetzte – die höchste Kopfquote, die jemals in der amerikanischen Unterwelt geboten wurde.

Es gab keinen Mörder. Nicht einen Hauch von einem Mörder, nicht einen Schatten . . . Es war, als habe eine unbekannte Macht dem Don Amerigo die Schädeldecke zertrümmert.

Auch Mary-Anne erfuhr nicht, wer Vargas getötet hatte.

Fernando Dalques erschien drei Tage nach der Sensation von Cartagena im »Salon« und beteuerte, er sei es nicht gewesen. Erstens habe er nicht so einen Schlag am Leibe, zweitens sei er kleiner als Tabora und wäre gar nicht an dessen Schädeldecke herangekommen, und drittens – wie immer betont – könne er nicht töten.

Auch Jim McDonald tauchte auf, fröhlich, als sei nichts geschehen. Er verstieg sich sogar zu der Behauptung:

»Da ist uns ein anderer zuvorgekommen bei dieser Dreckwanze! Muß ja einen mächtigen Hammer geschwungen haben, um einen Schädel so plattzuhauen! Mary-Anne, guck mich nicht so kritisch an – ich war's nicht! Für diesen Tag und für diese Nacht habe ich ein gußeisernes Alibi! Ich hatte nämlich auf meinem Schiff Nachtwache. Mindestens zehn Besatzungsmitglieder, einschließlich des Zweiten Offiziers, haben mich gesehen! Da gibt's nichts zu blinzeln!«

So kam tatsächlich nie heraus, wer Tabora erschlagen

hatte . . . die Hauptsache war ja wohl auch, daß er tot war und daß der vielfache Mord in den Bergen von Santa Anna gesühnt war – wozu der Staat mangels Mörder nicht in der Lage gewesen war.

Etwas allerdings war merkwürdig:

Ein halbes Jahr später, als niemand mehr an Amerigo Tabora dachte und Señora Palmar immer mehr verfiel, tauchten, als habe man sich verabredet, Fernando Dalques und Jim McDonald von neuem auf.

Ja, die Señora war ein Opfer ihrer Tätowierungskünste und des damit verbundenen Rumkonsums als Stimulans geworden. Sie lag jetzt mehr im Bett als daß sie unten am Tätowiertisch stand, rauchte, phantasierte, lallte, holte sich wahllos junge Männer in die Federn und zeigte alle Zeichen einer beginnenden Paralyse. Wenn ihre depressive Phase begann, hatte sie vor lauter Kummer schon ihr Sofakissen angebissen . . .

Mary-Anne führte das Geschäft jetzt allein.

Sie versorgte Madame Palmar mit Essen, Rum und möglichst jungen Männern, die nichts dagegen hatten, nach dem Tätowierungsakt noch einen weiteren Akt abzudienen. Und sie legte jeden Peso, jeden Dollar, jedes britische Pfund, jede D-Mark, jeden holländischen Gulden oder was immer hereinkam, auf die Bank.

Mary-Anne nahm jegliche Währung an, selbst japanische Yen und rotchinesische Renminbi Yuan . . . Auf der Bank von Cartagena, wo man sie jetzt gut kannte, wurde alles auf US-Dollar umgebucht.

Señora Palmar schwebte mittlerweile in einem Zustand, der ihr jeden Überblick verwehrte und sie geschäftsunfähig machte. Wenn sie ihren Rumpunsch hatte, Steaks oder gebratenen Schwertfisch, den sie merkwürdigerweise so gern aß, und ab und zu einen jungen Männerkörper spürte, erklärte sie Mary-Anne freimütig:

»Das Geschäft kann mich mal . . . Mach du alles weiter! Ich gehe kaputt, das weiß ich genau. Es gibt ja Spiegel. Ich kann's nicht mehr aufhalten! Mädchen, halt du immer den Kopf hoch und kneif die Beine fest zusammen . . . Du bist der Typ, der auf diese Art weiterkommt. Ich mußte es umgekehrt machen . . .«

Nun waren sie also beide wieder da, Fernando und Jim. Sie saßen wie ungleiche Brüder im Vorraum des »Salons», hatten die Tür von innen verriegelt und brüllten Kunden, die sich tätowieren lassen wollten, durch die Tür an: »Haut ab, heute ist geschlossen! Nur Spezialarbeiten!«

»Was soll denn das?« fragte Mary-Anne, die von Madame Palmar herunterkam. »Seid ihr verrückt geworden? Wie benehmt ihr euch denn plötzlich?«

»Es ist nämlich so«, sagte McDonald wichtig und legte eine Tasche aus Segeltuch auf den Tisch. »Es besteht die Möglichkeit, in Barranquilla ein Boot zu kaufen. Ein schönes Boot!«

»Ein sehr schönes Boot!« bestätigte auch Fernando Dalques. »Wir haben es schon besichtigt. Eine Motoryacht mit Vorderkabinen, Eignerkabine und einem Achterraum. Es kann mit sechs Mann gefahren werden.«

»Und – was soll das mit dem Schiff?«

»Da liegen siebentausend Dollar«, sagte McDonald.

»Woher hast du das Geld?«

»Gefunden.« Jim blickte in eine Ecke des Zimmers. »Manchmal hat man eben Glück, und Verunglückte haben soviel Geld bei sich.«

»Amerigo Tabora . . .«, sagte Mary-Anne leise.

»Kenne ich nicht.« Jim ging zum Fenster. »Jedenfalls sind es siebentausend Dollar.«

Fernando Dalques, elegant wie immer, packte seine Krokodillederaktentasche aus und legte gleichfalls ein dickes Kuvert auf den Tisch.

»Das sind genau 34 267 Dollar und 17 Cents«, sagte er. »Mehr war nicht an Bord der ›Lutezia‹. Das heißt . . . ich habe nicht mehr gefunden . . . ich hatte im Dock ja auch nicht soviel Zeit . . .«

»Wer hat nun Amerigo getötet?« fragte Mary-Anne rauh.

»Darling, es geht doch nicht um einen Toten . . . es geht darum, daß wir ein Schiff kaufen wollen. Ein eigenes Schiff, Mary-Anne! Es kostet 130 000 Dollar. Und wir haben 41 267 Dollar und 17 Cents zusammen. Uns fehlen rund 90 000 Dollar!«

»Und ihr meint, die hätte ich?«

»Einen Teil davon bestimmt . . .«

»Und den Rest?«

»Den pumpen wir uns.«

»Wo?«

»Bei den reichen Weltenbummlern, die mit ihren Booten kreuz und quer durch die Karibik schippern!«

»Mit anderen Worten: Piraterie?«

»Ich würde es ›Umverteilung von überhängenden Vermögen‹ nennen. Die einen haben zuviel, wir haben zuwenig . . . das soziale Gleichgewicht ist aus dem Lot geraten!« Es war Fernando Dalques, der diese Theorie entwickelte.

McDonald, im Denken träger, sah ihn begeistert an.

»Das Schiff ist schnell«, sagte Fernando weiter. »Wenn wir ein Jahr damit arbeiten und Glück haben, können wir uns später auf einer Werft eine Spezialanfertigung bauen lassen, die unangreifbar ist. – Wie hoch ist dein Bankkonto, Mary-Anne?«

»Dreiundvierzigtausend, überschlägig.«

»Die Sache läuft!« schrie McDonald. »Den Klacks von 47 000 Dollar holen wir uns auf zwei bis drei Touren! Wir kaufen das Schiff in Barranquilla . . .«

»Und das Geschäft hier?«

»Gehört es dir?«

»Nein, aber ich erbe es . . .«

Mary-Anne stockte. Ich erbe es, dachte sie. An einem Erbe ist meine ganze Familie zugrunde gegangen. Ich will nie wieder etwas erben . . . ich will alles, was ich besitze, allein erobern! Man hat die Taboras ausgelöscht . . . Den Reichtum, der uns gehört, kassiert der Staat! Sie haben recht, diese beiden Halunken, wenn auch nicht vom bürgerlichen Standpunkt aus: Wenn andere kassieren, dann können wir das auch! Das große Geld liegt auf der Straße . . . es schwimmt auf den Meeren, vor allem in der Karibik und bei den Bahamas . . .

Mary-Anne Tolkins, bis zu deinem achtzehnten Geburtstag hast du an die Menschen geglaubt, an ihre Liebe, an ihre Güte, an ihre Moral, an ihre Ethik. Du hast geglaubt, was dein Vater immer sagte: Der Mensch ist gut. Und solange er gut ist, wird er immer geachtet sein . . .

Es war eine falsche Lehre, eine Irrlehre! Raimondo Vargas hat es bewiesen, und die Jahre bei Madame Palmar haben es auch bewiesen! Der Mensch ist nie gut . . . er ist nur ein Chamäleon, das sich seiner Umgebung anzupassen weiß. Der ganze Mensch ist ein Betrug an der Natur!

Kann es strafbar sein, einen Betrüger zu betrügen?

»Ich überlege es mir«, sagte sie zu Jim und Fernando. »Kommt in zwei Tagen wieder. Nehmt das Geld wieder mit.«

»Wir zahlen es auf dein Konto ein«, sagte McDonald treuherzig. »Bei dir ist es sicher.«

Drei Tage später waren sie zusammen in der großen Hafenstadt Barranquilla, besichtigten das Boot und zahlten Dreiviertel des Kaufpreises an.

Sie versprachen, das letzte Viertel in drei Monaten auf den Tisch zu legen. Als Eigner wurde Mary-Anne Tolkins eingetragen, Geschäftsfrau aus Cartagena, Inhaberin des »Kunstsalons« Elvira Palmar – Tätowierungen aller Art.

Jim McDonald, der schon in weiser Voraussicht abgemustert hatte, konnte das Boot sofort übernehmen. Auf der kurzen Rückfahrt über See, an der Küste entlang bis Cartagena, testeten sie ihr Schiff . . .

Es lag gut im Wasser, rollte wenig bei Gegenwellen, war erstaunlich wendig und hatte einen stahlbeschlagenen Kiel, weil der vorherige Eigentümer ein so verrückter Kerl gewesen war, ab und zu Fahrten in die Arktis zu machen und dann krachend durch das Treibeis zu fahren.

»Damit können wir gefahrlos jede Yacht rammen, wenn

sie nicht pariert!« reif McDonald begeistert. »Darling, die Karibik wird eine Wiedergeburt der guten alten Seeräuberei erleben!«

»Eins ist allerdings noch zu klären«, sagte Mary-Anne. Sie stand mit den beiden auf dem Steuerstand und blickte über das Meer. »Der Kapitän bin ich!«

»Mädchen, du verstehst doch von der Seefahrt so wenig wie ein Elefant vom Tangotanzen!« Jim brüllte vor Lachen. »Unsere Kleine als Kapitän!«

»Du wirst mir alles beibringen, Jim!« sagte Mary-Anne ernst. »Kommt mal mit hinunter an Deck.«

McDonald stellte das Ruder auf Geradeaus-Kurs und stieg hinab. Fernando war schon unten. Mary-Anne lehnte an der Reling. Ihr schwarzes Haar flatterte im Wind.

»Unsere Piratenflagge!« rief Jim begeistert. »Darling, wenn wir Flagge zeigen müssen, ziehen wir dich am Mast hoch!«

»Vor einem Jahr«, begann Mary-Anne sehr ruhig, »kam ein Kunde in den ›Salon‹, der wollte rund um die Taille einen schwarzen Gürtel tätowiert haben.«

»Um dann ohne Hose zu gehen?« brüllte Jim und wollte sich ausschütten vor Lachen.

»Nein. Er war stolz! Er hatte sich den richtigen Schwarzen Gürtel erworben und wollte ihn nun immer tragen. Er war Judo- und Karatemeister aller Klassen. Ein Japaner. Señora Palmar tätowierte ihm den Gürtel auf den Bauch – und mich lehrte er Karate und Judo. Und das geht so . . .«

Fernando flog plötzlich durch die Luft und landete an einem Deckaufbau. Dann sah McDonald nur noch einen schwarzen Schatten, erhielt einen Handkantenschlag gegen Magen und Schulter und sank ächzend in die Knie. Vor seinen Augen tanzte das Meer und verfärbte sich andauernd. Er brauchte einige Minuten, um wieder – wenn auch noch schwankend – auf den Beinen zu stehen.

»Okay!« sagte Jim schwer atmend.

Fernando blieb auf dem Decke liegen, vor Staunen wie gelähmt.

»Die Sache ist klar. Fahren wir jetzt nach Hause, Käpten?«

XI

Jetzt hatte der Mond sie erreicht. Sein voller Schein fiel in den Fischerkahn und hüllte die nackten Leiber wie in Silber ein.

Mary-Anne lag halb über Andreas, und beide spürten das Klopfen ihrer Herzen. Ihre harten Brüste drückten gegen seine Rippen . . . sie hatte die Hand zwischen seinen Schenkeln weggenommen, dafür aber ihr Bein zwischen die seinen geschoben.

Der Wind, der vom Land her wehte, war warm und roch faulig nach Sümpfen auf dem Festland. Das Meer rumorte draußen gegen die Korallenbänke. Ab und zu knackte es in den Ästen der Palmen. Affen oder Vögel, die erst nachts munter werden, schaukelten auf den breiten Blättern.

Sie küßte ihn, immer und immer wieder . . . auf den Mund, auf die Augen, auf die Nase, in die Halsbeuge, hinter die Ohren, auf das Brustbein . . .

Dann lag sie wieder still über ihm und spielte mit den Locken auf seiner Brust. Er hatte seine Arme um sie gelegt und streichelte die Wölbungen, die sanft abfallende und ansteigende Linie ihres Rückgrats, die weiche samtartige Rundung, wo ihre Schenkel ansetzten.

Es waren Gefühle der Seligkeit. Es war, als sängen die Sterne.

»So wurde die Piratin Mary-Anne geboren . . .«, sagte er versonnen, als sie nicht weitererzählte.

»Wir bekamen den Rest des Kaufpreises tatsächlich

nach zwei Kaperfahrten herein und zahlten prompt. Das war immer mein Geschäftsprinzip: Partner nie betrügen!«

»Nie?« fragte er leise.

»Nie! Nie! Habe ich dich betrügen können, Andres? Ich habe dir alles erzählt.«

»Was wurde aus Madame Palmar?«

»Sie übernahm notgedrungen den ›Salon‹ wieder und starb nach zwei Jahren im Delirium. Sie hat nie Not gelitten . . . ich habe für sie gesorgt wie für meine eigene Mutter, und ich habe sie begraben wie eine Fürstin! Auf ihrem Grab steht ein weißer Marmorengel. Irgendwelche Idioten haben später Tätowierungen draufgemalt . . .«

Er wollte lachen, aber verbiß es sich rechtzeitig.

»Und dann blühte euer Geschäft?« fragte er.

»Ja. Nach zwei Jahren beherrschte ich alle seemännischen Künste. Wir gaben die ›Altun Ha‹ in Auftrag, das beste, schnellste und schönste Schiff der Karibik.«

»Mit einer Kanone und zwei MGs! Das ›Gespenst der Karibik‹!«

»Ja. Und Fernando Dalques blieb an Land. Zur Tarnung gründeten wir die Exportgesellschaft für primitive Kunst und Häute, nahmen als Syndikus einen angesehenen Anwalt in die Firma . . .«

»Dr. Casillas.«

»Ja.«

»Den ihr korrumpiertet . . .«

»Das mußte sein. Dalques machte seinen Flugschein, das Unternehmen wuchs und wuchs, es wurde technisch bis zur Perfektion ausgebaut . . .«

»Das habe ich in eurem Haus erlebt. Die fetten Fische werden per Funk gemeldet . . . von firmeneigenen Kundschaftern!«

»Und jetzt ist Fernando Dalques in der Luft mit drei See-Wasser-Selbstlenkraketen, um mich und dich zu vernichten. Das wäre das Ende der Mary-Anne Tolkins. Und immer geht es um Mord! Bei Joanna Tabora, bei Mary-Anne Tolkins . . . Wie soll ich mich nun nennen?«

»Joanna Rainherr . . .«, sagte er sehr leise.

Er umfaßte ihren Kopf und hob ihn in seine Augennähe.

Ihre schwarzen Pupillen glitzerten im Mondschein.

»Wie gefällt dir der Name?«

»Warum hast du nicht gesagt: Joanna Mars . . . Joanna Merkur . . . Joanna Uranus. Diese Sterne sind ebenso weit wie Rainherr.«

»Wir sind doch zusammen! Wir fühlen uns. Wir umfassen uns. Wir lernen mit unseren Händen unsere Körper kennen. Wir sind doch eins, Joanna . . .«

»Heute nacht! Und morgen?«

»Immer . . .«

»Fernando Dalques wird mich mit seinen Raketen erwischen, ich weiß es.«

»Das wird er nicht. Wir fahren so schnell wie möglich nach Cayman Brac. Dort bist du ganz sicher.«

»Dort ist doch deine Tochter . . .«

»Ich werde dich ins Haus führen und sagen: ›Annette, das ist meine neue Frau!‹«

»Das wirst du wirklich tun, Andres?«

»Ich denke an nichts anderes mehr.«

»Es ist so schön, einmal so glücklich wie im Traum zu sein . . .«, sagte sie leise. »Warum gibt es später immer das grausame Erwachen?«

Sie warf sich plötzlich ganz über ihn, krallte ihre Finger in sein Haar, küßte und biß ihn zugleich in die Lippe und stieß einen hellen, den Sternenhimmel erreichenden Schrei aus, als er von ihr Besitz nahm.

»Laß mich sterben, Andres . . .«, sagte sie in dieser Nacht. »Bitte, laß mich sterben.«

Sie bettelte darum, als sein schwerer Körper ihren zarten Leib auf den Bootsboden preßte. »Tu etwas! Meinethalben erwürge mich, nur laß mich sterben! Ich möchte den schrecklichen Morgen nicht erleben . . . nicht die fürchterliche Helligkeit . . . nicht die verdammte Sonne! Ich will den neuen Tag nicht mehr sehen, wo alles, alles anders sein wird . . . Ich habe solche Angst vor diesem neuen Tag . . .«

Dieser neue Tag begann damit, daß Juan Noales vom Boot ins Hotel hinüberkam und einen Zettel schwenkte.

Er hatte am vergangenen Tag die günstige Gelegenheit ausgenutzt und eine der liebeshungrigen Touristinnen mittleren Alters beschäftigt. Erst nutzte er die Romantik des karibischen Mondes und des unwahrscheinlich schönen Sternenhimmels aus und ging mit ihr am Strand spazieren, dann hatte er von weitem an dem Fischerkahn seinen Herrn und Mary-Anne stehen sehen und daraufhin gesagt:

»Da hinten ist nichts mehr los, Darling. Aber ich weiß einen Platz, wo uns keiner stört: unser Boot!«

»Und wenn die anderen zurückkommen?« hatte das ältliche Mädchen selig gezwitschert.

»Heute nacht kommt der Chef bestimmt nicht an Bord! Wir haben das Schiff ganz für uns allein.«

Das war auch der Fall, bis im Morgengrauen ein penetranter Summton ihn aus den Armen seiner Schönen, die sich Lily nannte, riß. Er stürmte zum Funkraum. Dort blinkte das Rufsignal an der großen Funkanlage auf, und da sich bisher niemand gemeldet hatte, setzte automatisch das akustische Signal ein.

Juan Noales, ein wenig müde, denn Lily hatte sich als ausdauernd, ausgehungert und verdurstet in Liebesdingen erwiesen, ließ sich auf den Funkerschemel fallen, schob die Kopfhörer über sein krauses Haar und tippte die Hebel hinunter.

»Hier ›Altun Ha‹!« sagte Juan und gähnte. Er schnupperte an seinem braunen Körper herunter, seine Poren hatten Lilys starkes Parfüm aufgesogen. Ich werde gleich im Meer schwimmen gehen und das wegspülen, dachte er. So kann ich nicht zum Chef gehen. Maria dolores, ist das ein süßliches Parfüm! Ekelhaft! »›Altun Ha‹«, sagte er erneut und gähnte noch einmal laut ins Mikrofon.

»Wo seid ihr denn?« brüllte auf der anderen Seite jemand. »Warum hört uns keiner? Wir irren hier durch die Gegend und suchen euch. Wo, zum Teufel, habt ihr euch versteckt?«

Jim McDonald!

Juan grinste und lehnte sich zurück. »Wenn du wüßtest, wo ich bin«, sagte er wohlig. »Mein lieber Jim, das ahnt kein Hellseher! Uns geht es gut. Vorzüglich, würde ich sagen.«

»Bis euch Fernando mit seinen Raketen erwischt!«

»Er wird uns nie ausmachen, Jim. Und wenn du glaubst, mit einem solchen Trick . . .«

»Was denn für ein Trick?« brüllte McDonald zurück. »Ich rufe mir die Schnauze wund nach euch!«

»Und warum?«

»Wir wollen zu euch stoßen, du Idiot!«

»Genau das meine ich damit. Wenn ihr unsere Position habt, meldet ihr sie Freund Fernando, und dann ist der Teufel los! Nichts da, Jim! Wir bleiben unter uns!«

»Nun hör doch einmal zu, du Froschmaul«, hatte Jim geantwortet. Seine Stimme hatte sehr ernst und – was Juan erstaunt feststellte – auch sehr ehrlich geklungen. »Bin ich ein ehrlicher irischer Seemann oder nicht?«

»Das ist eine verdammte Frage, Jim«, hatte Juan darauf gesagt. »Wer jahrelang als Pirat arbeitet und sich dann noch ehrlich nennt . . .«

»Ich will weg davon, du taube Nuß!« schrie McDonald, jetzt beinahe verzweifelt. »Wir alle hier haben beschlossen, mit Fernando Dalques Schluß zu machen. Wir wollen nur noch zu euch, zu unserem alten Käpten Mary-Anne!«

»Und als was? Womit wollt ihr hier Geld verdienen?«

»Wir haben alle was auf die Seite gelegt . . . Und wenn's nicht anders geht, schrubben wir das Deck! Verstehst du das denn nicht? Wir wollen nichts anderes, als wieder bei Mary-Anne sein, wir nehmen jede Arbeit an.«

»Genau das ist euer Trick, Jim!« hatte Juan geantwortet.

»Du bist einer der besten Steuermänner der Welt, Jim, und du willst das Deck schrubben? Da stimmt doch was nicht! Unsere Position bekommst du jedenfalls nicht. Aber ich werde meinem Chef sagen, daß du dich gemeldet hast.«

»Halt! Bleib auf Empfang, du Laus!« brüllte McDonald. »Schreib mal auf, was ich dir sage. Und das gibst du dem Käpten. Hast du Papier und Bleistift da?«

»Hab ich.«

Und diese Botschaft von Jim McDonald brachte Juan jetzt ins Hotel.

Mary-Anne Tolkins und Dr. Rainherr saßen auf der überdachten Terrasse und frühstückten. Sie hatten sich etwas abseits von den amerikanischen Touristen gesetzt, die sich lauthals, über sämtliche Tische hinweg, ihre Erlebnisse erzählten, die sie gestern im Innern des Landes Belize gehabt hatten.

Die eine Gruppe hatte die alte Inkastadt Lubaantun besichtigt, eine andere eine Bootsfahrt durch den Dschungel des Belizeflusses gemacht. Ein dicker Texaner hatte dabei gesehen, wie Eingeborene ein wildes Schwein jagten und es anschossen. In seiner Not war das Tier in den Fluß gerannt. Das trübe Wasser begann plötzlich zu kochen, ein Klumpen Fische stürzte sich über das Schwein, Hunderte von spitzen Zähnen blinkten, und eine große Blutlache breitete sich aus, aus der immer wieder die glotzäugigen Fische mit dem schrecklichen Gebiß auftauchten . . . Dann, nur Minuten später, trieb das völlig abgenagte Skelett des Schweines an dem Touristenboot vorbei.

Piranhas . . .

Der Mann aus Texas, der dieses Erlebnis dröhnend den Tischen der Inkastadtbesucher erzählte, konnte sich darüber nicht beruhigen. »Aber das Tollste ist«, schrie er jetzt, »daß die Eingeborenenkinder in dem Fluß baden und nicht gefressen werden! Die müssen einen Gestank ausschwitzen, der selbst diese Raubfische verscheucht!«

Juan Noales blieb drei Schritte von Dr. Rainherrs Tisch stehen. Er benahm sich jetzt ganz wie ein Butler, der gezwungen ist zu stören, obwohl er weiß, daß ihn niemand gerufen hat.

»Was hast du da, Juan?« fragte Rainherr.

Juan sah Mary-Anne Tolkins an, die sich auf erstaunliche Art verändert hatte. Sie sah viel fraulicher aus, weicher, glücklicher. Sie trug ein enges Kleid aus Baumwolle, ganz schlicht, weiß mit kleinen blauen Tupfen, aber es unterstrich die Schönheit ihres Körpers, indem es zwar jede Form verdeckte, aber dennoch ahnen ließ.

»Eine Botschaft von McDonald«, sagte Juan und hob den Zettel. »Nicht für Sie, Chef, sondern für die Lady . . .«

»Jim?« Mary-Annes Gesicht wurde sofort wieder härter. Das Glück, das es von innen durchleuchtet hatte, verblich. »Wie kann Jim . . .«

»Über Funk, Mylady«, antwortete Juan mit der Vollkommenheit eines Butlers. »Ich habe es heute morgen aufgenommen.«

»Du warst auf dem Schiff?» fragte Rainherr erstaunt.

»Die ganze Nacht, Chef . . .«

Juan stand steif wie aus Holz, nur in seinen Augenwinkeln lächelte es schelmisch.

»Du hattest doch ein Hotelzimmer . . .«

»Ich liebe nun einmal die Romantik eines in der Nacht auf dem Wasser schaukelnden Schiffes, Sir . . .«

»Aha!« Rainherr lachte in sich hinein. »Wie hieß denn die Romantik?«

»Lily, Sir. Aus Myoming, USA.«

»Und wo ist sie jetzt?«

»In ihrem Zimmer, Sir.«

»Und du bist der Ansicht, daß alles, was du getan hast, richtig war?«

»Nein, Sir!« Juan Noales bewegte sich nicht.

»Hat sie die Kanone gesehen? Die Maschinengewehre?«

»Sir, die Dame zeigte andere Interessen als Waffen. Sie können da ganz unbesorgt sein.«

»Darüber sprechen wir noch, Juan.«

»Gewiß, Sir.«

Juan gab den Zettel an Mary-Anne weiter, die schon ungeduldig mit den Fingern schnippte.

»Soll ich vorlesen?« fragte sie, nachdem sie McDonalds Botschaft überflogen hatte.

»Bitte . . .«

»Lieber Käpten«, las Mary-Anne vor, »nach einem einstimmigen Beschluß aller Besatzungsmitglieder soll ich Ihnen mitteilen, daß wir entschlossen sind, keinem Befehl Don Fernandos mehr zu gehorchen, sondern nur noch Ihren Befehlen. Wir betrachten uns als frei verfügbar und bitten Sie, uns mitzunehmen. Wohin Sie auch wollen, und was Sie auch tun werden, wir machen mit! Das ist kein Trick, um Ihren jetzigen Standpunkt zu erfahren, wir bitten Sie nur, uns ein Zeichen zu geben. Wir kommen dann sofort wieder zu Ihnen an Bord. Wir alle vermissen Sie sehr . . . Und wenn Sie Dr. Rainherr heiraten wollen, so bitten wir alle ihn jetzt schon, uns in seine Dienste zu übernehmen. Wir tun alles, wir können alles, wir haben alle zwei kräftige Hände. Man kann uns immer brauchen. Ehrlich: Wir haben uns so an Sie gewöhnt, daß wir uns nicht vorstellen können, anderswo anzuheuern und Sie nie mehr wiederzusehen. Bitte, geben Sie uns eine Antwort. Ihr treuer Steuermann Jim McDonald.«

Mary-Anne ließ den Zettel sinken. Ihr Stimme hatte bei den letzten Sätzen etwas Unsicherheit erkennen lassen, ein leichtes ergriffenes Schwanken.

Nun blickte sie Dr. Rainherr an und strich sich dann mit beiden Händen nervös über ihr aufgelöstes Haar. Die helle Morgensonne warf einen Glanz darüber, als sei es ein Schleier aus feinsten Seidenfäden.

»Ich glaube, er meint es ehrlich«, sagte sie.

Rainherr hatte den Zettel genommen und las den Text noch einmal durch. Er war sich unschlüssig.

»Und plötzlich taucht Fernando über uns auf und schießt uns zusammen . . .«, meinte er unsicher.

»McDonald ist ein Mensch ohne Hinterlist.«

Mary-Anne nahm ihm den Zettel aus der Hand, steckte das Feuerzeug an, das neben Rainherrs Zigaretten lag, und ließ die Botschaft in Flammen aufgehen. Die Asche zerrieb sie zwischen den Händen und ließ sie dann in den Aschenbecher rieseln.

»Die Entscheidung liegt bei dir, Andres.«

»Es ist dein Leben, Joanna . . . Dein Schiff!«

»Nein! Gestern noch . . . ja, aber als heute morgen die Sonne aufstieg, lag da draußen ein herrenloses Schiff. Es gehörte einmal einer gewissen Mary-Anne Tolkins, aber die ist plötzlich verschwunden. Nimm dir das Schiff – es gehört niemandem mehr!«

»Ein Boot mit versenkbaren Kanonen und MGs! Und eine Mannschaft wartet, die seit über sieben Jahren die gefürchtetste Piraterie der Karibik betrieben hat.«

Dr. Rainherr blickte Juan Noales an, der – ganz gehörloser Butler – abseits stand und auf weitere Weisungen wartete.

Dann drehte er sich um und sah hinüber zu dem kleinen Hafen des Hotels, in dem neben anderen britischen, amerikanischen und holländischen Yachten auch die schnittige ALTUN HA ankerte. Niemand konnte ihr ansehen, was unter den schneeweißen, stromlinienförmigen Aufbauten verborgen war.

»Ihr legt mir da ein fast unverdaubares Ei in die Pfanne!« sagte Rainherr zögernd. »Ich bin von zu Hause weggefahren, um das Große Riff und seinen Fischreichtum kennenzulernen, und ich komme nach Cayman Brac zurück mit einer kompletten Seeräubermannschaft.«

»Ich hatte Angst vor dem neuen Tag . . .«, sagte Mary-Anne leise. »Nun ist er da, und die Angst hat eine Gestalt bekommen!«

»Wieweit kann man McDonald trauen?«

»Darf ich etwas sagen, Sir?«

Juan Noales, drei Schritte abseits, blickte über ihre Köpfe hinweg. Ein guter Butler muß etwaige Gefühlsregungen seiner Herrschaft übersehen können, wenn er nicht ausdrücklich aufgefordert wird, daran teilzunehmen.

»Wenn es wichtig ist, Juan . . .«

»Bei seinem letzten Satz hat Jim geheult. Richtig ins Mikrofon geheult. Er meint es ehrlich, Sir.«

»Angenommen, wir sagen ihm, wo er uns findet oder wo wir uns treffen können . . . Kann Fernando das Gespräch mithören?«

»Wenn er auf unserer Welle ist, natürlich.«

Mary-Anne legte den Kopf zurück und schloß die Augen. Ich werde es tun, dachte Rainherr. Ich gebe diese Frau nicht wieder her. Seit heute nacht weiß ich, daß das Leben wieder einen Wert hat . . . Einen Wert, für den es sich lohnt, mit allen Mitteln zu kämpfen.

Mary-Anne fuhrt fort: »Ich vermute sogar, daß Fernando oder Casillas immer abwechselnd am Funkgerät sitzen und unsere Frequenz abhören. Einmal werden sie sich wieder melden . . . so denken sie!«

Und nach einer Weile: »Ich habe eine Idee . . . aber es bleibt deine Entscheidung, Andres.«

»Welche Idee, Joanna?«

Er nannte sie seit der vergangenen Nacht Joanna – so, wie sie wirklich hieß. Zuerst hatte sie geweint und gesagt: »Sie ist ausgelöscht, verschwunden in den Wildnissen der Cordoba-Berge. Nun ist auch Mary-Anne nicht mehr . . . Andres, ich bin namenlos . . .« Und er hatte sie immer und immer wieder geküßt und zu ihr gesagt: »Sprich mir nach . . . sprich es ganz langsam nach, als müßtest du wieder reden lernen: Ich heiße Joanna Rainherr . . . Joanna Rainherr . . . Joanna Rainherr . . .«

Sie hatte es getan – aber nur einmal.

Dann hatte sie sich wieder an ihn geklammert und den Kopf geschüttelt. »Es ist unmöglich. Du kannst mich lieben, ja, und alles Glück dieser Erde wird unter unseren

Händen und Lippen sein . . . aber das nicht, das nicht, Andres: Wir werden nie zusammenbleiben können! Eine von allen karibischen Staaten gesuchte Piratin . . .«

Und er hatte, wie so oft in dieser Nacht, gesagt: »Wir löschen das alles aus. Wir werden einen Weg finden, der unser Gewissen beruhigt. Wobei wir uns fragen sollten, warum ausgerechnet wir uns ein Gewissen leisten inmitten einer Welt, die ohne Gewissenlosigkeit gar nicht mehr existieren kann . . .«

»Ich werde Jim und die Mannschaft nach Saba schikken«, sagte sie jetzt. »Dorthin wird Fernando nicht fliegen.«

»Das glaube ich auch.« Dr. Rainherr blickte Joanna ziemlich dumm an. »Saba? Was sollen aber Jim und die Mannschaft im Vorderen Orient?«

Sie lächelte nachsichtig und legte ihre Hand auf seinen Arm. »Saba ist eine kleine Insel in der Gruppe der Niederländischen Antillen . . . Eine Insel wie eine uneinnehmbare Felsenburg!«

»Und was hast du mit Saba zu tun, Joanna?«

»Das ist eine andere, eine neue Geschichte, Andres.« Sie lächelte ein wenig traurig. »Du siehst, ich bin vollgestopft mit Vergangenheit. Du wirst es schwerhaben, alles wegzuwischen.«

»Ich schaffe es, Joanna!«

Andreas Rainherr blickte zu Juan hinüber, der wie eine Säule dastand.

»Juan, nun spiele nicht länger den Butler von Gloucester! Werde wieder vernünftig, mach das Boot startklar, verabschiede deine Lily . . . und dann geht es los!«

»Nach Saba, Sir?«

»Zuerst nach Hause! Nach Cayman Brac.«

»Zu deiner Tochter Annette.« Joanna stand auf. Sie sah zierlich und zerbrechlich aus in dem Kleid . . . in der Kapitänsuniform hatte sie viel breiter gewirkt. »Davor habe ich die meiste Angst. Wenn sie erfährt, wer ich bin . . .«

»Wir brauchen es ihr nicht zu sagen.«

»Du willst deine Tochter belügen?«

Juan hatte sich bereits abgewandt und lief über den Kiesweg zum Hotelhafen. Sich von Lily zu verabschieden, hielt er für überflüssig. Sie schlief bestimmt noch in ihrem Hotelzimmer, nachdem sie in der Nacht kaum dazu gekommen war. Außerdem sind solche abrupten Abschiede immer sehr komplikationsreich, und überhaupt war Lily der Typ von Touristin, der drei Wochen lang sein moralisches Gewissen beurlaubte, um danach wieder ein Jahr lang als Muster der Tugend in der vordersten Kirchenbank zu sitzen und den mahnenden Worten des Predigers zuzunicken. Vielleicht war sie sogar Mitglied eines der vielen Frauenvereine in den USA, die sich zum Ziel gesetzt hatten, die Unmoral zu bekämpfen.

»Etwas zu verschweigen, ist keine Lüge«, sagte Andreas.

»Du wagst es also doch nicht, ihr zu sagen, daß ich eine Piratin bin?«

Er kam um den Tisch herum und legte den Arm um ihre Schulter. »Wir bezahlen jetzt unsere Zimmer und packen.«

»Wir wollten drei Wochen bleiben, Andres!«

Es war wie ein unterdrückter Aufschrei. Sie umklammerte plötzlich seinen Arm, ihre Fingernägel drückten sich in sein Fleisch und waren wie stählerne Spitzen. Es tat weh.

»Bitte, laß uns diese drei Wochen hierbleiben, laß uns diese Zeit gemeinsam genießen. Ich weiß es, Andres . . . ich weiß es ganz genau . . . hinterher wird nichts mehr sein! Die ganz große Leere! Aber drei Wochen Glück mit dir . . . das kann für mich ein ganzes Leben reichen.«

Sie lehnte den Kopf an seine Schulter und sagte sehr bestimmt: »Ich fahre nicht mit nach Cayman Brac.«

»Und wer hat vorhin gesagt: Bestimme du . . .?«

»Ich hatte deine Tochter vergessen. Sei doch ehrlich, Andres, du hast selbst kein gutes Gefühl . . .«

»Es wird nicht leicht sein, das gebe ich zu. Aber über mein Leben entscheide noch immer ich allein!«

Er zog sie mit sich. Sie bezahlten die Rechnung der gemieteten Zimmer für die ganze Zeit von drei Wochen, weil die Direktion des Hotels behauptete, sie bekäme die Zimmer nicht so schnell an andere Gäste los . . . was im Fall von San Pedro stimmen mochte, denn hierher verirrten sich nur Individualisten oder die kleinen Studienreisegruppen, zu denen auch Juans Lily gehörte.

Auf dem Schiff erwartete sie Juan in seiner gewohnten Kleidung, Schifferhose und T-Shirt. Auf dem Kopf trug er einen verbeulten Leinenhut gegen die stechende Sonne.

»Ich habe unsere ›Annette I‹ im Kasten!« meldete er. »McDonald sitzt in unserer Funkbude und friert vor Aufregung. Wissen Sie, wo die Jungs sind? Sie treiben vor Honduras in der Nähe der Cays Caratasca.«

»Das ist gut«, Joanna lehnte sich an die Reling der ALTUN HA und blickte Rainherr lange an. »Fernando hat meine falschen Angaben geglaubt. Vor ihm sind wir sicher.« Sie machte eine weite Handbewegung. »Andres . . . dein Schiff! Mach' mit mir, was du willst . . .«

Die Verständigung mit Jim McDonald war gut. Dr. Rainherr hatte den Lautsprecher eingeschaltet. Was Jim sagte, dröhnte durch den Raum.

»Endlich!« Sein mächtiger Baß überschlug sich fast vor Freude. »Sir, es tut so gut, Sie zu hören! Aber noch lieber wäre mir offen gestanden die Stimme vom Käpten. Ist sie wohl in der Nähe?«

»Sie steht neben mir, Jim.«

Rainherr drehte den Lautsprecher etwas herunter. Unter seinen Füßen begann der Boden zu vibrieren. Ein dumpfes, kraftvolles Geräusch erfüllte die Yacht.

»Ha!« brüllte Jim McDonald. »Sie nehmen Fahrt auf. Sir, ich höre unsere Motoren! Du lieber Gott, mir stehen die Tränen in den Augen! Wo stecken Sie, Sir?«

»In Ihrer Nähe; aber der Käpten hat was zu sagen.«

Rainherr gab das Mikrofon an Joanna weiter. Sie holte tief Atem und setzte sich dann auf den Funkerschemel.

»Steuermann . . .«, sagte sie laut.

»Käpten!« brüllte Jim. »Jungs, sie ist da! Sie spricht! Jungs, sie redet mit uns . . .« Seine Stimme brach ab.

Er heult wirklich vor Freude, dachte Rainherr. Ein Bulle wie Jim kann wie ein Kind heulen.

»Sind alle im Raum?«

»Alle!« Die Stimme des Bärtigen war das, anscheinend war Jim noch nicht fähig, weiterzusprechen. Er hatte noch Mühe, sein seelisches Gleichgewicht wiederzufinden. »Wir stehen alle hier und hören Sie ganz klar, Käpten.«

»Ich habe einen Befehl für euch!« sagte Joanna mit jener harten Stimme, die sie immer an Bord ihrer Yacht gehabt hatte.

»Sie können alles befehlen.« Das war wieder McDonalds Baß. »Es gibt nichts, was wir nicht können.«

»Ihr fahrt auf geradem Weg nach Saba!«

»Nach Saba?«

»Ich denke, es gibt keine Fragen, Jim?«

»Wie Sie befehlen, Käpten. Wir fahren nach Saba. Aber wie lange das mit diesem Schiff dauert, das weiß ich nicht. Wir haben es ja nur notdürftig zusammengeflickt. Sir, Sie hören auch zu, nicht wahr? Ihr Boot ist ein guter solider Kahn – so ein richtiger Millionärsrutscher! Aber für unsere Zwecke ist es ein lahmer Arsch! Pardon, Käpten, das war nur so rausgerutscht. Ich will sehen, was ich aus der Maschine rausholen kann und ob wir überhaupt nach Saba damit kommen. Besser wäre es, wenn wir uns an einem bestimmten Punkt treffen könnten und wenn uns dann die ›Altun Ha‹ ins Schlepp nähme . . .«

Rainherr schüttelte den Kopf, als ihn Joanna fragend anschaute.

»Ihr fahrt allein nach Saba!« sagte sie im Befehlston. »Es kann sein, daß wir zu euch stoßen . . . irgendwo und irgendwann. Vielleicht sind wir auch vor euch dort . . .«

»Bestimmt, Käpten!« McDonalds Stimme dröhnte wieder. »Ich könnte vor Freude eine Eisenstange fressen! Was ich hier aus dem Motor rauskitzeln kann, das tue ich. Sie sind schon auf voller Fahrt, höre ich . . .«

»Ja, wir fahren!«

Joanna blickte auf die große elektrische Uhr, die in die Funkwand eingebaut war. Es war 11 Uhr 20 Ortszeit.

»Noch einmal, Jim: Ihr nehmt direkten Kurs auf Saba. Wir werden einige Umwege machen müssen. Auf jeden Fall sehen wir uns wieder.«

»Das wird einer der schönsten Tage meines Lebens, Käpten«, sagte McDonald gerührt. »Ich schwöre es, ich könnte durchs Meer springen wie ein Fliegender Fisch . . . wenn die verdammten Haie nicht wären!«

XII

Der Funkverkehr brach ab. Fernando Dalques stellte den Hebel seiner Anlage auf Null und drehte sich nach Dr. Casillas um. Sie saßen im Funkraum des weißen Kolonialpalastes am Belizefluß und hatten – wie Joanna es geahnt hatte – das ganze Gespräch mitgehört und auf Tonband genommen.

»So ein Saukerl!« sagte Fernando jetzt. »Ausgerechnet Jim! Tritt uns in den Hintern und läuft zu Mary-Anne über! Von dem habe ich es am wenigsten erwartet. Was haben wir nicht alles zusammen durchgestanden!«

Er zündete sich eine Zigarre an und betrachtete seinen »Syndikus« nachdenklich.

»Casillas, Sie waren immer obenauf . . . sorgende Eltern, gute Schulen, Jurastudium, Doktor der Rechte, nie Hunger, nie die Angst im Nacken: Wo kannst du morgen schlafen? Nie das Gefühl: Du bist eine Ratte und wirst auch so behandelt! – Nur jetzt, mein Lieber, jetzt sind Sie auch nicht mehr als wir . . .«

»Sie wissen doch genau, warum!« sagte Dr. Casillas dumpf. »Muß das denn immer wieder aufgewärmt werden?«

»Ich wollte Ihnen damit nur zart andeuten: Jim ist ein Schwein geworden, das zu stinken beginnt. Und so etwas schlachtet man.«

»Wollen Sie jetzt statt Dr. Rainherr unsere ganze Mannschaft mit Ihren Raketen auslöschen?«

Dr. Casillas hatte mit Erleichterung gesehen, daß Fernando Dalques ohne Erfolg nach Belize zurückgekommen war. Alle Mahnungen waren vergeblich gewesen. Über einen Freund in der Hauptstadt Belmopan hatte er von der Aktion der hondurischen Luftwaffe erfahren und später dafür gesorgt, daß Fernandos Chessna nicht auf dem Flugplatz von Belize untersucht wurde. Ein zweitesmal aber war das nicht mehr möglich . . .

Man kann vor Haß platzen, dachte Casillas, aber sollte nie darüber den Verstand verlieren. Und an dieser Grenze war Fernando jetzt angekommen.

»Ich werde nach Saba fliegen!« sagte Dalques gepreßt.

»Mit den Raketen?«

»Ohne natürlich, Sie Rindvieh! Ich muß auf Jamaika und Puerto Rico zwischenlanden und auftanken. Kann ich das mit Raketen unter dem Rumpf? Aber ich werde auf Saba sein, wenn die beiden ankommen. Und wenn sie so einträchtig nebeneinander herschippern die ›Altun Ha‹ und die ›Annette I‹, werde ich im Tiefflug hinuntergehen und jedem zwei Bömbchen aufs Ruderhaus setzen! Luis hat zwei Kisten davon auf Lager . . .«

»Wenn Luis mitmacht, Don Fernando!«

»Er muß es!«

»Und wenn auch er mehr zu Miß Tolkins tendiert, statt zu Ihnen? Wer hätte das, was Sie eben selbst feststellen, von McDonald gedacht? Was zwischen Saba und dem Hafen von Belize passierte, war stets das Befehlsgebiet von Miß Tolkins. Es könnte schiefgehen, Don Fernando . . .«

»Das werden wir gleich haben!«

Dalques drehte sich wieder zu der Funkanlage um und stellte die Welle für den Sender in Saba ein. Aber dort meldete sich niemand. Fast eine halbe Stunde versuchte Fernando, Luis de Vegas zu erreichen, den »Büroleiter der Außenstelle« und gleichzeitig Informanten über das Inselgebiet der Antillen.

Fluchend gab Fernando schließlich auf und erhob sich.

»Sie bleiben am Funk, Casillas!« sagte er. »Ich steige wieder auf und suche weiter. Wo die ›Annette I‹ ist, wissen wir jetzt ... bei den Cays Caratasca. Und Mary-Anne sagte, sie sei ganz in der Nähe! Beim Satan, dann muß man sie doch finden können. Das Meer ist doch wie ein leerer Tisch in dieser Gegend, da fällt jedes Staubkorn auf!«

»Fliegen Sie bitte ohne Raketen, Don Fernando«, sagte Casillas mit einer Betonung, als bettele er um sein Leben.

»Hier? Nein!« Dalques hieb mit der Faust gegen die Wand. »Solange ich sie mit einer Tankfüllung erreichen kann, nehme ich die Raketen mit.«

»Beide Luftwaffen – von Honduras und Guatemala – sind bereits alarmiert. Nur durch ein gutes Handgeld konnte ich gestern erreichen, daß Sie ohne Kontrolle gelandet sind. Das geht bestimmt nicht ein zweitesmal. Wie oft soll ich Ihnen das noch sagen? Soll denn die ganze Firma vernichtet werden? Wollen Sie tabula rasa machen?«

»Was soll ich machen?« schrie Fernando. »Kommen Sie mir nicht mit Ihren gelehrten Sprüchen, Sie Hohlkopf! Ich rette die Firma!«

»Mit Raketen? Sie sind wie die Politiker, Don Fernando: Sie wollen den Frieden bewahren, indem Sie aufrüsten.«

»Ich beginne, die Politiker zu begreifen«, erwiderte Dalques dumpf. »Tun Sie, was ich Ihnen sage, Casillas, dafür werden Sie bezahlt. Bleiben Sie am Funkgerät und kriegen Sie Luis de Vegas heran. Und sagen Sie ihm: Ich fliege morgen zu ihm nach Saba. – Nein, sagen Sie ihm das nicht! Berichten Sie ihm nur, daß Miß Tolkins uns verraten hat und die ganze Firma in Gefahr ist, auch er selbst. Wenn er weiter so gut leben will wie bisher, muß er sich an mich halten. Sagen Sie ihm das ganz deutlich; ich glaube nicht, daß Mary-Anne ihm ein besseres Angebot machen kann.«

Er ging mit schnellen Schritten zur Tür und blieb dort plötzlch stehen, als sei ihm bewußt geworden, die Türklinke sei mit Starkstrom geladen.

»Wie war das, Casillas? Die Luftwaffen von Honduras und Guatemala sind in Alarmbereitschaft?«

»Sie wissen es doch . . .«

»Wer hat Ihnen Informationen gegeben?«

»Ich vermute, auch McDonald. Oder Miß Tolkins selbst, nachdem sie von McDonald über Ihren Raketeneinsatz unterrichtet wurde.« Dr. Casillas sah einen Lichtblick in einer Lage, die er als ausgesprochen verzweifelt ansah. »Don Fernando, Sie sind mit einer Chessna unterwegs . . . aber die Luftwaffen stehen Ihnen mit Starfightern gegenüber! Das ist, als wenn Sie mit einem Holzknüppel gegen Panzer vorgehen wollten!«

»Das weiß ich selbst . . .«

»Sie kontrollieren jedes Flugzeug in diesem Luftraum!« sagte Dr. Casillas kühn, ohne dafür einen Beweis erbringen zu können.

Aber Dalques verlangte auch keinen. »Es ist gut«, knurrte er. »Ich fliege ohne Raketen. Mir genügt schon, wenn ich sie aufspüre und sehe. Eines ist sicher: Sie werden Saba nie erreichen!«

Die ALTUN HA fuhr ununterbrochen, Tag und Nacht.

Am Tag jagten sie die beiden schweren Maschinen auf volle Touren, in der Nacht drosselten sie die Fahrt etwas und glitten über die selten ruhige Karibik in normaler Fahrt dahin.

Rainherr und Juan wechselten sich ab. Es hatte deswegen eine Auseinandersetzung gegeben, allerdings unter vier Augen, denn vor Joanna blieb Juan immer der perfekte Untergebene seines Herrn. Nur wenn sie allein waren, fiel diese Maske ab . . . Dann war zwar weiterhin Dr. Rainherr der »Chef«, aber Juan Noales fühlte sich mit ihm innerlich so verbunden, daß er mehr sagen konnte, als es sonst üblich war.

Rainherr mochte diese Art von Treue und Gleichgestelltsein.

Er hatte immer, auch als er noch im Dienst der chemischen Industrie war und in Wuppertal als Chefchemiker eines großen Konzerns in der Vorstandsetage aus- und einging, die Figuren gehaßt, die den über ihnen Stehenden immer nur recht geben und Beifall zollen, während sie ihre Untergebenen spüren lassen, daß kleine Welten zwischen ihnen liegen.

Der Volksmund nennt so etwas »Radfahrer« – nach oben bücken, nach unten treten –, und Dr. Rainherr war immer ein Mensch gewesen, der weder Vorgesetztenscheu noch das Gefühl der Chefmacht empfunden hatte.

Zweimal hatte man ihm das deutlich genug zu verstehen gegeben . . . Damals, in Wuppertal, im Konzern, auf der Chefetage. Das Vorstandsmitglied Dr. Matternhage hatte zu ihm gesagt:

»Mein lieber Rainherr – Sie sind von der Qualifikation her eigentlich der einzige Mann im Konzern, der die Vakanz des wissenschaftlichen Vorstandsmitgliedes ausfüllen könnte. Wir haben uns im Vorstand lange darüber unterhalten . . . die Meinung war einhellig. Trotzdem haben wir uns entschlossen, Dr. Meinberg in den Vorstand zu berufen. Und . . . Sie wissen, warum?«

»Weil er dem Vorsitzenden des Vorstandes die Nase putzt, falls ihm diese tropfen würde . . .«, hatte Andreas Rainherr geantwortet.

»Sie haben's erfaßt! Dieser Satz charakterisiert wirklich alles, was uns davon abhielt, Sie in den Vorstand zu wählen. Sie sind zu eckig, zu ehrlich, zu wahrheitsliebend. Sie sind nicht . . . glatt genug!«

»Ich weiß, daß hier eine Schlangenhaut vonnöten ist!« hatte Rainherr darauf geantwortet. »Ich habe meine Erfindung gemacht, zahlen Sie mir eine gute Abstandssumme und eine jährliche Beteiligung an der Auswertung, und ich entfliehe dem Dunstkreis, den Sie für ein lebensnotwendiges Klima halten. Ich gehe irgendwohin, wo ich Mensch sein kann.«

»Sie sind – wir sind unter uns, Rainherr – mit Verlaub ein Rindvieh!« hatte dieser Dr. Matternhage gesagt. »Welche Karriere liegt vor Ihnen! Was werfen Sie weg, nur um zu beweisen: Ich kann, wenn's notwendig ist, die Schnauze nicht halten! Dabei ist es so leicht, sich zu arrangieren.«

»Für mich nicht. Ich bin für offenes Visier.«

»Damit kommen Sie aber bei unserer Gesellschaftsordnung nicht weit.«

»Das ist ein Grund mehr, auf diese Ordnung zu pfeifen . . .«

Beim zweiten Gespräch in Wuppertal ging es formeller zu. Der gesamte Vorstand war versammelt, um Dr. Rainherr zu verabschieden. Den Chefchemiker, der durch seine Erfindung den Konzern in eine einsame Spitzenposition auf dem Weltmarkt katapultiert hatte.

Dr. Hanssen, der Vorstandsvorsitzende, der im Konzern mit »Herr Generaldirektor« angeredet wurde, lobte noch einmal den Einsatz Dr. Rainherrs und legte dar, daß der Konzern erst durch die Erfindung Rainherrs in die Lage versetzt wurde, eine Führungsposition in der Kunststoffindustrie einzunehmen, die ihm in den nächsten Jahrzehnten niemand würde streitig machen können. Die internationalen Patente hatten Nachahmungen abgesichert.

Aus diesem Grund habe sich der Vorstand auch ermächtigt gesehen, Dr. Rainherr mit einer außergewöhnlich hohen Dotierung einer Leibrente auf Erfolgsbasis und einer entsprechend hohen Garantiezahlung gehen zu lassen.

Damals hatte Dr. Rainherr die Laudatio ruhig angehört und dann knapp geantwortet.

»Meine Herren«, hatte er gesagt, »wenn wir davon ausgehen, daß unsere Welt die nächsten hundert Jahre überlebt, ohne sich inzwischen selbst vernichtet zu haben, habe ich dem Konzern einen Gewinn von einigen Milliarden verschafft. Wenn Sie heute meiner Bitte entsprechen und mich mit einer Garantiezahlung und einem Jahresbonus, der im Vergleich zu den Konzernchancen geradezu lächerlich niedrig ist, gehen lassen, so ist das keine Großzügigkeit des Konzernvorstandes, sondern ein Bombengeschäft! Und so etwas sollte man doch nicht mit schönen Worten zerreden. Ich danke Ihnen, meine Herren, daß Sie mich in die Lage versetzen, so zu leben, wie ich leben will. Mehr habe ich nie gefordert. Ich weiß, daß ich ein Mensch von seltener Individualität bin . . . darum gehe ich auch von Ihnen in dem schönen Bewußtsein, Sie von mir befreit zu haben!«

Diese Abschiedsansprache, auf Band genommen und später im Vorstandsprotokoll niedergeschrieben, war ein klassisches Dokument gegen die Gesellschafts- und Wirtschaftsordnung, die man in dem Konzern anbetete.

So war auch jetzt das interne Verhältnis zwischen Juan und Rainherr anders, als es zwischen Steuermann und Eigner einer Yacht normalerweise war.

»Ich übernehme den Nachtdienst, Chef!« hatte Juan gesagt. »Sie können am Tag abwechselnd mit Miß Tolkins fahren.«

»Da gibt es zwei Irrtümer, Juan«, hatte Rainherr geantwortet. »Erstens heißt Miß Tolkins jetzt Joanna Tabora – und zweitens machen wir den Nachtdienst auch gemeinsam.«

Bei aller Diskussion über dieses Thema kam dann doch heraus, daß Juan schließlich in der Nacht allein fuhr und Joanna und Andreas zwei Nächte ganz für sich hatten.

Nächte einer Liebe, die Sterne herunterreißen konnte . . . aber in denen es auch Stunden gab, wo Joanna wie ein Kind in Rainherrs Armen lag und immer wieder sagte:

»Ich spüre es . . . ich habe mich noch nie getäuscht in meinen Ahnungen. Es wird anders werden, es wird alles anders werden, wenn wir in Cayman Brac ankommen! Sie wird dich vor eine Entscheidung stellen. Vor ein entweder – oder . . .«

»Annette? Das wird sie nicht tun.«

»Du magst ein guter Vater sein, aber von Töchtern verstehst du nichts. Eine Tochter ist immer eifersüchtig auf die Frau, für die sich ihr Vater interessiert. Ich weiß das. Als mein Vater einmal eine unserer Landarbeiterinnen freundschaftlich klopfte – ich sah es zufällig, weil ich im Garten war –, hätte ich das Mädchen erschlagen können! Warum soll Annette anders sein? Du bist ihre einzige Liebe . . .«

»Noch! Bis sie auch einen Mann kennenlernt.«

»Hat sie denn auf Cayman Brac dazu eine Möglichkeit?«

»Kaum . . .«

»Und da sagst du, Annette sei kein Problem?« Sie kroch an ihn und wärmte sich an seinem nackten Körper. »Wann sind wir in Cayman Brac?«

»Morgen, gegen Mittag . . .«

»Dann ist das unsere letzte Nacht, Andres.«

»Joanna, sage doch nicht so etwas Entsetzliches! Unser Leben fängt gerade an . . .«

Sie schüttelte stumm den Kopf.

Sie gab sich ihm hin, als er danach verlangte – wortlos, mit knirschenden Zähnen, in seinen Armen verströmend, von rasender Wildheit in zärtliche Ergebenheit wechselnd. Das Wunder einer Geliebten, das unerklärbar, unaussprechbar ist . . .

Tatsächlich tauchte um die Mittagszeit Cayman Brac vor ihnen auf. Lang und schmal, eine Nadel im Meer.

Sie fuhren die Küste ab bis Westend und bogen dann in eine Felsenbucht ein. Rainherr stand selbst am Ruder, während Juan Noales an der Bugreling stand und mit beiden Armen winkte.

Oberhalb der Bucht und des Strandes, von dem eine Mole ins Meer führte, wo man anlegen würde, stand auf einem großen Felsplateau ein zweistöckiges, weißes Haus. Es hatte eine große, von Rundbögen und Säulen unterbrochene Terrasse, und auch die Gärten waren als blühende Terrassenanlage gestaltet. Man sah kleine Seitenplateaus mit Palmen und Sitzplätzen, Mäuerchen mit roten Dachziegeln und ein Felsenschwimmbad, das mit Meerwasser gespeist wurde.

Eine kleine Residenz. Der Sitz eines freien Mannes.

»Das ist es?« fragte Joanna. Sie stand neben Rainherr im Ruderhaus und betrachtete durch die breite Scheibe die Bucht mit der Hausanlage darüber, die aus einem Märchenbuch zu stammen schien. »Ja, das ist es«, sagte Rainherr, nichts weiter.

»Und du hast mir eingeredet, du seist ein armer Mann . . .«

»Das ist nicht wahr. Ich habe der Piratin Mary-Anne nur gesagt, sie habe einen schlechten Fang gemacht. Aber diese Mary-Anne ist ja plötzlich verschwunden. Zu dir, Joanna Tabora, habe ich immer gesagt: Wir werden glücklich sein.«

Er zeigte auf die in der Sonne weiß leuchtende Anlage in den Felsen, auf die Blumengärten und die Terrassen. Seine Handbewegung war umfassend, war stolz.

»Das ist deine neue Welt, Joanna. Nun ist es deine Entscheidung!«

Sie nickte und war ganz still, während Rainherr die ALTUN HA an die Mole steuerte. Ein Mann in verwitterter Matrosenkluft wartete schon und nahm das Tau an, das Juan ihm zuwarf.

»Das ist Jack«, stellte Rainherr vor. »Er kennt alle Meere. Jetzt ist er bei mir als Gärtner.«

Ein großer, hellbrauner deutscher Schäferhund lief die Treppe zum Strand hinab und rannte bellend über die Mole.

»Und das ist Mr. Ben. – Mein Gott . . .«, er legte den

Arm um Joannas Schulter und zog sie an sich, »wir haben es geschafft! Joanna, wir haben es geschafft! Das neue Leben hat begonnen!«

Sie nickte stumm und starrte die Gestalt an, die leichtfüßig hinter dem Hund die Treppe hinunterhüpfte. Das lange, bis über die Schultern flatternde hellblonde Haar leuchtete in der Sonne. Das Mädchen trug hellblaue Mini-Shorts und ein einfaches weißes T-Shirt mit dem Aufdruck: I LIKE PAPA. Das Mädchen war groß und schlank und von jener unfertigen Schlaksigkeit, die sechzehnjährigen Mädchen noch oft anhaftet.

Auf halber Höhe der langen Treppe blieb es stehen, legte die rechte Hand als Sonnenschutz über die Augen und blickte hinüber zu der Yacht.

Ein fremdes Schiff.

Warum benahm sich dann aber Mr. Ben so toll, als wenn Herrchen nach Hause gekommen wäre?

Der Hund sprang jaulend auf der Mole hoch und behinderte den alten Jack, das Tau um den Polder zu schlingen. Dann erkannte das Mädchen den am Bug winkenden Juan und ließ die Hand von den Augen sinken.

»Und das ist sie also . . .«, sagte Joanna leise.

»Ja, das ist Annette.«

»Ein hübsches Mädchen . . .«

»Das junge Abbild ihrer Mutter.«

»Sie wird mich nicht akzeptieren, Andres . . .«

»Das wollen wir sehen!«

Er faßte ihre Hand und zog sie aus dem Ruderhaus. Draußen, vor der Reling, legte er den Arm um Joanna und zog sie an sich. Mit einem plötzlichen Ruck riß er sie zu sich herum und küßte sie.

Nur eine Sekunde dauerte die Überrumpelung, dann stieß sie sich mit beiden Fäusten von ihm ab.

»Du bist verrückt!« keuchte sie. »Andres, das war der größte Fehler bei dieser Ankunft. Noch bevor sie mich kennt, haßt sie mich schon . . .«

Langsam stieg jetzt Annette die Treppe zum Strand

hinab. Ihre Lippen waren zusammengekniffen. Auf der untersten Stufe blieb sie stehen und warf mit beiden Händen das lange Haar über ihre Schultern zurück.

»Sie bleibt stehen . . .«, sagte Rainherr ernst. »Früher, wenn ich zurückkam, lief sie mit Mr. Ben um die Wette mir entgegen. Beide rissen mich fast um . . .«

Er ließ Joanna los und wartete, bis das Fallreep über die Mole geschoben war und Juan an Land sprang.

»Komm«, sagte er und reichte Joanna seine Hand. »Komm in dein neues Leben. Ich möchte den sehen, der uns daran hindern will . . .«

»Wäre es nicht besser, du gingst erst allein zu deiner Tochter und erklärtest ihr alles?«

»Nein!«

Er zog sie zum Fallreep und umfaßte wieder ihre Schultern. »Das ist eine Sache, die müssen wir gemeinsam durchstehen . . .«

Begrüßungen, auch wenn sie höflich sind – oder gerade, weil sie besonders höflich sind –, können tief verwunden. Schon eine erste Begegnung, ein erster Blick oder Händedruck können Mauern aufrichten, können Abgründe aufreißen.

Man kann sich umarmen und im gleichen Augenblick wissen: Diesen Menschen kannst du nicht ausstehen! Seine Gegenwart erzeugt dir Übelkeit. Lächle, lächle, wahre die Form – aber dieses Lächeln, aus den Mundwinkeln heraus, ist eisig, ist festgefroren, wird nie auftauen.

Die Höflichkeit eines Gletschers, sozusagen.

Nachdem Andreas Rainherr und Joanna Tabora an Land gegangen waren und Mr. Ben, unbelastet von Vorurteilen, an seinem Herrn hochgesprungen war und ihn fast umgerissen hätte, vor Freude jaulend, als empfinde er das Glück wie einen Schmerz, kam endlich auch Annette näher.

Sie trat aus dem Schatten der Felsentreppe heraus und rief zunächst mit heller Stimme: »Ben! Hierher! Bei Fuß, Ben!«

Der Hund duckte sich, blinzelte Rainherr an und konnte sich nicht entschließen. »Du bleibst jetzt hier«, sagte Rainherr leise und kraulte ihn zwischen den Ohren. »Jetzt bin ich ja wieder da – und so schnell gehe ich auch nicht wieder weg . . .«

»Sei nicht so sicher, Andres.«

Joanna stand neben Rainherr und blickte Annette entgegen. Langsam kam sie jetzt auf das Paar zu, plötzlich ein wenig eckiger in den Bewegungen, die Augen zusammengekniffen. Aber das konnte auch daher kommen, daß sie gegen die Sonne blicken mußte und keine Schutzbrille trug.

»Daß der Hund ihr nicht gehorcht, ist der zweite Schlag . . .«, meinte Joanna, die genau beobachtete.

»Sie ist doch meine Tochter.«

»Und ihr Vater kommt zurück mit einer fremden Frau, die er auch noch vor aller Augen küßt.«

»Ich bin nun einmal für Klarheit, Joanna.«

»O Andres! Welch ein Wort! Klarheit! Wie kann es denn in meinem Leben jemals Klarheit geben?«

»Wir fangen heute damit an, Joanna. Nein, es hat schon lange damit angefangen. Eigentlich schon in der Stunde, als du mein Schiff gekapert hast.«

»Ich wiederhole es, es war die größte Dummheit meines Lebens! Mein Instinkt muß mich völlig verlassen haben.«

»Man kann es auch anders sehen: Das Schicksal hat endlich bei dir mit offenen, ehrlichen und richtigen Karten gespielt.«

Nun ließ er Mr. Ben los und ging Annette entgegen.

Joanna blieb zurück, zwei Schritte nur, aber so weit doch, daß Andreas sie nicht mehr an seine Seite ziehen konnte.

Dann standen sie sich gegenüber, Tochter und Vater, und umarmten sich.

»Es ist so schön, daß du wieder da bist, Paps«, sagte Annette. Es klang wie immer. Ihre Freude, nicht länger allein sein zu müssen, war ehrlich.

»Diesmal warst du sehr lange unterwegs . . .«

Sie küßte ihn auf die Wange und blickte dabei an Joanna vorbei auf das schöne, in der Sonne gleißende Schiff. »Du hast ein neues Boot gekauft?«

»Nein, es gehört Frau Tabora.« Rainherr drehte sich um und sagte: »Das ist meine Tochter Annette, Joanna.« Und zu Annette gewandt: »Ich wäre sehr glücklich, wenn du dich mit Joanna gut verstehen könntest.«

»Bestimmt.«

Annette streckte Joanna ihre Hand hin, aber sie zuckte doch leicht zusammen, als Joanna sie ergriff und drückte.

Annette erwiderte den Druck nicht, sondern ließ ihre Finger schlaff in Joannas zupackender Hand liegen. Für zwei, drei Sekunden sahen die beiden sich forschend an . . .

Sie hat Augen wie ein klarer Bergsee, dachte Joanna, blau, bis auf den Grund durchsichtig – aber kalt.

Und Annette dachte: Ihre Augen sind schwarz wie ihr Haar. Blank poliert. Augen, die sagen: Wir wissen, wie hübsch wir sind. Augen, die immer Sieger sein wollen . . .

»Wenn mein Vater Sie mitgebracht hat, sind Sie immer willkommen. Was Paps tut, ist gut . . .«

Die Grenzen waren abgesteckt. Joanna ließ Annettes Hand los.

Der Arm pendelte an den Körper zurück, als sei er weggeschleudert worden.

»Und wo ist unser Schiff?« fragte Annette.

»In Reparatur. Du siehst, Juan ist auch mitgekommen.« Rainherr legte demonstrativ die Hand um Joannas Hüfte. »In ein paar Wochen holen wir es wieder ab – oder gar nicht mehr. Das entscheidet die Werkstatt.«

»Bist du auf ein Riff aufgelaufen, Paps?«

»Nein. Der Motor tat's nicht mehr. Kurbelwelle, einige

Lager . . . Ich bin vielleicht manchmal doch zu forsch gefahren.«

»Den Motor kann man doch . . . auswechseln?« Sie blickte hinüber zu der ALTUN HA. »Wir hatten auch ein schönes Schiff, Paps, unsere ›Annette I‹!«

Und plötzlich, wie ein Schlag, fragte sie Joanna: »Sie wollen Ihre Yacht verkaufen?«

»Vielleicht. Ihr Vater hat Interesse. Darum bestand er auch auf dieser Probefahrt . . .«

Das Gespräch drohte zu versanden. Sie stiegen stumm die Steintreppe hinauf zu den Blumenterrassen, während Juan und der alte Jack begannen, einige Kisten auszuladen.

Auf der Hauptterrasse blieb Joanna stehen und sah sich begeistert um. Das Haus war vielfach gegliedert, mit Hallen und Steinsäulen, an die Felsen gebaut wie ein Nest. Zum Garten hin war es dagegen breit gelagert, mit einem riesigen Wohnraum und einem Swimming-pool voller Meerwasser, das durch drei Pumpstationen glasklar gefiltert hochgedrückt wurde.

Joanna empfand die architektonische Meisterleistung. Das Haus war von einer Schönheit, wie sie es nur selten gesehen hatte.

»Das ist wirklich ein Traum!« sagte sie dann.

»Aber einer mit einer langen Vorgeschichte . . .«

Andreas Rainherr lachte und ging voraus in die große offene Gartenhalle. Hier drückte er auf einen Knopf. Mit einem leisen Summton drehte sich eine Wand, und aus dem Felsen heraus fuhr eine breite Bar mit einer Batterie von Flaschen und einem Gläserschrank.

»Eine Spielerei von mir«, erklärte Andreas. »Im Haus gibt es mehrere solcher technischen Überraschungen. Zum Beispiel unsere Stereoanlage, für alle Zimmer zentral gesteuert. Oder ein Tisch, der von unten aus der Küche voll gedeckt eine Etage höher in das Eßzimmer gefahren wird.«

Er nahm einen Mixbecher aus der Bartheke und begann, aus Orangensaft, Rum, Angostura und Champagner einen Drink zu mixen.

»Auf solche ausgefallenen Ideen kommt man, wenn man hier oben allein sitzt und sich sagt: Du bist noch nicht alt genug, um nur über das Meer zu blicken und Rückschau zu halten. Ich muß immer etwas Neues anfangen!«

»Paps übertreibt.« Annette hatte sich in einen der tiefen Korbsessel mit den dicken bunten Polsterauflagen gesetzt und blickte Joanna von unten her höflich, aber abweisend an. Sie zeigte auf einen Sessel jenseits des runden Tisches . . . eine deutliche Trennung zu ihr.

»Bitte, nehmen Sie doch Platz, Señora Tabora. Paps ist nämlich voll ausgelastet! Er leitet eine Fischfabrik in Stake Bay, eine Schildkrötenfarm in Spot Bay, und in Creck gehört ihm auch noch eine kleine Fabrik, die Schildpatt verarbeitet. Mit echten Schildkrötenpanzern kann man gute Geschäfte machen.«

»Ich weiß.«

Joanna nahm das schlanke hohe Glas an, das Rainherr ihr reichte. Zerstoßenes Eis ließ die Kühle wohltuend in ihre Finger überfließen. Sie hatte das Gefühl, als glühe ihre Hand – als glühe ihr ganzer Körper . . .

»Ich besitze in Belize eine Exportfirma für Häute, Eingeborenenkunst und auch für Schildkrötenpanzer.«

»Dann sind Sie gewissermaßen eine Kollegin von Paps?«

»Gewissermaßen . . .«

Sie stießen miteinander an und tranken. Was Andreas da gemixt hatte, war sehr erfrischend und anregend. Er wirkte überhaupt in diesen Minuten sehr gelöst und jugendlich. Er hockte auf der Balustrade der Terrasse und ließ seine Blicke über sein Felsenhaus gleiten.

»Die Cayman-Inseln wurden im Jahr 1503 von Kolumbus entdeckt«, erläuterte er. »Der Knabe hat ja gewissermaßen die ganze Karibik entdeckt, Insel nach Insel, und dürfte sich gewundert haben, daß sein Indien, das er erreicht zu haben glaubte, aus so vielen kleinen Eilanden besteht. Die Cayman-Inseln nannte er übrigens ›Las Tortugas‹ – eben wegen der riesigen Anzahl von Schildkröten, die er hier fand. Erst später brachten die Engländer den Namen Cayman auf, weil sie die hier vorkommenden Großechsen mit Alligatoren verwechselten.«

Er hob sein Glas und prostete Joanna zu. »Dies als Einführungslektion!«

»Und das erste Kapitel sind die Piraten!« sagte Annette.

Joanna zuckte zusammen wie unter einem Peitschenschlag. Ihre schwarzen Augen weiteten sich. Sie hielt ihr langes Glas so vor das Gesicht, daß man das Zucken um ihre Lippen nicht sehen konnte.

Annette lehnte sich zurück. »Wenn Paps von den Piraten erzählt, dann ist das, als lebe die vergangene Zeit wieder auf. Paps versteht nämlich was von Piraterie . . .«

»Sicherlich . . .«, sagte Joanna leise.

»Im 17. und 18. Jahrhundert waren die Cayman-Inseln der Stützpunkt aller karibischen Piraten. In zahlreichen, noch nicht wieder entdeckten Höhlen auf den Inseln sollen noch heute unfaßbare Piratenschätze lagern. Sie sind so gut versteckt, daß bisher alle Suchtrupps erfolglos blieben. Auch ich habe zwei Jahre lang vergeblich gesucht.«

»Hier?«

»Ja, hier, wo wir sitzen, wo ich mein Haus gebaut habe. Als ich das erstemal nach Cayman Brac kam und mir einen Platz suchte, wo ich leben wollte, sagte ein alter britischer Oberst zu mir: ›Wenn Sie etwas suchen, was keiner hat, und das nötige Kleingeld besitzen, um es auszubauen, dann kenne ich einen Platz, um den Sie jeder beneiden wird. Es ist ein alter Piratenschlupfwinkel mit Resten einer Piratenburg aus dem Jahr 1689. Ich war selbst dort. Die Jahreszahl steht eingemeißelt über dem ehemaligen Eingangstor.‹«

Andreas Rainherr machte eine weit umfassende Handbewegung.

»Das hier war diese Bucht und das Plateau. Der Gouverneur in Georgetown auf Grand Cayman verkaufte mir das Felsennest, nannte mich einen ›crazy german‹ und wünschte mir, daß ich nicht das Schicksal des letzten Besitzers teilen möge: Er wurde nämlich am Mast seines Korsarenschiffes aufgehängt, ehe man das Schiff mit ihm draußen auf dem Meer verbrannte. – Dann begann ich mit dem Ausbau – Stück für Stück – Terrasse nach Terrasse. Wir fanden eine ganze Anzahl von Höhlen, in denen die Piraten ihre Beute gelagert hatten . . . aber sie waren bis auf verrostete Waffen und verschimmelte Kleidungsstücke leer . . . Auch ein sogenanntes Gefängnis fanden wir – schon damals kannte man Kidnapping – nur nannte man es anders. Es war eine Felsenhöhle mit einem kleinen vergitterten Loch als Fenster. Eine dicke Falltür versperrte eine Tiefe, wo man Gefangene oder unliebsame Konkurrenten einfach hineinwarf. Wer unten landete, in diesem Verließ, hatte wenig Chancen, wieder nach oben zu kommen. Wir fanden tatsächlich die Knochen von vierundvierzig Menschen! Ein Arzt und ich haben die Skelette in der Pathologie des Krankenhauses von Georgetown zusammengesetzt. Sogar Frauen waren darunter, sechs Frauen.«

»Damals lebte Mama noch . . .«, warf Annette ein.

Es klang ganz harmlos, nur so als Ergänzung zu Rainherrs Erläuterungen, aber es war eine deutliche Kampfansage: Du sitzt auf einem Platz, der meiner Mutter gebührt. Alles hier hat sie mit Paps aufgebaut. Sie lebt nicht mehr, aber sie ist noch immer um uns! Du wirst es nie schaffen, sie zu verdrängen, so schön du auch bist!

Paps liebt dich, nicht wahr? Er hat dich an der Reling geküßt, damit ich es sehe. Du bist seine Geliebte, man kann ihm das nicht übelnehmen. Schließlich ist Mama schon lange tot . . . Aber du bist die erste Frau, die er mitgebracht hat in unser Haus . . .

Er hat bestimmt viele Frauen in den Armen gehalten in den vergangenen Jahren, ich habe sie nie gesehen, nie kennengelernt, nie mit einer gesprochen. Dich aber bringt er in unser Haus . . .

Sieh mich nur forschend an, Joanna Tabora. Du wirst Mama nie verdrängen . . .

»Wir haben vier Jahre an diesem Haus gebaut«, erzählte Rainherr unbeirrt weiter. »Als es fertig war, luden wir den Gouverneur ein. Er ging überall herum, sah sich alles an und sagte dann in seiner unterkühlten britischen Art: ›Es ist erstaunlich, welche Leistungen Menschen in Ihrem Zustand zustande bringen können! Gratuliere, Sir. Nun fangen Sie nur nicht an und setzen die Piratentradition fort!‹ Das war ein Scherz. Im nächsten Jahr kaufte ich die Fischfabrik mit einem englischen Teilhaber, später die Schildkrötenverarbeitungsbetriebe.«

Rainherr schwieg abrupt. Er trank sein Glas aus und setzte es hart auf die steinerne Balustrade. »Kurz darauf starb meine Frau«, sagte er hart.

»Paps hat Mama sehr geliebt . . .«, ergänzte Annette den Satz ihres Vaters anscheinend harmlos.

»Das glaube ich.« Joanna umklammerte mit beiden Händen fest ihr Glas. »Sie muß eine tapfere, mutige und wundervolle Frau gewesen sein, wenn sie das alles mit aufgebaut hat.«

»Sie war sanft und still und so blond wie ich«, fuhr Annette verträumt fort. »Niemand traute ihr zu, daß sie Paps in seinen Ideen unterstützen würde. Aber sie tat alles, was er wollte. Sie liebte ihn eben . . . abgöttisch. Da fällt mir gerade ein, als Paps den alten Oberst erwähnte, daß der einmal sagte: ›Mrs. Rainherr, ich muß es los werden: Ihre Liebe zu diesem Phantasten von Mann ist für mich ein Wunder!‹ Ich stand neben Mama und begriff damals noch nicht, was er damit meinte. Heute . . . heute verstehe ich es.«

Sie schlug die langen Beine übereinander und räkelte sich in den Polstern des Korbsessels.

»Es wird nie wieder eine Frau geben, die hier, auf dem Piratenfelsen, mit Paps, dem Meer, der Sonne, dem Himmel und der Einsamkeit glücklich ist.«

»Aber Sie sind es doch, Annette . . .«, sagte Joanna leise.

»Ja. Ich bin auch wie meine Mutter.«

Damit war der Krieg erklärt. Joanna und Andreas begriffen es sofort und bemühten sich, keinen Blick miteinander zu wechseln.

Rainherr stand von der Balustrade auf und trug die Gläser zur Bar zurück.

»Annette«, sagte er und bemühte sich, seiner Stimme einen neutralen Klang zu geben. »Zeigst du bitte Frau Tabora ihre Zimmer?«

»Gern, Paps.«

Sie sprang aus dem Korbsessel. »Im Ostbau oder im Westbau?« Sie wandte sich an Joanna. »Hier hat jeder Teil des Hauses seine besondere Geschichte. Im Ostteil haben wir die Skelette gefunden, im Westteil waren die Lagerhöhlen der Piraten.«

»Die Westzimmer!« sagte Rainherr und sortierte völlig sinnlos die gebrauchten Gläser auf der Bartheke. Er stellte sie wie Soldaten nebeneinander, ausgerichtet wie zur Parade.

»Es sind auch die schönsten Zimmer«, fügte er hinzu. »Von einer eigenen Terrasse aus kann man über eine Treppe direkt den Swimming-pool erreichen.«

Er wartete, bis Joanna hinter Annette die offene Halle verlassen hatte. Von der Seite kam Juan auf die Terrasse und schleppte einen großen Metallkoffer auf der Schulter. Er enthielt Joannas persönliche Dinge: Kleider, Wäsche, Schuhe und Kosmetik. Sie hatte alles auf der Fahrt von San Pedro nach Cayman Brac zusammengepackt.

»Gibt es Krieg, Chef?« fragte Juan ernst.

»Ja!« antwortete Rainherr, keineswegs überrascht. »So habe ich Annette noch nie erlebt. Sie ist ein völlig anderer Mensch! Sie lächelt – und verströmt Eiseskälte.«

»Wer wird siegen, Chef?«

»Ich! Noch bin ich kein alter Mann, der sich nur noch um Fischkonserven und Schildkrötenpanzer kümmert.«

»Wohin soll der Koffer, Sir?«

»In den Westbau.«

»Ausgerechnet . . .«

Rainherr winkte ab. »Was soll's, Juan! Überall wirst du hier auf den Spuren der Piraten herumlaufen.« Er lehnte sich an die Bar und blickte über die Bucht, das Meer und die weißschimmernde ALTUN HA. »Vielleicht baue ich ein Haus in West End.«

»Und dieses hier?«

»Verkaufe ich.«

»Auch in West End haben Piraten gehaust . . .«

»Mein Gott . . . dann ziehen wir eben weg! Nach Aruba oder Martinique, Grenada oder St. Lucia. Auch auf Jamaika kann man wunderbar leben! Die Welt ist doch so groß, Juan!«

Juan entgegnete ernst: »Ich glaube nicht, Sir, daß Miß Annette dieses Haus aufgeben wird . . .«

Er schob den Metallkoffer auf seiner Schulter zurecht und ging damit zum Westbau.

Andreas Rainherr blickte ihm nach und nickte. Juan hat recht, dachte er. Ich liebe eine der schönsten Frauen dieser Erde . . . aber ich liebe auch Annette, das einzige, was ich von Lucia behalten habe. Wie kann man aus diesem Konflikt herauskommen?

Rainherr wußte es in dieser Stunde nicht.

XIII

Die großen Zimmer im Westflügel des Hauses waren angenehm kühl. Sie waren im britischen Kolonialstil eingerichtet, sehr weiblich, mit gebauschten Gardinen, hellen Teppichböden und jenem schwer erklärbaren Flair, das englische Kolonialisten aus Indien in alle Welt exportiert hatten: die filigranhafte Schönheit uralter östlicher Kultur, gemixt mit der zweckmäßigen Kühle des Briten, dem sein Haus seine Burg ist.

Eine breite Fenstertür führte hinaus auf die Terrasse,

auf der Hibiskus blühte und kleine Bananenstauden im Wind schaukelten. Die Treppe hinab zum Swimmingpool hatte ein weißlackiertes eisernes Geländer. Eine Kunstschmiedearbeit, die eine heitere Variante zu den Blüten und den säulengestützten Gebäuden abgab.

Annette schob die breite Glastür auf und lehnte sich dann gegen den Metallrahmen.

Joanna schob mit beiden Händen ihr Haar aus der Stirn. Das erste Gefecht beginnt, dachte sie. Wir sind allein . . .

Hat es überhaupt einen Sinn zu kämpfen? Nach allen Seiten muß ich schlagen . . . gegen meine Vergangenheit, gegen die Gegenwart, die Annette heißt, gegen eine völlig ungewisse Zukunft, die nur Drohung ist, solange Fernando Dalques uns verfolgt, und jetzt auch noch gegen den Schatten einer Mutter, der übermächtig ist.

Mein Gott, das schaffe ich nicht! Ich will doch nur lieben und geliebt werden, und endlich, endlich Ruhe haben und eine Frau sein wie jede andere. Ist das zuviel verlangt vom Leben?

»Mein Vater liebt Sie?« fragte Annette ohne Übergang und Einleitung. Man hatte in der vergangenen Stunde genug um die Dinge herumgeredet.

Joanna nickte. Ich laufe nicht davon, dachte sie. Ich war in meinem ganzen verworrenen Leben noch nie ein Feigling. Wenn es also sein muß: Die Piratin habe ich nicht vergessen! Ich war neben Jim immer die erste, die ein fremdes Schiff enterte . . .

»Ja«, antwortete sie also ganz sachlich. »Und ich liebe ihn!«

Sie trat an die andere Seite der Glastür und lehnte sich – wie Annette – gegen den kühlen Metallrahmen.

Drei Meter sonnendurchglühte Luft trennte sie voneinander. Der Hibiskusduft war betäubend süß.

»Was nun?« Annette sah Joanna offen an. »Sie können kaum verlangen, daß ich in Begeisterungsschreie ausbreche. Endlich hat Paps wieder eine Frau! Endlich kommt wieder eine richtige Frau in dieses Haus . . .«

»Ich habe erwartet, daß Sie mich ablehnen. Ich hätte es in Ihrem Alter und in dieser Situation genauso getan bei meinem Vater. Töchter sind nun einmal so . . .«

»Sie glauben, ich liebe meinen Vater so egoistisch, daß ich ihn keiner anderen Frau gönne?«

»Ja.«

»Das ist ein Irrtum! Es gibt nur auf der ganzen Welt keine Frau, die meine Mutter ersetzen könnte . . .«

»Eine Mutter kann niemand ersetzen.«

Joannas Mund war hart geworden, die Erinnerung an Raimondo Vargas war plötzlich wach geworden. »Ich kann das wohl noch besser beurteilen als Sie.«

»Das glaube ich nicht.« Annette zeigte auf die Terrasse. »Kommen Sie mit hinaus, ich will Ihnen etwas zeigen.«

Sie ging voraus, und Joanna folgte ihr bis zum Beginn der Treppe. Dort blieb Annette stehen und streckte ihren Arm weit aus.

»Von hier aus können Sie es genau sehen. Dort liegt Ihr Schiff. Vielleicht zwanzig Meter von der Mole nach links wird das Meer grünlicher.«

»Ich erkenne es gut. Da muß ein Korallenriff sein.«

»Richtig. Das Wasser in der Bucht ist nicht sehr tief, darum hat Paps auch die Mole gebaut, um mit genug Tiefgang ankern zu können. Dort, wo die Korallenbank liegt und weiter zum Strand hin ist das Wasser so flach, daß wir diesen Teil unser Schwimmbecken nannten. Damals hatten wir noch nicht den Swimming-pool am Haus. Mama war eine gute Schwimmerin . . . sie bewegte sich im Meer wie ein goldener Fisch. Eines Morgens – sie schwamm am liebsten, wenn die Morgensonne die ersten schrägen Strahlen über das Meer schickte – war sie auch dort draußen, zwischen den Korallen und dem Strand. Plötzlich schrie sie . . . Sie schrie so grell, daß wir es hier oben hörten und auf die Terrasse rannten. Da sahen wir sofort die dreieckige Rückenflosse, und wir erkannten von hier oben ganz deutlich den silbergrau schimmernden, langen Leib des Fisches. Wir konnten sogar sehen, wie er das

Maul aufriß, und wie er sich, etwas zur Seite gedreht, auf Mama stürzte. Und wir konnten sehen, wie die fürchterlichen Zahnreihen zuklappten und Mamas Oberschenkel nur noch ein blutiges Gebilde aus Fleischfetzen und zersplitterten Knochen war. Und sie schrie . . . sie schrie und schwamm weiter . . . mit dem einen Bein, und Paps schrie zurück – ich habe noch nie einen Menschen so schreien hören – und stürzte die Treppe hinunter zur Bucht. Was wir da sahen, war überhaupt nicht zu verstehen, denn in solch flache Gewässer geht sonst nie ein Hai. Dort fehlt ihm die Tiefe, um jagen, um seine Schnelligkeit und Wendigkeit ausnutzen zu können. Im flachen Wasser fühlt sich sonst jeder Hai wie ein Gefangener – aber dieser kümmerte sich wenig darum. Er legte sich wieder auf die Seite und schoß von neuem auf Mama zu. – Und wir standen hier, sahen alles mit an und konnten nicht helfen. Begreifen Sie, wie furchtbar das war? Wir mußten wehrlos zusehen, wie der Hai meine Mutter förmlich zerriß. Ersparen Sie mir Einzelheiten, der rechte Arm und die rechte Hand mit dem Trauring wurden später ans Ufer geschwemmt. Seitdem trägt Paps diesen Ring, und ich glaube, man müßte ihm den Finger abhacken, ehe er sich von diesem Ring trennen würde . . .«

Annette atmete tief auf und wandte sich dann vom Meer ab.

»Seitdem tötet Paps jeden Hai, den er zu sehen bekommt. Wenn er mit dem Schiff hinausfährt, um – wie er sagt – zu angeln, dann wissen wir alle: Jetzt jagt er wieder den Mörder von Mama. Er wird diesen grausigen Tod nie vergessen, so wie er Mama nie vergessen wird. Ich weiß nicht, ob Paps in den vergangenen Jahren Frauen geliebt hat –, ich habe es nie bemerkt und wir haben nie darüber gesprochen. Es war ein Thema, das es zwischen uns nicht gab. Die einzige Frau, die immer um uns war, war Mama . . .«

Sie ging in das Zimmer zurück, in die wohltuende Kühle, die eine geräuschlose Klimaanlage erzeugte, und ließ sich in einen Sessel fallen. Joanna blieb noch in der offenen Glastür stehen.

»Und plötzlich kommt nun Paps von einer seiner Haijagden zurück und bringt eine Frau mit! Sie, Joanna! Und diese Frau sagt: Ihr Vater liebt mich, und ich liebe Ihren Vater! – Glauben Sie wirklich, Sie könnten Mama ersetzen . . . oder Mama vergessen lassen? Ich werde Sie nie akzeptieren, Joanna . . .«

»Sie können so grausam sein und Ihrem Vater kein neues Glück gönnen? Er ist über das schreckliche Erlebnis etwas hinweg . . .«

»Durch Sie!«

»Durch unsere Liebe . . .«

»Sie haben es fertiggebracht, Mama aus seinem Herzen zu verdrängen? Mit Ihren schwarzen Augen und Ihrem Katzenkörper vernichten Sie jetzt Mama zum zweitenmal?«

Annette sprang aus dem Sessel auf.

»Ich hasse Sie!« schrie sie. Ihre Stimme hatte in diesem Ausbruch ihres tiefsten Gefühls einen hellen, kindlichen Ton angenommen. »Sie sind wie der Hai . . . der verdammte Hai . . . Sie fressen meine Mutter auf!«

»Annette . . . bitte, hören Sie mich an . . .«, brachte Joanna stockend hervor.

»Ich will nichts mehr von Ihnen hören!«

Annette rannte zur Tür und riß sie auf. Sie prallte gegen Juan, der gerade die Tür – den Metallkoffer auf der Schulter – erreicht hatte.

»Ach! Die neue Frau richtet sich schon häuslich ein! So schnell, so einfach geht das?«

Annette fuhr herum. Ihre blauen Augen funkelten. »Ich wünschte, hier wäre jemand, der Sie tötet!« sagte sie, schwer atmend.

»Auch das wäre nichts Neues für mich.« Joanna lächelte bitter. »Sie sind noch so herrlich jung, Annette, und bis auf den schrecklichen Tod Ihrer Mutter kennen Sie die Grausamkeiten des Lebens noch nicht. Soll das Leben Ihres Vaters zusammenschrumpfen bis auf den kleinen Goldring an seiner rechten Hand? Wollen Sie ihn zum zweiten Opfer dieses Hais machen? Zum seelischen Opfer? Ihr Vater ist noch nicht alt, Annette . . . ein wunderbarer Mann . . .«

»Das werden Sie aus Ihrer Sicht besser beurteilen können!« entgegnete Annette voller Haß. »Ich weiß nur, daß Sie meine Mutter zum zweitenmal töten . . .«

Juan stand noch mit dem Koffer auf den Schultern an der Tür, als Annette an ihm vorbei zum Haupthaus gelaufen war. Unschlüssig blickte er Joanna an, die mit aneinandergepreßten Fäusten erregt im Zimmer hin und her lief.

»Wo soll der Koffer hin, Mylady?« fragte er formvollendet.

Joanna fuhr herum, als sei sie getreten worden. »Zurück zum Schiff!« schrie sie.

»Sie kapitulieren schon?«

»Ich habe noch nie gegen Tote gekämpft!«

»Stellen wir den Koffer erst einmal hier ab«, meinte Juan klug. Er wuchtete das schwere Ding von seinen Schultern und ließ es auf den Boden knallen. »Die Entscheidungen in diesem Haus trifft allein der Chef . . .«

Es waren keine Entscheidungen mehr zu fällen.

Andreas Rainherr erwartete seine Tochter in der großen Wohnhalle.

Als Annette eintrat, sah er schon an ihren Augen und an ihrer Haltung, daß viele Worte und Erklärungen nutzlos waren. Joanna hatte recht behalten: Seine Tochter war nicht bereit, eine neue Frau an der Seite ihres Vaters zu dulden.

»Sag bitte nichts!« begann Rainherr die kurze Diskussion. »Ich seh dir an, was geschehen ist . . . Nein, du hörst jetzt mir zu!«

Das war seit Lucias Tod ein neuer Ton zwischen Vater

und Tochter. Das gemeinsame schreckliche Erlebnis hatte sie so zusammengeschweißt, daß es bis heute undenkbar schien, es könne je Auseinandersetzungen zwischen ihnen geben. Plötzlich zeigte sich ein Riß . . .

Warum ist das so, dachte er. Als Annette in das Alter kam, in dem sie sehen lernte, was um sie herum vorging, in dem sie begreifen konnte, was geschah, hatte sie ihren Vater nie gefragt. Aber sie mußte doch wissen, daß es in den vergangenen Jahren hier und da Frauen gegeben hatte, mit denen ihr Vater zusammen war.

Einmal . . . diese vierzehn Tage im Hotel des Badeortes West Bay auf Grand Cayman. Sie war eine amerikanische Touristin, die eigentlich bei den Cayman-Inseln auf Grund liegende Schiffswracks besichtigen wollte. 335 Schiffe, die im Laufe von drei Jahrhunderten hier gestrandet waren, durch Stürme auf die Klippen getrieben oder durch falsche Navigation an den Felsen zerschellt, bildeten heute eine Touristenattraktion ersten Ranges. Aber statt auf »Schatzsuche« zu gehen – wie der Buntprospekt des Reisebüros es versprach – verbrachte Miß Laurice von dem dritten Tag ihres Urlaubs an die Zeit mit Rainherr im Bett, nachdem sie ihn zufällig am Strand des Hotels kennengelernt hatte.

Das war nur eine Frau von mehreren gewesen . . . Und nie hatte Annette gefragt oder etwas darüber gesagt. Nur jetzt, bei Joanna, schlug sie plötzlich um sich.

»Ich glaube«, sagte Rainherr ernst, »ich habe es als erwachsener Mann und als dein Vater nicht nötig, dich um Erlaubnis für Dinge zu bitten, die in erster Linie mich betreffen.«

»Du brauchst nicht weiterzureden, Paps!« Annette stand mitten im Zimmer, groß schlank, sehr blond . . . ein junger Racheengel, aber trotzdem ratlos, dem Weinen näher als den Vorwürfen. »Ich weiß alles . . .«

»So, du weißt alles?«

Das klang ein wenig spöttisch. »Was weißt du denn, du Küken?«

»Ihr liebt euch!«

»Und das ist ein Verbrechen?«

»Wenn Mama das sehen könnte . . .«

»Könnte sie es sehen, so würde sie sagen: Andreas, nach den Jahren des Alleinseins gönne ich dir alles Glück mit Joanna, wenn sie dich glücklich macht . . . Und Joanna macht mich glücklich.«

»Und wie soll das weitergehen?«

»Ich werde sie heiraten.«

»Ich werde nie . . . nie Mutter zu ihr sagen können!«

»Es genügt, wenn du sie Joanna nennst und ihr eine Freundin sein kannst.«

»Freundin? Ich hasse sie!«

»Das ist dein Privatvergnügen.«

Andreas Rainherr griff nach der Cognacflasche, die neben ihm auf einem niedrigen Glastisch stand. Er hatte schon drei Gläser getrunken . . . Verdammt, es ist schwer, sich einzugestehen, daß man im tiefen Innern Angst vor seiner Tochter hat, dachte er. Angst vor dieser Alternative, die doch eigentlich nicht sein dürfte: das Kind oder die neue Frau! Aber das eine war doch möglich, mußte möglich sein: das Kind und die neue Frau. Darum mußte er jetzt kämpfen . . .

»Warum haßt du Joanna?« fragte er, nachdem er das vierte Glas ausgetrunken hatte. Annette hatte ihm stumm zugesehen. »Du kennst sie nun gerade eine Stunde . . .«

»Die genügt mir!«

»Eine typische, flapsige Antwort, die zu deinem Alter paßt!«

»Man mag einen Menschen, vom ersten Blick an – oder überhaupt nicht!« antwortete Annette laut. »Diese Weisheit stammt auch noch von dir . . .«

»Sie stammt nicht von mir . . . das Leben ist so!«

»Na also, ich mag sie eben nicht.«

»Ohne jeglichen Grund . . .«

»Muß man für jede Abneigung einen Grund haben?«

»Nein. Aber man sollte – auch das ist eine alte Lebensweisheit – nichts tun, ohne es genau zu überlegen, und ein Ja oder ein Nein sollte man immer begründen können.«

»Ich kann dir nichts anderes sagen, Paps . . .« Annette holte tief Atem. Ihre Stimme schwankte trotzdem etwas. »Wenn du sie heiratest, Paps, dann schick mich zu Tante Irmgard nach Wuppertal.«

»Du bist ja wohl total übergeschnappt!« sagte Rainherr heiser.

»Ich weiß genau, was ich will. Ich werde versuchen, mein Abi zu machen und Biologie zu studieren. Du selbst hast mich so erzogen, selbständig zu sein. Ich schlage mich schon durch . . .«

Rainherr sprang auf und winkte ab.

»Ich höre mir diesen Blödsinn nicht länger an«, sagte er scharf. »Ich kann von dir, der du ein erwachsener Mensch sein willst, verlangen, daß du ein Eigenleben deines Vaters respektierst und tolerierst. Das ist doch das mindeste! Überleg dir bitte in Ruhe, ob du deinen Vater, den du doch wohl liebst, so behandeln kannst.«

»Du wirst immer mein Vater bleiben . . . auch mit dieser . . . dieser Frau!«

»Wie gütig!« Rainherr trug die Cognacflasche zu einem Wandschrank und stellte sie hinein. »Wie soll nach den Wünschen meiner Tochter das Leben also weitergehen?«

»Mußt du sie denn heiraten?«

»Nein! Ich will sie heiraten.«

»Du hast doch schon manche Geliebte gehabt . . .«

»Aha! Das Töchterchen kommt aus der Reserve! Es hat beobachtet und geschwiegen. Warum denn bisher?«

»Alle diese Frauen waren Erlebnisse für dich, das kann ich auch verstehen. Aber diese Frau . . . ist gefährlich!«

»Das Kind mit der großen Lebenserfahrung! Mach dich doch nicht lächerlich, Annette!«

»Keine andere Frau bisher konnte Mama aus deinem Herzen vertreiben, aber sie konnte es.«

»Danke Gott dafür! Du weißt, Annette, daß ich deine Mutter sehr geliebt habe. Ich habe auch immer geglaubt, solch eine Liebe könne nur einmal vorkommen. Aber das war ein Irrtum, mein Küken ... So, wie alles auf der Welt, ist auch der Mensch einer ständigen Wandlung unterworfen. Als ich deine Mutter heiratete, war sie die große Liebe meiner Jugend. Wenn ich nun Joanna heirate, so ist sie die große Liebe eines reifen Lebens. Dazwischen liegt ja ein ganzes Menschenalter, Annette. Dazwischen liegen Erfahrungen, liegt auch der verdammte Hai, der alles veränderte. Und alles Menschliche hat einmal einen Abschluß. Die Unendlichkeit ist weit um uns ... verstehst du, was ich damit sagen will?«

»Ja, Paps.« Annette nickte. »Aber verstehe du doch bitte auch, wenn es mir unmöglich ist, diese fremde, schöne, wunderschöne Frau immer um mich zu haben. Das kann ich einfach nicht ...«

Sie senkte den Kopf, schlug beide Hände vor das zukkende Gesicht und lief schnell hinaus.

XIV

In der Nacht darauf sah Rainherr, wie Juan, den schweren Metallkoffer auf den Schultern, hinter Joanna über die Terrasse schlich und wie sich beide ängstlich bemühten, jedes Geräusch zu vermeiden.

Sie gingen auf Zehenspitzen zur Treppe und begannen den Abstieg zur Bucht über die lange Felsentreppe.

Rainherr saß im Dunkeln und dachte nach. Er hatte etwas Ähnliches geahnt. Nach einem wortkargen Abendessen hatte sich Joanna von ihm mit einem flüchtigen Kuß verabschiedet.

»Ich bin richtig müde«, hatte sie gesagt. Und er hatte geantwortet: »Ich dachte, wir würden noch ein wenig zusammensitzen ... wir drei ...«

Darauf war Annette als erste aufgestanden und hatte sie verlassen.

»Morgen, Liebster«, hatte Joanna nur gesagt. Und war mit einem traurigen Lächeln auf den Lippen gegangen. Es war ein Lächeln, das Rainherr zu verstehen gab: Es gibt kein Morgen für uns . . .

Rainherr wartete, bis Juan und Joanna in der Dunkelheit verschwunden waren, zog dann seine Jacke an und griff nach dem Seesack, den er in der letzten Stunde gepackt und schon neben sich stehen hatte.

Fünf Minuten später stieg auch er beladen die Treppe zur Bucht hinunter und wartete im Schatten, bis Juan und Joanna an Bord der ALTUN HA gegangen waren.

Dann schulterte er wieder seinen Seesack und stampfte durch den Ufersand zur Mole. Er kam gerade noch zur rechten Zeit . . .

Juan erschien an Deck und wollte das Fallreep einziehen.

Als er seinen Chef mit dem Seesack erkannte, blieb er stocksteif stehen.

»Das könnte euch so passen«, sagte Rainherr zischend. »Einfach abhauen und den Alten allein zurücklassen! Über diesen Streich unterhalten wir uns noch, Juan Noales!«

»Die Mylady hat mich so angefleht, Sir . . . Ich konnte nicht anders«, flüsterte Juan zurück.

»Spiel nicht den vornehmen Butler, du Rindvieh!« Rainherr betrat das Schiff und nickte Juan zu. »So, jetzt kannst du ablegen! Wo wolltet ihr denn überhaupt hin?«

»Ich weiß es nicht, Chef. Nur weg von hier, hat Miß Tabora gesagt.«

»Also gut! Dann tu's! Nur weg von hier! Ich bin gespannt, was sie vorhat. Ich bleibe bei dir auf dem Steuerstand.«

Juan holte das Fallreep ein, und Rainherr half ihm sogar, die Leinen loszubinden. Dann stießen sie von der Mole ab, dümpelten mit der schwachen Strömung seitlich weg und warfen den Motor an. In sehr langsamer Fahrt verließen sie die Bucht.

Andreas Rainherr stand an der Bugreling und blickte zu seinem Haus hinauf. Dort war alles dunkel. Annette schlief.

»Was macht sie?« fragte er, als er zu Juan auf die kleine Kommandobrücke kam.

»Miß Tabora?«

»Wer denn sonst, du Affe?«

»Sie sitzt unten im Salon und weint.«

»Woher weißt du das?«

»Sie hat, als der Motor ansprang, zur Brücke telefoniert. ›Nicht so laut‹, hat sie gesagt: und dann war da nur noch Schluchzen . . .«

Vorsichtig glitt die ALTUN HA aus der Bucht, vorbei an dem Korallenriff, hinaus aufs offene Meer. Ein bleicher Mond versilberte die See. Es war wie ein Postkartenfoto. Eine dunkle Felseninsel, ein unendlicher Sternenhimmel, ein Theatermond, der das Meer erhellt, ein weißes Schiff auf einer silbernen See . . . Wer so etwas malt, würde ausgelacht!

Außerhalb der Hörweite der Bucht ließ Juan den zweiten starken Motor aufbrummen. Sofort gab die Sprechanlage Signal.

Rainherr schüttelte auf Juans fragenden Blick den Kopf.

»Miß Tabora?« fragte Juan dienstlich. »Hier Brücke, Steuermann Juan.«

»Warum beide Motoren? Sind wir schon weit genug weg?«

»Wenn Sie aus dem Fenster blicken würden, Miß, so könnten Sie es sehen.«

»Ich kann nicht zurückblicken, Juan.« Ihre Stimme schwankte. »Wenn Sie wollen, können Sie jetzt mit dem Beiboot von Bord gehen und zurückfahren. Ich übernehme das Schiff allein . . .«

»Das ist unmöglich, Miß Tabora. Ganz allein können Sie dieses Schiff nicht führen.«

»Ich habe mein Kapitänspatent!«

»Trotzdem bleibe ich bei Ihnen! Das Schiff ist zu groß für einen allein . . .«

»Mr. Rainherr wird Ihnen das nie verzeihen, Juan.«

»Ihnen auch nicht, Miß Tabora.« Juan räusperte sich. »Welchen Kurs soll ich halten?«

»Zunächst hart Osten. Wir können den genauen Kurs später ausrechnen.«

»Unser Ziel, Käpten?«

»Saba . . .«

»Okay. Saba! Verstanden.«

Juan schaltete die Sprechanlage aus. Rainherr lehnte am Sonargerät. Es war ausgeschaltet, denn sie waren in tieferes Wasser gekommen, wo man keine Ortung mehr brauchte.

»Sie haben es gehört, Chef?« fragte Juan. »Wir fahren nach Saba.«

»Da wollte ich schon immer hin.«

Dr. Rainherr griff in den Kartenschrank und suchte die nötigen Seekarten zusammen. Auf dem Kartentisch breitete er sie aus. Die Neonröhre über dem Tisch tauchte die Kartenblätter in helles Licht.

Saba.

Eine kleine Felseninsel in der Gruppe der Niederländischen Antillen.

Ein Felseneiland, gegen das Cayman Brac geradezu eine Rieseninsel war. Auf der Karte war es deutlich zu sehen: Ein Stück Erde, das nur aus einem Kraterrand und einem Krater zu bestehen schien, aus dem der erloschene Vulkan wie ein Kegel 610 Meter hoch emporragt. Der an den Kraterrand geklebte Hauptort heißt Bottom; auf einem Plateau der Vulkaninsel hatte man ein winziges Flugfeld angelegt, wo nur kleine Propellermaschinen landen konnten.

Saba. Das letzte Geheimnis der Piratin Mary-Anne Tolkins.

Und ihre letzte Zuflucht.

»Maschinen volle Kraft«, sagte Rainherr.

Juan betätigte die Hebel. Im Innern der ALTUN HA röhrten die schweren Motoren auf, die das Schiff allen anderen wegrennen ließen.

»So! Und jetzt gehe ich hinunter und werde der Dame zeigen, daß man mir nicht einfach davonlaufen kann!«

Rainherr blieb am unteren Ende der Treppe stehen und sah Joanna an.

Sie saß im Salon, mit dem Rücken zu den großen Fenstern, und hatte vor sich eine Flasche mit Cognac stehen. Das Glas, ein großer Schwenker, war halbvoll. Sie schien schon einen kräftigen Schluck genommen zu haben, denn nach dem Feuchtigkeitsrand im Innern des Glases war es mindestens dreiviertelvoll gewesen.

Sie konnte von ihrem Platz aus den Niedergang von dem oberen Steuerstand nicht sehen, die Geräusche wurden vom Rumoren der Motoren übertönt.

Joanna weinte nicht mehr, nur ein leichtes Zucken durchlief noch ab und zu ihren Körper. Sie hatte ihr Haar straff nach hinten gezogen und einen Knoten geschlungen. Ihr Gesicht, das Rainherr jetzt im Profil sah, schien kleiner und kindlicher geworden zu sein. Ein Mensch, dachte er, der nach innen kriecht, um sich dort vor sich selbst zu verstecken.

Mit zitternder Hand griff Joanna nach dem Cognacschwenker und setzte ihn an die Lippen.

»Es ist keine Lösung der Probleme, sich zu besaufen!« sagte Andreas laut.

Mit einem hellen Schrei fuhr Joanna herum. Das Glas fiel aus ihrer Hand und zerschellte am Boden. Sie starrte ihn wie eine Geistererscheinung an und streckte sogar beide Arme abwehrend nach ihm aus.

Rainherr kam näher. Er bückte sich, sammelte die Glasscherben auf und legte sie in den großen Aschenbecher auf dem Tisch.

»Ich bin es wirklich«, sagte er dabei. »Beruhige dich, Liebling, du hast kein Delirium und siehst auch keine Geister. So viel kannst du doch nicht getrunken haben . . .«

»Du bist verrückt, Andreas«, stammelte Joanna. »Du bist total verrückt!«

»Das ist nichts Neues.«

Er setzte sich neben sie auf die Polsterbank und drückte erst einmal ihre immer noch wie abwehrend ausgestreckten Arme herunter. »Ich finde das eine ideale Kombination: Eine Korsarin und ein Verrückter lieben sich und haben die Flucht ins Unbekannte angetreten! Wenn das keine Story ist . . . Hollywood zahlt mindestens eine Million Dollar dafür.«

Er lachte ihr ins Gesicht, weil sie sich immer noch mit Beißen und Kratzen wehrte.

»Ich tu dir doch nichts, Liebling. Nicht einmal vergewaltigen werde ich dich, obgleich ich dich eigentlich wie ein kleines Kind übers Knie legen müßte. Aber du bist mir dafür zu schade . . .«

»Was willst du hier?« sagte sie, und ihre Stimme war fester geworden.

Aha!, dachte er erfreut. Die alte Mary-Anne Tolkins bricht wieder durch! Sie kapituliert nicht.

»Das ist mein Schiff!«

»Mit meinem Steuermann an Bord!«

»Aber freiwillig! Kann ich nicht mit meinem Boot auslaufen, wann ich will?«

»Nur bedingt.«

»Was heißt das?«

»Du hast an meiner Mole gelegen, warst Gast in meinem Haus, ich habe dir alles, was ich besitze, zu Füßen gelegt . . . Du warst seit gestern die Herrin der Westendbucht. Da läuft man doch nicht einfach bei Nacht und Nebel davon . . .«

»Es ist kein Nebel. Wir haben klaren Mondschein.«

»Liebling«, er lächelte wieder, »Sarkasmus ist nicht deine Stärke!«

»Ich bin ein freier Mensch!«

»Wirklich?« Er lehnte sich zurück. »Ich dachte bis gestern – ja, ich hätte jeden Eid darauf geleistet –, daß wir für immer zusammengehören . . .«

»Es hat sich vieles geändert, Andres . . .«

»Bei dir? Dann sag es mir offen. Wenn deine Argumente akzeptabel sind, springe ich über Bord und schwimme nach Hause zurück.«

Sie starrte ihn entsetzt an. »Das sieht dir ähnlich! In ein Meer voller Haie zu springen!«

»Was kümmert dich das noch? Sag, was hast du vorzubringen? Was hat sich geändert?«

»Ist das ein Verhör?«

Sie stand rasch auf, ging zu einem Wandschrank und holte einen zweiten Cognacschwenker heraus. Rainherr zog die Flasche an sich. Sie nickte und hob dann angriffslustig die Schultern. »Ich habe noch mehr Flaschen an Bord.«

»Ich feuere sie alle an die Wand, wenn du damit ankommst! Korsarenmanieren!«

»Wenn ich mir das gefallen lasse! Andres, ich warne dich! Du wolltest wieder eine Joanna Tabora aus mir machen, aber ich sehe ein, daß es besser ist, Mary-Anne Tolkins zu bleiben!«

»Also bitte, Mary-Anne!« Er schlug die Beine übereinander, entkorkte die Flasche und trank den Cognac gleich daraus. Mit einem betont lauten Rülpser, den ein fassungsloser Blick Joannas begleitete, setzte er mit einem Knall die Flasche auf den Tisch zurück.

»Gut so, Mary-Anne? Ist das das echte Piratenbenehmen? Ich weiß es nicht, ich kenne die Manieren deiner Sippe nur aus Abenteuerromanen, du mußt das besser wissen! ›Das Gespenst der Karibik‹! Bitte, ich bin immer bereit zu lernen. Ein Mensch, der aufhört sich zu bilden und zu lernen, geht langsam ein. Aber ich will noch lange leben. Gibst du mir Unterricht in Piratengebräuchen? Was muß ich jetzt tun? Nach dem Trinken rülpsen . . . habe ich schon getan! Muß ich jetzt durch das Zimmer spucken, vielleicht ein paar deftige Flüche . . .?«

Sie starrte ihn fassungslos an und lehnte sich gegen den Wandschrank, als sei er ihr einziger Halt. »Wie redest du denn?« fragte sie leise. »Was ist denn mit dir los, Andres?«

»Nichts! Ich befinde mich auf einer berühmten Piratenyacht mit einer Kanone und zwei schweren MGs an Bord auf der Fahrt nach der Insel Saba. Ich nehme an, daß ich dort nicht die Königin von Saba finde, sondern . . . Holla!«

Rainherr beugte sich vor. Joannas Augen weiteten sich. Sie erwartete, daß er jetzt aufspringen und auf sie zustürzen würde. Was sollte sie nur tun . . .

»Das ist ja eine tolle Parallele! Eine moderne biblische Geschichte! Damals, hieß es, sei die Königin von Saba die heimliche Geliebte des Königs Salomon gewesen. Viele seiner weisen Sprüche verdanken wir angeblich dieser großen Liebe.« Rainherr schlug sich mit der flachen Hand vor die Stirn. »Daß ich nicht gleich darauf gekommen bin! Eine schicksalhafte Wiederholung: Mary-Anne, die Königin von Saba, fährt mit ihrem Salomon in ihr Reich!«

Andreas lehnte sich zufrieden zurück. Daß Joanna vor explosiver Wut zu zittern begann, beobachtete er mit Genuß.

»Du solltest dazu übergehen, mich ab sofort Salomon zu nennen. Oder moderner – vielleicht Salli oder Lomo, das hat einen etwas morbiden Beigeschmack . . .«

»Ich könnte dich zerreißen!« sagte Joanna dumpf. »Du bist und bleibst ein Ungeheuer!« Sie wollte sich von dem Wandschrank abstoßen, aber Rainherr war rasch bei ihr und hielt sie mit eisernem Griff fest.

»Wohin?« fragte er.

»Zum Brückentelefon. Juan soll sofort umkehren und dich nach Cayman Brac zurückbringen.«

»Nein!«

»Hier befehle ich!«

»Aye, aye, Käpten Mary-Anne.« Rainherr lockerte den Griff. »Was soll das dumme Hin und Her? Ich habe ja schon festgestellt: Wir sind wieder Piraten! Was soll ich also tun, geliebte Korsarin? Wo hast du die schwarze Augenbinde?«

»Was ist denn das nun wieder?«

»Auf allen Illustrationen in Piratenbüchern tragen die Bösewichte über einem Auge eine Klappe. Die einäugigen Teufel der Meere! Ich möchte ganz stilecht sein, Mary-Anne. Haben wir nicht eine Augenbinde in der Bordapotheke? Ich erinnere mich doch . . .«

»Juan!« schrie Joanna mit heller Stimme, warf sich mit einem Ruck herum und riß den Sprechschlauch zur Brücke an sich. »Volle Kraft zurück nach Cayman Brac! Verstanden?«

»Verstanden!« antwortete Juan ohne Erstaunen in der Stimme.

Rainherr entwand ihr das Sprechgerät. »Juan!« brüllte er hinein. »Kurs beibehalten! Schnelle Fahrt nach Saba! Verstanden?«

»Verstanden, Sir . . .«

»Das ist mein Schiff!« rief Joanna.

»Hast du's gehört, Juan? Wessen Schiff ist das?«

»Unser Schiff, Sir.«

Rainherr hängte den Sprechschlauch an den Haken zurück und schüttelte den Kopf. »Warum ist es unmöglich, daß wir zwei uns vernünftig unterhalten, Joanna?«

»Du gehörst zu deiner Tochter!« sagte sie und schlug die geballten Fäuste gegeneinander. »Das habe ich eingesehen, und da gibt es kein Zurück mehr.«

»Es hat niemand von uns an ein Zurück zu denken, sondern nur an ein Vorwärts! Hast du das ganz vergessen, Joanna?«

»Man muß Illusionen vergessen können.«

»Illusionen? Bin ich ein Fabelwesen?«

»Für mich – ja! Als ich heute nacht aus deinem Haus wegschlich, ist Joanna Tabora zum zweitenmal gestorben. Und zwar endgültig! Mit einer Mary-Anne Tolkins kannst du nichts anfangen. Zwischen ihr und dir liegen Welten!«

»Welten? Ein kleiner Sprung! Wir können heute Menschen auf den Mond schießen und Fotosonden auf den Mars und die Venus! Und da sollten zwei Menschen, die sich lieben, keine Brücke finden? Das wäre doch absurd!«

»Wenn man erfährt, wer ich war . . .«

»Immer die alte, dumme Frage. Niemand wird es erfahren!«

Sie ging um ihn herum zum Tisch, setzte sich auf das Polstersofa und griff zur Flasche. »Jetzt trinke ich auch aus der Flasche«, sagte sie versonnen.

»Bitte! Besaufe dich!«

Er sah sie an. Ich lasse dich nicht weg, dachte er. Ich werde um dich mit allen Mitteln kämpfen – und gegen jeden Widerstand! Das ist jetzt kein Pygmaliontick mehr, kein Missionsbewußtsein gegenüber einer Piratin wider Willen . . . Das ist jetzt ganz einfach die große tiefe Liebe zu einem Menschen, von dem ich weiß, daß er zu mir gehört. Eine Frau, ohne die mein weiteres Leben arm sein würde . . .

»Besauf dich, bis du umfällst! In alten Büchern steht, daß man den Piraten vor dem Angriff Rum zu trinken gab, um sie aufzuheizen. Halb besoffen waren sie grausamer . . . Vor allem aber hemmungsloser! Aber dazu brauchst du ja keinen Cognac . . .«

Sie wurde um einen Ton bleicher und verkrampfte die Hände. Sie wußte, er spielte auf die Nacht in dem verrotteten Fischerboot an, am Strand von San Pedro. Diese eine Nacht, diese einzige Nacht, in der sie wirklich zum erstenmal nur ihrem Gefühl gelebt hatte. Vulkanische Leidenschaft in den Armen dieses Mannes, den sie besaß und der doch so unerreichbar war.

»Weißt du, daß du mich zum Mord reizen kannst?« fragte sie dumpf. »Was willst du auf Saba?«

»Dort mit dir leben – weiter nichts.«

»Auf Saba? Unmöglich!«

»Warum? Leben auf dieser Insel keine Menschen? Ich habe mich informiert: Saba soll einen vollständig erhaltenen altniederländischen Charakter haben. Bottom sieht aus wie eine kleine holländische Stadt, mit Gärtchen um den Häusern, mit sauberen Straßen und mit Frauen, die schöne Spitzendeckchen nach altholländischer Tradition herstellen. Die Männer sind Fischer und Schiffsbauer. Eine Idylle – hinübergerettet aus vergangenen Jahrhunderten. – Warum kann ich da nicht leben? Mit dir?«

»Du hast eine Tochter!« rief Joanna verzweifelt.

»Seit sechzehn Jahren!«

»Sie braucht dich, den Vater!«

»Ich lebe auf keinem anderen Stern. Ich werde immer für sie da – immer für sie erreichbar sein. Sie hat nie Sorgen gelitten, sie ist aufgewachsen wie eine wertvolle Blume, von allen umsorgt; sie hat bisher nur die Schönheiten des Lebens kennengelernt, bis auf das eine schreckliche Erlebnis mit ihrer Mutter . . .«

»Und das vergißt sie nie! Ihre Mutter ist für sie eine Heilige geworden, und jeder, der kommt, um dieses Bild auf eine andere Seite zu hängen, wird bis ins tiefste gehaßt. Ja, Annette haßt mich . . . abgrundtief!«

»Ich weiß es doch. Sie hat es ja klar gesagt.«

»Und trotzdem bist du auf mein Schiff gekommen?«

»Ich habe Annette geantwortet: ›Werde älter, dann wirst du es verstehen.‹ Und sie wird es begreifen!«

»So einfach machst du es dir?«

»Das Leben, Joanna, ist im Grunde genommen einfach und ohne Komplikationen. Nur die Menschen machen daraus ein weltumspannendes Drama oder eine Komödie, ganz, wie es ihnen gefällt. Das liegt wohl in der Natur der Menschen, daß sich ihr Geist gegen einfache Problemlösungen zunächst sträubt. Gäbe es sonst Politiker? – Je komplizierter sie das Zusammenleben der Menschen gestalten, um so mehr werden sie selbst beachtet! Das ist es ja, was mich ankotzt . . . Verzeih, Liebling . . . Aber darum möchte ich gerade bei uns alles auf eine einfache Grundformel zurückführen. Und die heißt: Ich liebe dich!«

»Mein Gott, ich liebe dich doch auch!« sagte sie laut.

»Aber ich kann nicht zulassen, daß du Annette dafür aufgibst. Ich weiß, was es heißt, allein . . . so grauenhaft allein zu sein!«

»Sie wird eines Tages zu uns kommen.«

»Eines Tages! Und an dieser Zwischenzeit kann sie seelisch zerbrechen.«

»Vielleicht ist sie auch schon klüger geworden? Ich glaube, Annette neigt mehr zum Verstandesmenschen. Sie hat wohl das Äußere von ihrer Mutter, aber das präzise Denken hat sie von mir.«

»Ach? Du kannst präzise denken?« Sie neigte den Kopf und nagte an der Unterlippe. »Was wird sie tun, wenn sie merkt, daß wir beide abgefahren sind?«

»Zunächst nichts.« Rainherr blickte nachdenklich durch das breite Salonfenster auf die nächtliche, vom Mondschein beleuchtete See. Fast spiegelglatt war das Meer. Das war die Windstille, die frühere Seefahrer genauso fürchteten wie den Sturm. An einer solchen wochenlangen Windstille wäre fast Kolumbus – und damit die Entdeckung Amerikas – gescheitert. »Nichts! Denn sie hat einen Dickkopf wie ihr Vater. Sie wird denken: Der Alte wird schon wieder vernünftig werden.«

»Wird er das?«

»Ich glaube, ich bin in den letzten Jahren noch nie so vernünftig gewesen wie heute. Ich liebe dich – und damit beginnt ein neuer, der schönste Teil meines Lebens.«

Väter sehen oft ihre Kinder ganz anders, als sie in Wahrheit sind. Auch Andreas Rainherr irrte sich in seiner Tochter.

Sie war, wie ihr Vater, eine Frühaufsteherin. Vor dem Frühstück schwamm Annette immer eine halbe Stunde in dem großen Meerwasserschwimmbecken, dann duschte sie, zog sich an und ging mit Mr. Ben im Garten spazieren.

Die eingeborene Köchin hatte unterdessen den Tee aufgegossen und frische Brötchen gebacken. Der junge Boy, ein Mulatte, hatte den Tisch auf der Säulenterrasse gedeckt . . . das war eine eingespielte Morgenzeremonie.

Wenn Rainherr nicht zu Hause, sondern auf einer seiner einsamen, von Rache getriebenen Haijagden, auf denen ihn nur Juan Noales begleiten durfte, war, rief Annette nach dem Frühstück die Fabriken ihres Vaters der Reihe nach an. Sie sprach mit den Betriebsleitern und trug gewissenhaft in eine dicke Kladde alle Neuigkeiten ein, alle Zahlen, Berichte, Beschwerden und Wünsche. Kam ihr Vater zurück, brauchte er nur Annettes Notizen durchzulesen, um über alles unterrichtet zu sein und erneut aktiv in die Geschäfte eingreifen zu können.

»Du bist der beste ›Generalbevollmächtigte‹ der Welt!« hatte Dr. Rainherr einmal zu ihr gesagt. »Ich glaube fast, meine Geschäftsführer haben vor dir mehr Angst als vor mir!«

Aber an diesem Morgen war alles anders.

Annette erwachte viel später als sonst. Sie hatte in der Nacht lange wach gelegen und über ihren Vater und Joanna Tabora nachgedacht. Nach der ersten, wilden instinktiven Abwehr, nach der verzweifelten Schlacht um das Andenken ihrer geliebten Mutter, nach diesem Umsichschlagen nach allen Seiten, hatte sie nun die Ruhe gefunden, nicht nur ihren Impulsen zu folgen, sondern ihren klaren Verstand einzusetzen. Was Rainherr »präzise denken« nannte, gewann bei Annette in den langen Nachtstunden langsam wieder die Oberhand.

Mutter war tot, von einem Hai vor ihren Augen zerfleischt. Seitdem war sie in diesem Haus allgegenwärtig . . . aber es war ein Andenken, das langsam begann zu verblassen. Sie hatte schon manchmal bemerkt, wie ihr Vater aus dieser Totengruft, die das weite Haus geworden war, heimlich ausbrach . . . Nicht nur, um Rache an den Haien zu nehmen, sondern auch um auf Grand Cayman, auf Jamaika oder drüben in Mexiko – unbeobachtet von der immerwährenden Totenwache seiner Tochter Annette – eine andere Frau zu lieben. Flüchtige Abenteuer eines Mannes, der eben ein Mann war und keinen mehr zu fragen hatte; der auch frei sein konnte von Gewissensqualen, denn die Liebe zu einer Toten ist etwas grundlegend anderes als die Liebe zu einem lebenden, heißen hingebenden Körper.

Zuerst war diese Erkenntnis für Annette furchtbar gewesen. Das Idealbild ihres Vaters wurde angekratzt, bekam Narben . . . aber es wurde menschlicher. Wie bei allen Töchtern, die aus dem Stadium der Kindheit in die verstehende Phase des Lebens eintreten, war es ihr zunächst ekelerregend, ja geradezu widerlich, ihren Vater bei einer anderen Frau im Bett zu wissen, in Situationen, die ihre Phantasie noch steigerte. Bilder von orgiastischen Szenen tauchten vor ihr auf . . . Es war ihr einfach unverständlich, daß ihr Vater so etwas tun konnte.

Das legte sich später.

Rainherr, wie alle Väter in Dingen, die ihre Töchter betreffen, blind, hatte nicht bemerkt, daß in Spot Bay, einer der kleinen Siedlungen auf Cayman Brac, ein britischer Student der Ozeanographie vier Monate lang lebte und sich in dieser Zeit in Annette verliebte.

Es war ihre erste wirkliche Liebe. Als Leslie Carper aus Brighton wieder nach England zurückflog, ließ er eine zwar traurige, aber gereifte Annette zurück. Sie hatte jetzt Verständnis für ihren Vater. Ihr eigener Körper hatte einen neuen, einen wesentlichen Teil des Lebens erfahren.

Das änderte allerdings nichts an ihrer Einstellung zum Andenken an ihre Mutter. Das blieb ein Heiligtum. Sie tolerierte die Ausflüge ihres Vaters, aber als er jetzt eine neue Frau ins Haus mitbrachte, die ihre Mutter ersetzen sollte, spreizten sich in Annette alle Stacheln der Abwehr.

Es war eine lange und unruhige Nacht, die sie hinter sich hatte. Mr. Ben hatte ein paarmal leise geknurrt, als höre er etwas von draußen, aber dann lag er weiter still zu Füßen des Bettes auf seiner Decke und hatte den Kopf auf die Vorderpfoten gelegt. Er blinzelte zu Annette hinauf, als sich diese aus dem Bett zu ihm beugte.

»Was hältst denn du von dieser Frau?« hatte sie Mr. Ben gefragt. »Eigentlich bist du ein Verräter, Ben! Du hast sie angesprungen und begrüßt, als gehöre sie schon zu uns! Was hast du dir dabei gedacht?«

Hunde sprechen bekanntlich mit dem ganzen Körper. Mr. Ben stellte die Ohren hoch und wedelte mit dem Schwanz. Er signalisierte damit höchste Zustimmung.

»Verräter!« hatte Annette wiederholt. »Du bist wie alle Männer: Eine schöne Frau bringt euch um den Verstand!«

Ich werde morgen noch einmal mit Paps und Joanna sprechen, dachte sie, ehe die Müdigkeit siegte. Man kann nicht gleich am ersten Tag über ein ganzes Leben entscheiden. Da hat Paps recht. Wie immer. Er liebt diese Frau, er will sie heiraten . . . und es ist sein Leben! Wenn ich einmal mein eigenes Leben führen will – werde ich dann auch immer das tun, was Paps sagt, was Paps rät, was Paps besser weiß als ich?

Ich glaube, jeder wird sein eigenes Leben weiterleben, wie er es selbst für gut und richtig hält. Habe ich Paps von Leslie erzählt? Habe ich ihm gestanden, was zwischen ihm und mir geschehen ist? Ich habe Paps, wenn man so will, betrogen. Er hält mich für das unwissende Mädchen. Aber er war so ehrlich, Joanna mitzubringen und mir vorzustellen. Er hätte sie ja auch in Belize heiraten und sie hier als seine neue Frau einführen können! Aber nein . . . er fragt mich erst!

Guter, lieber Paps, wir werden morgen . . . morgen darüber anders, nüchterner . . . klüger reden . . . Gute Nacht, Paps.

Gute Nacht denn auch, Miß Joanna . . .

Am Morgen, als sie mit Mr. Ben zum Swimming-pool ging, fiel ihr Blick als erstes auf die leere Mole.

Das herrliche Schiff war weg.

Annette blieb ruckartig stehen. Auch Mr. Ben schien die Veränderung zu spüren, reckte den Hals und stieß ein leises Heulen aus.

»Kluges Tierchen«, sagte Annette tonlos. Ihr Stimme

hatte kaum noch Klang. »O Gott, Ben, was haben wir da angestellt . . .«

Sie hielt sich nicht damit auf, nach Paps zu rufen. Sie rannte ins Haus zurück, riß die Tür zu Rainherrs Schlafzimmer auf und sah, daß das Bett unbenutzt war.

Den Gang zum Westflügel konnte sie sich sparen . . . auch da würde ihr anklagende Leere entgegenstarren.

An diesem Morgen schwamm Annette nicht und führte auch Mr. Ben nicht durch die Terrassengärten. Sie trank auch keinen Tee oder aß die ofenfrischen Brötchen. Vergeblich wartete der Boy – Angelo hieß er – auf seine junge Herrin.

Annette saß am Telefon und wartete, bis sie nach vielen Hin- und Herschaltungen endlich den Gouverneur der Cayman-Inseln auf Grand Cayman, in Georgetown, erreicht hatte.

Dr. Rainherr war mit ihm befreundet. Seit Jahren pendelten die beiden Herren von Grand Cayman nach Cayman Brac und umgekehrt hin und her, um Schach zu spielen, zu pokern oder – wie es einem alten Kolonialoffizier zusteht – von früheren glorreichen Zeiten des Britischen Empire zu erzählen.

Annette nannte ihn »Onkel Howard«, er gehörte für sie zur Familie.

Der Gouverneur freute sich, als er Annette am Telefon hörte. »Ha!« rief er. »Ist Andreas endlich zurück? My little girl . . . hol ihn rasch an den Apparat! Der Bursche war ja unverschämt lange weg. Was denkt er sich eigentlich, seine alten Freunde so lange allein zu lassen? Wo steckt dein Vater, Annette?«

»Weg . . .«, antwortete sie knapp.

»Was heißt: ›Weg‹?« Der Gouverneur, Sir Howard Betford, hieb auf den Tisch. Annette hörte den Schlag durchs Telefon. »Er ist immer noch nicht zurück?«

»Er ist gestern angekommen, Onkel Howard . . .«

»Na also! Her mit ihm!«

»Aber er ist schon wieder weg!«

»Höre ich richtig, Annette? Schon wieder weg?«

»Ja. In der gleichen Nacht.«

»Ist er verrückt geworden?« Dann stockte Sir Betford und fragte sozusagen dienstlich: »Annette, ist etwas passiert?«

Es war eine Frage, ein Stichwort, auf das Annette impulsiv mit einer Nachricht reagierte, die – einmal ausgesprochen – nicht mehr zu revidieren war.

»Ja!« sagte sie mit fester Stimme. »Paps ist entführt worden!«

»Was ist er?« schrie Sir Betford. »Annette, erkläre mir das deutlicher!«

»Paps kam gestern mit einem fremden Schiff hier an, Onkel Howard«, berichtete Annette. »Er behauptete, unser Boot wäre in Reparatur, drüben in Belize. Juan fuhr das andere Schiff, das einer Miß Joanna Tabora gehört. Paps sagte sogar, er wolle es kaufen. Miß Tabora war auch mit an Bord . . . wer sonst, weiß ich nicht. Ich habe das Schiff nicht betreten, weil ich . . . weil ich diese Miß Tabora nicht leiden mochte. Und nun – pötzlich, über Nacht – sind das Schiff, Paps und Juan spurlos verschwunden! Darum rufe ich an, Onkel Howard. Ich habe Angst um Paps! Er ist niemals freiwillig auf dieses Schiff gegangen . . .«

Sir Betford schnaufte, drückte ein paar Knöpfe auf seinem Schreibtisch und rief seine Mitarbeiter zusammen.

»Keine Aufregung, my little girl«, sagte er tröstend in den Hörer. »Das haben wir gleich! Was wir tun können, wird in wenigen Minuten geschehen! So wild die Karibik auch ist – wir haben sie doch unter Kontrolle! Annette, hatte das Schiff einen Namen?«

»Ja, und einen merkwürdigen dazu. Es hieß ›Altun Ha‹!«

»Das kommt ja aus der Mayasprache. Und welche Flagge?«

Annette überlegte. Welche Flagge? Sie hielt den Atem an, als sie sich selbst diese Frage beantwortete.

»Keine Flagge, Onkel Howard. Ja, bestimmt . . . Das Schiff hatte keine Landesflagge gesetzt. Das fällt mir jetzt erst ein – aber ich erinnere mich genau . . .«

»Ist das eine Sauerei!« schrie Sir Betford.

Er hatte während des Telefonats die ersten Morgenmeldungen bekommen. Sein Adjutant schob sie ihm über den Tisch zu, und Sir Betford klemmte sein Monokel ein. Obenauf lag die sensationellste Meldung:

»Das Gespenst der Karibik hat wieder zugeschlagen. Millionärsyacht auf der Serrana Bank westlich Nikaragua überfallen und total ausgeraubt. Keine Toten. Piraten gehen mit neuen Mitteln vor. Sie verwenden ein neues Kampfgas, das ungefährlich ist und nur betäubt. Beute des dreisten Überfalls: Ca. 4 Millionen Dollar, wie der Eigner, Mr. Swastburry aus Jamaika, angibt. Keine Spuren. Als die betäubten Yachtgäste aufwachten, war die Piratenyacht längst verschwunden.«

Sir Betford schob die Meldungen zur Seite und ließ das Monokel sinken.

Wer konnte schon ahnen, daß Jim McDonald mit Rainherrs Schiff ANNETTE I auf seiner Fahrt nach Saba noch ein paar Privatgeschäfte nebenbei tätigte und die Gelegenheiten, die auf der Strecke lagen, mitnahm? Man war zu lange in diesem Geschäft, um an dümpelnden Millionärsyachten achtlos vorbeizufahren. Ein Mann, Seefahrer und Pirat wie McDonald, brachte das einfach nicht übers Herz . . .

»Ich gebe sofort Alarm, little girl«, sagte Sir Betford ins Telefon, als nacheinander seine engsten Mitarbeiter hereinkamen und sich um seinen Tisch versammelten. »Du hast vollkommen recht, deinen Onkel Howard anzurufen! So ein Benehmen ist nicht deines Vaters Art! Da steckt etwas anderes dahinter! Keine Sorge, mein Kleines . . . Onkel Howard kümmert sich darum . . .«

Und er kümmerte sich!

Mit diesem Telefonat kam eine Aktion in Gang, die alle Ereignisse dramatisierte. Was nichts war als eine Flucht in die Liebe, wurde zu einer großen diplomatischen und militärischen Aktion.

Das erste, was Sir Betford hinausschickte, war eine Radiomeldung: »Gesucht wird die Motoryacht ›Altun Ha‹. Es besteht Verdacht auf Entführung. Wer dieses Schiff sieht, melde es sofort an das Gouvernement Grand Cayman. Alle Schiffe Ihrer Britischen Majestät sind hiermit aufgefordert, die ›Altun Ha‹ an der Weiterfahrt zu hindern.«

Als zweites begann das Spiel auf diplomatischer Ebene: ein Ersuchen um Amtshilfe. Die Nachfrage: In welchem Staat ist die ALTUN HA registriert?

Schon nach einer Stunde wußte Sir Betford Bescheid: Das Schiff war in Belize gemeldet und gehörte einem gewissen Don Fernando Dalques. Reicher Besitzer einer Exportfirma für Häute und Eingeborenenkunst.

Eine Joanna Tabora war dagegen völlig unbekannt.

Eine halbe Stunde später lief aus Belize ein Telex ein. Don Fernando Dalques meldete seine Yacht ALTUN HA als gestohlen! Unterschrift: Dr. Casillas, Syndikus der genannten Exportfirma.

»Das ist ein dicker Hund!« sagte Sir Betford zu seinen Mitarbeitern. »Eine gestohlene Yacht entführt meinen Freund Dr. Rainherr! Das heißt: Er kommt mit dieser Yacht zu Hause an und verschwindet in der gleichen Nacht wieder! – Meine Herren, ich habe Ihnen oft gesagt, und Sie lächelten nur darüber: Auch heute noch ist in der Karibik alles möglich, was sonst nirgends mehr möglich wäre! Wir leben an einem Meer, das ohne diese Abenteuer austrocknen würde! Lassen Sie Marineflieger starten! Die ›Altun Ha‹ entkommt uns nicht!«

XV

In den nächsten Stunden gab es zwischen Mexiko und den Bahamas, Kuba und den Antillen, Venezuela und Haiti keine andere aufregendere Nachricht.

Der Aufruf aus Grand Cayman, ein gestohlenes Schiff mit einem entführten Mann an Bord, der Andreas Rainherr hieß, aufzubringen, beherrschte alle anderen Meldungen.

Sowohl Fernando Dalques, der noch immer nach der ANNETTE I und McDonald suchte, als auch dieser selbst hörten den Aufruf im Radio.

Natürlich empfing auch die ALTUN HA das Anblasen zur Treibjagd . . . Joanna und Rainherr saßen vor dem Rundfunkgerät und lauschten der Stimme des Radiosprechers. Oben, im Steuerstand, hatte Juan ebenfalls ein Radiogerät angeschaltet.

»Deine Tochter Annette . . .«, sagte Joanna, als die genaue Beschreibung des Schiffes nun in der ganzen Karibik bekannt war. »Das ist das Ende, Andres . . .«

»Jetzt fängt es erst an!« Rainherr stellte das Radio ab. »Ich nehme die Kampfansage an!«

»Es wäre einfacher, nach Grand Cayman zu funken und die Wahrheit zu sagen.«

»Die Wahrheit? Fernando hat das Boot als gestohlen gemeldet. Man weiß, daß eine Joanna Tabora an Bord ist, aber die gibt es ja gar nicht. Du hast einen Paß auf Mary-Anne Tolkins! Wenn man das Boot aufbringt, wird man an Bord eine Kanone und ein Zwillings-MG entdecken . . . Wie willst du das erklären?«

»Ich sage es ja, wir sind verloren, Andres!«

Joanna lehnte sich weit zurück und schloß die Augen. »Deine Tochter hat uns vernichtet. Das hat sie fabelhaft gemacht. Aus kindlicher Angst . . .«

»Ich nehme die Herausforderung an!« wiederholte Rainherr laut.

Er setzte sich an das Funkgerät und stellte die Wellenlänge der ANNETTE I ein. Nach mehrmaligem Rufen meldete sich die Stimme des Bärtigen – weit weg. Man mußte den Verstärker ganz aufdrehen, um ihn zu verstehen.

»Hier Rainherr!« rief Andreas. »Holt mir Jim herunter!«

»Zum Teufel, wo seid ihr?« schrie der Bärtige. »Habt ihr schon gehört . . .? Sie jagen euch wie einen weißen Hai . . .«

»Wo ist Jim?« rief Rainherr zurück.

»Augenblick!«

Es dauerte eine knappe Minute, dann dröhnte McDonalds gewaltiger Baß aus dem Lautsprecher.

»Doktor! Wo ist unser Käpten?«

»Neben mir. Hören Sie jetzt gut zu, Jim . . .«

»Nein, hören Sie erst einmal gut zu, Käpten! Wir haben auf den Serrana Banks einen tollen Fang gemacht! Glatte vier Millionen Dollar an Bargeld und Schmuck! So im Vorbeigleiten. Wir haben zum erstenmal D5-Gas angewandt. Hatte ich zufällig bei mir. Funktioniert großartig! Die Leute fallen um wie die Fliegen, aber sind nach zwei Stunden wieder putzmunter. Ohne Nachwirkungen! Ist das ein Erfolg, Käpten? Wenn das so weitergeht, kommen wir am Ziel an und haben das Boot randvoll mit Dollars und Klamotten!«

»Jim! Lassen Sie den Blödsinn!« sagte Rainherr laut.

»Das nennen Sie Blödsinn? Vier Millionen Dollar Blödsinn, Sir? Das große Geld schwimmt uns ja nur so vor der Nase herum! Wenn Sie's nicht brauchen . . . wir können's anlegen. Wo stecken Sie? Wann stoßen wir zu Ihnen? Haben Sie die Radiomeldungen gehört? Ich denke, mich kitzelt ein Zwerg! Was machen Sie denn auf Cayman Brac? Sie hatten uns doch gesagt . . .«

»Jim, das ist der letzte Funkspruch, bis wir uns wiedersehen. Wir tauchen unter. Für Sie gilt, was verabredet war. Das Ziel heißt S. Dort treffen wir uns.«

»Dalques sucht uns noch immer mit seinen Raketen!« Jim McDonald lachte dröhnend. »Ihr Boot, Sir, ist doch stabiler, als ich dachte. Es hält gut durch! Wir haben saubere Fahrt gemacht! Wo ist der Käpten?«

»Hier!« sagte Joanna in das Mikrofon.

»Don Fernando ist stinksauer. Er hat Luis de Vegas angehauen, um ihn auf seine Seite zu ziehen. Und was hat Luis geantwortet? ›Werd Schlangenmensch und leck dich selbst . . .‹ Gut, was? Fernando hat getobt. Aber er ist kaltgestellt. Wenn Sie nach S. kommen, so steht alles zu Ihrem Empfang bereit. Dort sind Sie sicher, Käpten. Und Geld bringen wir genug mit. Sie müssen nur bis dorthin durchbrechen können . . .«

»Das gelingt uns, Jim!« Dr. Rainherr blickte auf die Uhr. Wenn ein Peilflugzeug sie abhörte, könnte man sie orten . . .

»Nur wird es länger als geplant dauern, Jim. Gute Fahrt . . .«

»Sir, noch ein Wort . . .«, schrie McDonald.

»Ende!«

Rainherr schaltete ab. Joanna umarmte ihn von hinten und legte ihren Kopf auf seine Schulter. Ihr schwarzes Haar hüllte seinen Kopf ein wie ein Schleier.

Sie sagte: »Das ist nun aus Dr. Andreas Rainherr, dem großen Erfinder, geworden! Der Eigner eines Gespensterbootes, das in der ganzen Karibik gejagt wird! – Hast du das nötig?«

»Ich liebe dich . . .«

»Wie willst du aus diesem Strudel wieder herauskommen?«

»Die Welt ist schnellebig und vergeßlich. In ein paar Wochen fragt kein Mensch mehr nach der ›Altun Ha‹ . . . vor allem, wenn es sie nicht mehr gibt.«

»Du willst sie versenken?«

»Mit der versenkbaren Kanone an Bord wird sie kaum verkäuflich sein. Es sei denn an Guerilleros. Aber ich habe etwas gegen Männer, die aus dem Hinterhalt schießen und behaupten, das täten sie für eine gute Sache! Joanna, wir können uns jederzeit ein neues, ein viel schöneres

Boot kaufen. Mit den Millionen, die McDonald mitbringt . . .«

»Du Pirat!« Sie legte wieder die Arme um ihn und drückte ihn fest an sich. Er spürte in seinem Rücken die straffe Wölbung ihrer Brüste. »Es ist doch geklautes Geld!«

»Wir werden alles zurückzahlen.«

»Das ist das Verrückteste, was ich je gehört habe! Alles Geld steckt in der Firma! Oder ist in Aktien angelegt. Oder ruht unter falschen Namen in Banktresors.«

»Das lösen wir alles auf.«

»Wie denn? Zu allen geschäftlichen Transaktionen gehören zwei Unterschriften: Fernandos und meine. Und er wird nie unterschreiben, er wird dich umbringen.«

»Er wird unterschreiben, Liebling. In eurem Strafrecht gibt es so etwas wie einen Kronzeugen, der straffrei ausgeht . . .«

»Wenn er den anderen ans Messer liefert, ja. Und das traust du mir zu?«

»Es wird der einzige Druck sein, den Fernando versteht!«

»Das schaffst du nie! Nie!« Sie schüttelte den Kopf. »Im Augenblick ist das ganze karibische Meer ein Jagdrevier und wir sind das Wild, das alle hetzen . . .«

»Nicht mehr lange. Wir werden verschwinden. Joanna, laß uns in einem der schönsten und letzten Paradiese dieser Erde verschwinden . . . in den ›Jardines de la Reina‹!«

»In den Gärten der Königin . . .?« Joanna küßte Rainherrs Halsbeuge. »Ob gerade Kuba das beste Versteck ist?«

»Ich kenne in den Korallengärten einen Fleck in der Nähe der Cays Caballones, wo nie ein Boot auftaucht, nie eine Militärkontrolle . . . Wo man sich unter weit ins Meer hängenden Mangrovenbäumen und Orchideengärten verstecken kann, ohne auch nur von Hubschraubern gesehen zu werden. Ich war ein paarmal dort . . .«

Sein Gesicht wurde plötzlich kantig und hart.

»Vierzehn Haie an einem Tag! Südlich der Cays Caballones findet uns niemand. Dort werden wir warten, bis sich die Suche nach uns totgelaufen hat.«

Er nahm den Sprechschlauch zur Brücke und hustete leicht hinein.

»Ja, Chef?« meldete sich sogleich Juan am Steuer.

»Sofort abdrehen, hart Nord-Ost! Wir fahren zu den Jardines de la Reina . . .«

»Cays Caballones, Sir?«

»Richtig, Juan!«

»Fabelhafte Idee! Da findet uns keiner.«

»Wir müssen aber erst mal hinkommen, Juan!« Rainherr zog Joanna an ihren Haaren tiefer über seine Schulter und küßte ihren Mund. »Welche Flaggen hast du an Bord?«

»Nationalitäten?« fragte sie und küßte ihn wieder.

»Natürlich.«

»Welche willst du haben?«

»Verrückt, aber am liebsten wäre mir jetzt Deutschland. Ein deutscher Pirat ist etwas absolut Absurdes! Man traut uns alles zu, nur keinen karibischen Seeräuber!«

»Deutschland haben wir nicht . . . aber Schweden . . .«

»Schweden ist auch gut! Je blonder, um so ehrlicher. Die Vorurteile der Menschen gleichen oft makabren Witzen. – Juan?«

»Chef?« kam es von der Brücke zurück.

»Hol aus dem Flaggenkasten die schwedische Flagge und setze sie.«

»Die schwedische Flagge? Jawohl, Sir.«

Rainherr hängte den Sprechschlauch an den Haken und stand auf. Er war so stark, daß er Joanna, die ihn noch umklammert hielt, mit sich hochstemmte und hinüber zum Sofa trug. Dort ließ er sie fallen.

Sie blieb auf dem Rücken liegen und breitete die Arme aus.

»Küß mich . . .«, sagte sie leise.

»Nein.«

»Wir werden dazu nicht mehr viel Zeit haben.«

»Das weiß ich! Ich brauche jetzt weiße Farbe und einen dicken Pinsel! Dann seilen wir uns an der Reling an und übermalen den Namen ›Altun Ha‹! Das ist jetzt wichtiger als jedes Küßchen!«

»Scheusal!«

»Joanna, es gab mal einen Piraten, der berühmt war für seine kalte Übersicht und der sich nie aus der Ruhe bringen ließ. Ein mutiges Kerlchen . . .«

»Bis er einen Andreas Rainherr kennenlernte und plötzlich entdeckte, daß er eine Frau ist. Und auch in aller Zukunft nichts anderes mehr sein will als eine Frau . . .«

»Das ist gut! Zieh einen Overall an und komm an Deck. Wir werden das Boot ›Wiking V‹ nennen! Oder . . . ›Thule‹ . . .«

Sie stand auf und zog ihr Kleid aus. »Was heißt Thule?«

»Eine Insel im grauen Nordmeer. Die letzten Ostgoten – so sagt die Sage – zogen sich nach der Vernichtung ihrer Heere in Italien nach Thule zurück. Ihren toten König Teja nahmen sie mit.«

»Ja! Dann nenne unser Schiff Thule.« Sie stand vor ihm, zart, von betörender Schönheit, in einem Mantel aus schwarzem Haar. »Vielleicht kehren wir auch nie mehr zurück . . .«

Drei Stunden später rauschte mit hoher Bugwelle, in voller Fahrt, die weiße Motoryacht THULE auf Kuba zu. Die schwedische Flagge wehte am Heck.

Die »Jardines de la Reina«, dieses Korallenparadies südlich des Golfs von Ana Maria, über 180 km lang und 60 km breit, ein Labyrinth von tausenden Inseln und Inselchen, Atollen, Riffen und unbewohnten flachen Eilanden, lag noch vier Stunden von ihnen entfernt.

Vier Stunden größter Gefahr. Vier Stunden, von denen jetzt jede Minute abfiel wie ein klebriger Tropfen. Vier

Stunden, die wie ein Teil der Ewigkeit waren.

»Militärflugzeuge!« meldete Juan nach einer Stunde. »Von Backbord.«

»Komm!« sagte Rainherr heiser und zog Joanna zum Sonnendeck. Dort schallte aus einem Radio laute Tanzmusik. »Die erste Probe, ob alles klappt!«

Eine Rotte von Starfightern schoß aus dem blauen Himmel herunter und brauste im Tiefflug über das Meer, dem Boot entgegen. Es waren Jäger aus Jamaika. Heulend rasten sie heran.

Rainherr hatte Joanna umfaßt. Sie trug ein leuchtend rotes, langes Kleid, und eng umschlungen tanzten sie miteinander auf dem Sonnendeck. Als die Jäger an ihnen vorbeidonnerten, winkten sie lachend hinauf, ohne den Tanz zu unterbrechen.

Deutlich wehte die schwedische Flagge am Heck. Die Buchstaben THULE leuchteten in der Sonne auf dem weißen Schiffsrumpf.

Noch einmal kamen die Jäger zurück, heulten an dem Schiff vorbei und stießen dann fast senkrecht in den wolkenlosen blauen Himmel.

»Gelungen!« sagte Rainherr und drückte Joanna noch fester an sich.

Sie begann plötzlich zu schluchzen. Die ungeheure Nervenanspannung löste sich in einem Weinkrampf. »Sie haben uns erkannt! Sie werden jetzt melden . . .«

»Nein! Sie haben es uns abgenommen! Sie werden melden: Schwedisches Boot mit Kurs Nord-Ost. Uninteressant! Wie gut, daß Starfighterpiloten keine Geschichtsexperten sind! Schweden und Thule – das paßt nämlich gar nicht! Thule gehört zu Island . . .«

»Und das sagst du erst jetzt?« schluchzte sie.

»Weißt du überhaupt, wo Island liegt?«

»Nein.«

»Siehst du! Und die, die uns suchen, wissen es auch nicht.« Er umfaßte sie und küßte ihr die Tränen aus den Augen. »Noch drei Stunden, Liebling, und wir sind in den Gärten der Königin! Heute nacht werden wir unter Orchideen schlafen . . .«

Sie erreichten ihr Ziel bei einem Abendrot, das diese ganze Zauberwelt aus Koralleninseln, Riffen, Blumengärten und ins Meer hineinwachsendem Dschungel mit einer goldenen Haut überzog. Joanna war es, als führen sie in eine unirdische Traumwelt hinein.

Die See schillerte von grün-rot bis orange, die Inselchen mit ihren tropischen Bäumen und Sträuchern, in denen sich die Orchideen und Bougainvilleas in allen Farben und mit riesigen Blüten emporrankten, bildeten ein fast undurchdringliches Paradies mit unzähligen, schmalen und breiteren Wasserläufen, durch die man fast lautlos glitt, nur begleitet von dem leisen Plätschern des goldenen Wassers an der Bordwand und den hier gedämpft klingenden Lauten der Natur: Kreischen der Papageien, Quaken der Ochsenfrösche, Schwirren der Kolibris, Warnrufe kleiner gefleckter Affen – es war, als sei hier alles Leben nur dem Frieden zugetan und jeder übermäßig laute Ton störe die paradiesische Schönheit . . .

Joanna und Andreas saßen vor dem Steuerhaus in zwei Korbsesseln und ließen sich von Juan in diese Zauberlandschaft fahren.

Noales, der die Karibik wie kaum ein anderer Seemann kannte, tastete sich mit Hilfe von Radar- und Sonarecho durch das Labyrinth der Inselchen und Korallenriffe. Es war eine geradezu artistische Leistung, in das Innere der Gärten der Königin vorzudringen, ohne mit den tückischen Riffen in Berührung zu kommen.

Nach einer halben Stunde glitten sie mit gedrosseltem Motor mitten durch den Märchenwald aus Mangroven und Riesenfarnen, Blüten und Wasserrosen, umflossen vom Licht der versinkenden Sonne, das blutrot den ganzen Himmel und das ganze Land überzog.

Die beiden waren stumm vor Staunen und Ergriffenheit. Es gibt eine Schönheit, wie nur die Natur sie hervorbringen kann, und dann sind alle Worte zu klein und man muß einfach schweigen . . .

»Ich bin in einer anderen Welt«, sagte schließlich Joanna leise und legte den Kopf an Rainherrs Schulter. »Auf einem neuen Stern! Wie heißt er, Andres?«

»Er hat noch keinen Namen. Wollen wir ihn taufen?«

»Illusion . . .«

»Alles um uns ist Wirklichkeit, Liebling!«

»Aber nur eine geliehene Wirklichkeit. Das Versteck von Gehetzten. Ein Paradies der Verlorenen . . .«

»Wir sind nicht verloren, Joanna.«

»Die ganze Karibik kennt nur noch ein Thema: Die Entführung des Dr. Rainherr. Und Fernando Dalques wird das Thema noch anheizen. Er hat schon die ›Altun Ha‹ als verloren gemeldet und zehntausend Dollar ausgesetzt. Morgen wird er hunderttausend Dollar bieten! Ich bin ihm unbezahlbar, und sein Haß auf dich ist überhaupt nicht mehr mit Geld aufzuwiegen! Das ist unsere wahre Umwelt – Feinde und Vernichtung!«

Sie schloß die Augen. Der Blütenduft war unbeschreiblich süß und betäubend.

»Wir sind auf dem neuen Stern Illusion, Andres, siehst du das jetzt ein? Wir sollten für immer hierbleiben . . .«

»Das wird unmöglich sein. Hier gibt es keine Lebensmöglichkeiten. Kein Trinkwasser. Man müßte das Regenwasser auffangen und ganz leicht salzen. Zu essen gäbe es nur Fische, vor allem Barrakudas und Haie. In den zerklüfteten Korallenbänken leben auch Muränen. Diese äußerlich so zauberhafte Schönheit ist ebenso grausam wie die andere Welt außerhalb dieses Märchenlabyrinths.«

»Sollen wir es nicht versuchen, Andres?«

»Nach zwei Wochen wirst du dieses Paradies hassen! Der erste Anblick ist überwältigend, aber nach einigen Tagen verändert sich alles. Jedes Kreischen eines Papageis wird wie ein Schnitt in das Herz sein, jeder Affenschrei an deinen Nerven zerren . . . Schönheit, Frieden, Einsamkeit und Blütenduft werden dich auffressen. Natürlich kann man hier leben – auf den großen Inseln. Da gibt es sogar Strandhotels mit Tanzmusik und Mitternachtsparties. Aber es gibt dort auch die Patrouillenboote der kubanischen Marine, und es gibt Aufklärungsflieger, die das Gebiet überwachen. Nach dem Schock, den die heimliche Landung der Amerikaner in der Schweinebucht ausgelöst hat, läßt Fidel Castro gerade diese unübersichtlichen Inselgebiete, die es rund um Kuba gibt, besonders scharf kontrollieren. Du wirst es noch erleben! Auch die Jardines de la Reina werden regelmäßig von Militärhubschraubern überflogen. Daß uns vor dem Eindringen in diese Zaubergärten kein Kanonenboot begegnet ist, war ein ungeheurer Glücksfall. Sie fahren Tag und Nacht vor den Inseln hin und her.«

»Aber hier sind wir doch sicher, Andres . . .«

»Hier und jetzt, bestimmt! Hierhin kann auch kein Patrouillenboot kommen. Juan fährt uns in einen Teil der Gärten, wo niemand ein Schiff wie die ›Altun Ha‹ vermutet. Es gibt aber auch nur wenige Seeleute wie Juan, die sich bis hierhin wagen.«

Zwischen zwei Inselchen, unter großen überhängenden Bäumen, deren breites Zweigwerk ein hochgewölbtes Blätterdach bildete, auf einem grünschillernden Parkett aus Wasser, mit Seerosen verziert, stellte Juan die Motoren ab.

Er schob die Scheibe vom Steuerstand beiseite und rief: »In Ordnung, Chef?«

»Ein fabelhafter Platz, Juan! Du bist ein Seemannsgenie!«

»Danke, Sir. Wir sind hier mitten in den Jardines, wo man sonst nur mit flachen, windradgetriebenen Dschungelbooten hinkommt. Kontrolliert werden andere Gebiete, die tieferes Wasser haben. Das hier ist fast unbekanntes Land. Wer dringt schon bis hierher vor – und warum?«

Joanna schlang den Arm um Rainherrs Hüften und

drückte sich an ihn. »Genauso muß das unberührte Paradies ausgesehen haben. Wir werden die ersten Menschen hier sein . . .«

»Nur die Hand darfst du nicht ins Wasser halten!« antwortete Rainherr, jetzt mit Bitterkeit in der Stimme. »Ein Blutstropfen macht die so schöne See zur brodelnden Hölle. Ich werde es dir morgen früh beweisen. Ich werde einen Hai angeln . . .«

»In diesem flachen Wasser?«

»Das ist ja das Höllische an den Jardines: Es gibt seichte Stellen, wo du nur bis zu den Knien im Wasser stehst. Und dann fällt eine Korallenbank plötzlich in die Tiefe ab, bildet einen See im Meer, und hier ist das Revier des Hais! Sein Lebensraum mit vielen kleinen Fischen, mit Platz zur pfeilschnellen Bewegung, mit der nötigen Tiefe, die ihm Sicherheit verleiht. Es sind wahre Haibecken – von der Natur geschaffen!«

»Wenn du Wasser siehst, Andres, mußt du an Haie denken . . .«, sagte Joanna leise. »Steckt das so in dir?«

»So etwas kann man nicht vergessen. Annette hat es dir ja erzählt.«

Er starrte über das Gewirr der Wasserstraßen und der kleinen Inseln. Die Sonne hatte ihre goldene Kraft verloren, das Meer wurde wieder blaugrün, die Jardines versanken in der rasch einsetzenden Dämmerung.

»Was da von Lucia an Land geschwemmt wurde, was der Hai . . . Das kann man nicht verschütten! Das wird ewig eine blutende Wunde bleiben!«

»Ich kann es verstehen.« Joanna kuschelte sich an ihn. Nun wurde der tropische Lärm um sie stärker. Hunderte von Tieren auf den Inseln, die erst in der Nacht hervorkamen, wurden mit ihren Stimmen lebendig. Das sonore Konzert der Ochsenfrösche aber übertönte alles. Eine Tropennacht ist voller Leben.

»Unsere Familie ist auch von einem Hai zerrissen worden . . . von einem menschlichen Hai! Das ist beinahe noch schlimmer, Andres.«

Juan kam vom Steuerstand und verschwand im Innern der Yacht. Nun verwandelte er sich auf wunderbare Weise: Aus dem Seemann wurde zuerst ein Meisterkoch und dann ein vollendeter Butler. Schon nach zehn Minuten wehte der Duft von bratendem Fleisch über Deck.

»Wie lange wollen wir hierbleiben?« fragte Joanna. Sie hatte den Kopf weit zurückgelehnt und die Augen geschlossen. Sie genoß das Gefühl, in einem Paradies zu sein. Allein mit Andreas in dieser Zauberwelt . . . Juan Noales zählte nicht, er gehörte zu Andreas als unentbehrlich, unersetzbar, zum Leben notwendig.

»Ich denke, eine Woche . . .«

»Länger! Bitte, bitte, länger . . .«

»Wir wollen nach Saba. McDonald ist mit der ›Annette I‹ schon in voller Fahrt auf dem Anmarsch.«

»Nach Saba kommen wir noch früh genug. Aber hierher kommen wir nie wieder . . . das weiß ich.«

»Wir können doch jederzeit von Cayman Brac aus in die Jardines fahren.«

»Du glaubst immer noch, daß ich in deinem Haus in Cayman Brac wohnen werde?«

»Aber ja! Als Mrs. Rainherr!«

»Ich habe recht, Andres.« Sie streichelte sein Gesicht. Ihre kleine Hand war eine einzige Zärtlichkeit. »Nennen wir diesen Platz doch ›Illusion‹ . . .«

Sie blieben umschlungen auf dem Vorderdeck sitzen, bis Juan am Salonniedergang erschien. Formvollendet trug er eine schwarze Hose und ein weißes Dinnerjacket.

»Es ist serviert!« Juan blieb an der Mahagonitreppe stehen.

»Apropos Paradies! So eine Bedienung kannten Adam und Eva nicht!« Rainherr lachte und zog Joanna mit sich hoch. »Juan, dürfen wir in dieser nachlässigen Kleidung am Tisch erscheinen?«

»Sir, es ist Ihr Schiff!«

»Meins, Juan!« warf Joanna lachend ein.

»Das bleibt das gleiche.« Juan lächelte nun auch. »Es

gibt eine Bouillon mit trockenem Sherry nach altspanischer Art, geröstete Langostinos auf Toast, Cordon bleu mit Pilzsoße zum Dessert Fruchtsalat mit Cointreau . . . Als Hauptgericht habe ich Kartoffeln in der Folie und Gemüse aus Bambussprossen vorbereitet. Sind die Herrschaften mit der Zusammenstellung zufrieden?«

»Juan, es gibt bei dir nur zwei Möglichkeiten: Entweder man umarmt dich, oder man tritt dich vor Wonne in den Hintern! Du bist und bleibst ein Teufelskerl!« Rainherr wollte sich ausschütten vor Lachen.

Juan Noales blieb ernst und unnahbar. »Ich würde das letztere vorziehen, Sir! Der Tritt paßt besser zu Ihnen!« Er machte eine kleine Verbeugung. »Die Bouillon ist serviert.«

»Dann müssen wir uns beeilen, Liebling!« rief Rainherr und ging mit Joanna zur Treppe. »Juan ist ein Künstler, und es kostet ihn einen Teil seiner Seele, wenn man das nicht würdigt.«

Sie aßen mit großem Genuß. Später saßen sie wieder an Deck. Um sie herum war tiefste Nacht. Eine dunkle, aber von einem Schwall von Geräuschen belebte Nacht, in der schwer der süßliche Blütenduft hing. Ganz sacht schaukelte das Schiff in der schwachen Dünung. Ein warmer Wind, vom offenen Meer her, durchzog das paradiesische Labyrinth.

Viel später erloschen die verhängten Lichter auf der ALTUN HA. Juan hatte sich in seine Koje gelegt.

Joanna kroch in dem breiten Bett eng an Andreas heran. Ihre Körper waren wieder eine Einheit. Sich gegenseitig zu spüren . . . das war ein Gefühl – mit nichts vergleichbar.

Ein paar Tage waren Rainherr und Joanna aus dieser Welt verschwunden.

XVI

Je länger man nach dem verschwundenen Schiff suchte und es nicht fand, um so unansprechbarer wurde Sir Howard Betford, der Gouverneur der Cayman-Inseln.

Stündlich wurden ihm Meldungen auf den Tisch gelegt, die über Funk zusammengetragen worden waren . . . Beobachtungen aus der Luft, Kontrollen auf dem Meer. Die Karibik war ein einziges, großes Jagdgebiet geworden. Erstaunlicherweise klappte sogar die Verständigung aller Anliegerstaaten untereinander, sogar Kuba machte mit und funkte Berichte.

Ein Gerücht geisterte von neuem durch die Karibik: Das Piratenschiff schlägt wieder zu! Zwar dementierte Don Fernando in Belize energisch, daß man seine schöne Yacht ALTUN HA, die aus dem Hafen gestohlen worden war (wie er aussagte), verdächtigte, ein Seeräuberschiff zu sein, aber was in den letzten drei Tagen zu hören war, war doch alarmierend:

Nach dem Überfall bei den Serrana Banks wurde eine Motoryacht aus Florida mitten auf der See, südlich von Jamaika, gekapert. Danach jagte die Hiobsbotschaft durch den Äther, daß bei den Morante Cays die Luxusyacht eines holländischen Exporteurs völlig ausgeraubt wurde. An Gegenwehr war nicht zu denken gewesen . . . das fremde Schiff, also die Piraten, kamen längsseits und schossen aus zwei dickrohrigen Gewehren ein geruchloses Gas. In Sekundenschnelle lagen alle Holländer betäubt herum. Das letzte, was der Steuermann noch sehen konnte, ehe auch er umfiel, waren drei Männer mit Gasmasken, die auf das Deck sprangen. Sie trugen – und das war das Tollste an der ganzen Geschichte – schneeweiße, geradezu elegante Marineuniformen. Einer von ihnen –

ein Rothaariger? – hatte sogar goldene Offiziersstreifen auf den Ärmeln.

Es war selbstverständlich, daß solche Meldungen zu einer Verständigung unterschiedlicher politischer Richtungen führte. Die Bedrohung durch die Piraten war allgemein, traf jeden Staat, und war nicht an Grenzen oder Ideologien gebunden. Die Marineflieger Fidel Castros kontrollierten genauso wie die Suchboote der britischen Navy und die Schnellboote der USA. Sie tauschten ihre Beobachtungen aus und teilten die Karibik in Planquadrate ein, die sie systematisch abtasteten.

Bei Sir Betford liefen die Meldungen ebenso zusammen wie in den anderen Einsatz-Befehlsstellen. Das Bild, das sich immer wieder ergab, war entmutigend: Die ALTUN HA hatte niemand gesichtet, aber nach den Beschreibungen der Gekaperten war das Piratenschiff ein völlig anderer Typ.

Sir Howard folgerte daraus, daß es sich um einen »Korsaren-Verband« handeln müsse, der militärisch organisiert war und jegliche Zivilisation bekämpfte.

Eine Piratenflotte in der Karibik, wie in den unseligen 18. und 19. Jahrhunderten, – das war etwas, was Sir Howard als Schlußfolgerung aus allen Meldungen herauslas.

Und eines dieser Schiffe hatte Dr. Andreas Rainherr als Geisel an Bord, und mit ihm jene geheimnisvolle, unbekannte, nach Aussagen von Annette Rainherr wunderschöne Frau, die ihr Vater auch noch heiraten wollte! Joanna Tabora. Ein Name, den keiner kannte.

Auch Don Fernando Dalques in Belize war dieser Name unbekannt. »Ich höre ihn zum erstenmal!« sagte er vor dem Polizeichef von Belize aus. Er fuhr sogar in die Hauptstadt und gab dort im Innenministerium eine lange eidesstattliche Aussage zu Protokoll.

Der Syndikus Dr. Casillas begleitete ihn und achtete darauf, daß Fernando nicht zuviel und keinen Blödsinn redete . . .

Miß Tolkins wurde nicht erwähnt. Es fragte auch keiner nach ihr. Die Geschäfte liefen gut, das wußten einige Herren in hohen Staatsämtern, die still mit monatlichen Diäten beteiligt waren und daher kein Interesse daran hatten, über gewisse Praktiken oder Vorkommnisse in der Exportfirma Dalques nachzudenken.

Daß man ihm und Miß Tolkins die schöne Yacht gestohlen hatte, erweckte überall reges Mitgefühl. Was Belize an Suchaktionen starten konnte, wurde getan. Es war mehr ein ideeller Einsatz, denn wo man die Piraten gesichtet hatte, kam kein Belizer mehr hin. Das war die Sache von Jamaika, von Kuba und Haiti . . . und von den Cayman-Inseln.

Aber auch in Belize war man betroffen, daß die ALTUN HA verschwunden war und ein anderes Boot auf Kaperfahrt identifiziert wurde. Man hätte – der Logik nach – doch folgern müssen, daß die Piraten das schöne Schiff von Señor Dalques gestohlen hatten, um ein schnelles Schiff zu haben.

Das aber schien nicht der Fall zu sein . . .

»Dieser Jim ist ein frecher Hund!« sagte Don Fernando wütend und zugleich voller Anerkennung, als er mit Dr. Casillas auf der Rückfahrt von Belmopan war. »Er pflastert seine Straße nach Saba mit Piratengut. Wieviel hat er denn schon zusammen?«

»Vierzehn Millionen Dollar – wenn man den Überfallenen glauben darf«, antwortete der Syndikus.

»O Jesus!« schrie Fernando. »Und alles ist uns verlorengegangen! Vierzehn Millionen . . .«

»Streichen wir die Hälfte ab.« Dr. Casillas lachte mekkernd. »Die geben immer das Doppelte an, wegen der Versicherung. Immerhin wären es sieben Millionen Reingewinn!«

»Und alles gehörte eigentlich uns!« Fernando seufzte tief. »Ich glaube, ich fliege nach Saba und rede mit Jim.«

»Das ist doch sinnlos, Don Fernando.« Dr. Casillas, der den Wagen lenkte, hielt vor Schrecken an. Er würgte den

Motor ab. »Was wollen Sie allein auf Saba? Luis de Vegas ist gegen Sie, die ganze Mannschaft der ›Altun Ha‹, die jetzt die ›Annette I‹ fährt, verweigert Ihnen den Gehorsam . . . Was wollen Sie eigentlich noch? Seien Sie froh, daß Sie leben und daß man Sie in Ruhe läßt! Unser Geschäft läuft doch noch . . .«

»Sie kommen mit nach Saba, Casillas.«

»Ich? Nie! Ich denke nicht daran!«

»Feigling! Ein schwanzloser Hund sind Sie!«

»Ich bin als Rechtsanwalt und Syndikus engagiert, aber nicht als Selbstmörder! Ich halte es für viel klüger, unsere Geschäfte in Belize schnell zu aktivieren und noch viel Geld hereinzuholen, ehe Miß Tolkins oder dieser McDonald uns die Polizei auf den Hals hetzen. Eine Erklärung von ihnen, und wir sind erledigt!«

»Warum sollten sie das tun?«

»Don Fernando, finden Sie sich doch endlich damit ab, daß Ihre Partnerschaft mit Miß Tolkins erloschen ist! Sie sind allein . . . Miß Tolkins ist ins bürgerliche Leben zurückgegangen . . .«

»Durch diesen verdammten Rainherr! Casillas, ich hätte ihn damals gleich kaltmachen sollen. Dann wäre unsere Welt und unsere Firma wieder in Ordnung gewesen.«

»Sie haben es verpaßt, und nun hat es keinen Sinn, darüber zu jammern.« Dr. Casillas startete den Wagen von neuem. »Mir ist es nur ein Rätsel, warum Miß Tolkins uns nicht auffliegen läßt. Das ist doch völlig unlogisch . . .«

»Sie hängt doch bis über ihre schwarzen Haare mit in dem Mist!«

»Nicht als Kronzeugin . . .«

»Das weiß sie nicht.«

»Aber Rainherr! Warum schweigt sie? Warum rollen gegen uns keine Aktionen an? Das macht mich ganz krank.«

»Sie Hirnamputierter! Es macht Sie krank, wenn alles normal läuft?« brüllte Dalques. »Dem Himmel sei Dank, daß Mary-Anne noch kollegial denkt, bei allem, was sie uns schon angetan hat!«

»Aber das ist doch unnormal, Don Fernando! Wenn ich ein bürgerliches Leben führen will, muß ich doch erst tabula rasa machen – die Vergangenheit auslöschen . . .«

»Die kann sie nie auslöschen!« Fernando lachte roh. »Sie ist und bleibt das Gespenst der Karibik! Die gefürchtete Piratin! Das Satansweib! Da hilft doch keine Politur und keine noch so bürgerliche Strickjacke! Das bleibt sie!«

»Das weiß ich nicht, Don Fernando.«

Dr. Casillas überholte vorsichtig eine Herde Maulesel, die riesige Futterballen auf ihren Rücken schleppten. »Ich habe ein ungutes Gefühl . . .«

»Sie und Ihre Gefühle! Gehen Sie in einen Puff, um sie loszuwerden!« entgegnete Dalques und lachte gewöhnlich. »Mary-Anne hat doch auch viel zuviel Geld in der Firma stecken.«

»Dr. Rainherr ist nicht arm . . .«

»Aber im Vergleich zu uns eine Maus, die gegen einen Wasserbüffel anquiekt!«

»Liebe hat eben andere Maßstäbe – auch in finanzieller Hinsicht. Ich habe mich auf Grand Cayman erkundigt. Der Mann hat genug Geld, um Miß Tolkins ein fürstliches Leben bieten zu können.«

»Geld! Geld! Das ist nicht die Hauptsache bei Mary-Anne. Darum können Sie auch nicht verstehen, Casillas, warum sie den Mund hält. Mary-Anne ist eine Frau, die allein für das Abenteuer geboren ist! Sie hat kein Blut in den Adern, sondern flüssiges Dynamit! Sie kennen nur die reiche Miß Tolkins, Ihre Chefin! Casillas, Sie kennen aber nicht die Mary-Anne aus dem Tätowiersalon von Cartagena! Sie haben ja keine Ahnung, wie alles begonnen hat . . . Man kann wohl Vergangenheiten frisieren, aber eine solche Vergangenheit kann man nicht auslöschen!«

»Und wenn sie es doch versucht?«

»Blödsinn!«

»Auf Ihre . . . auf unsere Kosten?« Dr. Casillas wich einem streunenden Hund aus, den er beinahe überfahren hätte. »Don Fernando, warum streuen wir uns Sand in die Augen? Miß Tolkins und Sie sind gleichberechtigte Geschäftspartner, aber während Sie Ihr Bankkonto dauernd plündern, um das Geld im Spielkasino oder bei Weibern durchzubringen, hat Miß Tolkins eisern gespart. Ihr Konto ist randvoll! Ökonomisch gesehen wäre es doch möglich, daß Miß Tolkins den Konkurs anmeldet . . .«

»Sie sind ja verrückt!« schrie Dalques.

»Moment! Wären Sie allein in der Lage, alle Verbindlichkeiten zu zahlen? Na also! Aber Miß Tolkins könnte es – von ihrem Privatkonto. Und wenn sie das nicht will, dann gibt es eine Pleite. Und dann kauft sie aus der Konkursmasse die Firma wieder zurück, für sich allein!«

»Na – und?« Don Fernando fragte es ahnungslos.

»Diese Firma macht noch einmal ein großes Geschäft und dann . . . dann stiftet sie alles wohltätigen Zwecken! In Belize wird man sie wie eine Heilige verehren! Von einer Korsarin wird keiner mehr sprechen. Jeder würde gesteinigt werden, der nur einen solchen Verdacht äußerte. Und das Wichtigste ist: Ihr Gewissen ist gereinigt! Was sie zusammengekapert hat, was sie verdient hat mit der Firma . . . es gehört den Armen. Oder den Kranken. Oder sonst einer Institution, die sich um den Bodensatz der menschlichen Gesellschaft kümmert.«

»Sie phantasieren, Casillas!« Dalques schüttelte den Kopf. »Mary-Anne ist im Augenblick nicht zurechnungsfähig. Sie hat erst einmal endlich entdeckt, was ein Mann wert sein kann, was er ihr geben kann . . . und das bringt sie fast um den Verstand! Das ist es! So sehe ich es! Wenn der erste Brand gelöscht ist, wird sie vernünftig. Das ist so, als wenn ein Verdurstender ein Glas Bier trinkt. Es zischt – und weg ist es! Aber dann bekommt er wieder klare Gedanken.«

»Und wie deuten Sie die Haltung von Saba?«

»Casillas, reden Sie doch vernünftig! Deuten! Das sind

alles kleine Gauner, weiter nichts. Die machen sich jetzt selbständig und kassieren ab, bis man sie schnappt!«

»Mit bisher sieben Millionen Dollar!«

»Haben sie Glück, werden sie von den Amerikanern oder Engländern erwischt – haben sie Pech, laufen sie Fidel Castro in die Arme. Dann hängen sie am nächsten Schiffsmast oder Baum. McDonald ist doch nicht Mary-Anne . . . Er kann wohl ein Boot führen, aber ihm fehlt doch jegliches Vermögen, große Dinge durchzudenken! So genial war allein Mary-Anne . . .«

»Warten wir es ab, Don Fernando.«

Dr. Casillas bog von der Hauptstraße ab und fuhr über einen gefährlichen Dschungelpfad – eine Abkürzung zu dem Haus am Belize-River. »Ich als Ihr Anwalt rate Ihnen jedenfalls: Sammeln Sie Geld, soviel Sie noch können . . . und dann hauen Sie ab ins Unbekannte! Weit weg, wo Sie keiner kennt. Zum Beispiel auf die Malediven! Oder in die Südsee. Dort haben Sie auch alles, was Sie brauchen: Sonne, Meer, Strand, Luxushotels und wunderschöne Frauen. Hier . . . das ahne ich! – geht bald ein Feuerwerk los!«

Fernando Dalques antwortete nicht mehr.

Er war sehr nachdenklich geworden. Was Dr. Casillas sagte, hatte Sinn und vor allem System. Tatsächlich: Was würde, wenn Mary-Anne hier alles hochgehen ließ?

Südsee! dachte er und lehnte sich zurück. Tahiti, Samoa, die Karolinen . . . Vom Geld leben und nichts mehr tun . . . Mit 40 Jahren nur noch genießen, was das Leben bietet.

Das ist eine eingehende Überlegung wert. Vor allem, wenn man an Mary-Annes Bankkonto käme . . . mit einer gefälschten Unterschrift . . .

Acht Tage versteckten sich Dr. Rainherr und Joanna Tabora in den Jardines de la Reina vor Kuba.

Acht Tage paradiesischen Glücks, seliger Liebe, nie enden wollender Vereinigung und wohliger Müdigkeit – Körper an Körper.

Juan Noales kochte und servierte, putzte das Schiff und lauschte mit der Funkanlage in die Welt hinaus. Im Radio wurden die Meldungen knapper. Wie es Andreas Rainherr vorhergesehen hatte: Je erfolgloser die Suche nach der ALTUN HA und dem »entführten« Deutschen war, um so mehr hatte man ein Interesse daran, diesen Mißerfolg nicht zuzugeben. Außerdem kostete die Suche eine Menge Geld für Treibstoff . . .

Zuerst wurden also die Flugzeuge in die Flugbasen zurückgerufen, dann nahmen auch die Patrouillenboote den Normaldienst wieder auf. In der tausendfach verschlungenen Inselwelt des karibischen Meeres eine Yacht zu suchen, das ist – so erkannte man – überhaupt die Realisation des Sprichwortes von der Stecknadel im Heuhaufen.

Sir Howard Betford tobte zwar, aber auch er beugte sich schließlich der Einsicht. Seine Offiziere bewiesen ihm anhand von Karten der abgesuchten Gebiete, daß die ALTUN HA mit Dr. Rainherr und der geheimnisvollen Miß Tabora an Bord längst aus dem Nahgebiet entkommen sein mußte.

»Wenn sie durch den Canal del Viento, die Meeresstraße zwischen Kuba und Haiti, entkommen sind und im Gewirr der Turks- und Caicos-Islands und weiter hinauf in den Ausläufern der Bahamas untergetaucht sind, dann findet sie niemand mehr. Es ist unmöglich, diese Koralleninseln zu kontrollieren – es sind zu viele!«

»Bei der britischen Marine gibt es kein Unmöglich!« rief Sir Howard. »Im Kriegsfall kann man ja auch jedes Riff überwachen!«

»Haben wir Krieg, Sir?« fragte der Offizier zurück. »Wer soll das bezahlen? Übernehmen Sie die Verantwortung?«

Sir Betford sah ein, daß er vorläufig seinen Freund Rainherr abschreiben mußte. Er trank aus Kummer eine halbe Flasche Whisky leer und rauchte so viele Zigarren, bis er mit leichten Vergiftungserscheinungen ins Bett gesteckt wurde. Der Militärarzt verordnete völlige Abstinenz und ließ vor Sir Howards Schlafzimmer eine Wache zurück, die verhindern sollte, daß der Gouverneur rückfällig wurde und nachts zu seiner Hausbar schlich.

»Es wird ruhig . . .«, sagte Rainherr nach acht Tagen. »Ich glaube, wir können es wagen, unser Versteck zu verlassen. Was meinst du, Juan?«

»Es hält uns niemand mehr auf. Außerdem heißen wir ja ›Thule‹ und haben die schwedische Flagge gehißt.«

»Aber das könnte uns den Hals brechen. Wir benennen das Boot nochmals um. Was haltet ihr von ›Gotland‹?«

»Mir ist alles gleich«, sagte Joanna. Sie lag auf dem Sonnendeck und genoß das duftende Paradies. »Ich möchte nicht weg von hier. Diese acht Tage, Andres . . . sie waren allein ein ganzes Leben wert!«

«Ich habe vor, mit dir noch recht lange zu leben!« Rainherr studierte die Seekarten. Es war ein ganzer Packen bis zum Ziel: Saba. »Wir malen heute den Namen ans Heck und den Aufbau und schleichen uns morgen in der Frühdämmerung aus den Jardines. Wenn die Sonne ihren Platz am Himmel erreicht hat, können wir schon auf freier See sein und mit voller Kraft zunächst nach Haiti laufen. Juan, reicht das Benzin so weit?«

»Wir haben genug Reserven! Das ist ja ein besonderes Schiff, Sir! Zwei große Laderäume sind zusätzlich mit Kunststoff ausgeschlagen und als Tanks ausgebaut. Das machte die Piraten zu ihrer Schnelligkeit auch noch in der Reichweite unschlagbar.«

»Meine Idee . . .«, sagte Joanna und blickte Andreas an.

»Eine glänzende Idee . . .«

»Ideen einer Korsarin! Andres . . .« Ihre Stimme wurde leiser und bettelnd. »Laß uns hierblieben. Noch einmal acht Tage . . . nur noch eine Woche . . . bitte . . . Es kommt doch auf diese eine Woche nicht an. Ich bin so glücklich hier . . . Ich will die andere Welt nicht mehr sehen!«

»Aber wir gehören nun einmal zu ihr.«

Er beugte sich über sie und küßte sie lange.

Juan ging diskret nach vorn, um Pinsel und Farbe zu holen und das Hängebrett, von dem aus man den neuen Namen schreiben konnte.

Rainherr sagte: »Wir werden uns wieder in die Welt zurückschleichen; zuerst aber werde ich mich melden!«

Sie zuckte hoch. Ihre schwarzen Augen waren sehr groß.

»Wo melden?«

»Bei Sir Howard Betford. Der arme Gouverneur wird verzweifelt sein.«

Dr. Rainherr setzte sich in den Funkraum und suchte aus dem Frequenzverzeichnis den Sender Grand Cayman. Als er die Wellenlänge gefunden hatte, stellte er sie ein und drückte die Sendetaste. Die Funkstation war überlastet. Es dauerte zehn Minuten, bis Rainherr eine Lücke fand und hineingehen konnte.

»Hier Rainherr . . .«, meldete er sich. »Bitte, richten Sie Sir Howard Betford aus, daß es mir gutgeht und ich bald nach Hause komme . . .«

Eine erregte Stimme antwortete: »Hallo Sir! Hallo Sir! Wo sind Sie? Wir suchen Sie ununterbrochen. Melden Sie sich, Sir! Ihre Position? Machen Sie genaue Angaben . . .«

»Ich bin im Paradies, genügt das? Nicht? Tut mir leid, Kamerad . . . mehr kann ich nicht sagen. Bestellen Sie Sir Howard, daß es mir noch nie so gutgegangen ist wie jetzt. Später mehr . . .«

»Ihre Position, Sir!« rief der Mann aus Grand Cayman verzweifelt.

»Hinter der Himmelstür links ab, wo der große goldene Stern leuchtet. Dort wohne ich. Dreimal klingeln, bitte. Ende!«

Er stellte Sender und Empfänger ab und drehte sich nach Joanna um.

»Zufrieden, Liebling? Jetzt wissen alle, daß ich lebe – und mehr brauchen sie nicht zu wissen!«

»Du bist von einer Frechheit . . .«

»Aber immer höflich, Joanna!« Er lachte. »So, und nun benennen wir die ›Thule‹ in ›Gotland‹ um und fahren als brave Schweden unbelästigt nach Saba.«

»Wieder in die Vergangenheit!« Sie umarmte ihn, und er spürte, wie ihr Körper vibrierte. »Wir wollten doch nur noch der Zukunft leben . . .«

»Ja. Und wir wollen die Vergangenheit restlos auslöschen.« Er küßte die Innenflächen ihrer Hände, die sein Gesicht streichelten. »Dazu gehört doch auch Saba – oder nicht?«

»Ja, Andres! Aber es kann auch das Ende bedeuten . . .«

»Es gibt nichts, was mich jetzt noch von dir trennen könnte.«

»Saba ist das Hauptquartier der neuen Karibikpiraten . . .«

»Ich habe mir so etwas gedacht, Liebling. McDonalds Kaperfahrt nach Saba war deutlich genug.«

»Er hat keinen Auftrag von mir!« rief Joanna.

»Das weiß ich. Jims Alleingang werden wir stoppen.«

»Er tut es ja für mich, Liebster! Er sammelt die Millionen, um sich von Fernando unabhängig zu machen. Keiner weiß ja, daß Fernando ohne mich längst am Ende wäre . . .« Sie drückte das Kinn auf seinen Kopf und strich weiter über sein Gesicht. »Jim ist von einer rührenden Treue.«

»Nur jegliches Gefühl für Unrecht geht ihm ab!« Rainherr lachte etwas gequält. Ich habe eine Aufgabe übernommen, dachte er, um die mich niemand beneiden kann. »Ich werde ihm beibringen müssen, den Rest seines Lebens auf anständige Art zu verbringen.«

»Andreas Rainherr, der große Missionar!« Sie küßte

seine rechte Wange. »Ich hätte nie geglaubt, daß aus mir noch einmal eine Frau wird, die nichts weiter sein will als eine Frau . . . Und das ist so wunderbar, Andres . . .«

Sir Howard erhielt Rainherrs Funkspruch sofort von Radio Grand Cayman übermittelt. Der Chef der Funkstation rief selbst beim Gouverneur an und las ihm vor, was der Funker notiert hatte.

Eine Weile war alles still.

Sir Howard brauchte eine Weile, um den Text zu verdauen. Dann sagte er schnaufend:

»So vollidiotisch kann nur ein Mann reden, der sein Hirn im Schoß einer Frau verloren hat! Ich danke Ihnen, Williams. Wir hätten das einkalkulieren müssen! Unsere ganze Suchaktion war eine einzige Blamage. Wir haben zwei Menschen gejagt, die nichts weiter als allein sein wollten! Wir haben das einfach nicht begriffen . . . anscheinend, weil es so selten geworden ist . . .«

Nach einem stärkenden Cognac rief Sir Howard in Cayman Brac an. Annette kam ans Telefon, im Hintergrund bellte Mr. Ben.

»Neues von Papa!« sagte Sir Howard. »Leider nichts Gutes – von dir aus gesehen, little girl. Dein Vater schwimmt irgendwo in der Karibik und verwechselt unseren verdammten Planeten mit dem siebenten Himmel! Er will nicht gestört werden. Wir blasen alle Aktionen ab. Wenn er entführt worden ist, dann hat er sich geradezu mit Begeisterung in das Unbekannte gestürzt . . .«

»Joanna Tabora!« sagte Annette hart.

»Ja, so muß die Dame wohl heißen. Bekannt ist sie nicht. Eine bestimmt sehr schöne Frau – da kenne ich unseren Freund Andreas – aus dem Nichts hervorgezaubert . . .«

»Die ein Schiff von einem Mr. Dalques klaut! Genügt das nicht?«

»Das muß erst bewiesen werden.«

»Ich habe es doch gelesen, das Schiff hieß ›Altun Ha‹.«

»Annette, nun hör mir mal gut zu. Seien wir eine Weile ganz still und spielen wir Vogel Strauß. Kopf in den Sand und schweigen!« Sir Howard räusperte sich. »Dein Vater ist mit dieser Frau freiwillig nach Hause gekommen, um sie dir vorzustellen, aber du hast sie vertrieben. Logik, mein Kleines: Wenn Andreas so frisch, fromm, fröhlich, frei mit der ›Altun Ha‹ nach Cayman Brac kommt, weiß er doch auch, daß das Boot geklaut ist. Wo ist denn seine ›Annette I‹?«

»Beschädigt in der Werkstatt im Hafen von Belize City.«

»Irrtum! Auch die ›Annette I‹ ist weg! Wie fortgezaubert! Wer sie fährt, wohin sie schippert . . . keine Ahnung!« Sir Howard machte eine Sprechpause, damit Annette diese Nachricht verdauen konnte. Dann sagte er gütig:

»Mein Kleines, wir sollten uns nur noch abwartend verhalten. Ich glaube, was da gespielt wird, ist das ganz große Theaterstück eines Mannes, der entdeckt hat, daß er noch lange nicht zu alt für eine echte, tiefe Liebe ist! – Du solltest diese Joanna tolerieren . . .«

»Ich hasse sie, Onkel Howard!«

»Warum?«

»Sie ist viel zu jung für Paps!«

»Und du bist ein eifersüchtiges kleines Girl! Dein Vater gehört nicht dir allein . . . und deine Mutter ist lange tot.«

Ohne Entgegnung legte Annette den Hörer auf. Sie ließ sich in einen Sessel fallen und kraulte Mr. Ben, der seinen spitzen Kopf auf ihre Knie gelegt hatte.

»Paps hat eine neue Frau, Ben«, sagte sie leise. Ihre Stimme klang recht unsicher. »Und die habe ich vertrieben. Wenn sie zurückkommen, müssen wir uns alle Mühe geben, uns an Joanna Tabora zu gewöhnen. Aber Mama wird sie niemals ersetzen, nicht wahr, Ben?«

Der große Hund sah sie mit seinen bernsteinfarbenen Augen stumm an. Nur sein Schwanz wedelte leicht, und die Ohren hatte er hochgestellt. Wir sind bereit, sollte das heißen. Ich habe nichts gegen sie . . . für mich als Hund hatte sie einen guten Geruch. Ich mochte sie . . .

»Wenn ich nur wüßte, wo sie jetzt sind«, fuhr Annette zaghaft fort. »Ich würde sie zurückrufen. Bestimmt, Ben . . .«

Die schnittige schneeweiße Motoryacht GOTLAND mit der schwedischen Flagge am Heck passierte ungehindert alle noch vorhandenen Kontrollen. Sowohl kubanische Kanonenboote als auch eine Fregatte der US-Navy, die auf Puerto Rico stationiert war, grüßten höflich, sprachen über Funk ein paar englische Worte mit Dr. Rainherr und nahmen zur Kenntnis, daß der Eigner Sven Thordson hieß, aus Stockholm stammte und Fabrikant von Generatoren war.

Niemand kam auf den Gedanken, näher an das Boot heranzukommen und es genauer anzusehen, ob es etwa mit dem Typ übereinstimmte, der gesucht wurde. Don Fernando hatte genaue Angaben gemacht . . . bei kritischer Musterung hätte Rainherr Schwierigkeiten bekommen können.

So aber rauschte die GOTLAND in voller Fahrt durch die Karibik, der kleinen Insel Saba in der Gruppe der Jungfern-Inseln entgegen.

Nur einmal wurde es kritisch.

Es war vor der Insel St. Croix, nur 100 Meilen von Saba entfernt, als ein US-Schnellboot in Angriffsfahrt auf die GOTLAND zuschoß und gleichzeitig funkte:

»Stoppen Sie bitte! Wir kommen längsseits.«

»Warum?« antwortete Rainherr.

Juan drückte die Gashebel auf äußerste Kraft . . . Die ALTUN HA hob sich fast aus dem Meer und flog über die Wellen hinweg. Die Unangreifbarkeit wurde demonstriert, es gab kein Schiff, das sie jemals einholen konnte. Wie ein weißer Pfeil jagte sie über die See.

»Hier ist die ›Gotland‹ aus Stockholm. Sehen Sie unsere Flagge nicht? Was wollen Sie?«

»Unser Zweiter Offizier ist Schwede. Er möchte endlich einmal wieder heimatliche Laute hören. Haben Sie eine halbe Stunde Zeit?«

»Du grüne Neune!« sagte Rainherr zu Joanna, die neben ihm auf der Brücke stand. »Ich spreche zwar sieben Sprachen, aber ausgerechnet schwedisch ist nicht dabei. Das kann ins Auge gehen . . .«

Er drückte wieder die Sprechtaste des Mikrofons und rief:

»Grüßen Sie Ihren Zwoten aus Schweden! Er soll einen Whisky auf seine Heimat trinken. Wir wünschen ihm Skol! Leider können wir nicht stoppen. Wir haben einen geschäftlichen Termin auf St. Kitts, und den dürfen wir nicht versäumen. Vielleicht später einmal! Wir bleiben ja in der Gegend. Skol!«

»Schade«, antwortete der Funker des US-Schnellbootes. »Gute Fahrt!«

»Danke . . .«

Die GOTLAND schoß über das Wasser, während das Schnellboot abdrehte. In wenigen Minuten sah man einander nicht mehr.

Juan ging wieder auf normale Fahrt und wischte sich mit dem Unterarm den Schweiß vom Gesicht. Auch Rainherr ließ einen tiefen Seufzer der Erleichterung hören.

»Das war knapp!« sagte er. »Verdammt!«

»Er hätte uns nicht gekriegt, Chef!« rief Juan. »Das ist ein Wunderschiff! Es kann fliegen!«

»Und wenn sie uns beschossen hätten?«

»Wäre das die übliche Unterhaltung zwischen schwedischen Landsleuten, Sir?« fragte Juan und grinste.

Dann lachten sie alle, von einem ungeheuren inneren Druck befreit, und benahmen sich fast kindisch. Sie sangen gegen den Fahrtwind an und schunkelten dazu im Ruderhaus.

»Das ist einen Abend mit Champagner wert!« rief Rainherr. »Juan, wirf den Treibanker aus. Wie weit ist es noch bis Saba?«

»75 Seemeilen, Chef!«

»Dann können wir uns die Ruhe gönnen. Morgen wird ein heißer Tag, glaube ich. Was für ein Mensch ist dieser Luis de Vegas eigentlich?«

»Ein entlassener Sträfling, der für mich durchs Feuer geht«, antwortete Joanna. »Nur wie er auf dich reagieren wird – das weiß ich nicht.«

»Darum sollten wir heute in Champagner ersaufen!« rief Rainherr ausgelassen. »Wie ist das, Joanna . . . Sollen wir Saba erobern mit ausgefahrener Kanone und MGs? Es kommen die wilden Korsaren . . .«

»Nein!« Sie hob beide Arme und war ehrlich entsetzt. »Auf Saba ahnt keiner, wer ich bin! Luis de Vegas unterhält dort ein Büro unserer Exportfirma in Belize und züchtet nebenbei in großen Becken Wasserschildkröten für den Export. Wenn es zu einer Auseinandersetzung kommt, dann nur hinter verschlossenen Türen!«

Sie blickte auf das Funkgerät. Rainherr verstand.

»Du hast recht, Liebling«, sagte er. »Es wird alles anders, wenn McDonald mit meinem Boot schon eingetroffen ist.«

»Der Zeit nach müßte er dort sein . . .«

»Das haben wir gleich.«

Rainherr stellte die Wellenlänge ein und rief die ANNETTE I. Sofort, als hocke man dort immer, Tag und Nacht, am Funkgerät, meldete sich die Stimme des Bärtigen.

»Was ist los?« knurrte er. »Wer ist da?«

»Hier ist der Käpten«, meldete sich Joanna.

»Der Käpten!« Der Bärtige schien einen Luftsprung zu machen. »Der Käpten ist da! Hurra! Wo stecken Sie?«

»Zuerst: Wo seid ihr?«

»Dicht vor Saba. Soweit wir herankönnen . . .«

»Sie sind da!« sagte Joanna. Plötzlich standen ihr Tränen in den Augen. Sie schaltete den Sender ab und fiel

Rainherr in die Arme.

»Andres, sie sind da. Meine Jungens! Nun kann doch nichts mehr schiefgehen.«

Aus einem Glückgefühl heraus soll man nie Prognosen stellen. Sie sind meistens falsch.

XVII

Es gab wirklich einen Sektabend mit echtem Champagner, mit Gänseleberpastete aus Strasbourg, Putenbraten – allerdings aus der Dose – und feinsten Crêpes Suzettes mit viel Tunke aus Orangensaft und Cointreau.

Später, als Rainherr und Joanna in seliger Champagnerlaune nach Radioklängen aus Jamaika eng umschlungen im Salon tanzten, verwandelte sich Juan wieder in den Steuermann und zog den Treibanker ein.

Joanna trug ihr Abendkleid von dem ersten Festessen mit Andreas, und er hatte in Ermangelung eines Smokings, der ja auf der ANNETTE I im Schrank hing, die etwas große weiße Seemannsuniformjacke des Bärtigen angezogen, die er in dessen Koje, sauber aufgehängt wie beim Militär, gefunden hatte.

Nun glitten sie in langsamer Fahrt über die spiegelnde Karibik, die der Mond wieder in eine unwahrscheinliche Traumlandschaft verwandelte.

Am Vormittag tauchte Saba, die winzige Vulkaninsel, vor ihnen auf.

Joanna, Andreas und Juan standen im Ruderhaus und beobachteten durch Ferngläser das Meer und die Insel. Davor lagen einige größere Schiffe, die nicht näher herankonnten und deren Ladung von Menschen in flachen Booten übernommen wurde. Das war ein zusätzlicher Verdienst der kaum 2000 Bewohner, die vom Fischfang, vom Bootsbau und von den Spitzenklöppeleien der Frauen lebten.

Es gab unterhalb der an den Berg geklebten und über eine Felsentreppe mit 524 Stufen erreichbaren »Hauptstadt« Bottom ein paar Werften, die Schiffe bauten, mit denen man in den seichten Gewässern der Leeward Islands an jede Meeresstelle kommen konnte, um dort zu fischen und Austern oder Langusten aus den Felsen zu holen. Auch Kraken wurden gefangen, das Fleisch ihrer Fangarme, paniert und gebacken, galt als Delikatesse.

Langsam näherte sich die GOTLAND der Ladder Bay, neben Fort Bay die einzige Stelle der Insel, wo man an Land gehen konnte. Von Ladder Bay erreichte man den Einstieg in die Vulkanflanken und die Treppe mit den vielen Stufen.

»Da ist sie!« rief Rainherr plötzlich. Er zeigte voraus und etwas nach Norden. »Meine ›Annette I‹! Nichts rührt sich auf ihr. Die Kerle schlafen noch! Schau doch – diese Frechheit!«

»Was?« fragte Joanna. Sie erkannte auch das weiße Schiff, das abseits der Frachtkähne und näher zum Land hin lag.

»McDonald hat die Frechheit, die deutsche Flagge zu hissen! Ich stampfe ihn in die Erde, wenn er unter dieser Flagge seine Kaperfahrten ausgeführt hat!«

»Das hätte man im Radio gesagt, Liebling.« Joanna lächelte glücklich. Saba! Ihre Insel! Noch vor wenigen Wochen das uneinnehmbare, unbekannte Versteck des »Gespenstes der Karibik« . . .

Die Löschmänner von Saba waren schon fleißig bei der Arbeit. Zwischen Saba und den Frachtschiffen hatte sich ein Pendelverkehr entwickelt, und hoch beladen tuckerten die breiten flachen Kähne, die kaum Tiefgang hatten, über die ruhige See.

Die Morgensonne lag noch bleich, nur wenig golden, über dem Wasser, durchsetzt mit einem schimmernden Grün.

»Dort«, fuhr Joanna fort, »bei Luis de Vegas, lagerten in den alten Höhlen der früheren Piraten, vor allem der Korsaren aus dem 18. Jahrhundert, noch Schätze, von denen Fernando Dalques nichts wußte.«

Insgeheim hatte Joanna sie »meine Altersrente« genannt. Sie hatte längst eingesehen, daß Fernando kein Geschäftspartner von Dauer war und daß früher oder später die ganze Exportfirma zusammenbrechen mußte. Und dagegen hatte sie vorgesorgt . . . Mit einem eigenen Bankkonto und mit leicht verkäuflichen Werten wie Schmuck, Münzen, Kunstgegenständen und Gemälden. Das war nämlich das Absonderlichste an fast allen Millionärsyachten gewesen, die sie gekapert hatte: Jede glich einem Museum und war vollgestopft mit wertvollen Bildern oder Ikonen, dicken antiken Teppichen oder sogar flandrischen Gobelins. Es war, als schaukelten die Reichen dieser Welt ihren Reichtum auf dem Meer herum, weil es ihnen dort sicherer schien als in ihren riesigen Villen und Schlössern. Über den Schmuck, den die Ehefrauen mitschleppten, konnte man sich nur wundern: Er füllte oft mit seinen Schatullen und Kästchen einen halben Tresor.

»Wir brauchen nicht draußen zu ankern«, sagte Joanna und setzte das Fernglas ab. »Die ›Gotland‹ kann bis in die Ladder Bay hinein und dort an der Mole festmachen.«

»Das habe ich mir schon gedacht.« Juan drosselte die starken Motoren noch mehr. Nur ganz leicht vibrierte das herrliche Schiff und wiegte sich ein wenig hin und her.

»Wir gehen noch nicht an Land«, sagte plötzlich Rainherr laut. »Auf der ›Annette I‹ schläft noch alles – Juan, wir fahren einen Angriff!«

»Was machen wir, Sir?« fragte Juan ungläubig zurück.

»Wir sind noch einmal Piraten! Wir kapern zum zweitenmal mein Schiff! Über das dumme Gesicht von McDonald freue ich mich jetzt schon!«

Joanna schaute Rainherr entsetzt an. »Du willst doch nicht etwa die Kanone und die MGs ausfahren lassen?« fragte sie heiser. »So nahe bei den Frachtschiffen! Das gibt Alarm . . .«

»Keine Sorge! Ohne die Knalldinger, Joanna! Wir gehen einfach längsseits und entern mein Schiff. Dann überraschen wir die Kerle in den Kojen und zeigen ihnen, wie dämlich sie sich benehmen. Ohne Wache . . .«

»Sie sind schließlich hier zu Hause, Andres!«

»Ja, mit der ›Altun Ha‹. Aber mit meinem Boot?« Rainherr setzte das Glas wieder an die Augen. »Juan, volle Kraft voraus! Dann 50 Meter vor dem Ziel nur noch Treibfahrt. Wir müssen lautlos ankommen . . .«

»Dieses Schiff schwebt doch ohnehin über dem Wasser, Chef!« sagte Juan und lachte stolz. »Mir ist jetzt schon klar, warum niemand die Piraten kommen hörte und warum man sie ›Gespenster‹ nannte. Nur möchte ich keinen Sturm damit erleben.«

»Es kann nicht sinken!« sagte Joanna. »Wir waren schon einmal – durch Navigationspech – im ›Auge‹ eines Taifuns. Damals hätte ich fast wieder das Beten gelernt. Wir hatten uns alle einfach irgendwo angeschnallt, mit dicken Lederriemen und Karabinerhaken, und hatten das Boot dem Meer überlassen. Es spielte mit ihm Ball. Wir wußten nicht mehr, wo oben und unten war. Aber das Schiff sank nicht! Wir überlebten alle . . . wie man sieht! So ein Schiff bekomme ich nie wieder . . . Und du willst es versenken, Andres . . .«

»Das Schiff ist ein Teil der Vergangenheit, die wir auslöschen müssen, Joanna!«

Rainherr fixierte seine ANNETTE I, die schnell näherkam. Die GOTLAND flog auf sie zu. Der Morgenwind blähte die deutsche Flagge auf. Mit Schrecken dachte Rainherr daran, daß die ganze Beute von McDonalds privater Piraterie noch auf dem Schiff sein mußte. Hier kontrollierte niemand . . . aber wenn während der Fahrt nach Saba ein Kriegsschiff die Yacht angehalten hätte . . . nicht auszudenken, was da für Komplikationen auf ihn zugekommen wären.

Juan stellte die Motoren ab, als sie etwa 50 Meter an die ANNETTE I herangekommen waren. Lautlos trieb die

GOTLAND längsseits, von Juan geschickt gesteuert, der das Ausgleiten der vollen Fahrt ausnutzte.

»Nun erinnere dich wieder . . .«, sagte Rainherr zu Joanna und umarmte sie. »Wie habt ihr das immer gemacht? Enterhaken und Klapp-Gangways?«

»Muß das sein?« fragte sie leise und verkroch sich an ihn. »Ich wollte es doch nie . . . nie wieder tun!«

»Nur dieses eine Mal noch, Joanna! Für eine Stunde lebt Mary-Anne Tolkins wieder! Wie habt ihr gekapert?«

Joanna seufzte. Sie nahm Juans Stelle am Schaltpult ein und nickte zum Deck. »Neben dem Kamin, die große Kiste, da ist alles drin!« rief sie hell.

»Aye aye, Käpten!« antwortete Rainherr fröhlich.

Sie liefen die Treppe hinunter, klappten die Kiste auf und fanden Taue, Enterhaken, Enterstangen, Sandsäcke als Puffer, große, beidseitig geschliffene Messer und Gaspistolen nebst Munition.

Ein leises Summen ließ sie herumfahren.

Gleich neben der versenkt gebliebenen Kanone öffnete sich eine Klappe auf Deck. Eine breite Gangway fuhr, wie von Geisterhand gelenkt, aus dem Bootsrumpf, ragte steil in die Luft und senkte sich dann langsam hinüber auf das andere Schiff. Ein Roboter des Angriffs . . .

»Phantastisch!« rief Juan, der ehrlich ergriffen war. »Ich habe es ja erlebt . . . Sie waren plötzlich an Bord, und man wußte nicht, woher sie kamen. Sir, Sie wissen, wie gut mein Gehör ist. Ich hatte damals nichts, absolut nichts gehört . . .«

Sie nahmen die Seile mit den Enterhaken, warfen sie in die Reling der ANNETTE I und zogen sich damit ganz nahe an die Bordwand heran. Die automatische Gangway, von Joanna im Kommandoraum gesteuert, traf auf die ANNETTE I auf und stellte die Verbindung her. Ohne einen lauten Ton, ohne Schwierigkeiten, fast wie eine Spielerei war das andere Boot in den Besitz der Piraten gekommen . . .

Rainherr und Joanna stürmten an Bord der ANNETTE I

und verschwanden in den Abgängen der Aufbauten. McDonald bewohnte – wie konnte es als neuer »Chef« anders sein – Dr. Rainherrs Räume. Er schlief noch fest, als Andreas in sein Schlafzimmer trat und Jim mit einer kräftigen Ohrfeige weckte.

Mit einem gottserbärmlichen Fluch schnellte Jim hoch und blickte fassungslos in den runden Lauf der Gaspistole. Rainherr hatte sie mit einer roten Leuchtrakete geladen, was McDonald sofort erkannte.

»Jim! Dieser Überfall ist für die Frechheit, die deutsche Flagge zu hissen und unter ihr Pirat zu spielen!« sagte Rainherr hart. »Kannst du dir vorstellen, wie du aussiehst, wenn ich die Leuchtrakete auf deinen Balg schieße? Es wird kaum noch jemand geben, der dich identifizieren kann! Jim, sing noch ein irisches Kirchenlied . . . und dann wirst du zu einer roten Rakete! Es ändert sich ja nicht viel an dir, dein Haar hatte immer schon eine Signalfarbe! Los!«

Jim McDonald saß steif in Rainherrs Bett. Er war nackt und hockte mit seinem gewaltigen, rotbehaarten Körper unter der Decke. Mit weiten Augen legte er die Hände gefaltet in den Nacken – die internationale Haltung aller festgenommenen Gangster. Irgendwoher im Schiff erscholl Lärm . . . dort räumte wohl Juan mit den anderen auf.

»Sir . . .«, begann McDonald rauh. »Was ist los mit Ihnen? Wir sind doch Ihre besten Freunde. Wir sind nur nach Saba gekommen, um Ihnen beizustehen. Fernando, das Schwein, will uns doch alle in die Pfanne hauen wie Spiegeleier. Er wollte auch Luis aufhetzen, aber der hustete ihm was. Er wollte uns mit Raketen versenken, aber wir sind ihm geschickt davongelaufen. Nun sind wir am Ziel . . . und Sie kommen herein und wollen mich zerplatzen lassen? Ist das Freundschaft, Sir?«

»Keine Wache an Bord! Schlafen bis in den hellen Tag hinein! Sich kapern lassen wie alte Jungfern im Park! Nackt in meinem schönen Bett schlafen! Und dann noch die deutsche Flagge am Heck . . . Jim, das ist zuviel! Wenn wir die Gesetze der Korsaren aus vergangenen Jahrhunderten anwenden würden, dann müßte ich dich kielholen lassen, bis du ein Fisch geworden bist!«

»Sir, wer sollte uns hier etwas tun?« schrie McDonald. »Saba ist doch unser Heimathafen!«

»Du siehst doch, wie einfach das geht! Draußen löschen die Frachtkähne und niemand merkt, daß wir euch inzwischen gekapert haben!« Rainherr winkte mit der Gaspistole. »Los! Raus aus meinem Bett! Uniform an und an Deck! Du sollst in voller Gala an die Höllenpforte anklopfen . . .«

»Sir . . .« Jim schob sich aus dem Bett. »Wenn Treue so belohnt wird . . .«

»Halt's Maul und zieh dich an! Mein Gott, du siehst ja wirklich wie ein riesiger Orang-Utan aus! Jedes Weib muß doch schreiend flüchten, wenn du dich ausziehst!«

»Sie sind im Gegenteil ganz verrückt nach mir, Sir!«

McDonald schlüpfte in die auf einem Bügel hängende weiße Uniform. Mary-Annes Tradition war konsequent fortgeführt worden: Wenn Piraterie, dann sauber und korrekt in Marineuniform. Die meisten der Überfallenen hatten ja auch ausgesagt, sie hätten eine Militärkontrolle vermutet, die an Bord gekommen wäre.

Blütenweiße Jacken und Hosen, zwei Offiziere mit goldenen Ärmelstreifen und Goldkordeln um die weißen Mützen – das war eine aktenkundige Tatsache, die allen Polizeibehörden der Karibikstaaten Rätsel aufgab. Hinter der Hand wurde sogar der Verdacht geäußert, daß tatsächlich ein Kriegsschiff unbekannter Nationalität mit einem Spezialbeiboot diese Überfälle ausgeführt habe – gewissermaßen als Aufbesserung des Soldatensolds . . .

»Was nun?« fragte Jim, als er korrekt angezogen war. Er schielte auf die dicke Gaspistole.

»An Deck, Jim!«

Als sie hinaufkamen, standen die anderen Besatzungsmitglieder schon in Reihe auf dem Sonnendeck. Der

Bärtige hatte ein nasses Handtuch um den Kopf gewickelt und kühlte damit eine große Beule.

Er war der einzige gewesen, der sich gegen Juan gewehrt hatte. Ihm war nicht gleich eingefallen, daß Juan ein ausgezeichneter Judokämpfer war.

Nun trottete auch McDonald mißmutig und mit gesenktem Kopf an die Spitze der Reihe und schielte hinüber zu seiner geliebten ALTUN HA. Sie hieß jetzt, wie er feststellen mußte, GOTLAND, was ihm sehr gefiel, aber der Name schuf plötzlich einen Abstand. Ein Fremdkörper am Heck . . .

»Wer hätte das jemals gedacht?« brummte er. »Mit wehender Fahne untergehen – ja! Aber diese Erniedrigung . . . Sir, das haben wir nicht verdient, wir haben über sieben Millionen im Bauch der ›Annette I‹.«

»Das ist es ja gerade! In meinem ehrlichen Schiff!«

»Es sollte doch nur eine Starthilfe in ein neues Leben sein, Sir. Für den Käpten, für Sie . . . für uns alle. Was sollen wir denn tun ohne unsern Käpten? Können Sie sich eine in Eis und Schnee und Kälte ausgesetzte Vollwaise vorstellen . . .«

»Jim, ich fange gleich an zu weinen!«

Rainherr musterte die Mannschaft Joannas. Es waren wirklich Burschen, mit denen man die Hölle aufreißen konnte . . . nur hatten sie den falschen Job ausgeübt. Von der ALTUN HA ertönte ein Pfeifsignal.

»Achtung!« schrie Rainherr. Die Crew Mary-Annes stand stramm. »Kommandant kommt an Bord . . .«

Auf dem Nebenschiff erschien jetzt Joanna. Sie trug wie früher ihre Kapitänsuniform und ging mit schnellen Schritten über die Gangway. Die Goldtressen funkelten . . .

»Käpten . . .«, stammelte der Riese Jim wie ein kleines Kind. »Oh, Käpten . . .«

Joanna stellte sich vor die Reihe ihrer Leute. Sie sah ihre glänzenden Augen, die lächelnden Lippen, das Glück in den verwitterten Gesichtern. Ein heißer Ring legte sich um ihr Herz. Zerreiß ihn, dachte sie. Zerreiß ihn in kleine Stücke . . .

»Jungs!« sagte sie mit ihrer hellen Kommandostimme. »Viele Worte haben wir nie gemacht. Auch jetzt nicht. Ihr seid freie Menschen. Ihr seid entlassen. Geht dorthin in die Welt, wo sie euch gefällt und wo ihr euch wohl fühlt . . .«

»Bei Ihnen, Käpten!« sagte McDonald dumpf. »Wir bleiben nur bei Ihnen.«

»Aber ich kann euch nicht mehr gebrauchen.«

»Wir können alles. Wir tun alles. Nur . . . jagen Sie uns nicht weg!«

»Es gibt aber keine Kaperfahrten mehr, Jim. Wenn ich auf See fahre, dann nur noch, um zu angeln oder aus Freude darüber, über das Meer zu fliegen. Jungs . . . es ist aus. Es ist wirklich alles aus! Ich bin auch nicht mehr Mary-Anne Tolkins. Ich heiße jetzt Joanna Tabora . . .«

»Was sind Namen, Käpten! Sie bleiben unser Kommandant!« röhrte der Bärtige. »Was ist eure Meinung, Kameraden?«

»Sie bleibt unser Kommandant!« brüllte die ganze Mannschaft. Joanna wandte sich achselzuckend an Rainherr. In ihren Augen standen Tränen. »Was soll ich tun, Andres? Du hörst es, sie gehen nicht!«

»So habe ich mir das gedacht.« Rainherr trat vor. »Hört einmal, ihr Bande!« sagte er laut. »Ist es überhaupt möglich, daß ihr ein ehrliches Leben führt?«

»Jawoll!« brüllte McDonald sofort.

»Wißt ihr denn überhaupt, was ein ehrliches Leben ist?«

»Nein!« brüllte McDonald zurück. »Aber wir können es ja lernen.Man kann alles lernen, und ich habe gesagt, wir können alles. Auch ehrlich sein! Wenn's nicht anders geht . . .«

»Es geht nicht anders, Jim! Ich nehme euch alle in meine Dienste . . .«

»Hurra!« schrie der Bärtige und griff sich an seine Beule.

»Aber nur, wenn ihr bereit seid, euch vollkommen umzustellen. Wer rückfällig wird, der wird von mir ohne Wimpernzucken der Polizei ausgeliefert! Ist das klar?«

»Klar!« dröhnte wieder McDonalds Baß. »Was machen wir mit den sieben Millionen unter Deck, Sir?«

»Die liefern wir wieder ab!«

»O du gekochte Scheiße!«

»Ich zahle euch eine Heuer, die über dem Tarif liegt. Damit müßt ihr auskommen . . . als ehrliche Menschen.« Rainherr drückte das Kinn an. »Wer das nicht will, kann jetzt weggehen und seinen Seesack packen. Ich halte ihn nicht auf, und ich übergebe ihn auch nicht der Polizei. Er soll einfach verschwinden . . .«

Die weiße Mauer rührte sich nicht.

Alle Männer blickten hinüber zur ALTUN HA, die jetzt GOTLAND hieß und an deren Heck die schwedische Flagge wehte. Die neue Zeit, das ehrliche Leben – begann es nicht auch mit einer Lüge, einer Täuschung? Rainherr verstand die stummen Blicke.

»Aus der ›Gotland‹ wird wieder die alte ›Altun Ha‹, sie wird unter britischer Flagge fahren. Der Heimathafen wird Cayman Brac sein. Stationiert im Hafen von Spot Bay. – Wer hat etwas dagegen?«

Niemand hatte etwas dagegen. Rainherr sah nur auf allen Gesichtern die helle Freude.

»Noch etwas!« sagte Rainherr laut. »Die Kanone wird abmontiert!«

»Ab . . . montiert?« fragte McDonald geradezu entsetzt zurück.

»Und im Meer versenkt. Ebenso die beiden schweren MGs – dazu alles Piratengerät! Aus der ›Altun Ha‹ wird das, als was sie jedem erscheint: ein wunderschönes Schiff, auf dem sich sorglos leben läßt.«

»Das wird verdammt bitter«, versetzte Jim dunkel. »Aber . . . wie Sie befehlen, Sir! Sie sind der Chef! Wir werfen alles über Bord. Unser Herz wird dabei bluten . . .«

»Es hört schon wieder auf, Jim!« Er überblickte die

Mannschaft in den sauberen weißen Uniformen. »Seid ihr bereit?«

»Aye aye, Sir!« schrie Jim, und alle fielen ein.

»Dann marsch an Bord der ›Altun Ha‹! McDonald!«

»Sir?«

»Sie übernehmen wieder die Brücke . . .«

»Ich . . . ich soll . . .«, stotterte Jim. Der rote Haarwald in seinem Gesicht zuckte wild.

»Natürlich! Juan brauche ich für andere Dinge. Sie sind der Steuermann! Wir fahren gleich in die Ladder Bay ein und gehen an Land. McDonald, übernehmen Sie das Boot!«

»Aye aye, Sir!«

Jim McDonald scherte aus der Reihe aus und baute sich davor auf. »Ihr Sauhunde!« brüllte er seine Kameraden an. »Vorbei ist es mit dem Hurenleben! Wir werden ehrlich! An Bord . . . marsch, marsch!«

Die gesamte Mannschaft machte eine Kehrtwendung und rannte dann über die Gangway an Bord der ALTUN HA. Als letzter betrat Jim das Schiff und kletterte auf die Brücke. Er heulte laut, als er sich auf den Stuhl hinter das Armaturenbrett setzte . . .

Das war seine Heimat. Es gab keine andere für ihn.

»Ob das gutgeht, Andres?« fragte Joanna. Sie standen jetzt allein auf dem Deck der ANNETTE I. Auch Juan war drüben auf dem Piratenschiff.

»Es ist eigentlich alles wie früher, Liebling. Ich habe mein Schiff und meine Mannschaft wieder – und du hast dein Schiff. Wir könnten nun jeder in einer anderen Richtung abfahren und uns nie wiedersehen. Dann wird es keinerlei Probleme geben.«

»Doch! Das unlösbarste aller Probleme: Unsere Liebe! – Alles, was du gerade gesagt hast, habe ich nicht gehört! Jetzt bleibt nur noch Luis de Vegas, dann fahren wir nach Cayman Brac zurück. In Georgetown auf Grand Cayman heiraten wir. Der Gouverneur höchstpersönlich wird unser Trauzeuge sein.«

»Und im Hintergrund der Kirche singt unser Piratenchor . . .«

»So ungefähr!«

»Das ist doch alles Wahnsinn, Andres.« Sie blickte hinüber zu der Vulkaninsel. Unten, an der Ladder Bay, klebten ein paar Häuser am Gestein, darunter auch das »Büro« von Luis de Vegas. Es war an dem besonders langen Antennenmast erkennbar. Hier war die Funkstation, über die Luis alle seine Beobachtungen bekanntgegeben hatte, so die Liegeplätze neu eingetroffener Millionärsyachten – die neuen Opfer der Karibik-Piraten. Es war eine bis ins letzte durchorganisierte perfekte Meldestelle, deren Endpunkt Fernando Dalques war. Er blieb die letzte, große Bedrohung . . .

»Liebst du mich?« fragte Rainherr ganz nüchtern.

»Das weißt du doch.«

»Dann brauchen wir keine Worte mehr.«

Andreas faßte Joanna unter, was für einen Außenstehenden merkwürdig aussehen mußte. Ein Mann und ein Kapitän gingen über Deck wie ein Liebespaar . . . Auf See ist eben alles möglich.

»Jetzt sehen wir uns Luis de Vegas an. Ob er auch ein anständiger Mensch werden will?«

»Man wird es ihm erst erklären müssen, was das ist!«

Sie lachten und gingen über die automatische Gangway an Bord der ALTUN HA. Von der Brücke ertönte das typische Pfeifsignal »Kapitän an Bord«.

McDonald beherrschte so etwas militärisch vorschriftsmäßig.

Rainherr blickte zu ihm hinauf. »Steckt der Anker der ›Annette I‹ gut, Steuermann?«

»Wie betoniert, Sir!«

»Gut. Dann ablegen und hinüber nach Saba! Wie fühlen Sie sich, Jim?«

»Im Himmel kann es kaum schöner sein«, rief McDonald hinunter. »Bestimmt nicht, Sir . . .«

XVIII

Wer Saba, diesen Vulkankrater im Meer, ohne Strand, ohne jegliche freundliche Küste – nur erstarrtes Urgestein in riesigen, bizarren Formationen – von der Ladder Bay aus betritt und die ersten Menschen, die ersten Häuser, vor allem aber die Frauen erblickt, der glaubt, er müsse sich verirrt haben.

Wenn er nicht genau wüßte, daß Saba eine Insel in der Karibik ist, würde er meinen, in Alt-Holland zu sein.

Zwei Jahrhunderte zurückgedreht, wandelt er durch Bottom oder die meist 400 Meter hoch am Kraterrand gebauten anderen kleinen Ortschaften, als sei er in einem anderen Erdteil. Die einzigen Transportmittel sind Pferde oder Esel, ab und zu ein stöhnender Jeep. Sie verbinden die vielen kleinen Gärten, die Häuschen miteinander, die Gärten, in denen nicht nur holländische Blumen, sondern auch Gemüse und Salate wachsen. Ein winziges Stückchen felsiger Erde, für immer von den Kolonialherren geprägt. Ein Staubkorn im fernen Meer, das holländische Beschaulichkeit in sich aufsog und bewahrt hat.

Die ALTUN HA hatte gerade an der kleinen Mole festgemacht, als ein mittelgroßer schlanker Mann in einem naturfarbenen Tropenanzug auf das Schiff zuging. Er trug einen Strohhut und war – bis auf das Glasauge – ein unauffälliger Mensch. Dieses Glasauge allerdings war ein Kuriosum: Während das natürliche Auge des Mannes braun-schwarz, wie die Hautfarbe des Mischlings, war, leuchtete das Glasauge in hellstem nordischem Blau. Der Gegensatz war so frappierend, daß jeder, der Luis de Vegas ansah, entweder lächelte oder sich mitleidig fragte, welch ein Ignorant von Augenarzt so etwas auf dem Gewissen habe!

Joanna und Dr. Rainherr gingen zuerst von Bord.

McDonald stand noch auf der Kommandobrücke und

kratzte sich den roten Vollbart. Er kannte Luis genau – der erste Satz, die erste Begrüßung entschied.

Luis de Vegas nahm seinen Hut vom Kopf und verbeugte sich vor Joanna. Auch wenn er auf einer holländischen Insel der Karibik wohnte, so war er doch ganz der altspanischen Grandezza verhaftet, ganz Kavalier.

Dann sah er Dr. Rainherr fragend an; wobei das blaue Auge kritischer zu blicken schien als das echte, dunkelbraune.

»Ja, ich bin's!« sagte Rainherr, ehe Luis die richtigen Worte fand. »Ich glaube, Sie sind über alles unterrichtet.«

»So ist es, Señor.« Luis hatte eine angenehme, baritonale Stimme, die weich klingen konnte, aber auch schneidend, wenn es erforderlich war. »Von zwei Seiten – mit unterschiedlichen Meinungen.«

»Ich nehme an, Sie haben die Zeit genützt, um sich darüber klar zu werden, welcher Seite Sie zuneigen.«

»Ich habe Don Fernando angeboten, mich zu besuchen«, antwortete Luis ausweichend.

»Oh! Sie lieben Informationen aus erster Hand?«

»Ich habe ihm angeboten, an mir . . . eine nicht salonfähige Handlung auszuführen!«

Rainherr lächelte verständnisvoll. Es war die galante Umschreibung eines Kavaliers. Für Luis war es unmöglich, so etwas in Gegenwart der Señorita auszusprechen.

Luis de Vegas gab Rainherr die Hand.

Auf der Kommandobrücke atmete McDonald erleichtert auf. Nun war alles klar. Luis machte mit.

»Wenn du dich querstellst, Bursche!« hatte Jim noch gestern abend drahtlos in das de Vegas'sche Haus gebrüllt, »kastriere ich dich bei voller Besinnung! Fernando Dalques ist ein Gauner, aber wir sind ehrbare Seeleute, denen nur ab und zu ein Goldfisch vor den Bug schwimmt!«

»Ich habe ein Essen vorbereitet«, sagte Luis de Vegas höflich. »Don Fernando funkt fast pausenlos und will wissen, ob Sie schon hier sind, Käpten. Soll ich es ihm sagen?«

»Später, Luis.«

Joanna blickte an den Kraterwänden hoch. Auf halber Höhe war ein Haus unter Ausnutzung der natürlichen Höhlen gebaut. Ein wahrer Adlerhorst. Die Fenster blinkten in der Sonne.

»Das ist es, Andres . . .«, sagte sie.

Rainherr betrachtete die Anlage, die mehr einer Festung glich. »Uneinnehmbar«, sagte er. »Nur mit Geschützen kann man es wegschießen . . .«

»Das Vorderhaus vielleicht. Aber die Haupträume liegen im Felsen. Man kann nicht den ganzen Berg wegschießen.«

»Warum auch?« mischte sich Luis de Vegas ein. »Wer sollte ein Interesse daran haben, rechtschaffene Bürger zu beschießen?«

»Sagten Sie rechtschaffen, Luis?« fragte Rainherr sarkastisch.

»Sie hörten richtig, Señor.« Luis' Glasauge, dieser blaue See in seinem Mulattengesicht, glotzte den Besucher an. »Saba ist die friedlichste Insel der Karibik.«

»Schon immer, was?« Rainherr lachte. »Saba war eines der letzten Seeräuberverstecke, gewissermaßen die letzte Bastion, ehe das Piratentum vernichtet wurde. Man behauptet, daß noch heute in unentdeckten Höhlen große Goldschätze lagern. Als 1632 die Holländer die Insel in Besitz nahmen, war sie das Paradies der Korsaren. Hier verloren sich ihre Spuren . . . Sie sehen, ich habe mich genau informiert, Luis! Reden wir dabei nicht von den neuen Schätzen, die ein ›Gespenst der Karibik‹ hier eingelagert hat . . .«

Rainherr sah Luis forschend an. Der hielt dem Blick stand . . . noch wußte man nicht genau, was man voneinander zu halten hatte.

Man wußte nur: Eine neue Zeit begann. Eine ehrliche . . .

Was ist Ehrlichkeit? Gibt es sie überhaupt im ökonomischen Sinn? Kann der Mensch nur von Ehrlichkeit leben?

Gedeiht überhaupt etwas auf dem Boden der absoluten Moral?

Fragen, die sich Luis de Vegas, der kein Dummkopf war, in den letzten Tagen oft gestellt hatte und die er an Dr. Rainherr weitergeben wollte. Auf die Antwort war er gespannt.

»Wir sind Geschäftsleute bester Tradition, Señor!« sagte de Vegas nach der stummen Musterung.

»So kann man es auch nennen, Luis. Die Piraterie ist tatsächlich ein traditionsreiches Gewerbe. Seit es Menschen gibt, die die Meere befahren, gibt es auch Seeräuber. Man könnte wohl einen wissenschaftlichen Streit darüber entfachen, welche nun die ältesten Gewerbetreibenden der Welt sind: die Dirnen oder die Seeräuber!«

Luis' blaues Nordauge glänzte wunderbar in der schräg einfallenden Sonne. »Wer hat Ihnen dieses Auge eingesetzt?«

Es war das erstemal in Luis' Leben, daß er so direkt danach gefragt wurde. Joanna hielt den Atem an. Rainherr hatte Luis dort getroffen, wo er verwundbar war. Wie würde er reagieren? Würde es in Sekundenschnelle einen mörderischen Zweikampf geben?

Luis de Vegas benahm sich ganz anders, als alle erwartet hatten. Er blieb ganz ruhig. Dann sagte er:

»Interessanter wäre es, Señor, zu erfahren, wo ich mein echtes Auge verloren habe . . . Es war im Staatsgefängnis von Jamaika. Ich war dort eingeliefert worden, weil ich ein junges Bürschchen – so ein feines Herrchen aus den besten Familien – halb totgeprügelt hatte, weil sich das Kerlchen an mein Mädchen heranmachte und mich einen mistigen Mischlingsbock titulierte. – Natürlich bekam das feine Herrchen recht, und ich wurde verurteilt. Sieben Jahre . . . Strafarbeit auf den Zuckerrohrfeldern, bei Auflehnung – in den Steinbrüchen! Nach einem Jahr wechselte das Personal; es kamen neue Aufseher. Darunter auch Jorge Siquento, ein feister Mensch, der – und das war neu – die Essensportionen nach der Arbeitsleistung zuteilte. Ich bekam damals Malaria und konnte nicht so schuften, also bekam ich kaum etwas zu essen. Krankheiten wurden nicht anerkannt. Als aber Siquento mir das Essen dreimal hintereinander verweigerte, weil er sagte, meine Arbeit sei soviel wert, daß ich meinen eigenen Kot fressen sollte . . . da habe ich mit dem Messer zugestochen. – Der Kerl war trotz seiner Dicke schnell, aber es nutzte ihm nichts. Ich schlitzte ihm den Bauch auf, und er erwischte mich am linken Auge. Ich konnte fliehen und habe mich drei Monate versteckt gehalten. Drei Monate – mit meiner leeren Augenhöhle! Fliegen und Mücken nisteten sich ein, ich war eine lebendige Brutstätte geworden – aber ich kam durch! Ich erreichte die Stadt The Alley im Süden Jamaikas, Señor, bekam ein Schiff nach Puerto Rico, und von dort kam ich mit einem Frachter nach Saba. Reiner Zufall alles! Auf Saba gefiel es mir, ich blieb hier . . . und dann engagierte mich der Käpten als Leiter seiner Außenstelle.«

»Das ist ein guter Titel!« sagte Rainherr und lächelte.

»Das Essen steht bereit!« sagte Luis de Vegas ablenkend. »Wir sollten uns beeilen.«

»Selbstverständlich.«

Sie gingen ein paar Schritte, verließen die schmale Mole und betraten die Insel.

Alt-Holland empfing sie. Die Häuser hätten in Alkmaar stehen können. Der kleine Hafenplatz war äußerst sauber und auch von Blumenbeeten umgeben.

Es war für Rainherr ein merkwürdiges Gefühl. Er betrat in der karibischen See eine Vulkaninsel . . . und fühlte sich gleich heimisch. Er dachte an Rembrandt und Vermeer van Delft und wartete nur darauf, daß gleich ein Mann in Pluderhosen und gestickter Jacke, einen breiten Hut auf dem Kopf, um die nächste Ecke biegt und eine lange, gebogene Tonpfeife raucht . . .

Jahrhunderte vermischen sich: Oben das kleine Flugfeld für Propellermaschinen, hier unten ein Stück aus Hollands Geschichtsbuch.

Andreas Rainherr blieb stehen. Auch Luis und Joanna verhielten den Schritt. »Es läßt mir einfach keine Ruhe«, meinte Rainherr. »Luis, Sie müssen wissen, ich habe ein paar Semester Medizin studiert, ehe ich umsattelte. Welches Rindvieh von Arzt hat Ihnen dieses hellblaue Glasauge eingesetzt?«

»Sie werden das Rindvieh gleich kennenlernen«, antwortete Luis und lächelte schief. Beleidigt war er nicht. »Er wartet schon! Er sitzt vor dem gedeckten Tisch und hat Hunger. Er hat übrigens immer Hunger und ißt sich durch ganz Saba durch. Dabei hat er das gar nicht nötig. Er verdient genug, denn er ist ein vorzüglicher Arzt.«

»Das sieht man an Ihrem Glasauge!« warf Rainherr sarkastisch ein. »Wenn dieser Doktor noch mehr solcher Andenken hinterlassen hat . . .«

»Urteilen Sie erst, wenn Sie ihn kennengelernt haben!«

Luis de Vegas ging weiter.

»Die Menschen auf Saba danken Gott jeden Tag, daß es ihn gibt.«

Das Haus von Luis de Vegas war das größte in der Ladder Bay, was verständlich war, denn es war nicht nur ein Wohnhaus, sondern auch Lagerhalle und Funkstation. Es war, wie alle Häuser auf Saba, im holländischen Stil gebaut, mit hochragendem Giebel und weiß getüncht. Die hölzernen Fensterläden waren grün lackiert. Im Innern des Hauses war es angenehm kühl – die alten Holländer verstanden etwas von Baukunst und von Isolation. Wer über die ganze Welt verstreute Kolonien besaß, der wußte, wie man wohltemperierte Häuser baut.

In der großen Halle, wo der breite Tisch gedeckt war – ganz nach dem Muster des Mutterlandes mit Spitzendecke und bemaltem Porzellangeschirr –, erhob sich ein schmächtiges Männchen mit schütterem weißem Haar und in einem Anzug, der nur bei der Herstellung einmal gebügelt worden war – dann nie wieder! Aus einem viel zu weiten Hemdkragen wuchs ein dürrer Hals hervor ... der Schlipsknoten, korrekt gebunden, hing erbarmungswürdig schmal auf der Brust.

»Willkommen, Mary-Anne!« rief das Männchen. »Wie schön, Sie gesund zu sehen, obwohl ich ja von Kranken lebe!«

Dann drehte er sich um und blickte Dr. Rainherr an. Er hatte durchdringende blaue Augen. Wie Röntgenstrahlen, dachte Rainherr unwillkürlich. Er sieht einen an – und ist schon in der Tiefe!

»Und Sie sind also Dr. Rainherr ...«, sagte das Männchen. »Sie sind uns schon lange avisiert! Wenn es nach Fernando Dalques ginge, müßte ich Sie jetzt mit einem Schuß aus der Hosentasche töten und bekäme dafür hunderttausend Dollar! Hören Sie gut zu – einhunderttausend Dollar! Das sind Sie ihm wert. Sie haben unverschämtes Glück, daß ich mir aus Geld nichts mache. – Meier XXIII.«

»Aha!« sagte Rainherr bloß. Meier XXIII zog an seinem Schlipsknoten.

»Sie sagen ›Aha‹! Das macht Sie mir sofort sympathisch. Die meisten lachen über meinen Namen.«

»Weil Sie der dreiundzwanzigste Meier sind? Was gibt es denn da zu lachen?« Dr. Rainherr gab dem Arzt die Hand. Erstaunlich war der Druck, mit dem der kleine Mann des Besuchers Begrüßung erwiderte.

Rainherr fuhr fort: »Viel mehr regt mich auf, daß Sie es fertigbrachten, Luis ein hellblaues Auge einzusetzen.«

»Das ist eine Wucht, was?« Meier XXIII lachte kichernd. »Aber das ist noch nicht alles. Das ist kein Menschenauge, sondern das Auge eines Stofftieres, das ich bei einem Ausflug nach Guadeloupe in einer Schießbude gewann! Dreimal die Zwölf! Ich suchte mir einen Affen mit Nylonfell aus, und der hatte – absurd bei Affen – hellblaue Augen! Made in USA. Da ist alles möglich!«

Dr. Meier sprach längst deutsch. Weder Joanna noch Luis verstanden ihn – und das war gut so. Vielleicht wäre

Luis doch böse geworden, wenn er gewußt hätte, daß sein blaues Auge von einem Stoffaffen stammte.

»Als Luis auf die Insel kam«, erzählte Meier XXIII weiter, »mit seiner leeren Augenhöhle, habe ich meinem Affen ein Auge ausgerupft, es ausgekocht und Luis eingesetzt. Sagen Sie jetzt nur, das wäre keine gute Tat gewesen . . .«

»Zumindest ist sie ungewöhnlich, Doktor.«

»Wie soll ich denn hier auf Saba an ein anatomisch richtiges Auge kommen? Die Leute auf Saba haben sich übrigens an das blaue Auge gewöhnt – und das ist die Hauptsache. Übrigens trug diese Tat dazu bei, daß ich hier auf der Insel unschlagbar bin.«

»Ich weiß! Die Leute beten jeden Tag, daß Sie ihnen erhalten bleiben.«

»Das ist übertrieben, Dr. Rainherr – aber denkbar!« Dr. Meier setzte sich hinter seinen Teller. »Ich habe einen Hunger, Leute! Rainherr, nehmen Sie Platz, damit endlich aufgetragen werden kann!«

Er schwenkte jetzt wieder um und sprach spanisch weiter. »Mary-Anne, Ihre Jungens haben gute Arbeit geleistet. Zuerst war ich platt. Ein fremdes Schiff unter deutscher Flagge . . . ich habe mich vor Freude fast bepinkelt! Und dann erkenne ich Ihren McDonald! Mir ist neu, daß er auch Schiffe klaut.«

»Die ›Annette I‹ ist mein Schiff«, erklärte Dr. Rainherr.

»Aha! Bäumchen, wechsle dich! Aber daß die unter deutscher Flagge Piraterie treiben . . .«

»Warum nicht? Die Flagge ist doch gleichgültig. Gegenüber dem, was die westlichen Finanzminister mit der Weltwirtschaft machen, ist doch Piraterie in der Karibik fast schon ein Kavaliersdelikt. Eine Sportart!«

»Andreas, Sie gefallen mir!« rief Meier XXIII. Er goß sich von dem Wein ein, der auf dem Tisch stand, und prostete Joanna und ihrem Begleiter zu. »Wenn man es genau betrachtet, sind wir Außenseiter der Gesellschaft doch die besseren und die vernünftigeren Menschen! Zum Teufel, wo bleibt denn nun das Essen? Luis hat nämlich einen Hammel am Spieß vorbereiten lassen – mit einer Pfeffersauce, daß Sie sich die Hosen festhalten müssen, Andreas! Ich habe einen Hunger, Luis . . .«

»Doktor?«

»Laß doch endlich auftragen!«

Dann wandte er sich wieder an Joanna und rieb sich die Hände. »Sie waren erfolgreich, Mary-Anne?«

»Es gibt keine Mary-Anne mehr«, sagte Rainherr, ehe Joanna antworten konnte. »Miß Tolkins heißt in Wirklichkeit Joanna Tabora.«

»Wen interessiert die Wirklichkeit? Ob Joanna oder Mary-Anne . . . sie bleibt eine der bezauberndsten Frauen!«

»Wir werden heiraten, Dr. Meier XXIII!«

»Was werdet ihr? Heiraten? Und das Geschäft?«

»Wird liquidiert.«

»So eine blöde Idee kann auch nur von Ihnen stammen, Rainherr. Zuerst lassen Sie zu, daß unter deutscher . . .«

»Stop! Das wußte ich nicht. Ich habe die Burschen auch schon bestraft! Sie mußten die schwere Aufgabe übernehmen, ehrlich zu werden!«

»Da jubelt doch der Karpfen in der Kasserolle! Diese Brüder und ehrlich?« Dr. Meier lachte meckernd. »Joanna! Wenn die sich ändern, dann fresse ich einen Elefanten!«

»Das können Sie leicht sagen. Hier gibt es keine. Aber ich verspreche Ihnen: Ich besorge einen Elefanten, und den werden Sie dann auch fressen! Unter meiner Aufsicht!«

»Ich nehme an!« Dr. Meier schlug in Rainherrs ausgestreckte Hand ein. »Ich kenne doch diese Kerle . . .«

»Das ist vielleicht Ihre Stärke, aber bei mir geht es um tiefere Dinge, Dr. Meier.«

»Sehen Sie gar nicht, daß ich bei ›Meier‹ jedesmal zusammenzucke? Da liegt mein Schicksal! Ich bin nämlich Berliner! Begreifen Sie, was das heißt?«

»Nein . . .«

»Dachte ich mir. Es gibt nur wenige Menschen mit einer empfindsamen Seele . . . Einer davon bin ich! Hurra, der Braten!«

Ein Boy kam mit einem großen Tablett herein.

Sofort duftete die ganze Wohnhalle nach gebratenem Fleisch.

Meier XXIII winkte den Boy heran, nahm sich zwei riesige vorgeschnittene Stücke von dem Tablett und legte sie auf seinen Teller.

»Pardon, Mary-Anne . . .«, sagte er danach. »Oder Joanna – ist ja wurscht. Ich habe seit drei Tagen nur Fisch gegessen. Meine Patienten sind ausnahmslos Fischesser. Es ist fürchterlich! Ich bin direkt scharf auf Fleisch!«

Er räusperte sich und wandte sich wieder Dr. Rainherr zu. »Berlin, Uhlandstraße . . .«

»Kenne ich«, sagte Rainherr.

»Dort bin ich geboren. Als Sohn ehrbarer Eltern. Nur . . . mein Vater hieß Meier. Eugen Meier III. Das war noch zu ertragen. Mich aber nannte er Fritz, nach einem Erbonkel! So wurde aus mir – aus dem Telefonbuch wurde es ersichtlich – Fritz Meier XXIII. Ich frage Sie – wer kann das ertragen? Ich konnte es nicht. Allein die behördliche Anrede – Herrn Dr. Fritz Meier XXIII . . . Ich bin die Wände hochgegangen! Mein zartes Gemüt machte mich einfach krank. Nach dem Staatsexamen und den klinischen Jahren ging ich zur See. Als Schiffsarzt. Wissen Sie, was ein Schiffsarzt ist? Ein besserer Irrenwärter, ein Dompteur, ein Potenzprotz! Das hielt ich zwanzig Jahre lang durch, ohne mir das Rückgrat zu erweichen. Dann kam ich nach Berlin zurück, machte eine Praxis auf, bekam einen neuen Telefonanschluß . . . und schaue ins Telefonbuch. Was sehe ich? Ich war Dr. Fritz Meier XXXII – der zweiunddreißigste! Nichts wie weg! Ich wäre eingegangen!«

Er aß mit schnellen Bissen große Stücke – wie ein Raubtier bei der Zoofütterung. Der Boy hatte unterdessen die Sauce, Salate verschiedener Art und Süßkartoffeln mit Kümmel serviert.

Dr. Meier schwieg und schmatzte zufrieden.

»Nach langen Irrfahrten erreichte ich Saba. Hier war ich Dr. Meier I«, sagte er nach dem Verschlingen der ersten Portion.

Der Boy legte nach. Luis lächelte vor sich hin – er kannte die Geschichte. Joanna bedauerte Andreas, daß dieser so im direkten Schußfeld von Dr. Meier XXIII saß.

»Ich hatte von Saba nie etwas gehört, ich kannte nur das Saba aus der Bibel, das mit der schönen Königin, die mit Salomon . . . na, Sie wissen schon! Ein Zufall brachte mich hierher, ein Frachter, auf dem ich die Mannschaft betreute. Ja – mittlerweile war ich abgerutscht! Der Suff, die Weiber . . . So blieb ich auf Saba, diesem Vulkannest, und richtete mich ein. Ja – und jetzt bin ich der glücklichste Mensch der Welt. Meine Patienten sind dankbar, auch wenn sie mal ein Plüschtierauge bekommen; ich habe ein ruhiges Leben, bin siebzig Jahre alt und hoffe, noch weitere zehn Jahre zu leben und zu praktizieren! Zehn herrliche Jahre. Und Sie, Dr. Rainherr? Sie reformieren die schönste und mutigste Frau der Karibik und sind auch noch stolz auf Ihr Werk, wie ich sehe. Wie kamen Sie denn überhaupt an Mary-Anne?«

»Sie hat mich geklaut . . . als Piratin!«

»Du lieber Himmel!« Dr. Meier XXIII schlug die Hände zusammen. »Daraus lernt man, daß das Schicksal eine elende Kupplerin ist! Wein her! Das muß ich erst hinunterspülen!«

So turbulent der Tag begonnen hatte, so wild bewegt endete er.

Während Dr. Rainherr und Dr. Meier XXIII die Anlagen von Joannas »Firma« in der Ladder Bay besichtigten und sie selbst im Haus mit Luis de Vegas sprach und ihm klarmachte, daß sie alles aufgeben wolle, hatte drüben im fernen Belize Fernando Dalques die dunkle Ahnung, daß die in der ganzen Karibik gesuchte ALTUN HA mittlerweile in Saba eingetroffen sein mußte.

»Ich spüre es!« sagte er zu Dr. Casillas. Seit Tagen war der Betrieb der »Exportgesellschaft indianischer Kunst« wie gelähmt. Mit Mary-Annes Verschwinden und ihrer Ankündigung, daß sie ein neues Leben beginnen wolle, war alles anders geworden. Zwar beteuerte Dalques immer noch lautstark, daß er allein weitermachen wolle . . . Aber das war nur ein müdes Auflehnen gegen die Realität: Er hatte kein Schiff mehr, keine Mannschaft, keinen Kontaktmann wie de Vegas . . . und vor allem auch nicht den Schneid, den Mary-Anne als Piratenkapitän bei jedem Einsatz bewiesen hatte.

»Ich fliege nach Saba.«

»Mit Ihrer Zweimotorigen?« fragte Dr. Casillas und verzog den Mund. »Fernando, damit können Sie auf dem winzigen Flugplatz nicht landen.«

»Das weiß ich allein!« bellte Dalques.

»Oder wollen Sie etwa Saba bombardieren? Das sähe Ihnen ähnlich! Wenn Sie unbedingt einen Feuerzauber wollen, dann machen Sie ihn hier! Von Saba kommen Sie garantiert nicht zurück. Wenn man Sie nicht mit den schweren MGs Ihrer ›Altun Ha‹ vorher abschießt, werden das die alarmierten Jagdflugzeuge der verschiedenen Karibikstaaten tun! Don Fernando – Sie haben doch absolut keine Chance!«

»Ich will sehen, ob sie vor Saba liegen!«

»Und dann?«

»Dann werden andere die Schmutzarbeit übernehmen!« Er starrte Casillas böse an. »Ich weiß, wie ich diesen Rainherr am besten treffen kann! Durch seine Tochter.«

Dr. Casillas schluckte krampfhaft. »Das mache ich nicht mit, Don Fernando«, sagte er heiser.

»Was?«

»Kidnapping? Irgendwo ist die Grenze . . .«

»Wer hat denn gesagt, daß ich das Mädchen kidnappen will?« antwortete Fernando. »Halten Sie mich für so einen

Idioten? Was käme dabei heraus? Was sollte ich mit dieser Annette erpressen?«

»Was wollen Sie sonst mit dem Mädchen?«

»Das werden Sie erleben, Casillas!« Dalques lächelte böse. »Ich werde nicht einen einzigen Finger rühren, und ich werde diesen Dr. Andreas Rainherr trotzdem tödlich treffen . . .«

Das war am Vormittag.

Gegen Mittag stieg Fernando Dalques mit seiner zweimotorigen Chessna auf, ohne die Raketen, die nun wieder – in Kisten mit Holzwolle verpackt – in der Lagerhalle lagen mit der Aufschrift »Tanzmasken aus Nikaragua«.

Fernando flog zunächst die Küste entlang, überquerte dann die Atolle und wandte sich nun in direkter Richtung nach Saba. Über dem freien Meer stellte er die Frequenz der ALTUN HA in seiner Funkanlage ein und rief eine halbe Stunde lang, mit Unterbrechungen, immer von neuem:

»AH melden! AH melden! AH melden!«

Endlich kam eine Antwort.

Es war die dröhnende Stimme von McDonald, der unwirsch fragte: »Was soll das? Gehen Sie aus unserer Frequenz, Mister! Sie haben den falschen Kanal. Hier spricht die Yacht ›Gotland‹!«

»Red keinen Mist, Jim!« sagte Fernando kalt. »Wie ich höre, bist du wieder auf unserem schönen Schiff. Der Kapitän ist also eingetroffen.«

»Ah! Don Fernando!« McDonald räusperte sich. »Wo sind Sie?«

»Im Anflug auf Saba!«

»Das ist prima! Ich lasse sofort die MGs herausfahren! Wenn Sie näherkommen, kracht's! Ist das klar?«

»Ich habe nicht die Absicht, in Ihre Reichweite zu kommen, Sie Rindvieh! Ich will nur aus der Luft sehen, wie zwei Schiffe voll Menschen aussehen, die sich selbst vernichten. Kann ich den Käpten sprechen?«

»Nein. Sie ist an Land.«

»Und Luis hat Mary-Anne noch nicht getötet?«

»Im Gegenteil! Er hat mehr Gehirn als Sie. Er hat die neue Zeit erkannt.«

»Die neue Zeit? Du Idiot!«

»Wir werden ehrlich.«

»Aufhören!« schrie Dalques. »Ich falle gleich vor Lachen vom Himmel! Ihr vergeßt wohl, daß es mich noch gibt?«

»Sie sitzen in einem Boot, das schon leck geschlagen ist, Don Fernando. Hören Sie einen guten Rat: Kehren Sie um und vergessen Sie alles, was gewesen ist. Machen Sie allein weiter, wenn Sie das können. Verdammt, man kommt in die Jahre, da will man seine Ruhe haben! Wir vertrauen auf Dr. Rainherr. Er wird uns schon hinkriegen. Wenn er es beim Kapitän geschafft hat . . .«

»Sie können sich aber schlecht zu ihm ins Bett legen«, sagte Dalques gehässig. »Das war doch Mary-Annes Therapie.«

»Ende!« brüllte McDonald. »Sie sind und bleiben ein Sauhund, Fernando. Ich schwöre Ihnen, sobald Sie über uns auftauchen, ballere ich los! Sie kennen ja unsere elektronischen Zielgeräte – wir treffen Sie unter Garantie!«

Die Verbindung brach ab. Fernando Dalques drosselte die Motoren etwas und blickte über die strahlend blaue, leicht gekräuselte Fläche der karibischen See. Zwei große weiße Luxusdampfer durchfurchten unter ihm das Meer . . .

Touristenschiffe auf der Fahrt nach Jamaika: 14 Tage Karibik . . . Ein Erlebnis, das man nie vergißt! Eine Zauberwelt voller glücklicher fröhlicher Menschen . . . Das moderne Paradies!

Fernando Dalques wurde es ganz schwer ums Herz. Wo waren die Zeiten hin . . .?

Er hatte genug Benzin an Bord, um bis zum späten Nachmittag in der Luft zu bleiben und dann, auf dem Rückflug, in Puerto Rico aufzutanken. Einen Augenblick überlegte er, ob er nicht doch die Landung auf dem kleinen Flugplatz von Saba wagen sollte. Wenn man die Maschine steil herunterdrückte und dann am Anfang der Rollbahn aufsetzte, konnte es gelingen. Der Start war dann weniger problematisch, da konnte man mit Vollgas auf beiden Motoren die Maschine hochreißen und sich aus der Umklammerung des Vulkans befreien . . .

Aber warum? dachte Fernando dann. Was hat das alles noch für einen Sinn? Mary-Anne, die geliebte Korsarin der Karibik, gab es nicht mehr. Damit mußte man sich abfinden. Was blieb, war nur noch die Rache. Die Rache an Andreas Rainherr . . . Rache . . . Rache, weiter nichts. Und sie muß vernichtend sein . . .

Dalques kontrollierte Kompaß und Fahrtroute. Er drehte etwas nach Westen bei und stieg 1000 Meter höher. Wie wird es weitergehen, dachte Fernando. Die Firma ist ohne Mary-Anne pleite. Ohne die Seeräuberei sind wir nicht lebensfähig. Vom Export der Häute und der indianischen Kunst zu leben, würde ein Hungerleben bedeuten. Ob man nicht doch noch einmal mit Mary-Anne reden sollte? Soll so eine jahrelange Freundschaft einfach zerbrechen? Mit einer Million Dollar könnte man sich zufrieden geben . . . das wäre ein anständiger Abschied nach diesen Jahren gemeinsamen Kampfes. Mit einer Million Dollar konnte man dem Rest des Lebens sorglos entgegensehen . . .

Mehr Gas . . . Nun war er entschlossen. Er wollte am frühen Nachmittag über Saba sein und versuchen, noch einmal mit Mary-Anne zu sprechen.

XIX

»Fernando ist unterwegs«, sagte Luis de Vegas.

Er hatte von der GOTLAND die Meldung bekommen, daß Dalques im Anflug sei und mit McDonald gesprochen habe. Er setzte sich zu Dr. Rainherr, Joanna und Dr. Meier

XXIII auf die überdachte Veranda und goß sich ein Glas Orangensaft mit weißem Rum ein.

In den vergangenen Stunden hatte de Vegas mit Rainherr kaum ein paar Worte gesprochen.

»Er ist – wie alle um sie herum – in Mary-Anne verliebt!« hatte der Arzt später erklärt. »Auch wenn keiner eine Chance hat, sie betrachten Mary-Anne als zu ihnen gehörig. Das ist selbstverständlich, Rainherr, für diese harten Kerle ist eben Mary-Anne die ganze Welt! Ihre eigene Welt, die sich in dauernder Fehde mit der normalen Welt befindet. Und nun kommen Sie daher und nehmen nicht nur Mary-Anne an sich, sondern Sie nehmen auch noch diese Sonderwelt auseinander! Das müssen die Kerle erst verdauen. Erstaunlich, wie McDonald und seine Mannschaft sich umgestellt haben. Aber sie schweben noch in Illusionen, denn noch wissen sie nicht, wie beschissen diese sogenannte ehrliche Welt ist! Luis de Vegas kennt sie – er hat genug Jahre in verschiedenen Zuchthäusern gesessen. Und wissen Sie auch, warum? Weil er ehrlich war! Sehen Sie mich nicht an wie eine Kuh, die ihren eigenen Fladen gefressen hat! Luis hat mir einmal bei einem Saufabend mit purem Rum seine Geschichte erzählt. Der Junge hat sogar die höhere Schule besucht, unter kirchlicher Leitung! Eine Klosterschule! Da fing's schon an. Er meldete dem Prior, daß der Pater Geschichtslehrer homosexuell sei. Die Folge war: strenge Bestrafung mit Essensentzug und unzähligen Vaterunsern! Nicht für den Geschichtslehrer, für Luis! Nach drei Jahren Gegenwehr flog er aus dem Kloster und trat eine Lehre bei einer Handelsgesellschaft an. Dort entdeckte er nach einem halben Jahr, daß der Versandleiter doppelte Buchungen machte, von jeder Sendung wurden zwei bis drei Kisten abgezweigt. Der ehrliche Luis meldete es der Geschäftsleitung. Erfolg: Er wurde eines Nachts von Unbekannten verprügelt. Acht Tage später fand man in seiner Jacke die Brieftasche des Versandleiters mit 356 Dollar! Luis beteuerte, er wisse nicht, wie sie in seine Jacke gekommen sei – und keiner glaubte ihm. Die erste Strafe: Zwei Jahre hinter Gittern! Von da an ging es nach dem Gesetz der schiefen Ebene abwärts. Wo immer Luis auftauchte, er war nun vorbestraft und mit dem Ruf behaftet, ein Querulant zu sein. Und siehe da . . . Er machte dem alle Ehre: Er durchlief vier Jobs, und überall deckte er Unehrlichkeit auf. Und immer traf es am Ende ihn . . . zuletzt vier Jahre Zuchthaus wegen schwerer Körperverletzung, weil er einem Wiegemeister die falschen Gewichte an den Kopf geworfen hatte! Aus diesem letzten Zuchthaus konnte er fliehen und traf auf der Insel Guadeloupe mit McDonald zusammen. Der stellte Luis dem Käpten vor, und Mary-Anne nahm Luis zu sich. Da er sich bald als ein kluger Kopf entpuppte, übernahm er die Außenstelle Saba, die damals gerade eingerichtet wurde. Er wurde Umschlaglagerleiter und Auskundschafter – unentbehrlich für die Karibik-Piraterie. Ich sage Ihnen, Rainherr, hier, in den ehemaligen Seeräuberhöhlen, lagern noch Millionen an Beute, die Mary-Anne gemacht hat. Hier ist sie doch sicherer als in jedem Banktresor.«

»Und das alles wissen Sie!« Andreas hatte sich kopfschüttelnd zurückgelehnt. »Meier XXIII, Sie machen sich doch mitschuldig! Ist Ihnen das nicht klar?«

»Bei mir kann man nicht mehr von Schuld reden. Ich genieße Narrenfreiheit!« Der alte eingeschrumpfte Arzt lachte. Er knöpfte den viel zu weiten Hemdkragen auf und angelte nach seinem Rumpunsch. »Aber Sie, Rainherr, Sie sind in einer verteufelten Lage! Sie wissen doch auch alles! Gut, Sie wollen Mary-Anne umkrempeln, es ist Ihnen bereits gelungen . . . Aber, Sie wandelndes Gewissen, wie wollen Sie das ›Gespenst der Karibik‹ reinwaschen? So gute Waschmittel gibt es doch gar nicht!«

»Die Kanone und die MGs werden im Meer versenkt. Die ›Altun Ha‹ bleibt die ›Gotland‹!«

»Das sind doch Äußerlichkeiten. Meiner Schätzung nach hat Mary-Anne im Laufe ihrer Piratenlaufbahn mindestens zwanzig bis fünfundzwanzig Millionen Dollar zusammengeklaut. Es ist sagenhaft, was hier in der Karibik an Werten herumschwimmt!«

»Wir werden alles zurückzahlen«, sagte Dr. Rainherr fest.

Meier XXIII schlug die faltigen Hände zusammen. »O Himmel, so bescheuert können Sie wirklich sein?« Er beugte sich vor. »Wollen Sie vielleicht einen weltweiten Aufruf erlassen: Alle, die je in der Karibik überfallen worden sind, möchten sich bitte melden bei Dr. Andreas Rainherr, Cayman Brac. Er ersetzt alle Schäden! Der Auszahlungsschalter ist täglich geöffnet von zehn bis siebzehn Uhr! – Verrückt, nicht wahr? Genauso verrückt ist Ihr Gedanke der Wiedergutmachung.«

»Nein.« Rainherr nahm den Spott des Arztes gelassen hin. »Ich werde mit den vorhandenen Werten eine Stiftung machen. Vielleicht ein Krankenhaus in einem Notstandsgebiet . . .«

»Der Albert Schweitzer der Karibik!« Meier XXIII lachte hell. »Da gäbe es nur einen gravierenden Unterschied: Professor Schweitzer lebte von wohltätigen Gaben – Sie bauen Ihr Denkmal mit geklauten Schätzen!«

»Ich versuche mir einzureden, daß diese Schätze ›schwarzes Kapital‹ waren. Der Steuer hinterzogen. Bedenken Sie, nur die Hälfte der Überfallenen haben die Piraterie den Behörden von sich aus gemeldet. 50 Prozent schwiegen eisern und schluckten den Verlust klaglos hinunter. Macht das nicht nachdenklich?«

»Es ist erstaunlich, mit welcher Artistik an Argumenten Sie Ihr Gewissen beruhigen, Doktor Rainherr!« Er trank seinen Rum leer. »Aber wenn's Ihnen hilft, warum nicht? Weiß Mary-Anne denn schon von diesen Plänen?«

»Nein.«

»Oder die anderen?«

»Nur, daß alles, was noch an Raub vorhanden ist, zurückgegeben wird.«

»Und wie reagierten sie?«

»Sie fluchten entsetzlich . . . aber sie sahen es nachher ein.«

»An Ihnen ist ein Bonifatius verlorengegangen«, sagte Meier XXIII ehrlich. »Sie können Menschenfresser zu Vegetariern umquatschen. Aber wie der gute Bonifaz werden auch Sie eines Tages den falschen Baum fällen und daran zugrunde gehen . . .«

Nun also war Luis de Vegas gekommen und hatte gemeldet: »Fernando ist auf dem Anflug nach Saba. Jim läßt die MGs herausfahren und bereitet sich darauf vor, die Chessna abzuschießen, sobald sie sich am Himmel zeigt. Ich halte das für falsch.«

»Ich auch!« stimmte Rainherr zu. »Don Fernando kann gar nichts ausrichten. Mir ist ein Rätsel, was er überhaupt hier will!«

»Er verfolgt dich, nicht mich!«

Joanna blickte über die Ladder Bay. Noch immer rauschten die flachen breiten Lastenboote von der Insel hinaus zu den im Meer liegenden Frachtern und übernahmen die Ladungen. Nur die GOTLAND, dieser weiße Traum einer Yacht, ankerte in der Bucht.

»Er hofft immer noch, daß alles nur eine Episode ist. Für ihn ist es undenkbar, daß alles vorbei sein soll . . .«

»Ist es vorbei, Joanna?« fragte Andreas und blickte sie dabei von der Seite an.

Sie nickte und faltete die Hände unter ihrem Kinn.

»Ja, Andreas.«

»Läutet die Glocken!« rief Dr. Meier XXIII.

»Und Sie, Luis?« fragte Rainherr den Einäugigen.

»Ich habe mir noch keine Gedanken über die Zukunft gemacht. Es ist alles noch so frisch . . . Ich bin überrascht worden . . .« Luis de Vegas sprach stockend und sah Rainherr dabei nicht an.

»Ich biete Ihnen eine Stellung als Betriebsleiter in meiner Fischfabrik auf Cayman Brac.«

»Ich weiß es noch nicht, Sir!« antwortete Luis steif und

ein wenig hilflos. »Ich liebe Saba . . . Warum soll ich es verlassen?«

»Wovon willst du hier leben, Luis?« Dr. Rainherr nannte ihn plötzlich Du. Die Distanz sollte weggeräumt werden. Was hier entstand, war ein gemeinsames Schicksal, eine neue Welt, nachdem er – Rainherr – die alte zerschlagen hatte. »McDonald und alle anderen kommen auch mit mir . . .«

»Ich weiß es, Sir«, antwortete Luis dumpf.

»Und ich auch!« Meier XXIII rieb die Hände aneinander. »Das heißt, Rainherr, wenn Sie mich mitnehmen! Und wenn Sie mir garantieren, daß es auf den Cayman Islands keinen anderen Fritz Meier gibt! Der Schlag würde mich treffen . . .«

Andreas Rainherr starrte den Arzt ungläubig an. Dann schüttelte er den Kopf. »Sie wollen auch mit? Was ist denn los?«

»Ich sagte es Ihnen schon: wir kleben alle an Mary-Anne!« Meier XXIII lachte meckernd. »Das haben Sie nun davon, Rainherr! Wenn Sie geglaubt haben, Sie könnten Mary-Anne für sich allein abschleppen, dann haben Sie sich geirrt! Die ganze Piraterie geht mit . . . und ich zähle mich nun einmal dazu! Mein Gott, wie viele Wunden habe ich bei den Kerlen schon verbunden! Nicht Wunden aus dem Einsatz, da hat sich ja außer Ihnen keiner gewehrt! Nein, die Burschen zerfleischten sich untereinander! Wie ist's nun? Wollen Sie mich mitnehmen?«

»Ich muß ja wohl.« Rainherr lachte auch. »Ich kann übrigens wirklich einen Arzt für meine Arbeiter und deren Familien gebrauchen. Nur ob es auf Cayman keinen Meier gibt . . . das weiß ich nicht.«

»Rainherr, tun Sie mir das nicht an!« Meier XXIII wandte sich an Luis. »Was zögerst du, mein Junge? Wir bleiben zusammen. Du überwachst die Konserven, ich die Gesundheit. Und alles bezahlt der gute Onkel Dr. Rainherr . . . So einen Verrückten finden wir so rasch nicht wieder, Luis!«

»Und was machen wir, wenn Fernando erscheint?«

»Nichts.« Rainherr stand auf. »Ich werde zunächst dafür sorgen, daß die ›Gotland‹ abgerüstet wird.«

McDonald hatte bereits alles vorbereitet, als Dr. Rainherr über das Fallreep an Bord kletterte.

In der Kammer unter Deck hatte man die MGs feuerbereit gemacht, die Gurte mit den Geschossen waren schon eingezogen. Man brauchte nur noch mit einem Knopfdruck die Falltüren zu öffnen . . .

Die Mannschaft war vollzählig an Bord, wie immer in sauberen weißen Uniformen, so wie es der Käpten immer verlangt hatte.

»Jim, Sie haben gefechtsklar gemacht, stimmt's?« fragte Rainherr, als er neben McDonald auf der Brücke stand. »Leugnen Sie nicht, Luis hat uns gemeldet, daß Don Fernando unterwegs ist. Soll ich die Probe machen und auf den bewußten Knopf drücken?«

»Sir . . .« Jim McDonald war sehr verlegen. »Es ist doch eine einmalige Gelegenheit, alle strittigen Dinge auf einmal zu erledigen.«

»Mit einem Mord, Jim?«

»Sir, Fernando wird zuerst angreifen! Es wird nur Notwehr sein!«

»Vor den Augen aller Schiffe! Wie wollen Sie die Anwesenheit schwerer MGs erklären?«

»Wem sollen wir etwas erklären?« McDonald sah Rainherr erstaunt an. »Hier werden alle die Augen zukneifen, Sir. Wir haben hier nur Freunde. Die Einwohner von Bottom? Die sind doch froh, wenn Saba weiter am Rand der Welt träumen kann und niemand sie stört. Man wird sich wegen dieses Dalques nicht an die breite Öffentlichkeit zerren lassen!«

»Trotzdem, Jim . . .«

McDonald kaute ahnungsvoll auf der Unterlippe. »Was trotzdem, Sir?«

»Anker hoch und hinaus aufs Meer!«

»Wohin?«

»Weit genug von Saba weg, wo uns niemand sieht und wo es tief genug ist, um Verlorenes nicht wiederfinden zu können.«

»Sir!« Jim wurde unsicher. Sein Gesicht, von dem roten Haarwald überwuchert, zuckte. »Sie wollen doch nicht . . .«

»Keine Sorge, Jim! Die ›Gotland‹ bleibt auf dem Wasser. Können wir sofort auslaufen?«

»Natürlich, aber . . .«

»Jim, wir sind ab sofort eine große Familie! Und diese Familie kennt kein ›aber‹, ist das klar?«

»Völlig klar, Sir.«

McDonald drückte auf die Taste des Maschinentelegrafen. Unten im Schiff klingelte es. Der erste Maschinist, der sich langgelegt hatte, erschrak. Er stürzte zum Bordtelefon und rief die Brücke an.

»Verrückt da oben?« brüllte er. »Wieso volle Kraft? Aus dem Stand, du Idiot?«

»Keine Fragen!« rief Jim zurück.

Der Anker rasselte bereits in die Höhe. Die anderen Besatzungsmitglieder, an der Spitze der Bärtige, starrten ungläubig Dr. Rainherr an.

»Maschinen volle Kraft! Wer fragt, bekommt einen Tritt in den Hintern! Ende!«

Die GOTLAND zitterte bis in die Spitze des Radarmastes. Dann schoß sie vor, beschrieb einen engen Boden und jagte hinaus aus der Ladder Bay aufs freie Meer.

Joanna kam zu spät. Als sie aus de Vegas' Haus rannte, um noch mitzufahren, sah sie nur noch den Schaum am Heck.

Dr. Meier XXIII, der sie aufgehalten hatte, steckte die Hände in die Hosentaschen.

»Da fährt er hin, um den negativen Helden zu spielen!« meinte er gemütlich. »Mary-Anne, lassen Sie ihm das Spielchen.«

»Sie wußten genau, was er vorhat, nicht wahr?« rief sie. »Sie haben mich bewußt mit Ihren dummen Reden festgehalten!«

»Ja.« Meier XXIII gluckste. »Dumme Reden . . . so etwas haben Sie früher nie gesagt, Mary-Anne Tolkins. Sie sind ein noch schwierigerer Fall als die sagenhafte Pygmalion. Ich beneide Rainherr wirklich nicht. Er muß sich jede Liebesstunde teuer erkaufen!«

»Sie sind ein Ekel, dreiundzwanzigster Meier!« rief Joanna. Sie nannte ihn mit der vollen Zahl . . . Es war das einzige, womit man den Doktor bis ins Herz treffen konnte. »Wo will Andreas mit der ›Altun Ha‹ hin?«

»Zur internationalen Friedenskonferenz! Was weder Iwans noch Amis fertigbringen, will er demonstrieren! Die Hosen runter und mit dem blanken Hinterteil dem Frieden entgegen! – Ich sage es ja: Der Junge ist ein Spinner! Aber trotzdem hat er etwas an sich, das man bewundern muß . . . seinen Idealismus und seinen ungebrochenen Glauben an das Gute im Menschen!«

»Wo fährt er hin?« rief Joanna und packte den kleinen Doktor an Hemd und Krawatte. »Will er es etwa auf ein Duell mit Fernando ankommen lassen? Das verliert er! Mein Gott, ich muß ihm nach . . .«

»Mit der ›Annette I‹? Das schaffen Sie nie! Das ist doch ein lahmer Kahn. Mary-Anne . . .« Dr. Meier hielt sie am Ärmel fest. »Andreas ist kein Gladiator, der jetzt in die Arena marschiert. Er will genau das Gegenteil. Er gleicht einer Taube, mit dem Ölzweig im Schnabel . . .«

»Sie sind total verrückt!« rief Joanna. Sie wandte sich ab und rannte ins Haus zurück.

»Das weiß ich!« Dr. Meier XXIII lächelte vor sich hin. »Darum lebe ich auch noch.«

Er setzte sich auf einen Rohrstuhl unter die Veranda und blickte der GOTLAND nach, die rasch immer kleiner wurde und schließlich als weißer Punkt vom Horizont aufgesaugt wurde.

Jim McDonald schielte Dr. Rainherr an, der neben ihm am Kommandostand lehnte und über das glatte, schimmernd blaue Meer blickte.

»Haben Sie ein bestimmtes Ziel, Sir?« fragte er endlich.

»Nicht direkt. Ich möchte eine Stelle erreichen, die mindestens tausend Meter tief ist.«

»Vierzig Meilen südostwärts ist ein schmaler Graben von über dreizehnhundert Metern Tiefe.«

»Sehr gut. Dort halten wir an.«

»Und dann, Sir?«

»Wir werden jemanden begraben . . .«

»Begraben?« Jim riß die Augen auf. »Du lieber Himmel, Sie haben einen Toten an Bord? Wo denn?«

»Warten Sie es ab, Jim.« Rainherr lächelte unbefangen. »Wann sind wir denn an dem Graben?«

»In ungefähr anderthalb Stunden.«

»Vorzüglich! Lassen Sie das Geschütz und die MGs ausfahren, Jim.«

»Ist das Ihr Ernst, Sir?« stotterte Jim.

»Was ist da so verwunderlich? Ich möchte die letzte Strecke unter voller Bewaffnung fahren.«

»Ich verstehe!« McDonald grinste breit. »Sie erwarten Don Fernando auf freier See? Bei der Partie mische ich mit!«

Der Rothaarige stieß einen Juchzer aus und drückte dann auf die Alarmknöpfe. Durch das Schiff lief ein helles Klingeln. Dann klappten die Falltüren wie von Geisterhand bewegt auf . . . lautlos schoben sich auf ihren Plattformen das Geschütz und die beiden MGs ans Licht. Auf den Sitzen hinter den Zielgeräten hockten schon die Richtschützen. Zum erstenmal sah Dr. Rainherr die ALTUN HA in voller Kampfbereitschaft.

So wie jetzt hatte Mary-Anne Tolkins jedes gekaperte Schiff beeindruckt. Rainherr wurde es nun klar: Der Anblick der so präzis auftauchenden Waffen hatte jeden gelähmt. Niemand hatte sich mehr gewehrt . . .

»Ist das nicht phantastisch, Sir?« schrie McDonald.

»Dazu unsere Schnelligkeit! Wir sind unbesiegbar!«

»Wir waren es, Jim.« Rainherr sagte es sehr ernst. »Das ist nun alles vorbei. Für immer!« Er überblickte noch einmal die jetzt voll herausgefahrenen Waffen und schüttelte den Kopf. Und das hat alles eine zarte Frau befehligt, dachte er. Eine der schönsten Frauen auf dieser Erde . . . Es ist unglaublich . . .

»Jim, lassen Sie alle Mann an Deck kommen. Mit Werkzeugen! Das Geschütz und die MGs werden abmontiert.«

»Sir . . .«, stotterte McDonald. »Sir, bitte . . . bitte nicht!«

»Es muß sein, Jim. Irgendwo müssen wir mit der Ehrlichkeit anfangen! Und da sind nun einmal Waffen am glaubwürdigsten.«

McDonald standen tatsächlich die Tränen in den Augen. Aber er wandte sich ab und hustete ins Bordtelefon: »Alle Mann mit Werkzeugen an Deck! Demontage der Bewaffnung! Jungs, fragt jetzt nicht. Mir steht das Wasser bis zum Haaransatz! Aber ich sehe es ein – wir können nicht mehr mit Kanonen leben!«

Nach zwei Stunden waren das Geschütz und die MGs abmontiert und bis an die Reling vorgeschoben worden. Die GOTLAND hatte die Position erreicht; die Meßgeräte zeigten eine Tiefe von 1500 Metern.

Die Männer standen neben den Waffen und starrten ins Meer. McDonald hatte seine Arme um das Geschützrohr gelegt, als umarme er eine Frau.

»Ihr verdammten Kerle!« sagte Rainherr laut vom Austritt der Brücke. »Ich weiß, wie euch zumute ist. Ich habe keinen gezwungen, bei mir zu bleiben. Ihr habt es einstimmig gewollt! Wenn nun gleich die Waffen über Bord gehen, beginnt euer neues Leben. Ich verspreche es euch: Ihr sollt es nicht bereuen!« Rainherr räusperte sich. Das ist wirklich wie ein Seemannsbegräbnis, dachte er. Verdammte Sentimentalität! Es ist doch nichts als die Vernichtung der Piraterie . . .

»Erstes MG fertig?« rief er abgehackt.

»Fertig, Sir!« antwortete der Bärtige.

»Zu Wasser . . . Los!«

Die Reling klappte auf. Der Bärtige und noch ein Matrose zögerten eine Sekunde . . . dann gaben sie dem schweren MG einen Stoß. Es rutschte über Bord, klatschte ins Meer und versank sofort. Alle grüßten militärisch. Dann wandten sie sich ab und gingen zu dem zweiten MG.

»Fertig, Sir!« brüllte der Bärtige, ehe Rainherr fragen konnte. »Ich komme mir wie ein Mörder vor . . .«

»Zum Glück brauchtest du nie einer zu werden – nur ein Räuber! Und nach Saba kommst du zurück als ein anständiger Mensch!«

»O Scheiße!« rief McDonald voller Qual. »Ich hätte nie geglaubt, daß ehrlich werden so weh tut!«

Das zweite MG klatschte ins Meer und versank. Nun umstand die Mannschaft der ALTUN HA das Geschütz. McDonald umarmte es erneut. »Wir haben nie damit geschossen, Sir!« schrie er. »Nur zur Übung! Es kam nie zum Einsatz!«

»Geschütz klar zum Versenken?« fragte Rainherr ungerührt.

McDonald nickte. Er weinte und streichelte das Geschützrohr, tätschelte den stählernen Sitz und liebkoste den Verschluß.

Der Bärtige ließ die Reling aufklappen . . .

»Jim, laß die Kanone los«, sagte Rainherr laut. »Wenn du ins Rutschen kommst, gehst du mit über Bord. Und hier sind die Haie.«

McDonald nickte stumm, trat zurück, atmete tief ein und stemmte sich dann mit den anderen gegen das Geschütz. Es glitt langsam über die Bordwand, bis sich der Schwerpunkt verlagerte. Dann kippte es weg und versank in einer aufspritzenden Welle.

Der Bärtige und zwei andere Männer hielten McDonald fest. Es hatte tatsächlich so ausgesehen, als wolle er hinterherspringen.

»Das wär's, Jungs!« sagte Rainherr.

Er atmete erleichtert auf, denn diese Minuten hatte er insgeheim gefürchtet. Er war sich nicht sicher gewesen, ob trotz aller Versprechungen die Mannschaft bereit war, die Waffen zu versenken. Wenn sie sich geweigert hätte, wäre niemand gewesen, der Rainherr hätte retten können. Er war ganz allein. Wie gut hätte McDonald bei der Rückkehr behaupten können, daß er zu nahe an der Reling gestanden habe . . . daß eine plötzliche Welle kam und schwupp – war er über Bord! »Wir konnten ihn nicht herausziehen, er trieb zu schnell ab!« Jeder mußte ihm das glauben.

»Ihr könnt euch jetzt ausruhen!« Dr. Rainherr umklammerte die Reling des Kommandoaustritts. »Wir fahren mit halber Kraft zurück nach Saba.«

Er wollte gerade in den Kommandoraum zurückgehen, als über ihnen das helle Dröhnen eines Flugzeugs ertönte. Gegen den blauen Himmel schimmerten die Tragflächen und die rotlackierte Nase des Rumpfs. Das Flugzeug flog eine weite Schleife, entfernte sich und kam dann rasch wieder näher. Der Pilot drückte es jetzt tiefer . . . es sah wie ein Sturzflug aus.

»Da haben wir ihn, Sir!« brüllte McDonald los. »Da haben Sie Ihren Don Fernando! Wir haben die MGs zehn Minuten zu früh versenkt . . . jetzt sind wir dran! O, welch ein Bockmist!«

»Alle Mann unter Deck!« rief Rainherr. »Auch Sie, Jim!«

»Und Sie, Sir?«

»Ich bleibe allein auf der Brücke.«

»Das ist Wahnsinn, Sir! Wir haben noch unsere Gewehre! Kommt er tief genug herunter, kriegen wir ihn auch zur Not mit den Gewehren.«

»Ihr bleibt unter Deck!« Rainherr schrie jetzt. Er starrte in den Himmel. Die zweimotorige Chessna drehte wieder ab, zog eine elegante Schleife und kam zurück. Dalques drückte sie tief herunter, als wolle er die Yacht rammen.

Die Männer duckten sich und verschwanden dann

fluchtartig in den Niedergängen. Nur Jim blieb stehen und drückte sich flach an den Brückenaufbau.

»Sie auch!« rief Rainherr. »Jim – in Deckung!«

»Ich bleibe bei Ihnen, Sir!«

McDonald starrte Fernando entgegen. Dieser hatte das Flugzeug so tief heruntergerissen, daß er jetzt auf die Brücke losdonnerte und in wenigen Sekunden mit ihr zusammenstoßen mußte.

»Der Kerl ist verrückt!« schrie Jim. »Dabei geht er doch selbst drauf!«

Nur ein paar Meter von der Yacht entfernt, riß Dalques den Steuerknüppel an sich. Steil stieg die Maschine wieder hoch und raste in den blauen Himmel. Es war eine einmalige fliegerische Leistung, wie man sie sonst nur bei Kunstflugwettbewerben sieht. Nur – hier war es tödlicher Ernst. Ein Zweikampf ohne Gnade.

Rainherr ging an den Kommandostand zurück und stellte das Sprechfunkgerät ein. Fernando flog schon wieder einen weiten Bogen und schraubte sich jetzt etwas höher. Dann überflog er wieder die ALTUN HA. Er hatte die Frequenz des Schiffes eingestellt und hörte am Knakken im Kopfhörer, daß die ALTUN HA sprechbereit war.

»Ich begrüße Sie, Doktor!« sagte Dalques hart. Dann lachte er rauh. »An den herausgefahrenen leeren Plattformen sehe ich, daß Sie abgerüstet haben! Das war idiotisch! Jetzt haben Sie keine Chance mehr!«

»Sie aber auch nicht, Fernando!« antwortete Rainherr ruhig. Er lehnte an dem großen Kreiselkompaß und beobachtete die Chessna, die zur Yacht zurückkehrte. »Wenn Sie mich rammen, zerplatzen auch Sie!«

»Sehe ich so dämlich aus?« – »Ja!«

»Das werde ich Ihnen beweisen!« schrie Fernando Dalques. »Ich köpfe Sie jetzt, Sie verdammter Hund!«

Die Chessna stieß wieder zum Meer hinunter. Ein Sturzflug, als wolle sie senkrecht in die blaue See tauchen. Erst kurz vor der Wasseroberfläche zog das Flugzeug in die Waagerechte.

»Fliegen können Sie!« sagte Rainherr anerkennend. »Aber was nützt Ihnen das jetzt?«

»Das werden Sie gleich erleben, Sie dämlicher Held!« schrie Fernando. »Ich fahre das Fahrwerk aus und rasiere Sie ab! Ich kann auch ohne Räder landen. Passen Sie mal auf . . .«

Die Chessna raste an der Yacht vorbei. In einem Bogen kam sie zurück, die Klappen unter dem Rumpf öffneten sich tatsächlich!

Das Fahrwerk klappte heraus.

»So ein Mistkerl!« brüllte McDonald und kletterte die schmale Treppe zur Brücke hoch. »Sir, unter Deck!«

Er packte Rainherr um die Hüften und hob ihn wie eine Puppe hoch.

»Wenn Sie nicht wollen, trage ich Sie! Wehe, wenn Sie sich wehren!«

»Jim, du bist ein hirnloser Kloß«, sagte Rainherr. »Das ist doch alles nur Bluff! Wenn das Fahrwerk losreist, ist Don Fernando am Ende! Der ganze Flugzeugrumpf platzt doch auf! Das weiß der genau. Er wird uns niemals rammen!«

Die Chessna hatte ihren Bogen beendet und raste nun heulend in gerader Richtung von neuem heran.

»Jetzt passen Sie auf!« schrie Fernando ins Mikrofon, das vor seinen Hals geschnallt war. »Ihnen bleiben noch fünf Sekunden für ein kurzes Vaterunser!«

»Reden Sie kein Blech, Fernando!« Rainherr lachte rauh. »Sie lassen ja nur Dampf ab! Ein Zusammenstoß ist auch für Sie das Ende!«

»Irrtum!«

Das Flugzeug raste heran. Zur maßlosen Verblüffung Rainherrs riß es Fernando nun nicht mehr hoch, sondern blieb auf Rammtiefe.

»Hinlegen!« brüllte McDonald.

Er stieß mit einem Fausthieb Dr. Rainherr um und warf sich fast über ihn. Eng auf den Boden der Kommandobrücke gedrückt, erwarteten sie den Zusammenprall.

Fernando Dalques hatte es gut berechnet. Die Räder und das massive Stahlgestänge des Fahrwerks rammten zwar nicht die ganze Brücke, sondern rasierten nur den Mast mit dem bogenförmigen Radarstrahler ab. Es krachte höllisch, das Schiff schwankte, schlingerte . . . Glas und Leichtmetall zersplitterten und regneten auf das Deck.

Im Lautsprecher ertönte grell Fernandos Lachen.

»Das war Nummer eins!« rief er, und seine Stimme überschlug sich fast vor Hysterie. »Jetzt gehen wir etwas tiefer! Auch wenn ihr jetzt unter Deck flüchtet, es hilft euch nichts mehr! Wenn ich die Brücke treffe, kippt das Schiff um. Dann können Sie mit den Haien spielen, Rainherr! Es war ein großer Fehler, mich zu unterschätzen, Sie . . . Missionar!«

»Er hat verdammt recht«, knirschte McDonald, »wir kippen um!«

Er kroch zu einer Kiste an der Längsseite des Kommandoraums, die Rainherr bisher immer als Flaggenkiste betrachtet hatte. Mit einem Ruck riß Jim das Vorhängeschloß ab und klappte den Deckel auf. Vier moderne Schnellfeuergewehre – Schweizer Präzisionsarbeit – lagen auf zwei Munitionskisten.

»Sir, ich habe keine Lust, zwischen Haizähnen zu landen! Ich knalle den tollen Hund ab!«

Das Motorengedröhne aus der Luft kam wieder näher. Diesmal versuchte es Dalques auf andere Art. Er flog nicht über das Wasser an, sondern stürzte sich schräg auf das Schiff, um mit dem Fahrwerk voll die Brücke zu treffen und den Stoß so wuchtig zu führen, daß das Schiff sich auf die Seite legte.

McDonald hatte gar keine Zeit mehr, sein Gewehr durchzuladen und zu entsichern. Er sah Fernando aus dem Himmel stürzen und stieß einen dumpfen Laut aus.

In diesem Augenblick warf Rainherr den Hebel auf volle Kraft. Durch die Yacht lief ein Zittern, die beiden starken Motoren schrien auf, und es war, als hebe sich das Schiff vom Wasser ab und mache einen Satz vorwärts. Wie ein

Rennpferd, das aus der Startbox schießt, jagte auch die ALTUN HA davon.

Fernando Dalques, der den Aufprallwinkel genau berechnet hatte, schrie hell auf. Sein Stoß ging ins Leere.

Nur knapp zwei Sekunden dauerte die Lähmung aus Wut, Enttäuschung, Verwunderung und Ratlosigkeit . . . aber diese zwei Sekunden waren schon zuviel. Bei dieser irrsinnigen Geschwindigkeit bedeuten Sekunden schon Meter, die man nicht mehr zurückholen kann . . .

Mit aller Kraft riß Fernando den Steuerknüppel an sich und hielt den Atem an. Jetzt, dachte er, jetzt . . . jetzt! Jetzt mußte die Chessna steil in den Himmel steigen – wie eine Kerze gerade der Sonne entgegen! Jetzt . . . Maria, Mutter Gottes, hilf! Wo ist denn der Himmel . . .?

Das Flugzeug kam nicht mehr hoch. Die zwei Sekunden fehlten. Der Sturzwinkel war plötzlich zu steil, um ihn noch abfangen zu können.

»O Gott!« schrie Fernando Dalques nur und drückte den Steuerknüppel an seine Brust. »O Gott!«

Der Aufprall auf dem Meer war fürchterlich. Es war, als habe man das Flugzeug auf eine Metallplatte geschleudert. Mit einem Knall zerplatzte es zu einer Wolke aus Wasser und Metallteilen, aus denen plötzlich eine Feuerlohe schoß.

Der gläserne Kabinenteil mit Fernando auf dem Sitz wurde vom Meer zurückgeworfen wie ein glitzernder Ball, schnellte noch einmal hoch in die Luft, drehte sich und klatschte dann aufs Wasser zurück, außerhalb des brennenden Benzinteppichs und dem in tausend Metallfetzen zersplitterten Rumpf. Das Leitwerk schwamm mitten in den Flammen.

Mit zusammengepreßten Lippen beobachtete Rainherr, wie die gläserne Kabine mit dem vom ersten Aufprall ohnmächtig gewordenen Dalques erneut auf das Wasser fiel und dann sofort versank.

McDonald, der neben der Waffenkiste kniete, zog sich ächzend hoch.

»Abdrehen, Sir?« fragte er tonlos.

Dr. Rainherr schüttelte den Kopf. »Mit voller Kraft zurück nach Saba, Jim! Da gibt es nichts mehr zu suchen und zu retten!«

»Sie haben das Duell gewonnen, Sir. Gratuliere!«

»Seien Sie still, Jim!« Rainherr lehnte sich an die Brükkenwand. Er blickte nicht zurück, wo noch immer ein großer brennender Fleck auf dem Meer schwamm. »Mir ist speiübel. Ich werde lange brauchen, um das zu überwinden.«

Er verließ den Kommandostand, ging unter Deck und warf sich auf Mary-Annes Bett.

Die Motoren dröhnten. Das Schiff schoß mit äußerster Kraft über die See.

Warum muß einem Frieden immer ein Sterben vorausgehen? dachte er. Warum ist die Vernunft des Menschen hier so begrenzt?

Er starrte gegen die Kabinendecke, dachte immer wieder an Fernandos schrecklichen Tod und unterdrückte das Gefühl, sich erbrechen zu müssen.

XX

Man kann nicht sagen, daß Dr Casillas eine dunkle Ahnung beschlich, als Fernando Dalques am Abend nicht in Belize landete.

Auch als nach langen Versuchen, ihn über Funk zu erreichen, keine Verbindung zustande kam, dachte Casillas noch nicht an eine Katastrophe, sondern daran, daß Fernando auf Puerto Rico gelandet sei – was er öfters tat – und dort über Nacht bliebe. Am nächsten Morgen würde er dann, ausgeschlafen und vollgetankt, die Suche nach der ALTUN HA fortsetzen oder sogar Saba anfliegen.

Trotzdem tat Dr. Casillas etwas, was er früher aus eigenem Antrieb nie getan haben würde: Er kam den Gedanken und Handlungen seines Chefs Dalques zuvor.

Don Fernandos persönliche Rache an Dr. Rainherr interessierte ihn wenig. Für Dr. Casillas kam es darauf an, die Firma zu retten, falls sie noch zu retten war. Er machte sich keine Illusionen über das, was geschehen würde, wenn Mary-Anne Tolkins wirklich bei diesem Rainherr bliebe und ihren Anteil aus der Firma abzöge . . .

Das würde für die Firma einen vollen Zusammenbruch bedeuten, und auch für ihn selbst das Ende eines leidlichen Wohllebens. Mit über 50 Jahren war es für ihn ausgeschlossen, ganz von vorn und ganz von unten von neuem anzufangen.

Er erinnerte sich an die Stunde, in der der gefangengenommene Andreas Rainherr im Funkraum der Villa mit seiner Tochter auf Cayman Brac gesprochen hatte.

Am späten Abend, als Dr. Casillas sicher sein konnte, daß Don Fernando nicht mehr zurückkehren würde, sondern irgendwo übernachtete – wie er glaubte –, suchte er im Funkraum in den Notizen und fand tatsächlich – von Dalques' Hand notiert – die Frequenz, über die man das Haus Dr. Rainherrs erreichen konnte.

Es ist nur ein Versuch, dachte Casillas, und setzte sich vor die große Funkanlage. Wenn dieser Rainherr verwundbar ist, dann nur über seine Tochter! Das hatte auch Don Fernando richtig erkannt. Nur machen wir es jetzt eleganter – wir kratzen an der Seele herum und benutzen nicht den Hammer.

Er stellte den automatischen Sucher ein, der – elektronisch gesteuert – die Frequenz mit optimaler Stärke festhielt und dafür sorgte, daß alle Nebengeräusche weggefiltert wurden. Dann stellte er den Lautsprecher an und griff nach dem Mikrofon.

»Cayman Brac Nummer V-17-9, bitte melden! Nummer V-17-9 bitte melden . . .«

Dr. Casillas hatte Geduld, es ging für ihn ums Überleben.

Endlich, nach einer Stunde fast, ertönte dünn und trotz

der elektronischen Filter von atmosphärischen Störungen unterbrochen, eine helle Mädchenstimme im Lautsprecher über Casillas' Kopf. Die Stimme kam nach dem langen Rufen und Warten so unvermittelt, daß Casillas zusammenzuckte.

»Hier V-17-9 auf Cayman Brac! Melden Sie sich! Was wollen Sie? Wer sind Sie?«

Dr. Casillac atmete auf. Das Mädchen – es mußte Annette Rainherr sein – sprach englisch. Er nahm alle seine Sprachkenntnisse beisammen und antwortete langsam und mit lauter Stimme.

»Sind Sie Miß Annette Rainherr?«

»Ja. Und wer sind Sie? Woher rufen Sie?«

»Ich kenne Ihren Vater. Er war bei Ihnen, nicht wahr? Mit einer fremden Yacht und einer schönen Frau?«

Ein Zögern. Dann eine Antwort, durch eine Unterbrechung der Störungen so seltsam klar, als stände Annette neben Dr. Casillas:

»Ja, sie waren hier. Dann sind sie in der Nacht verschwunden. Ich habe sie suchen lassen. Wissen Sie etwa, wo mein Vater und diese Frau Joanna Tabora sich befinden?«

»Die Frau nannte sich Joanna Tabora?« fragte Dr. Casillas mechanisch und pfiff durch die Zähne. Das ist eine neue Variante in diesem Spiel, dachte er. Das Töchterchen weiß also nicht, wer ihr da ins Haus gekommen war! Sieh an, das sieht nach Sieg aus!

Er lehnte sich genußvoll zurück und spitzte die Lippen.

»Miß Rainherr«, sagte er, »nun hören Sie mir mal genau zu. Joanna Tabora ist gar nicht Joanna Tabora, sondern sie heißt Mary-Anne Tolkins. Der Name wird Ihnen nichts sagen, denn er ist ebenso unbekannt wie Tabora. Aber eines werden Sie doch kennen: Das Gespenst der Karibik! – Ja, Sie hören richtig! Der gefürchtetste Pirat in der karibischen See seit Sir Walter Raleigh und anderen Korsaren vergangener Jahrunderte ist diese Mary-Anne Tolkins. Das herrliche Schiff, das bei Ihnen Anker geworfen hatte, die ›Altun Ha‹, ist das schnellste und bestausgerüstete Piratenschiff, das es je gab! Die Dame Tolkins hatte Ihren Vater überfallen und gekapert . . . Und dann geschah etwas, was keiner für möglich gehalten hatte: sie verliebte sich in Ihren Vater. Und Ihr Vater bekam einen ganz ungewöhnlichen Tick und machte es sich zur Lebensaufgabe, aus der Piratin ein friedliches Hausmütterchen zu machen. Ob diese Umfunktionierung klappt, weiß ich nicht . . . Ich bezweifle es jedenfalls stark.«

»Das ist nicht wahr!« rief Annette. Ihre helle Stimme war jetzt lauter als alle atmosphärischen Störungen. »Mein Vater und eine Korsarin? Nie! Sie lügen! Wer sind Sie? Nennen Sie doch Ihren Namen! Ich glaube Ihnen kein Wort!«

»Das steht Ihnen frei, Miß Annette. Ich berichte Ihnen nur, was ich weiß. Sie können sich selbst überzeugen, ob ich die Wahrheit sage. Mary-Anne Tolkins und Ihr Vater verleben zur Zeit sicherlich glühende Liebesnächte auf der kleinen Vulkaninsel Saba . . .«

Das saß! dachte Casillas zufrieden. Das traf genau ins Herz. Das geliebte Väterchen in den Armen einer Piratin . . . das war unerträglich für das Töchterchen.

»Saba . . .«, wiederholte Annette gedehnt. »Saba . . .«

»Gehört zu den niederländischen Jungferninseln!« Dr. Casillas lachte glucksend. »Hat nichts mit der Königin gleichen Namens zu tun! Fliegen Sie hin und überzeugen Sie sich selbst, Miß Rainherr. Man kann sogar auf Saba landen, es hat einen winzigen Flugplatz. Chartern Sie sich eine kleine Maschine und versuchen Sie Ihr Glück! Sie werden Ihren Papa als glücklichen Piratenbräutigam vorfinden! Dazu eine ganze Crew von der besten Sorte! Ihr Vater ist das leuchtende Beispiel dafür, daß ein verliebter Mann glaubt, er könne die Geliebte verändern und dabei selbst nicht merkt, wie er gründlichst umfunktioniert wird!«

Bumm! Das dürfte der zweite Volltreffer sein, dachte Casillas zufrieden.

»Haben Sie alles klar verstehen können, Miß Annette?« fragte er.

»Alles Lügen! Lauter Lügen! Warum nennen Sie Ihren Namen nicht? Was haben Sie zu verbergen?«

»Viel! Sehr viel! Ich bin in der Piratenfirma angestellt. Ein Insider, gewissermaßen. Sie können mir glauben, was ich sage. Und noch etwas: Während Ihr Papa und Mary-Anne Tolkins bei Ihnen waren, ist die Mannschaft der Korsarin mit der Yacht Ihres Vaters, der ›Annette I‹ nach Saba gefahren. Eine äußerst erfolgreiche Fahrt . . . Die Kerle haben unter deutscher Flagge eine Piratenbeute von mehreren Millionen Dollar gemacht!«

»Das ist nicht wahr!« rief Annette entsetzt.

»Überzeugen Sie sich selbst! Vor Saba ankern sie friedlich nebeneinander – die beiden Piratenyachten! Das Unternehmen weitet sich aus . . .«

Dr. Casillas wartete keine weiteren Fragen oder Entgegnungen ab. Er schaltete den Sender aus und steckte sich genüßlich eine kleine Zigarre an. Er war mit sich zufrieden. Der einzige, der Dr. Rainherr von Mary-Anne wegholen könnte und damit den alten Status wiederherstellen würde, war sein Töchterchen.

Später versuchte er es noch einmal, Don Fernando zu erreichen, bekam aber keine Antwort. Er fuhr nach Belize City zurück, setzte sich in eine Bar in der Hafengegend und trank auf seinen Erfolg harte Rum-Mixgetränke.

Viel später sagte der Barmixer zu ihm: »Jetzt ist es genug. Gehen Sie nach Hause, Don Ernano . . .«

Die ganze Nacht über dachte Annette an das Gespräch mit dem fremden Mann. Ruhelos lief sie durch das große Haus, Mr. Ben immer hinterher. Dann saß sie im Morgengrauen auf der Mauer der Terrasse und blickte über das Meer, das sich in der aufgehenden Sonne zu einer erst violetten, dann golden-orangenen Scheibe verwandelte. Der ganze Himmel glühte, als verbrenne das Firmament.

Endlich hatte der Tag gesiegt, und das Blau des Himmels vermischte sich mit dem Blau der See.

Zuerst hatte Annette vorgehabt, den Gouverneur auf Grand Cayman anzurufen und ihm alles zu erzählen. Aber dann tat sie es doch nicht.

Sir Howard Betford würde wieder seine diplomatischen Beziehungen in Bewegung setzen und Saba samt den Piratenyachten von der Kriegsmarine einkreisen lassen. Nicht nur die Holländer waren an dem Gespenst der Karibik interessiert, sondern alle Staaten, die dieses Gebiet als »ihre See« ansahen. Seit Jahren jagten sie erfolglos die Piraten, es würde einen Aufmarsch vor Saba geben, als handelte es sich um eine Seeschlacht. Für ihren Papa würde das das Ende bedeuten . . .

Mary-Anne Tolkins, dachte Annette. Sie also verbirgt sich hinter Joanna Tabora. Vieles, was Joanna zu ihr gesagt hatte, bekam jetzt einen anderen Sinn.

Sie trank ihren Morgenkaffee ruhig wie immer. Niemand sah ihr die ruhelose Nacht an. Sie rief die einzelnen Geschäftsführer der Rainherrschen Firmen an und sagte ihnen, daß sie für einige Tage verreisen würde.

Dann telefonierte sie mit dem kleinen Flugplatz auf Gran Cayman und mit dem Leiter der dortigen privaten Flugschule, der Privatpiloten ausbildete.

»Jack, ich brauche sofort ein Wasserflugzeug!« sagte sie energisch. »Bitte, fragen Sie nicht, warum, und sagen Sie nicht, es geht nicht. Sie haben eins in der Bucht, und wenn Sie es heute für Schulzwecke brauchen, sagen Sie allen Schülern ab! Ich zahle Ihnen den Ausfall mit hundert Prozent Aufschlag! Ist das ein Wort? Sie sollen mich nur bis Jamaika bringen. Holen Sie mich hier ab, Jack. Sie kennen ja unser Haus. Sie können in der Bucht gut wassern. Jack . . . keine Ausreden! Ich erwarte Sie. Bitte, bitte . . . steigen Sie sofort auf. Es ist dringend . . .«

Jack Porter, Fluglehrer und Chef der Flugschule Gran Cayman, fragte nicht lange. Wenn Annette Rainherr rief, wenn sie ihn um einen Gefallen bat, war es für ihn selbstverständlich, daß man ihn erfüllte. Um das Geld brauchte er sich keine Sorgen zu machen. Jeder wußte, daß Dr. Rainherr zu den reichsten Männern der Cayman Islands gehörte. Wenn seine Tochter 100 % Aufschlag bot, dann war das so gut wie ein Barscheck.

Um neun Uhr morgens stieg Jack Porter mit seinem Wasserflugzeug, einem massiven Doppeldecker, auf und flog nach Cayman Brac.

Als er in der Bucht vor Rainherrs Felsenhaus zur Landung ansetzte, sah er Annette schon am langen hölzernen Bootssteg stehen. Neben ihr wartete ein kleiner Reisekoffer. Um das blonde Haar hatte sie ein buntes Seidentuch geschlungen.

Jack Porter landete und fuhr dann langsam an den Steg heran. Ein hübsches Mädchen, dachte er. Lange Beine in engen Jeans. In der Bluse schöne, runde Wölbungen. Ein Gesicht wie eine nordische Göttin.

Er stellte den Motor ab und erinnerte sich daran, daß er seit 10 Jahren verheiratet war, zwei Kinder besaß und Annette Rainherr sowieso als unerreichbar galt. Er ließ das Wasserflugzeug an den Steg treiben und warf dann Annette die Halteleine zu. Sie fing das Seil geschickt auf und machte um den kleinen eisernen Kreuzpoller einen Knoten, den man später vom Flugzeug aus wieder lösen konnte. Es kam ja nur darauf an, daß sie auf einen Schwimmer steigen und dann die Leiter hinauf in die Kabine klettern konnte.

Jack Porter lachte ihr entgegen und half ihr mit beiden Händen in die Kabinentür. »Willkommen an Bord!« sagte er. »Ich will nicht fragen, was Sie so dringend nach Jamaika treibt, aber es muß ja etwas Wichtiges sein! Wo ist Mr. Rainherr?«

»Er angelt draußen in der Karibik.« Annette setzte sich neben Porter und schnallte sich an. Porter musterte sie aus den Augenwinkeln.

»Gab's Ärger?« fragte er kurz.

»Wieso?«

»Weiß Ihr Vater, daß Sie abrücken? Ich möchte mit Dr. Rainherr keine Schwierigkeiten haben.«

»Er weiß es!« sagte Annette betont. »Keine Sorge. Ich muß für ihn geschäftlich nach Jamaika.«

»Aha! Und so schnell?«

»Ja, es gibt eilige Geschäfte . . . und Männer, die viel zuviel reden!«

»Okay, Miß. Ich donnere schon los! Der Preis ist klar?«

»Haben die Rainherrs jemals gefeilscht?«

»Man kann doch mal fragen!«

Jack Porter holte das Seil ein, schloß die Kabinentür und ließ den Propeller aufheulen. Das Wasserflugzeug legte ab und fuhr aus der Bucht hinaus, um auf dem offenen Meer zu starten. Es schaukelte stark . . . die Wellen spritzten an dem Gestänge empor. Die See sah aus wie ein riesiges gezacktes Tuch. Kleine Wellen mit weißen Schaumkrönchen . . .

»Haben Sie den Wetterbericht gehört, Miß Annette?« fragte Porter.

»Nein, keine Zeit.«

»Es braut sich was zusammen! Sehen Sie sich das Meer an. Das gefällt mir gar nicht. Fast kein Wind, und dann diese Schaumkronen! Irgendwo dahinten bläst der Satan ins Meer! Hoffentlich nicht, bevor wir in Jamaika sind.«

Er stülpte den Kopfhörer über und stellte die Wetternachrichten für den Luftverkehr ein. Die Meldungen waren neutral. Wenn es einen Sturm geben würde, dann würde es wieder so ein typischer, aus dem Nichts kommender, verdammter Wind sein, wie er in der Karibik plötzlich auftaucht, schneller, als alle Wetterstationen ahnen können. Auch die Satellitenüberwachung ist da nutzlos – bevor das Funkfoto ausgewertet wird, tobt der Sturm schon über dem Meer. Winde des Satans, nennen die Eingeborenen solche Naturerscheinungen, gegen die der Mensch trotz aller Technik wehrlos ist.

Jack Porter startete, als sie das freie Meer erreicht hatten.

Träge hob sich die massige Maschine vom Wasser ab und stieg in den wolkenlosen, strahlend blauen Himmel. Der bullige Motor brummte und rappelte. Jack grinste Annette an.

Sie lächelte zurück und dachte: Wenn alles gutgeht, bin ich am späten Nachmittag auf Saba.

Sie drückte die Reisetasche an sich und starrte auf das Meer mit den weißen Schaumspitzen. Die Hälfte der Tasche war voll Geld . . .

Ich werde Saba erreichen, dachte sie und biß die Zähne zusammen, und wenn ich auf Jamaika ein Flugzeug samt Piloten kaufen muß!

Das Wasserflugzeug zog einen Bogen um Cayman Brac, überflog noch einmal Rainherrs Haus und nahm dann den gewünschten Kurs.

Es war ein ruhiger Flug. Jack Porters Sturmahnung erfüllte sich nicht.

In der Bucht von Port Royal auf Jamaika wasserten sie wieder, und Annette zahlte Porter einen Preis, der eine ganze Woche wert war. Dann ließ sie sich in einem Taxi zum Flugplatz von Kingston bringen und studierte die Flugpläne der privaten karibischen Fluglinien. Nach Saba flog niemand, das war ihr klar, aber sie konnte bis ganz in die Nähe »heranspringen«: Von Jamaika nach San Juan auf Puerto Rico, von da nach Frederiksted auf der Insel St. Croix. Von St. Croix nach Gustavia auf St. Barthélémy. Und von dort waren es nur noch 70 Kilometer bis zu dem Vulkaneiland Saba. Eine Strecke, die sie dann mit einem kleinen Privatflugzeug fliegen wollte.

Ich komme, Paps, und wenn ich einen Umweg über den Mond machen müßte! Das hast du mich gelehrt: Ein Mensch gibt erst auf, wenn er aufhört zu atmen! – Und ich kann atmen, Paps, tiefer und kräftiger als bisher!

Es waren glatte Flüge mit den schnellen kleinen Jets der privaten Gesellschaften. Als Annette auf St. Barthélémy landete, der letzten Station vor Saba, war es drei Uhr nachmittags. Der Himmel war klar, blankgeputzt und leuchtend. Das Meer war auch hier weiß gekräuselt, seltsam unruhig, ohne große Wellen zu schlagen. Es war, als friere die See und zeige eine Gänsehaut.

Auf dem Inselflugplatz standen in einer Ecke 14 Privatmaschinen. Von ihnen kamen nur drei für einen Flug nach Saba in Frage. Kleine, einmotorige Maschinchen, winzige Fliegen gegen die anderen Maschinen. Aber nur sie konnten auf dem kleinen Flugplatz von Saba landen.

Annette fragte sich durch, bis sie wußte, wem die drei Maschinen gehörten. Zwei Besitzer schieden aus . . . es waren Plantagenbesitzer, die man mit Geld nicht locken konnte. Aber das dritte Flugzeug, das kleinste von allen, bei dem man sich wunderte, daß es überhaupt fliegen konnte und nicht wie eine Feder vom Wind davongetragen wurde, gehörte einem jungen Mann namens Red Lawrence, der Fliegen als abenteuerlichen Sport betrieb und sein Geld ansonsten mit Porträtmalerei verdiente.

Dafür war St. Barthélémy seit kurzem ein besonders gutes Pflaster: Der Tourismus hatte die zauberhafte Insel mit dem schönsten Badestrand der Karibik entdeckt – Flugzeug nach Flugzeug landete auf dem neu ausgebauten Flugplatz. Tausende von sonnenhungrigen Urlaubern kamen aus den USA und England, aus Holland und Deutschland, aus der Schweiz und aus Frankreich. Sie alle zog es an den langen weißen, von Klippen und Riffen gegen die Meeresbrandung geschützten Sandstrand; sie bevölkerten die Bungalow-Hotels in den Palmenhainen und bewunderten die abgesperrten und schönsten Teile der Insel, die den Milliardärfamilien Rockefeller und Rothschild gehören.

Hier war es für Red Lawrence leicht, Kunden zu finden, die sich unter den Palmen malen ließen. Ein handgemaltes Porträt aus der Karibik – das ist etwas Besonderes, was der neidische Nachbar nicht aufweisen kann!

Annette traf Lawrence in einer Bar der Bungalow-Hotelanlage »Beau Rivage«; sie hatte sich bis zu ihm durchgefragt. Red kannte jeder, nur, wo er sich im Augenblick aufhielt . . . da gingen die Meinungen auseinander. Schließlich geriet Annette an einen Hotelportier, der zu ihr sagte:

»Da gibt es drei Möglichkeiten, Mademoiselle. Erstens, er schläft noch seinen Rausch von gestern aus; zweitens, er schläft noch immer mit der hübschen Touristin, die er gestern abend mitgenommen hat; und drittens – er sitzt in der Bar vom ›Beau Rivage‹ und trinkt schon wieder. – Finden Sie ihn bei Nummer drei, so haben Sie Glück. Was möchten Sie von ihm, Mademoiselle? Sich malen lassen?«

»Nein. Fliegen!«

»O Gott! Mein Rat wäre, dann sich lieber malen lassen. Red Lawrence fliegt, als gäbe es keine Schwerkraft.«

»Genau so einen suche ich!« sagte Annette. »Haben Sie schönen Dank, Monsieur.«

Annette hatte Glück: Red war bei der Nummer drei seines Tagesablaufs und trank an der Bar Cuba libre – das ist Rum mit Cola.

Als sie zu ihm an den Hocker trat, schnalzte er sofort mit der Zunge und knöpfte sein Hemd bis zum Gürtel auf. Er ließ eine üppig behaarte Brust sehen, über der zum Überfluß ein dickes goldenes Kreuz an einer massiven Goldkette baumelte.

»Das können Sie sich sparen, Red!« sagte Annette unbeeindruckt. »Ich kenne schönere Männer als Sie! Ich will auch kein Porträt oder Sie selbst kaufen – sondern ich möchte Ihr Flugzeug chartern. Nennen Sie einen Preis?«

»He?« Red Lawrence rutschte von seinem Barhocker. Er war zwei Köpfe größer als Annette, schlank in den Hüften und breitschultrig. »Sagten Sie fliegen, Miß? Mit mir? So richtig . . . durch die Luft?«

»Wieviel verlangen Sie?«

»Wohin soll's denn gehen?«

»Nach Saba . . .«

»Und dort landen?«

»Ja.«

»Wissen Sie, was Sie da verlangen?«

»Entweder können Sie fliegen oder nur den Propeller bewegen. Was ist nun?«

»Miß! Sie haben einen Ton am Leibe!« Red sah Annette begeistert an. »Ich bin der beste Sportflieger der Karibik!«

»Na also! Was sind Sie wert?«

»Unbezahlbar!«

»Das gibt es nicht. Ich biete fünfhundert Dollar.«

»Wieviel?« fragte Red ungläubig. Die ist verrückt, dachte er. So hübsch sie ist, so übergeschnappt ist sie auch. 500 Dollar, um nach Saba zu fliegen. 70 Kilometer von hier! Die Kleine spinnt!

»Siebenhundertfünfzig Dollar!« rief jetzt Annette.

»Miß, hören Sie mal zu . . .«

»Eintausend Dollar!« bot Annette weiter.

»Sie gehören in eine Klapsmühle, Miß!« sagte Red laut. »Für tausend Dollar können Sie bis nach Washington fliegen!«

»Mir genügt Saba. Machen Sie es, Red?«

»Zum Teufel – ja! Wann?«

»Sofort!«

»Okay!« Red Lawrence kraulte sich die blonden lockigen Haare. Er war – Annette gab es unwillig zu – wirklich ein schöner Mann. »Für zweihundert Dollar setze ich Sie auf Saba ab.«

»Ich habe Ihnen tausend geboten, dabei bleibt es!« Annette drehte sich um und ging zur Tür. Red Lawrence trottete ihr nach und tippte sich an die Stirn, als der Barmixer ihn ungläubig anstarrte.

Draußen blieb Annette stehen und zeigte auf ein Taxi. »Es wartet schon!«

»Und wenn ich nein gesagt hätte, Miß?« fragte Red.

»Sie hätten nie nein gesagt!« Annette ging zu dem Taxi. »Denn Sie sind käuflich.«

»Sauber! Ich kehre zurück zu meinem Cuba libre.«

»Wirklich? Fünftausend Dollar, Red . . .«

»Sie irrer Typ!« schrie Lawrence. »Wo sind Sie ausgebrochen?«

»Fahren wir.«

Annette stieg in den Wagen. Lawrence kletterte auf den Vordersitz neben den Fahrer.

»Sie können am Abend wieder zurück sein und ins Bett der Dame steigen, die heute auf Ihrer Liste steht.«

»Kein Rückflug?«

»Nein!«

»Das interessiert mich . . .«, sagte Lawrence ehrlich. »Was hat ein so hübsches Mädchen wie Sie auf einer so kleinen Insel wie Saba zu suchen? Das will ich sehen . . .«

Es schien tatsächlich zu stimmen: Red Lawrence war einer der besten Flieger der Karibik. Schon wie er seine winzige Maschine startete und in den Himmel riß, war kunstflugreif. Die Startstrecke war verschwindend kurz.

In der kleinen Kabine saßen sie eng beieinander, und als Lawrence aus Übermut zu einer Schleife ansetzte und das Flugzeug fast über die rechte Tragfläche abkippte, klammerte sich Annette in plötzlicher Angst irgendwo fest und umfaßte Reds Arm.

»Sind Sie verrückt?« schrie sie.

Lawrence lachte laut. Seine Zähne blitzten.

»Wer mit mir fliegt, muß sich daran gewöhnen, in keinem gewöhnlichen Flugzeug zu sitzen. Vielleicht bin ich tatsächlich verrückt. Jetzt ist es zu spät, auszusteigen, Miß!«

Dann begann er zu singen, mit einer schönen sonoren Stimme, stieg höher in den blauen Himmel und wandte sich dem Meer zu.

»In einer halben Stunde, mein Kind, ist alles vorbei . . .«, sang er und lachte Annette dabei an, die wütend neben ihm saß, angeschnallt, mit verkniffenen Lippen. »Doch wenn die Stürme wehen übers Meer . . . gibt's keine Rückkehr . . . gibt's keine Rückkehr . . .« Er unterbrach seinen Gesang und blickte nachdenklich auf den

Horizont. »O Scheiße!« sagte er plötzlich. »Miß, wir kehren um!«

»Nein. Ich muß nach Saba.«

»Wissen Sie, was eine Windhose ist? Nichts da vonwegen Schlüpfer eines Darmkranken – ein ekelhafter Wirbelsturm, der alles, was ihm begegnet, kurz und klein schlägt. Blicken Sie mal vor sich! Sehen Sie den dünnen Streifen dort . . . über dem Meer? Den hellen senkrechten Streifen, der wie ein Webfehler im himmlischen Blau aussieht? Ich lasse mich von Ihnen fressen, wenn das keine Windhose ist!«

»Ich habe keine Appetit auf Sie!« versetzte Annette wütend. »Warum fragen Sie nicht die Wetterstation?«

»Womit?«

»Sie haben keinen Sprechfunk?« rief sie entsetzt.

»Aber ja, nur funktioniert er nicht immer. Da ist ein Wackelkontakt drin. Starren Sie mich doch nicht so entgeistert an! Ich fliege nach Sicht, Gehör und Gefühl. Und letzteres signalisiert mir: Da vorn ist was los! Genau zwischen uns und Saba! Ich schlage vor, wir fliegen einen Bogen und gehen Saba von Westen her an. Über der Saba Bank wird es stiller sein. Einverstanden?«

»Fragen Sie doch Ihr Gefühl, Ihre Sicht und Ihr Gehör!«

»Miß, Sie gefallen mir!«

Red Lawrence drehte ab und flog auf die weite Karibik hinaus.

»Ihr Mundwerk ist phantastisch! Hoffentlich ist es noch da, wenn wir – was durchaus möglich ist – in ein Unwetter kommen. Die ziehen nämlich ganz plötzlich auf. Das Meer gefällt mir gar nicht. Diese Schaumkronen . . .«

»Die sind schon seit heute morgen da.«

»Ach!« Lawrence sah Annette forschend an. »Sie waren heute schon in der Luft? Sieh da!«

»Ich komme von Cayman Brac . . .«

»Und ausgerechnet bei mir bleiben Sie hängen!«

»Sie haben die kleinste Maschine.«

»Das stimmt!«

»Und Sie können auf Saba landen!«

»Stimmt auch. Sie sind ein mutiges Mädchen, Miß.«

»Nein. Ich habe nur eine etwas verworrene Sache in Ordnung zu bringen . . .«

Der Umweg hatte sich nicht gelohnt.

Schon nach zwanzig Minuten wurden sie von einem starken Wind geschüttelt, die kleine Maschine tanzte auf Windstößen oder sackte in Luftlöcher ab, der Himmel verfärbte sich, aus dem Blau wurde ein schmutziges Grau, und dann war alles nur noch eine Farbe – Himmel und Meer – man wußte nicht, was oben oder unten war . . . Nur der Horizontkreisel und der Wende- und Querneigungszeiger sagten ihnen, daß sie noch waagerecht geradeaus flogen.

Annette saß bleich und mit gefalteten Händen auf ihrem Sitz. Um sie herum war graues Nichts. Das kleine Flugzeug war zum Spielball des Sturmes geworden.

Red Lawrence hielt seine Maschine gerade, er hatte sich die Kopfhörer übergestreift, und sein Gesicht war kantig geworden.

»Nichts!« schrie er gegen den Sturm und den knatternden Motor an. »Dieser Mistwackelkontakt! Kein Ton! Ich habe keine Ahnung, wohin wir fliegen!« Er sah Annette an. »Angst?«

»Ja . . .« Sie nickte wie ein kleines Kind.

»Endlich!« Red riß die Maschine wieder in die Waagerechte. Wie mit Hämmern drosch der Sturm auf sie ein. »Wenn wir hier heil rauskommen, Miß, dann male ich ein Bild für die Kirche!«

»Und wenn nicht?«

»Dann bekommen wir nasse Füße! Mit den Schwimmwesten können wir uns schon eine lange Zeit halten . . . aber da sind die Haie . . .«

»Die Haie!« sagte Annette leise.

»Das Paradies der Karibik ist auch nur eine angemalte Hölle! Verdammt, wir müssen aus diesem Wind heraus!«

Er flog einen Bogen und vertraute seinem Gefühl, daß

er jetzt den richtigen Kurs auf Saba hatte. Zu erkennen war nichts . . . Nicht, wo das Meer war, nicht, wo der Himmel anfing.

Nur ein heulendes Grau umgab sie.

Ein mörderischer Schlag traf plötzlich die kleine Maschine. Sie bäumte sich auf, überschlug sich und flatterte dann wie ein welkes Blatt im Sturm steuerlos durch das wirbelnde Grau.

»Beten Sie!« schrie Red Lawrence und hielt sich am Armaturenbrett fest. »Vielleicht fliegen wir geradewegs dem lieben Gott in den Schoß . . .«

XXI

Auch über Saba heulte der Sturm.

Er war so plötzlich gekommen, daß sich niemand mehr davor schützen konnte. Die Leute von Bottom, der kleinen »Hauptstadt«, verkrochen sich in ihre Steinhäuser, wer noch draußen auf den Felsterrassen war oder an den Hängen des Kraters, wo kleine fruchtbare Gärten angelegt worden waren, suchte Schutz in den Höhlen, von denen es hier eine Vielzahl in allen Größen gab.

Die Schiffe draußen auf Reede verstärkten ihre Anker mit Stahltrossen und schweren Treibankern; die ANNETTE I tanzte wie ein Gummiball auf den schäumenden Wellen, die GOTLAND in der kleinen Bucht vor Luis de Vegas' Lagerhaus war gerade noch rechtzeitig von McDonald und seinen Männern mit dicken Nylontauen vertäut worden, bevor auch sie der Sturm erfaßte und beinahe an Land warf.

»Das kostet wieder Menschenleben!« sagte Dr. Meier XXIII prophetisch und steckte sich eine Zigarette an.

Er saß mit Joanna und Andreas Rainherr im Lagerhaus und starrte auf die vom Sturm umhergeworfene GOTLAND. McDonald und der Bärtige hielten als Bordwache auf ihr aus, die andere Mannschaft saß bei Bier und Pfeife in einem Nebenraum des Lagerschuppens.

»Ich liebe die Karibik . . . aber mit diesen Saustürmen habe ich mich immer noch nicht anfreunden können. Sie sind plötzlich da . . . kommen aus dem blauen Himmel gefallen und sind ebenso plötzlich wieder weg . . . Aber ihr Weg ist besät mit Trümmern und toten Menschen! Luis, ist nichts zu hören?«

Luis de Vegas hockte vor dem Funkgerät und hatte den Notruf eingestellt. Es krachte und knatterte im Lautsprecher, aber kein SOS rief um Hilfe. »Es ist nur ein begrenzter Sturm«, meinte Luis, »und zum Glück scheint niemand in diesem Gebiet zu sein.«

»Früher war das anders.« Dr. Meier trank einen Schluck Bier. Er brauchte kein Glas, er trank es gleich aus der gekühlten Dose. »Der Meeresgrund ist voll von gesunkenen spanischen Galeonen. Für sie war solch ein plötzlicher Sturm fast immer das Todesurteil. Rainherr . . . Wenn man bedenkt, wieviel Milliarden an Gold da unten auf dem Meeresboden liegen! Für immer!«

»Da ist etwas!« schrie Luis plötzlich.

Er drehte an verschiedenen Knöpfen, das Knattern und Rauschen verschob sich. »Verdammt! Ich habe doch was gehört . . . Ganz schwach nur . . .! Da . . . hören Sie es? Da ist es wieder . . .«

Im Lautsprecher, unterbrochen durch die atmosphärischen Störungen, ertönte dünn der Ruf: »MAYDAY! MAYDAY! MAYDAY!«

Der internationale Ruf um Hilfe.

Mit fliegenden Fingern stellte Luis de Vegas die Frequenz ein und antwortete:

»Wir hören! Wir hören! Wo sind Sie? Position bitte! Wer sind Sie?«

Im Lautsprecher war der Ton jetzt klarer. Eine Männerstimme . . .

»MAYDAY! MAYDAY! Hier Red Lawrence aus St. Barthélémy! Mußte mit meiner Maschine ins Wasser! Orientierung längst verloren. Treiben auf wilder See und können uns noch etwas halten. Waren im Anflug auf Saba. Müssen irgendwo in der Nähe von Saba sein. MAYDAY! MAYDAY! Kommt schnell, ehe die Maschine zerbricht. Habe ein Girl an Bord, Miß Annette Rainherr . . .«

Durch Andreas Rainherr zuckte es wie ein Schlag. Auch Dr. Meier XXIII zog plötzlich die Schultern hoch, als friere er. Luis starrte Rainherr hilflos an. Nur Joanna war aufgesprungen und rannte zur Tür.

»Annette . . .«, stotterte Rainherr. »Was macht denn Annette da draußen? Vor Saba?« Er drehte sich um, sah Joanna losrennen und schrie: »Wo willst du hin?«

»Aufs Boot!«

»Bist du wahnsinnig?«

»Willst du Annette etwa ertrinken lassen?«

Er sprang ebenfalls auf und schlug die Fäuste zusammen. »Bei diesem Sturm kann doch niemand auslaufen!«

»Es ist völliger Blödsinn!« rief auch Dr. Meier XXIII laut. »Joanna, auch Sie schaffen das nicht.«

»MAYDAY!« war noch einmal die Stimme aus dem Äther zu hören. »MAYDAY! Die Maschine schlägt voll. Das Leitwerk bricht gleich ab! Wir haben genug Bretter, um uns festzuhalten. Aber die Haie . . .«

»Die Haie . . .«, wiederholte Rainherr tonlos.

Er fuhr sich mit beiden Händen über die Augen und warf sich dann herum.

Joanna hatte die Tür aufgerissen und schrie durch die Lagerhalle: »Alle Mann an Bord! Sofort an Bord! Wir laufen aus!«

»Halten Sie sie fest, Luis!« rief Meier XXIII und umklammerte seine Bierdose. »Ich bin ein alter Mann, ich kann's nicht mehr . . . Aber Sie, Luis! Schlagen Sie Rainherr und Joanna auf den Kopf, schnell, ehe es . . .«

»Ich habe schon Taifune überlebt!« schrie Joanna.

Sie duckte sich, als Luis auf sie zukam. »Bleib stehen, Luis! Du kennst mich! Mit einem Karateschlag zerbreche ich dir das Genick! Bleib stehen, du!«

Luis de Vegas ging nicht weiter. Hilflos knirschte er mit den Zähnen, als Rainherr und Joanna das Haus verließen und hinunter zur Bucht hetzten. Der Sturm riß sie fast um . . .

Da faßten sie sich an der Hand und rannten gemeinsam, sich gegenseitig festhaltend, zu dem auf den Wellen tanzenden Schiff.

Hinter ihnen keuchte die andere Mannschaft und stemmte sich gegen die Gewalt des Sturmes.

McDonald fluchte gottserbärmlich, als plötzlich sein Käpten vor ihm stand und sich triefnaß auf dem Sitz im Kommandostand festband. Neben Joanna klammerte sich Rainherr an das Gestänge des großen Kompaß. Die Yacht schlingerte wild nach allen Seiten.

»Käpten, das ist Irrsinn!« brüllte Jim, der Steuermann. »Wir kommen nie ins freie Wasser!«

»Wir kommen!«

Joanna gab den Befehl, volle Kraft auf beide Motoren. Sie legte den Rückwärtsgang ein und beobachtete, wie zwei Matrosen die Trossen lösten und den Anker einholten. Kaum war die GOTLAND von der Fesselung befreit, machte sie einen gewaltigen Satz rückwärts. Eine riesige Welle schlug über das Deck.

»Wenn du zu feige bist, Jim, los . . . spring über Bord und schwimm an Land! Ich brauche dich nicht . . .«

»Wo wollen Sie denn hin, Käpten?« stotterte McDonald. Sein vom roten Bart überwuchertes Gesicht zuckte wild.

»Da! Hör dir das an!«

Sie stellte den Notruf an und fand die fremde Stimme nach wenigen Sekunden.

Red Lawrence hatte neue Meldungen: »MAYDAY! MAYDAY! MAYDAY! Das Leitwerk ist abgerissen. Die Maschine hält sich nur noch durch die Tragflächen. Bei uns ist der Sturm vorbeigezogen, wir können wieder Himmel vom Meer unterscheiden. Aber die See spielt noch verrückt! Haushohe Wellen! Wir tanzen darauf herum. Positionsangabe unmöglich. Komme nicht mehr an den Navigator heran. Wir sitzen oben auf dem Rumpf. Nach meiner Berechnung müssen wir nordwestlich von Saba schwimmen . . . nicht weit von der Insel entfernt! MAYDAY! MAYDAY! MAYDAY!«

»Ist das nun klar?« schrie Joanna den starren McDonald an. Die Yacht jagte wie schwerelos durch die tobende See und zerhieb die Wellen, die ihr entgegenrollten.

»Wir kennen aber doch die Position nicht«, sagte Jim dumpf.

»Wir müssen vor allem aus dem Sturm heraus!« Joanna umklammerte das Steuerruder. »Dann haben wir schon viel erreicht.«

»Das gelingt uns nie, Käpten! Dazu müssen wir doch erst mitten hindurch!«

Joanna antwortete nicht mehr. Mit der Hand drückte sie den Gashebel auf äußerste Kraft.

Seufzend lehnte sich McDonald gegen die Wand und starrte Andreas Rainherr wie hilfesuchend an. »Und Sie, Sir, Sie stehen hier herum wie ein Schwachsinniger . . .«, stammelte er endlich.

Rainherr nickte. Tonlos sagte er:

»Sie haben recht, Jim. Ich bin am Ende. Da draußen, an dem Flugzeug, hängt meine Tochter Annette. Wenn sie schwimmen muß, dann kommen die Haie . . .«

Sie durchbrachen die Sturmschranke und kamen aus den so furchtbar kreiselnden Wassernebeln heraus in ein zwar wildbewegtes, aber wieder von einem blauen Himmel überwölbtes Meer.

Hinter ihnen, eine graue Wand bis in die Unendlichkeit, raste der Sturm weiter. McDonald wischte sich kurz über das nasse Gesicht. Es sah aus, als wringe er seinen roten Bart aus.

»Der Teufel hole das alles!« sagte er laut. »So etwas ist auch nur in der Karibik möglich! Auf der ganzen Welt gibt es so etwas nicht. Eine Sturmnebelwand, wie mit dem Messer zugeschnitten! Verfluchtes Meer!«

»Hier irgendwo muß es sein!« sagte Joanna.

Die GOTLAND durchschnitt die hohen Wellen und fuhr – immer noch mit äußerster Kraft – in großen Kreisen das Gebiet ab.

Der Seenotruf schwieg. Red Lawrence meldete sich nicht mehr.

Entweder hatte das Meer die Funkanlage bereits geschluckt, oder das kleine Fahrzeug war gesunken, und Lawrence und Annette schwammen schon um ihr Leben.

Joanna blickte Andreas an. Er stand, das Gesicht gegen die Scheibe des Kommandoraums gepreßt, und starrte auf die wilde See. Er schien um Jahre gealtert.

»Wir finden sie, Liebling . . .«, sagte Joanna mit unendlicher Zärtlichkeit in der Stimme. »Wir finden sie rechtzeitig . . .«

»Die Haie . . .«, stöhnte er.

»Solange sie noch ein Brett haben, können sie sich vor ihnen retten.«

»Wenn sie noch eins haben . . .«

Es war ein Tag, wie ihn nur der Satan machen kann. Während das Meer noch tobte, begann die wundervollste Abenddämmerung, die Rainherr je gesehen hatte. Der ganze Himmel vergoldete sich, durchzogen von orangenen Streifen. Wie ein riesiger Blutfleck schwamm die Sonne im goldschimmernden Himmel.

McDonald hatte sich auf das Dach des Kommandoraums gesetzt, mit einem Strick an dem gekappten Radarmast festgebunden, und suchte mit dem Fernglas die See ab. Sie waren jetzt 50 Meilen von Saba entfernt und kreisten in nordwestlicher Richtung.

Wenn das Flugzeug von St. Barthélémy in einem Bogen herübergekommen war, konnte es nur dieses Gebiet sein.

Die Abenddämmerung ging in ein von Feuern durchleuchtetes Violett über. Noch knapp eine halbe Stunde – und die Nacht hatte gesiegt . . . und mit ihr der Sturm! Dann gab es keine Hoffnung mehr, Flugzeugtrümmer und zwei Menschen zu finden.

»Ich sehe was!« brüllte McDonald plötzlich auf dem Dach. »Hart Backbord! Da treibt etwas. Sieht aus wie ein Flugzeugflügel! Hart Backbord!«

Das schnelle Schiff schwenkte sofort zur Seite. Mit aufrauschenden Bugwellen jagte es durch das Meer. Dann sahen es auch Joanna und Rainherr . . .

Auf den Wogen, leicht hinauf- und hinuntergeworfen, trieb ein Flugzeugflügel, und auf dem Flügel lagen, an das Leichtmetall gepreßt, die aufgeblasenen Schwimmwesten um den Hals, zwei Menschen.

»Annette . . .«, stammelte Andreas Rainherr. »Mein Gott, sie lebt noch . . .«

Joanna drosselte den Motor. Mit halber Kraft arbeitete sie sich an die Überreste des Flugzeugs heran. Red Lawrence lag auf dem Bauch und klammerte sich mit einer Hand an einer Flügelklappe fest, mit der anderen Hand hielt er die bis zum Tod erschöpfte Annette fest. Er hatte sie an sich gezogen, und als er jetzt den Kopf hob und das Schiff sah, lächelte er elend und schloß dann die Augen. Mit der Stirn schlug er auf den Flügel.

Gerettet, dachte er, gerettet in letzten Augenblick! Ich hätte Annette nicht mehr zehn Minuten halten können . . .

Er hörte, wie das Schiff stoppte, er fühlte, wie man längsseits zog . . . Dort lag er auf dem Rücken, öffnete die Augen und sagte schwach:

»Wenn ihr mir einen Whisky gebt, stehe ich in einer Minute wieder auf den Beinen . . .«

McDonald und Rainherr trugen die ohnmächtige Annette sofort hinunter in Joannas Schlafzimmer. Red Lawrence bekam noch an Deck seinen Whisky, aber er kam nicht auf die Beine, sondern fiel in sich zusammen.

Drei Männer trugen ihn unter Deck und zogen ihn aus, massierten ihn und rollten ihn dann in Wolldecken. Er schnaufte, öffnete kurz die Augen und sagte laut: »Und wer ersetzt mir meine Maschine?« Dann fiel er in einen tiefen Schlaf der totalen Erschöpfung.

Nach zehn Minuten Massieren wachte auch Annette auf. Sie seufzte tief, breitete die Arme aus und hob den Kopf. Ihr Blick traf Rainherr und Joanna, die nebeneinandersaßen und sich um sie bemühten.

»Mein Mädchen . . .«, sagte Rainherr rauh. Es war ihm unangenehm, daß ihm jetzt Tränen über die Wangen rollten. »Was machst du bloß für Sachen . . .«

»Paps!« Sie hob die Arme . . . dann sah sie Joanna an und zog ihren Kopf zu sich herunter.

»Ich danke dir, Mary-Anne«, sagte sie leise. »Vergiß alles, was war. Ich bin . . . bin ja nur zu dir gekommen, um dir das zu sagen . . .«

Die Arme um Joannas Hals geschlungen, fiel sie wieder zurück und schlief sofort ein. Aber ihr Atem war ruhig und fest wie bei einem Menschen, der mit sich zufrieden ist.

Über zwei Dinge sprach man in den nächsten Wochen an zwei verschiedenen Plätzen der Karibik viel.

Die Exportfirma Tolkins & Dalques wurde liquidiert, nachdem Fernando Dalques von einem Flug über das Meer nicht zurückgekehrt war. Er blieb verschollen.

Dafür ging bei der Regierung von Belize eine äußerst großzügige Spende ein: 15 Millionen Dollar, die zu dem ausschließlichen Zweck zur Verfügung gestellt wurden, ein Urwaldkrankenhaus zu bauen, um die Indianerbevölkerung vor dem Aussterben zu retten. Die Spende war anonym, und die Aufsicht über das aufwendige Projekt übernahm der Rechtsanwalt Dr. Ernano Casillas, der später auch zum Ersten kaufmännischen Direktor der Urwaldklinik bestellt wurde. Es sollte ein Krankenhaus mit den modernsten medizinisch-technischen Anlagen werden. Auch der Name stand schon fest: CLINICA ALTUN HA.

Das zweite Ereignis war mehr lokaler Natur und betraf die Cayman Islands. Dr. Meier XXIII traf ein!

Er landete mit dem Flugzeug auf Grand Cayman und ließ sich als erstes das Telefonbuch geben.

»Das ist unfair!« schrie er. »Andreas, Sie haben mich beschissen. Es gibt schon einen Dr. Meier auf Cayman! Ist es denn nicht möglich, irgendwo einmal Meier I zu sein?«

»Lesen Sie doch richtig, Doktor«, meinte Dr. Rainherr lachend. »Auf Grand Cayman lebt doch ein Dr. Meyer . . . mit y! Sie aber haben doch ein i in der Mitte!«

»Ich werd's überleben, Rainherr!« Meier I gab das Telefonbuch zurück. »Wie geht's den Damen?«

»Gut! Annette und Joanna sind dicke Freundinnen geworden. Ein Glück, daß Sie zu uns kommen. Ich habe zu Hause nichts mehr zu sagen!«

»Das schadet Ihnen gar nichts! Glauben Sie nicht, daß ich Ihnen helfe! Nur Trauzeuge möchte ich sein – das haben Sie mir versprochen.« Dr. Meier lächelte glücklich. »Sehen Sie das menschliche Leben an meinem Beispiel, Andreas. Bei mir ist der Unterschied zwischen y und i wichtig. Das Leben schrumpft oft auf ein Wort, sogar nur auf einen Buchstaben zusammen. Meier I! Das Ypsilon . . . Bei Ihnen ist es das Wort ›Liebe‹! Was kann man sich mehr vom Leben wünschen? Ein Wort, ein Buchstabe wird zur ganzen Welt! Sind wir glücklich, Andreas?«

»Ja, wir sind glücklich!« sagte Andreas Rainherr aus voller Seele. »Das Leben ist herrlich!«

»Und ein kühles Bier erst recht!« Dr. Meier I schnalzte mit der Zunge. »Wann heiratet ihr?«

»In fünf Tagen.«

»So schnell?«

»Wegen der Moral!« Andreas Rainherr lachte wie ein übermütiger Junge. »In acht Monaten wird ein neuer Rainherr zur Welt kommen . . .«

»Das Kind der Korsarin . . .«

»Nein!« Dr. Rainherr zog Dr. Meier I aus der Flugzeughalle. »Das Kind einer wunderbaren Frau, die einen verdammt langen und schweren Weg zurücklegen mußte, um das Glück zu finden.«